A MALDIÇÃO DO TESOURO

Do autor:

Sobreviventes do Holandês Voador

BRIAN JACQUES

A MALDIÇÃO DO TESOURO

Uma História de
SOBREVIVENTES DO HOLANDÊS VOADOR

1ª edição

Tradução
Ana Resende

Ilustrações
David Elliot

Rio de Janeiro
2011

BERTRAND BRASIL

Copyright © 2003, by The Redwall Abbey Company, Ltd.

Título original: *The Angel's Command*

Publicado mediante contrato com Philomel Books, uma divisão da Penguin Young Readers Group, editora do Penguin Group (USA) Inc. Todos os direitos reservados.

Ilustrações: Copyright © 2003, by David Elliot
Ilustração de capa: Copyright © 2003, by John Howe
Capa: Raul Fernandes

Editoração: DFL

Texto revisado segundo o novo
Acordo Ortográfico da Língua Portuguesa

2011
Impresso no Brasil
Printed in Brazil

CIP-Brasil. Catalogação na fonte
Sindicato Nacional dos Editores de Livros, RJ

J19m	Jacques, Brian, 1939-2011
	A maldição do tesouro/Brian Jacques; tradução Ana Resende; ilustrações David Elliot. - Rio de Janeiro: Bertrand Brasil, 2011.
	364p.: il.; 23 cm
	Tradução de: The angel's command
	ISBN 978-85-286-1543-2
	1. Literatura infantojuvenil inglesa. I. Resende, Ana. II. Elliot, David. III. Título.
	CDD: 028.5
11-7505.	CDU: 087.5

Todos os direitos reservados pela:
EDITORA BERTRAND BRASIL LTDA.
Rua Argentina, 171 — 2º andar — São Cristóvão
20921-380 — Rio de Janeiro — RJ
Tel.: (0xx21) 2585-2070 — Fax: (0xx21) 2585-2087

Não é permitida a reprodução total ou parcial desta obra, por quaisquer meios, sem a prévia autorização por escrito da Editora.

Atendimento e venda direta ao leitor:
mdireto@record.com.br ou (21) 2585-2002

A LENDA DO *HOLANDÊS VOADOR* É VELHA CONHECIDA DOS HOMENS que vivem no mar. O capitão Vanderdecken, junto com sua tripulação de fantasmas, foi condenado por uma maldição divina a navegar os vastos mares e oceanos do mundo por toda a eternidade! Foi o anjo do Senhor que lhes anunciou a maldição ao descer do firmamento sobre o convés do navio maldito. Vanderdecken e sua tripulação de malvados foram condenados, mortos-vivos, a uma viagem sem fim. Somente dois seres escaparam do *Holandês Voador* — Ban, um menino órfão, mudo e maltrapilho, e seu cão fiel, Nid. Eles eram os únicos puros de coração e inocentes de todas as perversidades a bordo.

O anjo tragou-os, em meio a uma tempestade, para longe do cabo Horn — agora eram sobreviventes do *Holandês Voador*! Quase mortos, chegaram à costa da Terra do Fogo, no extremo da América do Sul. Infelizmente, eles também foram vítimas da maldição do anjo e estavam destinados a viver eternamente, sem envelhecer um único dia. Entretanto, os céus foram misericordiosos com eles e decretaram que a Ban seria dado o poder de falar qualquer idioma. Além disso, ele poderia se comunicar com seu cão através do pensamento. Assim, teve início uma amizade que duraria muitos séculos. Encontrando refúgio junto a um velho pastor que vivia na Terra do Fogo, os dois moraram com ele até sua morte, três anos depois. Foi então que o anjo ordenou que se pusessem a viajar — a missão deles era fazer o bem e ajudar a quem precisasse.

E assim seguiram viagem, o estranho garoto de olhos azuis e seu fiel labrador negro, órfãos das poderosas águas, percorrendo juntos o mundo: nunca ficando muito tempo nos lugares, pois seus amigos envelheceriam e morreriam, enquanto Ban e Nid seriam eternamente jovens, vagando infinitamente, atentos às ordens do anjo. Assombrados pelo espectro de Vanderdecken, foram para o norte, em direção às selvagens e inóspitas florestas, montanhas e savanas do despovoado continente sul-americano. Que aventuras, visões inimagináveis e perigos aguardavam nossos amigos?! Esta narrativa acompanha suas andanças durante muitos anos. O destino pôs Ban e Nid novamente em alto-mar, no mar do Caribe, cujo litoral era o lar de homens sem lei: os bucaneiros!

Pego da pena para lhe contar a história.

Livro Um

O LA PETITE MARIE

HISPANIOLA

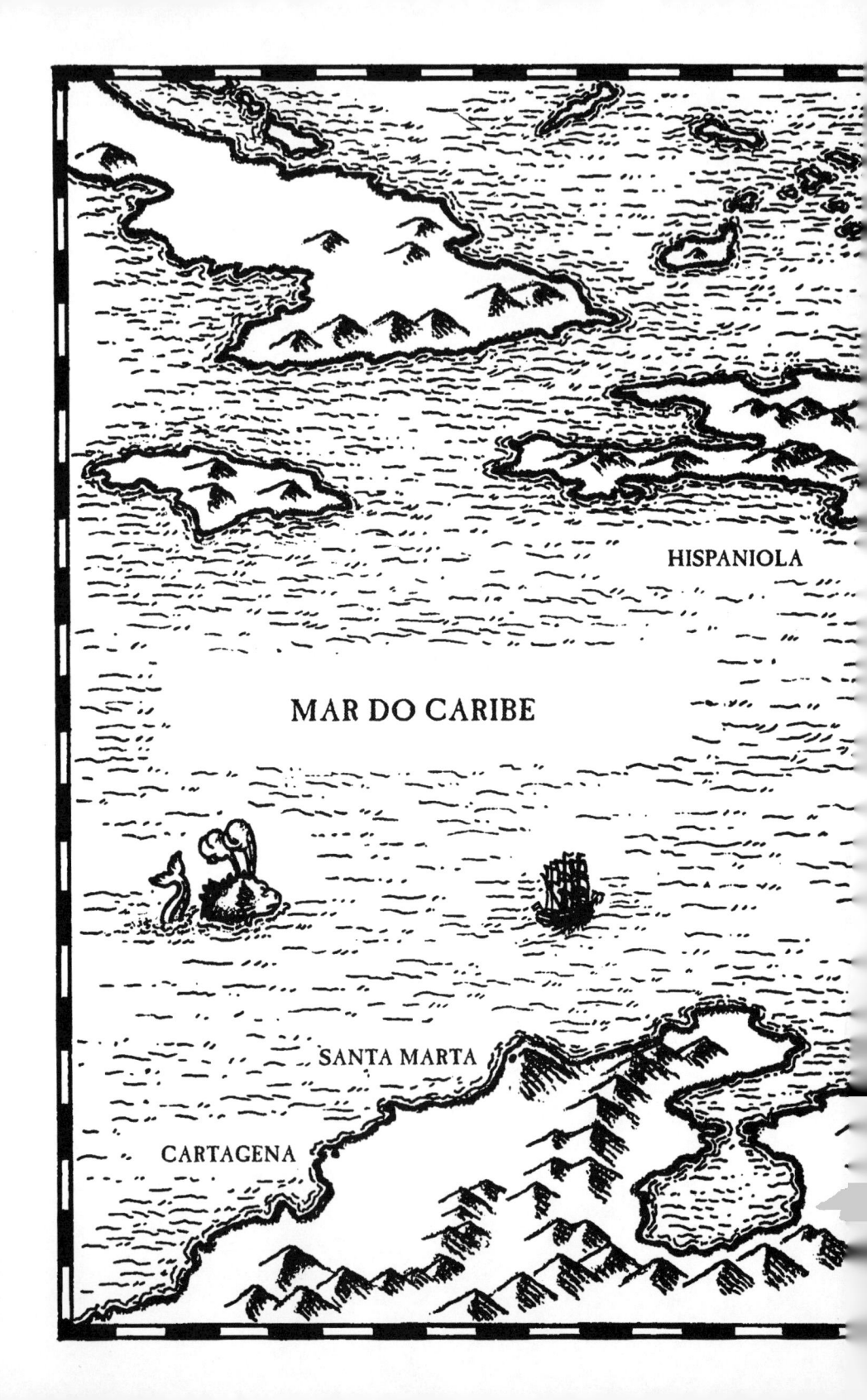

MAR DO CARIBE

SANTA MARTA

CARTAGENA

OCEANO ATLÂNTICO

CANAL DE MONA

PORTO RICO

PONCE   GUAYAMA

CARTAGENA, 1628

GRANDE E DOURADO COMO UM enorme e reluzente dobrão, o sol do Caribe dominava a costa. Navios de todas as nações — de esquifes incrustados de sal a galeões imponentes — balançavam em seus ancoradouros, e todas as embarcações tinham a proa voltada para o píer. Crianças escalavam e brincavam em cima dos canhões de bronze diante das águas cor de jade e água-marinha do imenso mar do Caribe. Ao longo do empoeirado cais, barcos de pesca descarregavam o pescado diretamente nas barracas. Havia barulho e confusão por toda parte. Mulheres vendiam bananas, melões, cocos e uma incrível variedade de frutas e vegetais exóticos. Papagaios gritavam e macacos tagarelavam em suas gaiolas de bambu. Homens agachavam-se nas sombras, barganhando por temperos, rum, rapé e tabaco. Mocinhas dançavam e cantavam ao som de violões e tambores, pedindo moedas aos passantes.

No alto da torre decorada, o sino de Santa Madalena ressoava monótono sobre as casas de telhas vermelhas e folhas de palmeira, que variavam desde a austera arquitetura espanhola a casebres locais úmidos. Tabernas, bodegas e estalagens estavam atulhadas com marinheiros, piratas, flibusteiros, corsários e bucaneiros bêbados que riam, bradavam e discutiam, e eram conhecidos coletivamente, em Cartagena, como A Fraternidade — aqueles que estavam acima da lei dos homens honestos.

* * *

Ban e Nid sentaram-se entre as árvores, onde era relativamente tranquilo e onde estariam a salvo de serem pisoteados. Após viajarem sozinhos durante tanto tempo em regiões pouco povoadas da América do Sul, observaram a vida fervilhante do cais por quase uma hora, surpresos com a erupção súbita e barulhenta de seres humanos. O grande labrador negro transmitiu um único pensamento ao jovem companheiro de cabelos louros.

"Então, você já está com fome suficiente para andar e explorar o lugar?"

O menino sorriu, olhando nos olhos escuros e úmidos do amigo.

"Seria ótimo comer algo preparado por alguém além de mim, para variar. Vamos, Nid. Vamos dar uma olhada por aí."

O cão ponderou durante uns instantes sobre o pensamento do companheiro; em seguida, levantou-se graciosamente e respondeu ao comentário mental.

"Humpf! Se eu tivesse mãos em vez de patas, daria um ótimo cozinheiro. Mas, como você sabe, não posso deixar de ser um cão."

Ban deu um tapinha carinhoso na cabeça de Nid, respondendo ao pensamento. "Aposto que você seria o melhor cozinheiro do mundo, assim como é o melhor cachorro do planeta!"

O labrador negro abanou o rabo.

"Ora, você só diz isso porque é verdade. Venha comigo. Vou farejar um lugar onde a comida cheira bem."

Ninguém prestava muita atenção àquela dupla durante o passeio pela rua do porto: um rapaz de cabelos louros, de cerca de catorze anos, vestindo uma velha camisa azul, na qual faltavam botões, e calças de brim, que já foram brancas e agora estavam esfarrapadas e desgastadas na bainha, andando descalço ao lado do grande cão negro. Nid abriu caminho entre caixotes de galinhas cacarejando e barris de peixes de escamas prateadas que ainda se debatiam. Eles tentaram contornar uma multidão que observava um artista enrolar cobras vivas ao redor do corpo. Ban parou para assistir à exibição, mas Nid puxou a ponta de sua camisa.

"O que você quer: assistir à exibição ou comer? Vamos!"

Ban seguiu o cão obedientemente; enquanto caminhava, seus olhos embriagavam-se com o espetáculo colorido de seres humanos aglomerados.

Nid parou diante da entrada da maior taberna do litoral de Cartagena e piscou um olho para Ban.

"Alguém está assando carne aí dentro; estou com água na boca!"

Os estranhos e anuviados olhos azuis de Ban fitaram a placa que balançava. Um desenho malfeito representava uma onça com um sorriso arreganhado tomando banho num barril de rum. Abaixo do desenho, estava escrito em letras ornamentadas o nome *Rhum Tigre*. O local parecia ter sido a casa de algum próspero comerciante espanhol, que agora tinha se transformado em uma taberna com acomodações no andar de cima para os hóspedes que podiam pagar. Ban parou, em dúvida se devia entrar ou não. Sons de um violino e vozes roucas, cantando desafinadamente cantigas grosseiras, irrompiam em meio à tagarelice dos marinheiros em seu interior. Nid sentou-se, coçando a orelha com a pata traseira, e então falou mentalmente:

"Entre, jovem tolo, se não tem medo!"

Ban apoiou-se no outro pé e deu de ombros.

"Para você, amigo, é fácil falar, mas sou eu que serei expulso se eles descobrirem que não temos dinheiro."

Para encorajá-lo, Nid respondeu alegremente:

"Tsc... tsc... tsc... meu garoto, pode deixar com seu fiel cão!"

Levantou-se e trotou para o interior da taberna, enquanto Ban transmitia pensamentos urgentes atrás dele:

"Nid! Volte aqui... espere!"

A resposta mental do cão chegou até ele:

"Dinheiro nunca foi problema para nós, Ban. Um coração fraco nunca conseguiu carne assada. Au! Olhe aquela carcaça no espeto!"

Ban abriu caminho em meio a um grupo de homens que deixava o local. Assim que pôs os pés do lado de dentro, deteve-se. Rostos como os que vira a bordo do *Holandês Voador* estavam por toda parte: sujos, com a barba por fazer, desdentados, tatuados e com brincos nas orelhas. Malfeitores carrancudos, com sorrisos malvados e olhos semicerrados, narizes quebrados e cicatrizes — rostos como os que costumavam assustá-lo em sonhos. Ban parou onde estava e parecia incapaz de se mover até Nid puxar a manga de sua camisa, rosnando, tentando tranquilizar mentalmente o amigo:

"Ânimo, amigão, eles não vão nos fazer mal. Eu também me senti assim quando entrei aqui, mas meu estômago levou a melhor. Olhe lá!"

O objeto do desejo de Nid era uma escura lareira antiga em que, sobre uma camada de carvões em brasa, dois cozinheiros giravam lentamente um espeto no qual se encontrava a metade de um boi. Os sucos e a gordura da carne assada estalavam e chiavam, gotejando nas chamas. De vez em quando, os cozinheiros paravam de girar o espeto. Com facas longas e afiadas, cortavam um naco de carne para um freguês, embolsando as moedas que recebiam em troca. Ban sentiu o estômago roncando alto ao vê-la. Estava faminto.

Nid riu mentalmente para ele:

"Haha, ouço uma barriga vazia roncando: a melhor cura para o medo!"

Ban acariciou a orelha sedosa do labrador.

"Então você ouve, não é? Mas uma barriga vazia com bolsos vazios não é grande coisa. O que você sugere?"

A lareira fora construída no centro do aposento. Através das chamas, podiam-se ver a área do bar e algumas mesas. Alguma coisa estava acontecendo na maior delas, onde espectadores se reuniam para observar o que quer que fosse.

Nid começou a puxar Ban na direção da mesa, transmitindo-lhe uma mensagem: "Vamos ver se juntamos uma ou duas moedas por lá!"

As tripulações de dois navios piratas, o *Diablo del Mar* e o *La Petite Marie*, acompanhavam o jogo de seus capitães. Rocco Madrid, capitão do *Diablo*, estava ganhando, e Raphael Thuron, capitão do *La Petite Marie*, estava perdendo muito dinheiro. A espada de Rocco, uma lâmina fina de aço de Toledo com uma guarda em cesta prateada, estava sobre a mesa. Atrás dela, uma crescente pilha de moedas de ouro de muitas nações. O capitão espanhol brincava preguiçosamente com seus longos cachos negros com fios grisalhos e sorria discretamente ao fitar Thuron.

— Faça sua aposta, amigo! Onde está a ervilha?

Thuron, o capitão francês, cofiou a áspera barba castanha com dedos grossos e unhas cascudas, os olhos movendo-se sobre as três cascas de nozes viradas para baixo, que estavam entre eles. Lançou a Rocco um olhar cheio de ódio, murmurando:

— Não me apresse, Madrid!

Suspirando profundamente, Thuron olhou a pilha decrescente de moedas que se amontoavam por trás da lâmina de seu alfanje, do outro lado da mesa. Mordeu o lábio e fixou seu olhar nas três cascas de nozes; Rocco Madrid tamborilava os dedos no tampo da mesa.

— Não o estou apressando, amigo. Devo fazer a *siesta* enquanto você tenta encontrar nossa amiguinha ervilha, é?

Os homens do *Diablo* riram, aprovando a observação perspicaz de seu capitão. Quanto mais ouro Thuron perdia, mais lento e cuidadoso ficava.

O capitão francês falava sem tirar os olhos das três cascas:

— Hum, a pequena ervilha pode até ser sua amiga, mas ela não gosta de mim; não depois de dez derrotas seguidas!

Rocco torcia o bigode encerado, desfrutando o embaraço do oponente:

— Quem sabe a pequena ervilha não muda de ideia e se apaixona por você? Escolha, amigo.

Thuron decidiu-se repentinamente. Virou a casca que estava no meio. Estava vazia; não havia ervilha alguma debaixo dela. Uma aclamação irrompeu da tripulação do *Diablo* ao mesmo tempo que os homens do *La Petite Marie* suspiravam. Thuron separou cinco pilhas de moedas de ouro de sua magra provisão, empurrando-as na direção do espanhol com as costas da mão.

Uma das moedas caiu da mesa e tilintou no chão. Nid pulou sobre ela como um gavião sobre um pombo. Mergulhando embaixo da mesa, pegou a moeda com a boca. Madrid estendeu a mão aberta para o cachorro, ordenando duramente:

— Aqui! Dê-me a moeda!

Nid ignorou o espanhol, voltando os grandes olhos escuros na direção de Thuron. O francês gostou do cachorro no mesmo instante. E também estendeu a mão, perguntando em voz amistosa:

— Quem é o dono desse bom cão?

Ban avançou na direção de Thuron.

— Eu, senhor. O nome dele é Nid.

Comunicando-se mentalmente com o labrador, Ban enviou-lhe uma mensagem:

"Entregue a moeda a ele. Gosto mais deste que do outro."

Nid abanou o rabo.

"Eu também. Aqui está, senhor!" E soltou a moeda na palma da mão do capitão francês.

O espanhol resmungou, pegando a espada:

— Ela é minha! Passe-a para cá!

Thuron deu uma gargalhada e piscou para Ban. Pegando outra moeda de ouro da pequena pilha, entregou-a a Rocco Madrid.

— Fique com esta. O cachorro do garoto mereceu aquela moeda de ouro. E você, rapaz, qual é o seu nome? Vamos, fale.

O garoto levou um dedo à testa.

— Ban, senhor!

Thuron segurou a moeda e girou-a no ar. Ban pegou-a habilmente e aguardou as ordens do capitão. O francês balançou a cabeça em sinal de aprovação.

— Traga um pouco daquela carne e uma cerveja também. Guarde o troco. E pegue alguma coisa para você e para o cão.

Ban agradeceu a Thuron e transmitiu a mensagem a Nid:

"Venha, amigo, vamos provar da carne!"

Nid respondeu, erguendo-se nas patas traseiras e colocando as dianteiras na mesa, ao lado do capitão francês:

"Vá você, Ban, eu vou ficar aqui e observar. O espanhol tem sorte demais para o meu gosto. Veja se me arranja um osso com bastante carne e gordura."

O capitão Thuron afagou as orelhas sedosas do labrador negro e disse:

— Deixe Nid aqui comigo, Ban. Sinto que ele vai me dar sorte.

Ban abriu caminho entre os fregueses da taberna e foi pegar a comida. O cozinheiro lhe deu duas grossas fatias de carne-assada, estendidas, cada uma, sobre uma fatia crocante de pão. E acrescentou duas costelas grandes pingando gordura quente e cheias de carne. Ban pagou a cerveja e guardou no bolso as pequenas moedas que recebera de troco. Ao voltar para a mesa, percebeu que a pilha de ouro do francês estava ainda menor. Nid informou-o em pensamento:

"Ele perdeu de novo. O espanhol está trapaceando."

Madrid olhou para a comida e se levantou.

— Desculpe, amigo, a carne parece boa. Vamos fazer uma pausa enquanto eu pego um pouco.

O contramestre de Rocco, um português atarracado, interrompeu:

— Eu posso pegar para o senhor, capitão!

O espanhol agarrou a espada.

— Não, eu pego sozinho. Gosto de escolher a carne que vou comer. Tome conta do meu ouro.

Membros das duas tripulações seguiram o capitão, tentados pela visão da carne assada. O jogo foi interrompido. Nid explicou a Ban a trapaça de Rocco Madrid:

"Meus olhos são mais rápidos que os da maioria das pessoas — eu o vi pegar a ervilha. Depois de embaralhar as cascas, não há nada debaixo delas. E, quando ele tem que levantar uma das cascas, coloca a ervilha de volta na mesa, como se ela sempre tivesse estado lá. O espanhol é rápido e esperto."

Thuron observava o garoto e o cão trocando olhares silenciosos. Terminou de mastigar e falou:

— Eu esperava que seu Nid mudasse minha sorte, Ban, mas parece que estou fadado a perder. Macacos me mordam! Madrid está com toda a sorte hoje! Ei, garoto, você está me ouvindo?

Aproximando-se dele, Ban murmurou com o canto da boca para que os tripulantes do *Diablo del Mar*, no outro lado da mesa, não pudessem ouvi-lo:

— Não olhe para mim, senhor, continue olhando para a frente e ouça o que vou lhe contar...

Rocco Madrid trinchara a carne com a própria espada. Comeu-a no bar e bebeu um copo de vinho tinto. Limpando meticulosamente os lábios num lenço de seda, voltou para a mesa de jogo, onde Thuron o aguardava sentado. Colocando a espada sobre a mesa, Madrid sorriu amavelmente.

— Então, meu bom amigo, você quer continuar jogando. *Bueno*. Quem sabe a pequena ervilha não cruze seu caminho dessa vez?

Madrid colocou a ervilha sobre a mesa e cobriu-a com a casca de noz que estava no centro. Ban observava atentamente os longos dedos do espanhol moverem as cascas com habilidade: da direita para a esquerda, da esquerda para a direita, do centro para a lateral, da lateral para o centro. Foi então que viu o truque. As cascas se moviam com tanta rapidez que quase não o percebeu. Rocco misturava-as com habilidade e, em determinado momento, a casca com a ervilha em seu interior se aproximou da borda da mesa e a ervilha caiu em seu colo, mais rápido do que os olhos podiam perceber.

O pensamento de Nid invadiu a mente de Ban:

"Viu? Eu disse! Tudo o que ele tem que fazer agora é baixar a mão e segurar a ervilha entre os dedos, enquanto nosso amigo decide que casca deve escolher. Ao escolhê-la, não haverá nada lá. Então o espanhol pega uma das cascas, habilmente deixa a ervilha cair, vira-a e vence novamente. Entendeu?"

Ban deu um tapinha na cabeça do labrador negro.

"Não desta vez."

Rocco voltou a recostar-se com o mesmo sorriso discreto nos lábios, falando confiante:

— Faça sua aposta, *capitano* Thuron. Quanto será desta vez?

O imediato e o contramestre de Thuron aproximaram-se da mesa e pararam, um de cada lado de Rocco Madrid. Thuron inclinou-se para a frente, fitando tranquilamente o astuto espanhol.

— O ouro em seu lado da mesa. Quanto você acha que tem aí, meu amigo?

Rocco deu de ombros.

— Quem sabe, amigo; eu levaria um bom tempo contando tudo. Então, vai apostar?

Thuron sorriu.

— Sim, vou apostar. Tem mais ouro a bordo do meu navio, você sabe disso. Vamos parar de perder tempo com apostas baixas. Vou apostar tudo o que tenho contra o que está nesta mesa. Uma chance: o vencedor leva tudo!

Rocco Madrid não resistiu ao convite:

— Você é um verdadeiro jogador, amigo! Aceito a aposta!

E olhou para a tripulação em busca de aprovação, mas imediatamente percebeu que algo não estava bem quando viu que o contramestre e o imediato do *La Petite Marie* o rodeavam.

Thuron mantinha uma das mãos debaixo da mesa e sorria malandramente para o adversário.

— De cada lado há uma adaga virada para você e um mosquete carregado apontado para sua barriga do lado de cá. Aposto que não há nenhuma ervilha debaixo das três cascas. Não mova nem um músculo, capitão Madrid! Ban, rapaz, vire-as!

O menino rapidamente fez o que lhe fora ordenado. E, claro, a ervilha não estava lá. O suor escorria pela face pálida do espanhol.

Toda a taberna estava em silêncio. Somente se ouvia o estalido das gotas de gordura da carne caindo no fogo. A voz de Thuron era ameaçadora:

— Sentado aí, Madrid. Você não quer ver a ervilha em seu colo coberta de sangue. E vocês, tripulantes do *Diablo*, não banquem os tolos. Não há sentido em morrer por causa da trapaça do capitão. Fiquem onde estão e não vão se machucar. O jogo acabou e eu ganhei! Anaconda, pegue o ouro!

O timoneiro do capitão Thuron, Anaconda, era um gigante negro com uma enorme cabeça raspada. Ele arrancou a camisa de linho, exibindo os enormes músculos, e, com uns poucos movimentos rápidos, recolheu as moedas de ouro dentro da camisa e a amarrou como uma bolsa improvisada.

Os lábios de Rocco Madrid mal se moviam ao zombar de Raphael Thuron:

— Você não vai sair assim, meu caro!

Thuron pôs-se de pé, o mosquete ainda apontado para o espanhol

— Ah, eu vou, sim... meu caro. Certo, rapazes, recuar. Se alguém se mover, não deem atenção. Apenas matem o *capitano*. Ban, é melhor você vir comigo. E traga o cachorro da sorte também!

Ban sentiu o pensamento de Nid invadindo sua mente:

"Faça como ele diz, amigão. Este lugar não é mais seguro!"

Quando saíram para o cais, toda a tripulação do *La Petite Marie* girou nos calcanhares e começou a correr. Ban e Nid seguiam na frente com Thuron e o timoneiro gigante. Uma carroça com laranjas foi derrubada e algumas galinhas se soltaram das gaiolas quando os piratas fugitivos se lançaram em meio à multidão. As mocinhas cantoras começaram a gritar, e o artista das cobras largou os répteis.

Thuron gritou para um navio de três mastros parado no porto:

— Içar velas! Içar velas! Todos a bordo! Içar velas aí!

Enquanto dava ordens para descer a prancha, Ban podia ver os membros da tripulação de guarda subindo nos cabos e alguns outros afrouxando as amarras do navio. Havia um pequeno canhão giratório na proa. O capitão deu ordem para carregá-lo e se ajoelhou perto da arma, chamando Ban para seu lado.

— Nós o dispararemos no cais, se eles tentarem nos seguir. Dê-me o pavio!

Ban viu o pedaço de corda de talha ardente e o entregou a Thuron.

Nid enviou uma mensagem a Ban.

"Eu não pensava em voltar para o mar de novo. Nunca mais!"

O menino respondeu ao cão mentalmente.

"Não tivemos escolha. Ou partíamos com o capitão, ou ficávamos em Cartagena e morríamos."

E se virou para Thuron.

— O senhor acha que eles vão nos seguir, capitão?

O francês segurou o pavio que queimava perto da culatra da colubrina, assentindo:

— Talvez não agora, garoto, mas eles virão atrás de nós. Rocco Madrid perdeu muito prestígio hoje. E, por falar nisso, como você soube que ele estava trapaceando? Eu apenas achei que hoje não era meu dia de sorte.

Ban sabia que era inútil tentar explicar sobre Nid, por isso mentiu:

— Eu já vi esse jogo antes. Quando me aproximei da mesa, vi o capitão Madrid escondendo a ervilha. Para onde vamos, senhor?

Raphael Thuron passou um braço ao redor dos ombros do menino.

— De volta à *belle France*, graças a você! Finalmente, vou me aposentar. Essa vida de pirata é muito perigosa, meu amigo!

QUANDO O *LA PETITE MARIE* SE AFASTOU DO PORTO, ANACONDA manobrou-o em direção à brisa fresca, tirando-o das águas do mar do Caribe. As lembranças familiares de um convés oscilando debaixo dos pés trouxeram a Ban recordações terríveis do *Holandês Voador*. Ele se deitou no convés, com o rosto virado para baixo, enquanto imagens de Vanderdecken e da terrível tripulação faiscavam em sua mente.

Nid deitou a seu lado, transmitindo pensamentos urgentes:

"Não deixe Vanderdecken levar a melhor, Ban. Não é bom pensar nele. O capitão Thuron é nosso amigo e é um bom homem."

Um tripulante que passava por ali pôs a mão nas costas de Ban e o sacudiu.

— Qual é o seu problema, meu jovem? Vamos, de pé!

Nid colocou-se entre Ban e o tripulante e seus pelos eriçaram-se quando começou a latir com raiva. Thuron puxou o homem para o lado.

— Deixe o garoto em paz. Talvez ele esteja enjoado. Ban, você está se sentindo mal?

Enxugando as gotas de suor da testa, Ban levantou a cabeça.

— Eu vou ficar bem, capitão. É que antes eu fiquei com medo.

O francês assentiu.

— Eu também, garoto. Rocco Madrid tem uma tremenda reputação. E quase o dobro da tripulação. Apenas um louco não o temeria. Mas você ficará bem. Vá para a minha cabine, leve Nid com você e deite-se um pouco. Não vou deixar nada acontecer a você, Ban, porque você me traz sorte. Vocês dois.

A grande cabine na popa do navio era fresca e confortável. Ban se deitou na ampla cama coberta de veludo e dormiu um sono sem sonhos. Nid pulou para deitar a seu lado, apoiando a cabeça nos pés do menino.
"Hum, será que a França é longe? Uma boa distância daqui, provavelmente."
O *La Petite Marie* navegava agora a todo pano, singrando em meio às águas azul-esverdeadas do poderoso mar do Caribe.

Ondas vespertinas de nuvens violeta riscavam o céu avermelhado quando o som de uma porta se abrindo despertou Ban. Nid empurrou a perna do amigo.
"Acorde! A comida chegou!"
O tripulante que seguiu Thuron na cabine colocou uma tigela de água fresca ao lado do prato de ensopado no chão e deixou o restante sobre a mesinha de cabeceira, antes de sair.
Thuron sentou ao lado da mesa.
— Ban, aqui, garoto, venha comer. Eu mesmo preparei o ensopado.
Ban sentou na beira da cama, próximo à mesinha. Havia um prato de ensopado, algumas frutas frescas e água para beber, e ele começou a comer com gosto.
Thuron o observava enquanto ele comia. O francês riu e despenteou o cabelo do garoto.
— Sente-se melhor, hein? É difícil dizer quem tem mais fome: você ou o velho Nid ali!
O cão, que lambia um prato limpo, enviou a Ban um pensamento.
"Ei, quem ele está chamando de velho? Eu sou apenas um filhotinho!"
Ban respondeu mentalmente.
"Sim, um filhotinho gordo e faminto!"

Nid rosnou.

"Gordo é você, jovenzinho rechonchudo!"

Os dedos grossos do capitão seguraram o queixo de Ban até que seus olhos se encontrassem. Havia um oceano nos olhos azuis e anuviados do garoto — profundezas antigas e horizontes distantes ocultavam-se neles. Raphael Thuron fitou o rosto tranquilo do jovem companheiro.

— Você é um garoto estranho, Ban. De onde você veio?

Ban desviou o olhar e pegou uma fatia de abacaxi.

— Da Terra do Fogo, senhor.

O francês ergueu a sobrancelha, surpreso.

— A Terra do Fogo, no outro extremo deste imenso continente?! Mas é uma grande distância até Cartagena, garoto. Como você conseguiu viajar tanto?

Ban não queria mentir para o capitão, mas a necessidade forçava-o a não dizer a verdade àqueles que perguntavam sobre sua misteriosa vida.

— Eu era ajudante de um velho pastor naquelas bandas. Ele disse que me encontrou na praia, depois de um naufrágio. Eu trabalhava com ele... E Nid era seu cão. Um dia, no início da primavera, o pastor morreu num acidente e eu saí por aí com Nid. Nós viajamos por mais de quatro anos. Fomos a muitos lugares antes de chegar a Cartagena.

Thuron balançou a cabeça, espantado.

— Você devia ser apenas um bebê quando o pastor o encontrou na praia. Qual era o nome do navio de onde você veio?

Ban encolheu os ombros.

— O pastor nunca me disse. Ele contou que o navio afundou durante uma tempestade. Eu não me lembro de nada, além de viver em sua cabana, recolher o rebanho com Nid e suportar o terrível clima da região. O senhor sempre foi um marinheiro, capitão?

O pensamento de Nid invadiu a mente de Ban.

"Gostei do modo como você mudou de assunto, amigão. Você foi muito esperto ao dizer que eu pertencia ao velho pastor. O que nosso amigo não sabe não pode fazê-lo sofrer."

Ban não tirou os olhos de Thuron enquanto o francês lhe contava sua história.

— Sim, estou no mar desde que era mais novo que você, Ban. Nasci num lugar chamado Arcachon, na costa francesa. Não queria ser um camponês pobre como meu pai; por isso, fugi e juntei-me à tripulação de um navio mercante. Em nossa viagem para Cádiz, fomos atacados por piratas espanhóis. Eles mataram a maior parte dos tripulantes, mas eu me tornei o ajudante de cozinha. Desde então, passo grande parte de minha vida a bordo de navios. Se eu tivesse sido fraco, estaria morto a uma hora dessas. Mas estou aqui, Raphael Thuron, capitão de meu próprio navio, o *La Petite Marie*, um bucaneiro francês!

Ban encarou o capitão.

— O senhor deve sentir muito orgulho de si mesmo, senhor.

O francês derramou um pouco de água no copo e bebeu-a pensativo; em seguida, balançou a cabeça negativamente.

— Orgulhoso? Eu? Vou lhe contar uma coisa, Ban, uma coisa que nunca disse a ninguém. Eu sinto vergonha do que fiz em minha vida. Vergonha! — falou, enquanto bebia a água e observava seu movimento.

— Eu, o filho mais velho de uma família honesta e religiosa. Oh, eu era a ovelha negra; não era como meu irmão caçula, Mattieu. Meus pais achavam que um dia eu iria mudar e os deixaria orgulhosos ao me tornar padre. Mattieu era mais afeito a esse tipo de coisa. Era um bom garoto, embora, às vezes, eu o pusesse em alguma encrenca. Ser um trabalhador rural como meu pai era uma triste alternativa; por isso, fugi para o mar e aqui estou, após todos esses anos: um fora da lei, um bucaneiro. Mas agora acabou. Raphael Thuron não quer mais saber deste negócio perverso. Estou cheio disso, garoto. Acabou, ouviu?!

Ban parecia chocado.

— Mas o que o fez mudar de ideia, senhor?

O francês terminou de beber a água e bateu o copo com tanta força que ele rachou.

— Hoje eu vi você, Ban, de pé ao lado de Nid. Você me fez lembrar do que fui um dia: um jovenzinho alegre com um cão leal por perto. Foi você quem reconheceu a trapaça de Madrid. E foi então que percebi que minha vida tinha que mudar. Você me traz sorte, garoto, você e o Nid. Eu tenho dinheiro guardado. Agora, com o que tirei de Rocco Madrid, sou um homem rico. Vou compensar meus dias como bucaneiro, Ban. Voltarei para Arcachon e ajudarei minha família. Vamos construir uma casa e comprar um vinhedo. E vou doar dinheiro para a Igreja e os pobres, e o povo vai falar de mim como se eu fosse... fosse...

Ban interrompeu o capitão:

— Como se fosse um santo?

Um grande sorriso atravessou o rosto grosseiro de Thuron.

— Sim, rapaz, isso, como se eu fosse um santo! São Raphael Thuron!

Ele irrompeu numa gargalhada junto com Ban, e Nid começou a uivar. O francês enxugou as lágrimas de alegria de seus olhos com a manga de brocado.

— E você vai ter sua parte nisso. Jovem São Ban e meu bom São Nid. Que tal? Gostaram, hein?

Sem conseguir controlar o riso, o labrador negro esforçava-se para disfarçar.

"Ha, bom São Nid? Gostei. Vou usar uma coleira dourada, como se fosse uma auréola que tivesse descido para o pescoço!"

Ban devolveu o pensamento:

"E eu vou usar uma camisa bem larga e longa e um chapéu pontudo como o de um bispo. Ha!"

Thuron observou, enquanto gargalhava:

— Ha, olhe para vocês dois, eu poderia jurar que estão fofocando. Ha!

Ban deu um tapa tão forte nas costas do francês que acabou machucando a mão.

— Hehehe, essa é boa: fofocar com um cão! Hehe!

As risadas foram interrompidas pelo contramestre, Pierre, que gritava da posição de vigia no mastro de ré:

— Navio a ré, em nosso rastro!

O capitão saiu para o convés com Ban e Nid imediatamente atrás dele. Os tripulantes pareciam preocupados e tagarelavam no refeitório, segurando as armas e preparando os mosquetes, enquanto abriam caminho até a amurada de popa. Thuron tirou uma luneta do forro do casaco e avistou a mancha escura na retaguarda, que era tudo o que se podia ver de Cartagena. Ele moveu a luneta para a frente e para trás, detendo-se ao perceber as velas.

— Rocco Madrid e o *Diablo del Mar*! Bem, ele não ia querer perder tempo, não é? Homens! Todos a postos! Teremos uma perseguição em alto-mar! Carregue os canhões, Anaconda; eu fico com o timão. Venha, Ban, e traga Nid também... vou precisar de toda a sorte de vocês!

O capitão Rocco Madrid chamou a sentinela:
— Pepe, eles nos viram?
Alto e bom som, a sentinela respondeu:
— *Sí, capitano*, eles estão a todo pano agora, fugindo de nós!
O contramestre de Rocco, Portugee, entregou o leme ao capitão.
— Devo carregar os canhões e atirar? *Capitano*, nós podemos derrotá-los facilmente.
Madrid apertou os olhos até se reduzirem a duas perigosas fendas.
— Não, não, Thuron está com o ouro. Ele não terá serventia para mim no fundo do mar, junto com o navio. O *Diablo* vai superá-lo em velocidade e nós vamos pegar o *Marie* e a tripulação com vida. Quero voltar para Cartagena com todos a bordo do navio, içados nos lais das vergas. Nossa Fraternidade na costa saberá então que ninguém rouba o ouro de Rocco Madrid e vive para contar a história!
O primeiro imediato de Rocco, um holandês gordo, chamado Boelee, falou:
— Até o moleque e o cão?
O espanhol pegou a luneta e examinou o navio distante.
— Especialmente o moleque e o cão, amigo. As lições só são aprendidas do pior jeito.

* * *

A bordo do *La Petite Marie*, Thuron gritava as ordens.

— Esticar cada fio da lona das velas! Para a mastreação, todos vocês! Pierre, Ludon, subam nas amuras e cortem as proteções dos cabos. O navio vai cortar as ondas melhor com a proa aguda.

Pierre, o contramestre, e Ludon, o imediato, subiram nas amuras com sabres entre os dentes.

Ban fitava ansiosamente o francês, falando em voz alta seus pensamentos.

— O senhor tem certeza de que nós podemos ir mais rápido que eles, capitão?

Thuron sorriu com uma careta.

— Nós temos que ser mais rápidos ou morreremos. Não se preocupe, garoto, meu navio pode ser menor, mas é mais veloz. Eu sei disso. Enquanto eu estiver no timão, Madrid vai ter que correr para pegar o ouro de volta. Aquela banheira grande e feia não foi construída para perseguições no mar. O nosso *Marie* vai lhe dar uma canseira, desde que ele não use os canhões. Meu dever é nos manter fora do alcance deles até que ele desista da corrida, embora eu tenha certeza de que o espanhol não quer nos afundar. Se Madrid se mantiver atrás de nós, vai tentar rebentar nossos mastros.

Nid teve uma ideia, que compartilhou com Ban.

"Em uma ou duas horas será noite. Por que não apagamos todas as luzes do navio para não indicar nossa posição?"

Ban imediatamente transmitiu a sugestão a Thuron. O francês concordou no mesmo instante.

— Ótima ideia, garoto! Vá e cubra todas as vigias e apague todas as lanternas que encontrar. Eu posso me livrar dele no escuro. Anaconda, assuma o leme. Vamos descer e estudar os mapas, Ban. E, talvez, nós possamos agir como a raposa... e parar de correr para nos escondermos!

Depois de apagar todas as lanternas disponíveis e cobrir as vigias da cozinha para que o brilho do fogão não denunciasse sua posição, Ban e Nid foram até a cabine do capitão. Thuron abrira um mapa em cima da cama e, com a ponta da adaga, indicou um local na costa.

— É aqui, em Santa Marta, que vamos nos esconder.

Ban analisou o mapa: Santa Marta ficava ao norte do litoral de Cartagena. Virando-se para o francês, falou:

— Mas, senhor, é de onde nós viemos!

Nid pôs as patas na cama e examinou o mapa, pensando:

"É isso mesmo!"

Mas o capitão explicou sua estratégia:

— Madrid não sabe que estamos a caminho da França. Ele pensa que estamos numa perseguição no mar, ao norte do Caribe. Por isso, vamos girar para o leste e voltar para o sul pouco depois do crepúsculo.

Ban rapidamente entendeu o plano.

— Muito esperto! Madrid vai nos procurar mais à frente, nós vamos passar por ele. Ele vai rumo ao oceano, enquanto nós voltamos para terra firme... uma ótima ideia, senhor!

Preocupado, Nid transmitiu um pensamento:

"E bastante arriscada também!"

O garoto foi pego de surpresa ao ouvir Thuron responder, como se tivesse ouvido a observação do cão, embora se tratasse de mera coincidência:

— E bastante arriscada, eu garanto. Se Madrid ou a tripulação nos virem, estaremos acabados. Mas quero correr o risco. Há um penhasco alto e rochoso que se estende sobre as águas de Santa Marta. Se passarmos pelo *Diablo* despercebidos, ancoraremos a sotavento e estaremos bem protegidos.

Rocco Madrid fitava o horizonte avermelhado, observando o dia se transformar em noite. Chamou Pepe:

— Pepe, você ainda os vê, amigo?

Pepe começou a descer, resmungando com esforço:

— Muito mal, *capitano*. Preciso da luneta para ficar de olho neles. Só preciso de uma lanterna ou da chama do fogão da cozinha para poder dizer onde o *La Petite Marie* está.

O espanhol entregou-lhe o instrumento.

— Cuidado com isso.

Pepe começou a subir no mastro, resmungando:

— Vou precisar de algo para comer, preso lá em cima.

Rocco ouviu a mensagem e respondeu, de mau humor:

— Você vai comer quando eu quiser. Se você sair daí, vai comer o jantar através do corte em seu pescoço!

Pepe chegou ao posto de observação e examinou o mar à frente com a luneta.

— Eu posso vê-los, *capitano*; o fogo da cozinha está brilhando como um farol!

Ban observava o mastro de madeira balançando nas ondas a bombordo do navio. Um pedaço de lona velha, embebido em óleo de lamparina, ardia alegremente na borda do mastro. Ele deu um tapinha carinhoso na cabeça de Nid.

"Se eu usasse um chapéu, eu o tiraria em sua homenagem, amigão! O mastro aceso é um lance de gênio!"

O labrador tinha as patas apoiadas na amurada de bombordo e farejava, enquanto transmitia um pensamento:

"Se eu fosse humano, seria almirante agora. Quem sabe você possa dizer para o nosso capitão que foi ideia sua?"

O garoto balançou a cabeça.

"Eu não vou dizer nada."

Nid baixou as orelhas de modo engraçado.

"Oh, vá em frente e conte a ele, e fique com a glória para você. Eu sei como é a vida de um cão: muito trabalho e nenhum elogio."

Ban beijou levemente o alto da cabeça do cachorro.

"Veja! Eu estou elogiando você agora. Não sei o que faria sem você, Nid. Você é o cão mais inteligente do mundo!"

Thuron saiu da cabine e olhou para a armadilha.

— Ahá! Um excelente truque! Foi ideia sua, Ban?

O garoto respondeu, sem mentir:

— Não, senhor. Foi ideia do bom São Nid, que pensou em tudo!

O francês deu um tapinha em Ban alegremente.

— Não me faça rir. O som é transmitido longe em mar aberto, você sabe.

Uma escuridão sem lua desceu sobre as sussurrantes ondas e nuvens encobriram as estrelas. Rocco Madrid entregou o timão a Boelee, indo em seguida até a base do mastro. Chamou a sentinela num sussurro rouco:

— Pepe, onde está o *Marie* agora?

O resmungo nervoso de Pepe chegou a seus ouvidos:

— Eu não posso mais vê-lo, *capitano*. Estava observando a luz da cozinha, mas, de repente, puf! Sumiu! Alguém deve ter fechado a porta da cozinha.

Madrid rangeu os dentes fazendo barulho.

— Idiota! Você o perdeu! Ele deve ter posto mais pano ainda. Vamos seguir em frente. Acho que estamos no rastro de Thuron. Tenho certeza de que ele está indo para a Jamaica e Port Royal. Boelee, estabeleça o curso para o norte. Portugee, mantenha o navio a todo pano. Amanhã, à luz do dia, nós o veremos novamente. Eles não podem se esconder em mar aberto. Estarei em minha cabine. Acordem-me uma hora antes do amanhecer.

O espanhol caminhou até a cabine, deixando os três tripulantes fitando o horizonte escuro. Rocco Madrid não seria uma boa companhia caso eles perdessem o rastro do *La Petite Marie*.

Ban ajudou a tripulação do capitão Thuron a rizar as velas quando os penhascos escuros da cordilheira de Santa Marta surgiram à frente deles. Nid observava o timoneiro gigante, Anaconda, levar o navio cuidadosamente até o abrigo de rochas imponentes a oeste. Thuron dera ordens para baixar a âncora e riu baixinho quando o garoto se juntou a ele no convés.

— Nosso *Marie* estará seguro aqui durante a noite. Aposto que o *Diablo* está rumando a toda velocidade para Kingston ou Port Royal — aonde mais um navio da Fraternidade iria no Caribe? A primeira coisa que faremos amanhã é contornar o cabo e rumar direto para o leste, saindo do mar em direção ao oceano Atlântico. Então, estaremos a caminho da França e de volta ao lar, hein, garoto?

Ban fez uma saudação engraçada para o capitão.

— Sim, senhor!

PRÓXIMO AO LADO ORIENTAL dos rochedos de Santa Marta, a pouco mais de duas milhas do local onde o *Marie* estava ancorado, encontrava-se outro navio, o *Devon Belle*. Era um corsário, que possuía uma carta de corso do rei da Inglaterra, Carlos I. Pouco mais que piratas, os corsários saqueavam outros piratas e navios hostis à sua pátria, e eram comuns em muitos países: França, Espanha, Portugal e Holanda. O *Devon Belle* era um corsário britânico. O rei Carlos assinara uma permissão para o capitão atacar e saquear todos os navios estrangeiros que quisesse, sob o pretexto de que uma embarcação que não portasse a bandeira britânica ou era um navio pirata ou era um navio inimigo. Com a carta de corso, o capitão do navio corsário atacaria e conquistaria tudo o que tivesse diante de si, assumindo o controle de todos os tesouros e despojos que conquistasse. Esses eram empreendimentos lucrativos para a Coroa Britânica, que recebia uma parte grande dos saques. Os capitães dos corsários frequentemente se portavam como oficiais da Marinha britânica, fingindo limpar os mares dos piratas e manter as rotas livres para os marinheiros honestos.

O capitão Jonathan Ormsby Teal era um tipo desses. Elegante, sofisticado e bem-educado, o ambicioso primogênito de uma família nobre empobrecida tinha decidido fazer fortuna em alto-mar e se lançara ao negócio como um pato na água. Seu navio, apesar de pequeno, estava carregado de armas, com canos de canhões em cada uma das vigias: na proa, na popa e a meia-nau. No momento, ele jogava seu jogo favorito: esperar por alguma embarcação partindo de Barranquilla ou Cartagena, pronto para saltar sobre ela de seu esconderijo no lado oriental dos rochedos de Santa Marta. O capitão Teal estava se transformando rapidamente no flagelo do mar do Caribe. Ele costumava trajar um casaco de caçar raposas vermelho e reto e achava graça no apelido que os tripulantes lhe deram: capitão Redjack. Tudo o que queria era o amanhecer e algum navio desatento passando pelo cabo ao alcance de suas armas. Agora ele estava sentado em sua pequena cabine, bebericando um vinho Madeira e brincando com uma coleção de moedas de ouro, dobrões em sua maioria. O tinir do ouro puro e reluzente era música para os ouvidos do capitão Redjack Teal!

Ban e Nid dormiram no convés, pois estava quente e úmido no abrigo de rochedos elevados. O menino e o cão esticaram-se em meio aos rolos de cabos empilhados no castelo de proa, esperando por uma brisa passageira.

Ban nem bem adormecera quando foi acordado por Nid. O labrador negro choramingava ao dormir e, de vez em quando, mexia as patas e as orelhas. O menino sentou-se e sorriu. Que tipo de sonho o cão estava sonhando? Primeiro, ele gemia, depois, latia baixinho; o focinho se enrugava e as costelas estremeciam. Os sonhos podiam ser visões bem estranhas.

Ban levantou-se e parou na proa, olhando para além dos rochedos no mar escuro. Então ele viu algo que sabia não ser um sonho.

O *Holandês Voador*!

Erguendo-se na noite sem lua, envolvido por um brilho verde assustador, lá estava o navio maldito, com suas velas partidas pelas tempestades, agitando-se por um vento desconhecido, enquanto o gelo decorava seus cabos e crustáceos e detritos marinhos cobriam seu casco. Ele girava lentamente o costado, permitindo que ondas imaginárias o levassem para próximo da costa. E agora se aproximava cada vez mais.

O menino ficou paralisado pelo horror, incapaz de correr e com os olhos arregalados de medo. Ele queria gritar, chamar por socorro, qualquer coisa que quebrasse o terrível encanto. A boca se abriu, mas não emitiu som algum. Agora o navio fantasma estava tão próximo que quase podia tocá-lo. Ele podia ver a terrível figura do capitão Vanderdecken amarrado ao timão, com os cabelos longos, incrustados de sal, flutuando atrás de si, os dentes escurecidos e irregulares revelados por lábios descorados na palidez mortal de um rosto cadavérico. Vanderdecken fitava com olhos manchados de sangue e raiva o menino e o cão, que, há muito tempo, foram salvos por um anjo divino. A terrível aparição encarava Ban com olhos ameaçadores, aproximando-se rapidamente.

Nid então se levantou e começou a ladrar, e seus latidos, longos e angustiados, ecoavam nos rochedos.

Uma voz soou nas acomodações da tripulação:

— Façam o cão parar! Onde está o menino?

Ouviu-se o barulho de pés descalços no convés; era Ludon, o imediato, que corria para o bico da proa. Ele viu Ban de pé, muito rígido, e Nid a seu lado latindo furiosamente. Ludon agarrou o braço de Ban.

— Qual é o problema, garoto? Você não pode mandar o animal...

Ao vê-lo com as mãos em seu amigo, Nid atirou-se sobre o imediato, levando-o ao chão. Subitamente, Thuron juntou-se a eles. Ban estremeceu e caiu no convés. O francês levantou-o como um bebê, chutando Ludon ao passar por ele.

— Ban, garoto, você está bem? O que você fez ao menino, Ludon?

Tentando se desvencilhar de Nid, o imediato protestou:

— Eu não fiz nada, capitão, juro! Ouvi o barulho do cão e vim ver...

Thuron urrou para o infeliz Ludon:

— Nunca mais toque no garoto e fique longe do cão! Eles me trazem sorte! Deixe-os em paz! Entendeu?!

Magoado e confuso com a ira do capitão, normalmente tão afável, Ludon saiu furtivamente e voltou para seu beliche.

Ban voltou à consciência na cama da cabine do capitão, enquanto Nid lambia seu rosto. Sentando-se, comunicou-se rapidamente com ele:

"Você viu? Vanderdecken estava lá! Eu o vi! Ele está atrás de nós! Sei disso. Você viu o navio, Nid?"

O cão pôs as patas dianteiras no peito de Ban, fazendo-o deitar novamente.

"Eu o vi em meus sonhos, mas não pude interromper o pesadelo. Não pude acordar, Ban. Senti a proximidade do holandês, mais perto do que ele jamais esteve desde que estivemos em seu navio. Eu sabia que você estava em perigo e queria poder ajudá-lo. Então comecei a latir para o anjo vir e nos salvar, e foi isso que resolveu. Apesar de Ludon ter um hálito horrível e pés muito sujos para ser um anjo!"

Ban continuou deitado na cama e sorriu palidamente para Nid.

"Obrigado, amigão, você é um bom companheiro. Onde está o capitão?"

O cão deixou o menino se levantar enquanto indicava a porta com a cabeça.

"Oh, o capitão está no refeitório da tripulação, repreendendo-os duramente. O velho Thuron não quer que ninguém se meta com os dois amigos que lhe trazem sorte. Eles devem nos deixar em paz."

Ban balançou a cabeça arrependido.

"Eu não queria ter feito aquilo. Gosto da tripulação do *Marie*. Eles podem ser piratas, mas não são maus como os do *Holandês*. Aqueles sim são muito malvados."

Nid lambeu a mão de Ban.

"Bem, você tem sorte, garoto, e eu também. Nós só temos que aprender a lidar com isso. Descanse agora. O capitão disse que ficaria no convés. Vamos, amigão, durma. Eu vou ficar aqui e vigiar por nós dois."

O menino coçou atrás da orelha do fiel cachorro.

"Eu sei que vai, Nid. Você é um cão bom e leal."

Nid piscou para Ban.

"Não durma agora. Coce minha orelha mais um pouquinho. Aí. Isso! Assim está muito bom!"

Finalmente, eles conseguiram dormir um sono profundo e tranquilo. Ban sonhou que era levado pelas correntes em meio a nuvens douradas numa aurora gloriosa, bem acima de um mar azul como uma centáurea. Suavemente, como sinos distantes numa campina, a voz do anjo atravessou os corredores de sua mente:

"Durante a noite, cuidado com os mortos-vivos
Banidos pela visão do Salvador.
E, quando todos os rostos desviarem o olhar,
Nesse dia deixai o mar,
Mas evitai o ouro, vós que tendes o coração puro,
E não queirais ver o amigo partir!"

Em seguida, Ban percebeu Nid rosnando baixinho ao ouvir uma batida na porta da cabine. A figura gigante de Anaconda quase bloqueou a pálida luz da aurora quando se curvou e entrou, trazendo uma bandeja. Colocando seu conteúdo sobre a mesinha de cabeceira, ele apontou para duas tigelas de mingau de aveia, algumas frutas e água para Ban e Nid.

— Vamos partir agora. O capitão disse para você comer tudo.

O gigante se virou e saiu em silêncio.

Nid ouviu uma pancada surda contra o costado do navio e acenou para Ban.

"Parece que a âncora está sendo puxada."

Ban começou a comer depressa.

"Eu vou ajudar a tripulação a zarpar!"

Thuron observava Ban se mover agilmente nos cabos e descer suavemente no convés, próximo ao labrador negro. O francês admirava a agilidade do menino.

— Um macaco não teria feito melhor que você, garoto! Agora, meus sortudos companheiros de refeição, estão prontos para partir rumo à França?

O garoto bateu continência.

— Sim, senhor!

Nid latiu alegremente e balançou a cauda. O capitão Thuron sorriu e virou-se para dar ordens a Pierre, que estava no timão:

— Leve-nos para longe dos rochedos, contramestre. Em seguida, estabeleça o curso para nordeste através do mar do Caribe, passando por Hispaniola e Porto Rico, até as profundezas do Atlântico!

Ban estava animado. Certamente haveria perigos em pleno oceano — dificuldades também. Mas era uma viagem para outro continente. Seu sentido de aventura fora despertado. Ele se sentia próximo dos tripulantes do *La Petite Marie*, ao ouvi-los cantar uma canção de adeus. Ban via-se como um marinheiro de verdade, em sua segunda viagem, indo para o outro lado do mundo. O capitão Thuron cantava com o restante dos homens; Ban acompanhava sem saber as palavras e Nid balançava a cauda no compasso da música.

"Adeus, bela Susana
E companheiros de longa data.
Adieu, terra natal, que talvez não veja mais,
Estou partindo para bem longe.
As aves marinhas gritam e rodopiam
Enquanto singramos o vasto mar do Caribe,
Eu devo seguir o mar; por isso, lembre-se de mim com carinho,
Talvez eu volte um dia."

Percival Mounsey, o cozinheiro a bordo do *Devon Belle*, era exigente em suas obrigações com o capitão Redjack. O capitão de um corsário inglês deveria ser sempre o primeiro a tomar café, por isso o cozinheiro tinha levantado de madrugada e apanhado um linguado de escamas amarelas de uma linha com isca que ele pendurara na amurada de popa na noite anterior. Após preparar o peixe na grelha da cozinha, ele o arrumou cuidadosamente numa bandeja de prata com fatias finas de limão e uma pitada de pimenta vermelha e sal-gema. Em seguida, depositou-o numa travessa, junto com meia garrafa de vinho Madeira e dois biscoitos especiais de malte da lata particular de Redjack. Dobrando meticulosamente um guardanapo, colocou-o sobre a taça de peltre do capitão. Levando a travessa erguida na palma da mão esquerda, o cozinheiro baixo e gordo caminhou pelo convés a estibordo rumo à cabine do capitão. Parando na metade do convés, aproveitou para admirar o sol nascendo em meio a uma nuvem em tons de rosa e pérola. Mounsey suspirou. Ele amava o Caribe e seu clima exótico. Mas foi então que viu o navio contornando a ponta do cabo, além dos rochedos.

O cozinheiro lançou-se para a frente, equilibrando a travessa, e chutou dois tripulantes que estavam dormindo durante a sentinela.

— Charlie! Bertie! Olhem! Um navio!

O capitão Redjack Teal estava sentado à mesa de jantar, vestido com um roupão de seda e um barrete, aguardando o café. Mas esta manhã seria um pouco diferente das outras. Em vez da sutil batida à porta do cozinheiro, avisando-o que a refeição chegara, a porta da cabine foi aberta com estrondo e o cozinheiro foi empurrado para o lado pelos dois vigias, que forçaram a entrada na cabine, gritando:

— Capitão! Capitão, senhor...!

Teal levantou-se, furioso, com o dedo apontando para a entrada.

— Fora! Fora da minha cabine! Mas que diabos é isso? Terei que mandar açoitar estes dois imbecis? Fora, eu disse!

Hesitante, Bertie disse:

— Mas, mas, capitão, perdoe nossa...

O capitão encarou-o com um olhar que teria transformado rum da Jamaica em sorvete num dia quente.

— Fora! Agora!

Os dois homens sabiam que não adiantava discutir e saíram aos tropeções. Ainda do lado de fora, equilibrando a travessa, Mounsey lançou-lhes um olhar perspicaz e, em seguida, bateu delicadamente à porta que ele acabara de fechar atrás dos dois tripulantes. A voz de Teal ordenou languidamente:

— Entre!

O cozinheiro deslizou suavemente para dentro da cabine, colocando com cuidado a travessa sobre a mesa de Teal e arrumando as fatias de limão, enquanto dizia:

— Um bom dia, meu senhor. Gostaria de informar que dois de nossos homens de sentinela estão do lado de fora e querem vê-lo, senhor.

O capitão do corsário serviu-se de um pouco de vinho Madeira, modulando a voz para o habitual modo de falar aristocrático:

— Então dois de meus homens me aguardam. Mande-os entrar, por favor.

Mounsey chamou Charlie e Bertie, que esperavam do lado de fora da cabine.

— Entrem e fechem a porta!

Teal olhou por cima da borda da taça para os dois homens que se encontravam de pé, desajeitados, diante dele. Antes que pudessem falar, ele ergueu a mão pedindo silêncio e começou a repreendê-los:

— Ninguém lhes ensinou a bater na porta dos outros? Agora, repitam comigo: caipiras sempre devem bater à porta antes de entrar na cabine de um capitão e de um cavalheiro de estirpe. Repitam!

Charlie e Bertie tropeçaram em algumas palavras, mas, no fim das contas, conseguiram repetir. Teal limpou os lábios com o guardanapo.

— Educação é a primeira regra para o capitão. Agora, você aí — falou, enquanto pegava o garfo e apontava para Charlie. — O que exatamente você queria me dizer? Fale, homem!

— Navio a estibordo, contornando o cabo. Parece um bucaneiro francês, senhor!

O garfo de Teal caiu, batendo no prato.

— Com mil diabos, homem, por que não me disse logo?

Bertie elevou a voz:

— Ele ia dizer, senhor, mas o senhor mandou...

O olhar penetrante de Teal fez com que se calasse, enquanto o capitão o repreendia:

— Com licença! Eu falei com você?

Bertie mexeu os pés descalços, sem tirar os olhos deles.

— Não, senhor.

O capitão assentiu.

— Então, feche a matraca, rapaz! — Teal fazia questão de não saber os nomes dos tripulantes, por se considerar acima de tais coisas.

Fitando Charlie, perguntou:

— Um maldito navio estrangeiro, hein? Bucaneiro, não é? Ainda está em nosso alcance, hein?

Charlie olhava diretamente para a sua frente.

— Sim, senhor!

Redjack Teal ergueu-se da cadeira.

— Bem, vou ensinar aos patifes o que acontece quando atravessam meu caminho! Cozinheiro, chame o camareiro! Vocês dois, informem ao mestre-canhoneiro e digam-lhe para reunir os homens e aguardar minhas ordens.

Rocco Madrid fora acordado e chamado para o convés nos primeiros raios de sol. Seus três melhores tripulantes, Pepe, Portugee e Boelee, estavam reunidos timidamente no convés de ré, evitando os olhares indignados do capitão.

Madrid desembainhou a espada e espetou o longo mastro, que ainda cheirava a óleo e velas queimadas. Em seguida, apontando a espada para Portugee, indagou:

— Quando o encontraram e o que exatamente é isto?

O contramestre tentou parecer eficiente:

— *Capitano*, encontramos há um quarto de hora. Nós o retiramos do mar, Boelee e eu. Pepe sabe o que é.

Pepe limpou a garganta, nervoso.

— *Sí, capitano*, o mastro estava se deslocando em nossa direção. Fui eu quem o viu.

Girando nos calcanhares, o espanhol caminhou até a amurada. Guardou a espada e fitou pensativamente a água. O trio o observava apreensivo, tentando avaliar seu humor. Para alívio de todos, ele sorria ao voltar a fitá-los.

— Uma armadilha, hein? Muito esperto! Este mastro me diz duas coisas: primeiro, o *Marie* não se dirige para a Jamaica nem para Port Royal; segundo, eles nos enviaram na direção errada. Então, o que vocês acham disso, amigos?

Os três fitaram o capitão em silêncio, enquanto ele abria um sorriso ainda maior.

— Asnos; se juntar todo o cérebro de vocês, não dará para um *capitano*. Thuron não seria tolo de voltar para Cartagena. Não. Eu acho que ele partiu rumo a leste, na direção do mar. Portanto, ele deve ter ido para um destes dois lugares: Hispaniola ou Porto Rico. Eis o que pretendo fazer:

navegaremos para o leste também, rumo ao estreito entre as duas ilhas e direto para o Atlântico. Não importa que ilha ele escolheu. Quando estiver novamente no mar, estaremos esperando por ele. Boelee, traga-me os mapas! Portugêe, assuma o timão e leve o *Diablo* para o leste. A raposa francesa não vai escapar dessa vez!

Pepe estava ao lado de Portugee no leme e falava em voz baixa quando o capitão saiu.

— Como vamos saber se Thuron não está seguindo para as ilhas Leeward ou Windward, ou talvez para La Guira, Trinidad ou Curaçau, ou direto para Barbados?

Portugee girou o timão com firmeza, piscando com a luz do sol bem em seus olhos.

— Não sabemos, Pepe. Você não ouviu o homem? Nós somos asnos sem cérebro e ele é o *capitano*. Por isso, o que ele decidir deve estar certo. A menos que você queira dizer a ele que você é que é mais esperto!

Pepe balançou a cabeça resolutamente.

— Eu não quero morrer, amigo. O *capitano* sabe das coisas e este asno aqui vai obedecer às ordens dele sem questionar.

BAN NUNCA ESTIVERA A BORDO DE UM NAVIO NO MAR QUE FOSSE alvejado. A primeira coisa que ouviu foi um estrondo distante. Ele e Nid levantaram os olhos para o céu, enquanto o cão transmitiu um pensamento confuso:

"Parece barulho de trovão, mas não há nuvens no céu."

Foi então que se ouviu a voz grave de Anaconda:

— Todos a postos, estão atirando em nós, capitão!

Thuron estava abrindo a luneta e corria para a amurada de popa, quando se ouviu um enorme borrifo de água a cerca de cinquenta jardas a ré. O francês ajustou a luneta, dando ordens:

— Um corsário britânico navegando na costa leste de Santa Marta! Ele tem canhões em número suficiente para um navio de combate, maldito seja! Pierre, aperte os cabos e desenrole as velas de estai a bombordo e a estibordo! Ele ainda não se aproximou de nós. Precisaremos de cada fio da lona das velas para o *Marie* superá-lo em velocidade!

Um segundo tiro de canhão explodiu. Dessa vez, Ban ouviu a bola de ferro cruzando o ar com um assobio. Ele e Nid ficaram ensopados com os respingos do tiro que acertou as águas a menos de vinte jardas da popa.

E então começou a perseguição. Uma brisa forte levantou as

velas do *La Petite Marie*, enquanto o navio partia como uma presa atemorizada. Um tripulante baixinho e ágil, chamado Gascon, subiu à vigia de popa com a luneta presa no cinto. Ban e Nid estavam ansiosos ao lado de Thuron, fitando Gascon no mesmo momento em que ele observava o agressor e gritava para baixo:

— Eles estão se aproximando rapidamente, capitão, é um navio da Marinha britânica, com quatro colubrinas nas proas. Posso ver a tripulação de pé segurando os mosquetes!

Apesar do risco da situação, Thuron sorria com uma careta.

— Ah! Um típico corsário, carregado de armas e de homens. Nosso *Marie* ostenta apenas metade do número de canhões, e nós cortamos nossas proteções ontem. Vamos navegar mais rápido que esse inglês pesadão. Ele não vai ganhar nenhuma recompensa real à custa de Raphael Thuron, pode apostar, garoto!

Nid transmitiu a Ban uma breve observação:

"Bem, pelo menos nosso capitão é bem confiante. Eu gosto do estilo dele!"

Ban limpou o sal de seus olhos e dirigiu-se ao capitão:

— Acho que teremos que navegar muito mais rápido que o corsário para sair do alcance das armas dele, senhor.

Thuron pôs um braço nos ombros do garoto.

— Isso mesmo, rapaz, mas o nosso *Marie* aqui é bem mais rápido e eu tenho Ban e Nid a meu lado. Não se preocupe. Se nós conseguirmos evitar que as balas de canhão acertem nosso leme e as palanquetas destruam nossos mastros, tudo o que eles verão é o nosso rastro. Eu já deixei muitos corsários para trás. Abaixem-se!

Ban, Thuron e o cão lançaram-se no chão do convés. Ouviram-se um zumbido desagradável e o som de algo que se partia. O capitão ergueu a cabeça ao mesmo tempo que Ban. Thuron indicou a amurada de popa. Pendurada na amurada da galeria ornada, cuja madeira se partiu e rachou, estava uma corrente presa a uma bola de canhão do tamanho do punho de um homem.

O francês assobiou baixinho.

— Essa passou perto. Aqui, garoto, venha e dê uma olhada na palanqueta!

Ainda abaixados, eles rastejaram até a amurada. Thuron ergueu a mão e desatou o objeto, trazendo-o a bordo. Era uma espécie de boleadeira — três pedaços de correntes presos no centro, formando a letra Y, com uma pequena bola de ferro na ponta de cada corrente.

O capitão segurou-a em suas mãos grandes e redondas.

— Isso é coisa da Marinha britânica. Os bucaneiros pobres como eu não podem comprar brinquedinhos tão caros e letais. Veja! Tem mais uma a caminho! Fique tranquilo, garoto! Essa não vai nos atingir! Estamos abrindo distância dos preguiçosos!

Ban ouviu então o zumbido fatal e viu a segunda corrente cair inofensivamente no mar, a uma distância de dois navios deles.

O capitão Redjack finalmente apareceu no convés, depois de tomar café e receber os cuidados do camareiro. Tirou um lenço de renda da manga de veludo vermelho e removeu uma mancha preta de pólvora dos calções da mais fina seda. Voltando-se para o mestre-canhoneiro, cujo nome ele não lembrava, estendeu as mãos de unhas bem-feitas e falou:

— Maldito seja, homem! Não fique aí parado com essa cara! Informe o que está acontecendo!

O capitão Redjack ajustou a luneta que o canhoneiro lhe estendeu em sua pressa, analisando o navio enquanto o marujo o informava:

— É um bucaneiro francês, senhor capitão. Eu avaliei a velocidade do navio com dois tiros de canhão. Ele é bem rápido. Mas eu tentei lançar uma palanqueta até a galeria de popa, senhor.

Redjack afastou a luneta dos olhos e segurou-a na palma da mão.

— Acredita agora? Maldito comedor de queijo! Olhe só para ele! Correndo como uma lebre! Ei, timoneiro! Quero que nos leve para mais perto deles para podermos atirar! O senhor pode fazer isso, não pode?

O timoneiro, um homem magro e tristonho, sacudiu o topete.

— Eles são mais leves que nós, senhor. Eu diria que o navio francês está a toda velocidade. Mas vou tentar fazer o melhor, capitão.

O capitão corsário encarou o timoneiro.

— Não faça o melhor, senhor. Faça muito melhor que isso, entendeu? Três guinéus de ouro para o homem que primeiro puser os pés no convés dos piratas! Três chibatadas para todos os homens se perdermos o safado! Com mil raios! É uma oferta justa, não é?

A tripulação sabia que Redjack era um homem de palavra. Um dos marujos, insolente, começou a gritar as ordens:

— Içar bujarronas e gibas! Pegar os sabres e afrouxar as proteções! Depressa, bando de preguiçosos!

Redjack sorriu com benevolência para o marujo e estendeu os braços para oferecer-lhe o benefício de seu vestuário: calções da mais fina seda, meias brancas e botas com fivelas prateadas e os punhos e gola cobertos com renda de seda creme por baixo de uma casaca de caça vermelha que acabara de ser lavada e passada.

— Cáspite! É esse o estilo, bem-vestido para a ocasião, é o que sempre digo!

Sem atrever-se a voltar para o mastro, Gascon agachou-se no convés de ré, observando o *Devon Belle* através da luneta de Thuron.

— Os ingleses estão içando as velas para ganhar velocidade, capitão!

Thuron assentiu:

— Mantenha o curso a favor do vento horizontalmente, Ludon. Nós vamos despistá-los antes de chegarmos a Hispaniola e Porto Rico.

Ludon, o timoneiro, respondeu ao capitão:

— Não posso manter o curso para o leste, o vento está soprando na direção sul. Temos que mudar de direção, capitão!

Thuron fez um gesto para Nid e Ban.

— Observem! Vou mostrar a vocês como mudar de direção e deslizar.

Em seguida, Thuron pegou o timão de Ludon, girando-o com habilidade, enquanto explicava sua tática para Ban:

— Se não podemos rumar para o leste, o melhor que podemos fazer é mudar de direção. Primeiro, na direção do vento; depois, afastando-nos dele, para que o navio incline um pouco e deslize de lado. Assim, o nosso

Marie vai manter a velocidade. Navegar para o leste com um vento sul diminuiria nossa velocidade. Gascon, o que o corsário está fazendo agora?

Atrás do capitão, a sentinela respondeu:

— Os ingleses estão fazendo o mesmo que nós, capitão: estão mudando de direção e deslizando como uma libélula.

Apesar da atitude afetada, o capitão Redjack Teal não era tolo. No momento, ele observava o navio francês com muito interesse. Ele também tinha ordenado que o *Devon Belle* mudasse de direção, enquanto dizia ao mestre-canhoneiro que preparasse a artilharia a bombordo. Teal acreditava que tinha se aproximado mais um pouco do outro navio. E esperou a hora certa, pronto para colocar todas as suas fichas na mesa. A oportunidade apareceu subitamente, quando ele percebeu que os dois navios, ao mudarem de direção, ficaram bordo contra bordo. De pé ao lado do mestre-canhoneiro, o capitão corsário deu uma ordem rápida:

— Certo, rápido agora, bordo contra bordo, rápido como um trovão. Agora!

E foi então que dez canhões recuaram em suas carretas ao explodirem de uma só vez!

Todos os homens a bordo do *Marie* lançaram-se no chão ao ouvirem o estrondo das balas de canhão. Ban mal conseguiu respirar quando Nid atirou-se nas costas de seu dono para protegê-lo. Em seguida, ouviu-se uma explosão horrenda e havia muita fumaça, chamas e o barulho dos homens gritando.

Thuron imediatamente se pôs de pé, dando as ordens:

— Rumar para o sul! Rumar para o sul na direção do vento! Não mudem de direção! — e retirando o cão de cima de Ban perguntou:

— Você está bem, garoto?

Com o barulho ainda ecoando em seus ouvidos, Ban levantou-se de um pulo.

— Estou bem, capitão, cuide do navio!

Ban e Nid seguiam o francês bem de perto, enquanto ele corria para ver os danos. Por sorte, nenhum mastro fora partido pelo bombardeio, o leme estava intacto e o *Marie* não tinha furos. Mas a cozinha inteira fora destruída, arruinando o convés. Pierre, com o rosto pálido, cambaleava segurando o braço ferido.

— Três homens estão mortos, capitão. A cozinha e tudo o que havia dentro, incluindo a comida, se foram. A coberta está em chamas, mas não é grave.

Thuron rasgou uma tira do forro do casaco e enfaixou o braço de Pierre ao mesmo tempo que dava as ordens:

— Apaguem as chamas! Verifiquem a mastreação! Ludon, mantenha o rumo sul. Tire-nos daqui!

Ban viu o capitão franzir o cenho e apertar os olhos.

— Nós ainda podemos deixá-los para trás, senhor?

Thuron cofiou a barba e virou-se na direção do *Devon Belle*.

— Sim! Vamos tentar, garoto! Vamos tentar! Mas eu acho que há um modo mais fácil que fugir do inimigo. Vou fazê-los parar de nos perseguirem. Anaconda, você se lembra de Porto Cortés?

O rosto do gigante abriu-se num sorriso.

— Sim, capitão! Foi quando tiramos a pequena Gerda daquele holandês. Devo trazê-la para a popa?

O francês pegou seu sabre.

— Peguem o cadernal de dois gornes e um moitão!

Nid enviou um pensamento confuso para Ban:

"A pequena Gerda não pode ser tão pequena assim se eles precisam de cadernal e moitão para erguê-la. Pergunte a ele o que é a pequena Gerda, Ban."

O menino perguntou e Nid ouviu a explicação de Thuron com a maior atenção:

— A pequena Gerda é uma arma esquisita que nós tiramos de um navio mercante holandês que navegava em direção a uma fortaleza na ponta do Yucatán. Ela tem um cano longo, não tão grande para caber uma bola de canhão, mas pode atirar mais longe que um canhão. Você vai ver.

A pequena Gerda era, de fato, uma arma estranha. Ban ajudou a girá-la no tombadilho e montá-la no suporte da colubrina de proa.

O capitão deu um tapinha no longo cano em sinal de aprovação.

— Eu sabia que ela seria útil um dia. Está vendo este cano? É para disparos de longo alcance. O compartimento de munição da Gerda leva o dobro da quantidade normal de pólvora. O cano tem sete camadas de fio de cobre espesso amarradas nele; por isso, ela não racha com a pressão. A abertura é muito pequena para uma bala de canhão. Você consegue adivinhar o que vou usar, Ban?

O menino entendeu imediatamente. Pegando a palanqueta que Thuron deixara sobre a amurada rachada, falou:

— Isso caberia na boca da pequena Gerda, eu acho.

O francês piscou para ele.

— Muito bem, Ban sortudo! Vamos devolver a palanqueta para os britânicos com os nossos cumprimentos! Anaconda, Gascon, preparem a arma enquanto ainda estamos no páreo!

Nid e Ban acataram depressa as ordens do capitão de recolher pedaços macios de pano velho para a bucha e um pouco de óleo de palma para empapá-los. Ao voltarem para o tombadilho, pegaram o soquete da colubrina de proa para fechar a abertura da pequena Gerda.

No meio dos dois, Thuron e Anaconda estavam ajustando a trajetória da arma e mirando corretamente.

Um dos tripulantes a bordo do *Devon Belle* esperava obedientemente com a bandeja, a garrafa e a taça. O capitão Redjack Teal tomou sua dose matinal de vinho Madeira, perguntando ao marujo que transmitia as observações da sentinela que se encontrava no cesto da gávea:

— Você, meu amigo, me diga o que o comedor de queijo está fazendo agora, hein?

O marujo gritou para a sentinela:

— O capitão quer saber o que o navio francês está fazendo!

A sentinela gritou de volta:

— Ele está rumando para o sul com o vento, senhor, fazendo os reparos e fugindo.

Bebericando seu vinho Madeira, Teal dava tapinhas nos lábios e sorria.

— Ora, isso é bom, não? Fazendo reparos e fugindo. Muito esquisito!

A sentinela gritou novamente:

— Eu acho que eles estão montando um canhão na popa, senhor, mas eu não consigo ver direito!

O marujo virou-se para o capitão.

— Ele diz que acha...

Redjack dispensou-o com um olhar arrogante.

— Vá embora, homem! Até parece um papagaio! Eu ouvi o que a sentinela disse. Canhoneiro, suba e veja do que o estúpido está falando, está bem?

O mestre-canhoneiro subiu no mastro obedientemente até o cesto da gávea onde estava a sentinela. Cobrindo os olhos, espreitou o *Marie*.

Teal gritou impaciente:

— Dê-lhe logo a maldita luneta!

O canhoneiro observou através da lente da luneta:

— Parece uma colubrina de nariz comprido, senhor. Nós estamos fora do alcance dele, capitão, não vai chegar nem à metade da distância, senhor!

Teal estendeu a taça para mais vinho.

— Bem, deixemos esses ridículos franceses se divertirem tentando, não é mesmo? Hahaha!

Ouviu-se então o som distante de uma explosão violenta, seguido por um zumbido, que terminou num estrondo muito alto!

A palanqueta partira o mastro de proa do *Devon Belle*, o qual oscilou descontroladamente por um instante e, depois, caiu.

A bordo do *Marie*, irrompeu uma aclamação dos tripulantes. Ban e Nid dançaram jubilosos em torno do capitão francês; o cão latia e o menino gritava alegremente:

— O senhor conseguiu, capitão! Que tiro! Arrancou o mastro de proa deles!

O capitão estava parado tranquilamente, segurando um pedaço de madeira com a estopa em chamas em sua extremidade. Ele fez um floreio enquanto o segurava e curvou-se.

— Raphael Thuron já foi canhoneiro a bordo do *Estrela do Sudão*, um corsário que era o terror do mar Vermelho!

Nid enviou um pensamento a Ban:

"Lá vem o velho Pierre da meia-nau. Olhe para ele, até parece que foi o mastro de proa do *Marie* que foi arrancado!"

Os temores de Pierre foram esclarecidos quando ele disse para o capitão:

— Quando a cozinha foi atingida, a maior parte dos suprimentos foi perdida.

O rosto de Thuron ficou sombrio.

— Restou alguma coisa?

Pierre deu de ombros.

— Meio barril de água vazando e um saco de farinha. Foi tudo o que consegui salvar.

O bom humor do capitão Thuron acabou imediatamente.

— Vamos ter que resistir até chegar a Hispaniola ou Porto Rico. Assuma o leme, Pierre. Volte para o curso leste. Anaconda, você e eu calcularemos a ração de água e farinha de cada homem até termos mais provisões.

Nid olhou de relance para Ban e transmitiu-lhe um pensamento:

"Talvez nós não tenhamos trazido tanta sorte assim para o capitão. Prepare-se, amigo, teremos dias difíceis pela frente."

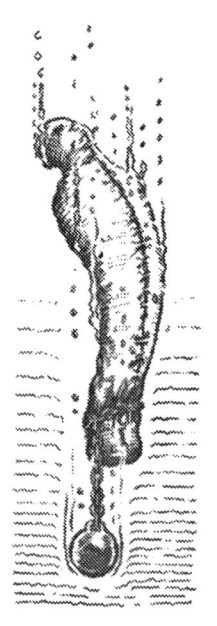

O CAPITÃO REDJACK TEAL NÃO ERA UM HOMEM feliz. Na verdade, ele era um homem bastante infeliz e, como tal, queria ter certeza de que a tripulação do *Devon Belle* compartilhava totalmente seus sentimentos. Era a tarde do segundo dia depois que Teal perdera um mastro de proa por culpa da própria palanqueta. O bucaneiro francês agora estava mais de um dia e uma noite à frente dele, rumo ao azul e vasto mar do Caribe. O corsário britânico continuou a navegar em sua perseguição, mas como uma gaivota com a asa machucada, acabara ficando para trás, atolando-se desastradamente enquanto reparos rápidos eram realizados no mastro quebrado. Após punir severamente todos os homens que jurou castigar, Redjack voltou para sua cabine. Não houve um único homem a bordo que se esquivasse dos seis golpes com a corda de talha alcatroada e cheia de nós: três golpes por perderem a corrida e mais três pelo que o capitão chamou de "total ausência de disciplina e conduta mal-humorada".

Ao ouvir uma batida tímida à porta da cabine, Teal olhou para a taça de Madeira da tarde e gritou bruscamente:

— Entre!

O contramestre caminhou com dificuldade com as talas de madeira presas de cada lado da perna quebrada. Afastando respeitosamente o topete, parou, estremecendo. Teal fingiu que estudava um mapa aberto sobre a mesa. Julgando ser um momento oportuno, o capitão sentou-se, estudando o contramestre com desdém.

— Cáspite, homem! Comeram sua língua, hein? Não fique aí parado com pena de si mesmo! Fale!

O pomo de adão do contramestre movia-se nervosamente.

— Peço licença para informar, senhor, que o mastro de emergência está armado no lugar e tudo está em ordem, e estamos prontos para navegar a todo pano novamente, capitão.

Redjack brincou com sua taça, olhando para o ferimento do contramestre.

— Você vai precisar de algum tempo até estar a todo pano com esta perna, hein?

O contramestre mantinha os olhos fixos à sua frente e respondeu:

— Sim, senhor.

Teal suspirou aflito:

— Deixar uma verga cair assim sobre a perna. Você é um tolo mesmo. O que é que você é?

Continuando a fitar bem à sua frente, o homem foi forçado a responder:

— Um tolo, senhor!

Erguendo-se como se estivesse cansado do mundo, Teal encheu novamente a taça para retornar ao convés com ele.

— Mexa as pernas; depois, vamos ver que tipo de trabalho foi feito.

O barulho estridente do apito do contramestre fez com que a tripulação corresse para as quatro linhas do convés principal. Sem olhar duas vezes, Teal caminhou imponente e foi inspecionar o novo mastro de proa. Era um pedaço de freixo comum do depósito de madeira do navio, fixado por pregos e cabos ao pedaço original do mastro principal, que media cerca de quatro pés de altura. O carpinteiro do navio e seu ajudante, que estiveram aplicando demãos de alcatrão derretido à amarração do cabo, respeitosamente se endireitaram, um de cada lado.

O capitão deu duas voltas em torno do mastro de emergência, examinando com atenção o trabalho.

— Hum, nada mal. Será que vai sustentar a vela sem quebrar, hein?

O carpinteiro bateu continência:

— Sim, senhor, acho que ele vai aguentar!

Acreditando que o novo mastro era de madeira recolhida na costa sul-americana, Teal sorriu levemente para o trabalhador grisalho.

— Muito bem, homem! Embora eu aposte que, em breve, você estará usando a sólida madeira inglesa: um tronco de freixo de casa, hein?

O carpinteiro sabia o que fazer, por isso assentiu alegremente:

— Sim, senhor!

Observou Teal empertigar-se, imaginando como um homem poderia chegar a ser capitão sem conseguir identificar um simples pedaço de freixo inglês tirado dos depósitos do navio, tal como o que ele tinha usado.

O capitão Redjack Teal parou no convés de ré e dirigiu algumas palavras à tripulação que esperava atenta e rígida embaixo, no convés principal. Agora ele assumia a atitude de um pai severo, repreendendo os filhos desobedientes:

— Como capitão do navio de Sua Majestade e como portador da carta de corso assinada pelo próprio rei, sou obrigado por minha função a manter o alto-mar livre dos piratas e de sua laia. Mas minha tripulação está me decepcionando. Que bando de malditos preguiçosos! Deixar aquele francês de uma figa escapar assim, hein? E vocês se consideram canhoneiros? Eu estava bordo contra bordo com ele, e tudo o que vocês puderam fazer foi destruir a inútil cozinha? E ainda se consideram atiradores? Eu não ouvi um único disparo de nossos mosquetes, nenhum marujo audaz tentou matar o timoneiro ou o capitão deles! E, se me permitem, o nosso leme era conduzido por um idiota que não pôde nos tirar do caminho de uma única palanqueta! Que nos causou avarias!

Todos os homens olhavam para o convés como se as respostas pudessem ser encontradas lá. Teal continuou a falar mal-humorado:

— E vocês se consideram corsários ingleses! Bando de burros de carga e camponeses plantadores de repolhos, é isso que vocês são! Mas as coisas vão mudar: vou transformar vocês em homens do mar, em marinheiros de combate que serão o orgulho das esposas da Inglaterra! Não haverá mais cordas de talha, teremos o gato de nove caudas para qualquer homem que não obedeça. Nós vamos capturar o francês ou vamos enviá-lo junto com a maldita tripulação para a perdição e a sepultura no fundo do mar! Estão me ouvindo?

E todos os homens gritaram em coro:

— Sim, senhor!

Em seguida, virou-se para o imediato que segurava a taça de madeira à sua espera. Tomou vários goles e limpou delicadamente a bochecha com um lenço. Repreender a tripulação era cansativo. Já estava saindo do convés quando o imediato o lembrou:

— Permissão para realizar um enterro no mar, capitão?

O capitão tentou disfarçar o esquecimento:

— Ah, claro! O camarada sobre o qual o mastro caiu, não? Bem, jogue-o no mar e vamos em frente.

O corpo foi transportado para a amurada de meia-nau, envolto firmemente em lona de vela, com pedras amarradas aos pés — pedaços de arenito usados para esfregar os conveses. A lona fora costurada rudemente até o centro com barbante e o último ponto fora dado no nariz do homem — um modo tradicional no mar de se ter certeza de que o marujo estava morto. Seis tripulantes seguraram o fardo, equilibrado sobre uma prancha encerada acima da amurada. Teal pegou a Bíblia e folheou rapidamente as orações tradicionais para os mortos, terminando com um breve amém, que foi repetido pela tripulação.

Em seguida, os seis carregadores, inclinando a prancha, recitaram:

"Que o Pai Netuno
Reserve um honrado destino
E que as belas sereias
Cantem uma doce e lenta canção,
Pois aqui jaz um filho.
Agora que já foram ditas as orações,
Com pedras em ambos os pés
Lancem-no ao mar, companheiros, pois morto ele está!"

Ouviu-se uma pancada seca quando o fardo de lona atingiu as ondas e desapareceu no mar.

O capitão Redjack ajeitou o lenço no pescoço.

— Içar velas, senhor imediato! Leve-nos direto para o leste em perseguição. E me avise quando o francês for visto. E... quem era mesmo o marujo que foi lançado ao mar?

— O nome dele era Percival — respondeu o imediato.

Teal parecia ligeiramente confuso:

— Percival de quê?

— Mounsey, senhor. O cozinheiro.

O capitão balançou a cabeça tristemente.

— O cozinheiro! Hum, muito inconveniente. Veja se você arruma um bom homem para substituí-lo.

Três dias se passaram a bordo do *La Petite Marie*. O tempo estava bom e os ventos, estáveis. De pé numa fila, Ban segurava dois copos de bambu. Abaixo da cobertura temporária de lona da cozinha, Ludon e um tripulante chamado Grest estavam servindo a ração de água para todos os homens. Ban ergueu o primeiro copo, e Grest encheu dois terços da concha, despejando-a no copo do garoto de cabelos louros. Em seguida, Ban estendeu o segundo copo.

Grest olhou para o copo, encarando-o.

— Um homem, uma medida! É isso o que todos vão receber!

Ludon murmurou algo para Grest, que, sem dizer palavra, mergulhou a concha no barril, dando-lhe uma segunda medida.

O capitão Thuron aproximou-se.

— Algum problema, garoto?

Ban balançou a cabeça negativamente.

— Nenhum problema, capitão. Só estou pegando água para mim e para o Nid — e o menino se afastou, seguido pelo cão.

O capitão cutucou o ombro de Grest com um de seus dedos grossos, fazendo o homem recuar.

— O cão vai receber água como todos os outros homens a bordo. Veja se dá a ele a medida correta, ouviu?

Enquanto Thuron se afastava, Grest resmungou:

— Água para um cão? Mas se não tem nem o suficiente para nós!

Thuron virou-se, pois ouvira a observação. Sorrindo para Grest, falou:

— Passe-me a concha, amigo.

Grest fez o que lhe fora ordenado. Com as mãos fortes, Thuron dobrou a alça da concha de metal com facilidade. Ainda sorrindo, pôs a concha dobrada no pescoço de Grest e torceu as duas extremidades. Parecia um colar de ferro em torno do pescoço do homem. Em seguida, o sorriso desapareceu do rosto do capitão, e ele falou:

— No dia que você quiser ser capitão, é só me avisar!

Nid lambeu o copo de bambu.

"Engraçado como a gente acha que beber água é uma coisa simples até não termos o suficiente."

Ban sorriu, olhando nos olhos escuros do cachorro, e devolveu o pensamento:

"E nenhum sinal de chuva; caso contrário, nós poderíamos estender uma vela e tentar recolher um pouco de água. Fico imaginando quanto falta para chegarmos a Hispaniola e Porto Rico."

O labrador negro segurou o copo com a boca.

"Eu não sei. Vamos perguntar para o capitão."

Thuron estava de pé na proa com a luneta junto ao olho. Ban e Nid deram a volta a estibordo, evitando a fila para pegar água. Nid parou atrás da cozinha coberta com lona, avisando a Ban com um pensamento rápido:

"Garoto, não faça barulho. Ouça isto."

Ludon e Grest estavam cochichando com um homem chamado Ricaud, enquanto lhe serviam água.

— Quando atracamos em Santa Marta, Thuron me chutou porque eu tentei impedir o vira-lata de latir!

Ban ouviu a reclamação de Ludon. E também ouviu a resposta mental indignada de Nid:

"Vira-lata! Hum! Olha quem fala!"

A MALDIÇÃO DO TESOURO

Grest concordou com Ludon:

— É verdade; se o garoto e o cão trazem tanta sorte, por que nós estamos fugindo de um corsário, com tão pouca comida e água? É isso que ele chama de sorte?

Ricaud gostava de se lamentar e Ban pôde percebê-lo em seu tom de voz:

— Só uma gota de água. Como um homem pode sobreviver com apenas uma mísera gota? Quanto ainda temos no barril, Grest?

Então ouviram Grest soprar a água enquanto inclinava o barril.

— Não temos o suficiente nem para amanhã. Até lá já podemos ter avistado terra. Mas vou lhes dizer uma coisa: já estou cheio de Thuron me criando problemas. Não vou ficar a bordo deste navio. Quando estiver em terra firme, vou embora. Há muitos outros navios procurando por tripulantes por essas duas ilhas.

Ludon respondeu:

— Quero saber quando você vai cair fora. Eu não vou ficar aqui para ser chutado. E você, Ricaud?

Ricaud deu uma risada.

— O grande capitão Thuron não seria todo-poderoso sem sua tripulação. Estou com vocês e vou espalhar isso por aí. Aposto que tem muito mais gente por aqui que está sendo esperada pelas autoridades francesas.

Ludon falou cauteloso:

— Você está certo, amigo, mas não deixe Pierre ou Anaconda saberem disso, pois eles são leais ao capitão. Apenas comente por aí, como quem não quer nada, e tenha certeza de que está falando com os homens certos.

Nid olhou para Ban, transmitindo seus pensamentos:

"Vá e fale com o capitão. Vou ficar por aqui de olhos e ouvidos bem abertos. Diga-lhe o que ouviu, Ban."

Thuron estava examinando o horizonte com a luneta e as costas voltadas para Ban. Ao ouvir os passos do menino atrás de si, o francês virou-se. Ban parecia embaraçado por ter que contar ao amigo o que acabara de ouvir.

— Capitão... eu... eu...

O bucaneiro fitou os olhos azuis do misterioso companheiro: viu honestidade eterna misturada a mares distantes assolados por tempestades. E sorriu, tentando deixá-lo à vontade:

— Fale, garoto. Qual é o problema?

Ban tentou novamente:

— É a tripulação. Eles...

O francês assentiu em sinal de entendimento.

— Estão planejando desertar o *Marie* quando chegarmos à terra firme. Não fique tão surpreso, Ban... um capitão não pode desconhecer os sentimentos da tripulação. Eu sei que você os ouviu cochichando e percebeu seus olhares. Eu também os observei por algum tempo. Ah, eles não são homens maus, mas, às vezes, agem assim. Bem, tente pensar como eles. Nós fugimos de Rocco Madrid, fomos atacados por corsários e agora estamos quase sem suprimentos. Que marujo normal não ia querer deixar o navio? As ilhas do Caribe são amistosas e ensolaradas, e há outros navios nos ancoradouros para um homem se engajar. Além disso, alguns dos marujos são procurados na França, pois a maioria pratica a pirataria — sorriu. — E eu também, com certeza. Mas agora sou rico e pretendo correr o risco.

Ban não podia deixar de admirar a sabedoria e aparência tranquila do amigo. Mesmo assim, sentiu-se obrigado a perguntar:

— O que o senhor vai fazer a respeito?

Thuron olhou para o mar e pôs a luneta novamente sobre o olho.

— Ora, eu também tenho planos, garoto! A primeira coisa é avistar terra firme e levar todos os homens para um lugar onde eu possa vigiá-los. Não quero uma cidade à beira-mar cheia de tabernas, mas uma enseada tranquila e agradável com água corrente e um vilarejo próximo onde possamos comprar tudo de que precisamos. O problema é que ainda não vi terra firme. Sei que estivemos um pouco fora de curso nos últimos dias, mas as ilhas não podem estar tão longe assim. Aqui, dê uma olhada. Você me traz sorte, garoto. Talvez veja algo.

Ban pegou a luneta, ajustou-a e procurou em cada pedaço do horizonte.

Thuron deu uma gargalhada.

— É assim que se faz! Use esses olhos azuis que me trazem sorte! Vou procurar Nid. Espero que ele não tenha sido contratado pelos desertores!

Ban continuou a olhar através da luneta e falou:

— Que vergonha, capitão! Pensar uma coisa dessas! Não existe ninguém mais leal que o meu Nid!

Um ponto distante no horizonte chamou a atenção de Ban. Ele sentiu um calafrio, como se água gelada estivesse pingando em suas costas. Seu sexto sentido lhe disse que era o *Holandês Voador*. Rapidamente inclinou a luneta para o sul e viu uma mancha de cor púrpura no horizonte longínquo, que dissipou seus medos. E o menino se animou:

— Capitão, estou vendo terra firme! Veja na direção sudeste!

Thuron pegou a luneta e aproximou-a do olho.

— Onde, Ban? Onde? Não vejo nada...

E devolveu o instrumento ao garoto, que imediatamente encontrou a mancha distante.

— Abaixe-se, capitão. Vou manter a luneta firme. Está vendo agora, naquela direção?

O francês aproximou ainda mais o olho contra o metal:

— Seus olhos são bem melhores que os meus, Ban. Não vejo nada. Não, espere... Ahá! Lá está! Diga a Anaconda para modificar o curso dois pontos para o sul e então direto em frente. Ban, Ban, meu companheiro sortudo, você conseguiu de novo! Terra à vista!

O labrador negro estava sentado impassível, ouvindo os homens resmungando e discutindo sobre a amurada de popa. Subitamente eles ouviram o grito alegre do capitão e começaram a trabalhar como que por encanto.

A confusão instalou-se enquanto a tripulação terminava suas tarefas. Anaconda começou a cantar com voz grave e melodiosa:

"Retirem-se para as ilhas, companheiros,
Este é o lugar.
Partam agora!
Há peixes nadando na baía, meus amigos,
E árvores carregadas de frutas.

Partam agora!
A vida é boa e farta por lá,
Ensolarada e livre.
Uma sombra para descansar a cabeça,
Ancoraremos a sotavento.
A caminho, partam agora!
Oh, partam agora!
Que todos os homens se virem e me ouçam...
Partam agora, marujos!"

Nid, ao lado do timoneiro gigante, jogou a cabeça para trás e ladrou. Ban riu enquanto transmitia um pensamento ao labrador:

"Você tem que aprender as palavras, Nid!"

O cão fungou e olhou gravemente para o menino.

"Então um rabequista e um tocador de tambor ou violonista têm que saber as palavras? Menino ignorante, não percebeu que eu fiz um acompanhamento maravilhoso para o nosso amigo aqui?!"

Com o sol que se punha a oeste, lançando seus raios vermelhos sobre as velas, o *La Petite Marie* atracou em Guayama, uma enseada na costa sudeste de Porto Rico. Os marujos lançaram a âncora fora das águas rasas, para que o navio não ficasse encalhado nos bancos de areia durante a maré baixa. O capitão Thuron ordenou a Pierre que baixasse o escaler do navio; como era uma embarcação pequena, teria que fazer quatro vezes a viagem até a costa.

Sabendo que o contramestre era leal, o capitão decidiu que ele faria a primeira viagem.

— Pierre, você e Anaconda levarão o primeiro grupo. Ban, você e Nid vão depois; Ludon, você irá com o terceiro grupo e eu farei a última viagem até o litoral. Anaconda, você ficará a bordo do escaler e fará a viagem de volta a cada vez. Homens, deixem os mosquetes a bordo, e os sabres também. Levem apenas as facas. Não queremos exibir armas. O povo da ilha pode considerar um gesto hostil. Dê as ordens, Anaconda!

Os protestos contra deixar as armas e as espadas a bordo foram esquecidos. Os homens estavam animados quando o gigante timoneiro negro gritou, com as mãos em concha:

— Homens, para o escaler!

Quando foi a vez de Ban ir até a costa, ele se sentou na proa do pequeno barco e enviou um pedido a Nid, que estava próximo a ele:

"Mantenha o rabo parado ou serei um homem morto antes de pôr os pés em terra firme!"

Nid moveu a cabeça de um lado para o outro, respondendo:

"Sinto muito, mas isso é impossível. O rabo dos cachorros balança naturalmente. Eu me sentiria horrível se tivesse que manter meu rabo parado."

Pierre esperava na costa com o primeiro grupo, que já recolhera madeira e acendera uma fogueira na praia margeada por coqueiros. O leal contramestre chamou Nid e Ban para seu lado, fora da vista dos outros tripulantes.

Pierre falava baixo:

— Nossa fogueira pode ser vista a bordo do *Marie*. Daqui a pouco vai ser noite e os homens não vão querer sair no escuro.

Eles podiam ouvir atrás de si os sons da floresta tropical: estranhos ruídos de pássaros, mamíferos e répteis desconhecidos, que caçavam ou eram caçados.

Ban se aproximou da fogueira e perguntou:

— Você já encontrou água?

Pierre balançou a cabeça negativamente.

— Amanhã, talvez. Tome, aqui tem um coco. Há muitos debaixo dos coqueiros — falou, enquanto cortava a casca grossa e fibrosa, que revelou um fruto de bom tamanho. Furando-o com a faca, entregou-o ao garoto. Ban tomou a água clara e adocicada. Era deliciosa.

A pata de Nid tocou em sua perna.

"Você se importa de dividi-lo comigo?"

Em seguida, Ban abraçou o labrador.

"Desculpe, Nid, vou pegar um para você agora."

* * *

Quando o capitão Thuron chegou à costa, todos os homens cochilavam ao redor da fogueira. Ele se juntou a Pierre, Nid e Ban, que bebiam a água do coco e mastigavam o fruto branco, e explicou-lhes seu plano em voz baixa:

— Percebi que três homens já desertaram desde que chegamos: Ludon, Grest e Ricaud. Eles estão escondidos em alguma parte afastada do litoral agora. Anaconda levou o escaler de volta ao *Marie* durante a noite, pois assim eles não vão pensar em tomar o comando do navio. De manhã, ele vai remar de volta para a costa. Pierre, você levará o escaler e ficará de guarda a bordo do *Marie* durante o dia. Nós o substituiremos de vez em quando. Eu trouxe alguns mosquetes e sabres num saco. Se houver um motim, estaremos preparados, mas espero que não ocorra. Ban, você e Nid ficarão de vigia primeiro; depois, substituo vocês. Pierre, você me substituirá no último turno. Não sei como será amanhã. Vou planejar, à medida que as coisas forem acontecendo. Agora devo descansar. Fique alerta, meu sortudo Ban; você e Nid devem ficar atentos a todos os homens.

Ban sentou próximo à fogueira, atirando pequenos pedaços de madeira nas chamas para mantê-las. Ele observava a massa escura de árvores e folhagens que contornava a praia e imaginava o que a manhã lhes traria. Nid estava deitado a seu lado com um coco quebrado preso entre as patas dianteiras, rosnando baixinho enquanto retirava com os dentes a parte interna branca e macia da concha dura de madeira. Ban ouvia seus comentários:

"Grrr, isso é bom. Por que eu nunca experimentei coco? Parece um osso macio, mas é doce e suculento. Grrr, gostoso e crocante!"

O menino de olhos azuis riu.

"Um cachorro que come cocos... agora já vi de tudo! Você acha que pode deixar o coco em paz por um momento? Estamos com pouca madeira. E tem muita na praia. Eu fico aqui e vigio."

O labrador negro ergueu-se e empertigou-se.

"Quando eu for capitão de meu próprio navio, você é quem vai catar a madeira! Não é fácil, sabe: é só traga isso e busque aquilo, e você fica sentado aí perto da fogueira."

Ban transmitiu ao amigo um pensamento, fingindo estar zangado:
"Muito bem, amigão! Chamaremos seu navio de *Cão Negro* e você vai poder me dar ordens dia e noite!"

Nid caminhou para o lado esquerdo ao longo da praia, ainda resmungando:

"E não pense que não vou fazer isso. Não haverá meninos desocupados a bordo de meu navio. Ora, mais uma coisa, o nome dele será *O Belo Cão*. Não gosto do som de *Cão Negro*!"

Ban observou o amigo afastar-se. Ele sabia por que o cão fora para o lado esquerdo. Desde que chegaram à terra firme, ambos evitavam olhar para as águas do lado direito. Ban sabia disso porque ele e Nid podiam sentir a presença de Vanderdecken e do *Holandês Voador* flutuando em alguma parte do mar. Sentindo os cabelos eriçados na nuca, o garoto olhou para o fogo e, em seguida, para a tripulação do *La Petite Marie*, que roncava. Eles não seriam um problema agora. Evitando cautelosamente uma espiadela para a maré baixa, concentrou sua atenção na floresta escura e densa.

Subitamente se arrependeu por não ter o cão a seu lado. Algo se movera na vegetação rasteira e sombria. Ban continuou quieto, torcendo para que o capitão ou um dos marujos acordasse e quebrasse o feitiço que mantinha seus olhos fixos nos arbustos à frente das árvores. Novamente percebeu o movimento, lento, silencioso e furtivo. Seria um predador da floresta, um jaguar, talvez, ou uma píton gigante, que o espreitava? Os contornos se materializaram em parte quando a criatura se moveu para fora do abrigo, em direção à areia pálida, banhada pela lua. Ban desejou que fosse um animal selvagem com o qual ele pudesse lutar. Mas o contorno era humano, sinistro, escuro e fantasmagórico, vestido com um longo hábito negro e um capuz pontudo que ocultava sua fisionomia. Era como observar alguém que tivesse no lugar do rosto apenas um buraco negro.

O medo adormeceu os membros de Ban e apertou sua garganta. Ele continuou sentado, observando, ao mesmo tempo, fascinado e apavorado, a misteriosa aparição deslizar silenciosamente em sua direção, com os braços esticados, e aproximar-se cada vez mais...

MAIS TARDE, NAQUELA MESMA NOITE, O *DIABLO DEL MAR* NAVEgou rumo ao estreito entre Hispaniola e Porto Rico: as águas conhecidas como o canal de Mona. Rocco Madrid fez uma pequena mudança de planos. Chamando Boelee, o imediato, explicou sua ideia:

— Por que não rumamos direto para o Atlântico, amigo? Não seria mais sensato, primeiro, olhar nos portos de cada ilha dos dois lados do estreito?

Boelee, mais que qualquer outro, sabia que não devia discordar de Madrid; por isso, concordou:

— Um bom plano, *capitano*. Podemos até ver o navio do francês atracado no porto. Isso seria muito mais fácil que manter o curso para o oceano, esperando uma batalha marítima!

Cofiando o bigode, o espanhol olhou de modo severo para a vasta extensão, da esquerda para a direita.

— Que ilha você visitaria primeiro, Boelee? São Domingos ou Porto Rico? Onde você acha que Thuron fundeou, hein?

O imediato queria visitar Hispaniola primeiro, pois conhecia algumas tabernas por lá. Por isso, escolheu o oposto, certo de que Rocco Madrid discordaria dele:

— Se eu fosse o senhor, *capitano*, iria primeiro até Porto Rico.

Madrid virou o nariz longo e aristocrático na direção de Boelee.

— Mas você não sou eu, amigo. Sou eu que dou as ordens a bordo deste navio. Por isso digo que vamos para Hispaniola, primeiro, para a ilha de Saona. É o primeiro atracadouro para qualquer navio que vá naquela direção.

Boelee assentiu respeitosamente:

— Como o senhor quiser, *capitano*!

Ele falou com tanta tranquilidade que fez com que Madrid o fitasse com suspeita, e este, por capricho, mudou novamente de ideia:

— Talvez sua sugestão fosse mais inteligente, Boelee. Vamos nos adiantar a Thuron. Rumaremos para Mayagüez, um porto que conheço bem em Porto Rico. Ele deve estar pensando que vamos para Saona. Por que é que você ficou triste agora, amigo? Você queria ir para Porto Rico! Ouvi você dizer isso há um minuto. Não sou um bom capitão, aceitando sua sugestão tão prontamente?

Boelee pegou o timão de Portugee e virou o *Diablo* na direção de Mayagüez. Apesar de Rocco Madrid ainda achar graça na peça que pregara no imediato, empertigando-se confiante na coberta de proa, sua mente não descansava. O espanhol fora assaltado por dúvidas em relação à posição do *La Petite Marie* e ressentia-se com Thuron. Ele tinha que retomar o ouro a qualquer custo. Rocco não pensava que ele é que havia trapaceado, tirando o ouro do francês, em primeiro lugar. Não! Aquele ouro era dele e ele não podia perder o respeito de seus homens, deixando-o escapar, assim como Thuron, que parecia deslizar entre seus dedos. Além disso, parte do ouro realmente pertencia a ele — a parte que lhe permitira apostar no jogo. Raphael Thuron e a tripulação do *La Petite Marie* tinham que pagar por sua audácia. E ele os puniria, sim, até a morte, se fosse preciso!

A figura espectral parou diante de Ban e se sentou. Um enorme alívio percorreu o menino: não era um espírito mau, era apenas um velho senhor! Mas que velho senhor!

A luz da fogueira refletia em seu rosto ao abaixar o capuz, revelando uma face vincada, de grande serenidade e simpatia. Milhares de rugas marcavam a pele de tom marrom-dourado, e ele sorria com seus olhos latinos escuros, que contrastavam com o branco dos olhos, de cor amarelada. Ban podia ver, sem a menor sombra de dúvida, que se tratava de um homem bom e honesto. Seu cabelo era fino e prateado; o hábito que vestia era de alguma ordem religiosa e uma cruz de madeira feita com a casca de coco polida pendia de seu pescoço numa corda. Ele falava espanhol e o garoto compreendeu-o imediatamente:

— Que a paz esteja com você, meu filho! Eu sou o padre Esteban. Espero que você e seus amigos não queiram fazer mal a mim ou a meu povo.

Ban retribuiu o sorriso.

— Não, padre, queremos apenas comida e água fresca para podermos continuar a viagem.

Ao ver Nid, que retornava arrastando um grande galho seco de árvore pela areia, um pensamento invadiu a mente de Ban:

"Captei seu medo. Quem é este homem? De onde ele veio?"

Ban respondeu mentalmente ao labrador:

"Venha e dê uma olhada no rosto dele, Nid. É um amigo, o padre Esteban."

Nid soltou o galho e sentou-se ao lado de Ban.

"Padre Esteban, hein?! Parece mais a imagem de um santo que de um homem! Gosto dele!"

O padre estendeu a mão, que tinha cor de pergaminho antigo. Acariciando a pata que Nid estendia, ficou em silêncio por alguns instantes. Depois, fitando Ban, balançou a cabeça em sinal de admiração.

"Quem ensinou você a falar com um animal?"

De certo modo, o garoto não estava surpreso com o fato de o velho senhor carismático poder ler sua mente. E decidiu contar-lhe a verdade:

— Ninguém me ensinou. Recebi o dom de um anjo. O senhor realmente sabia que eu estava conversando com o cão, padre?

O velho padre não tirava os olhos de Ban.

— Claro que sim, meu filho! Seu nome é Ban, e o gentil cão chama-se Nid. Mas vejo em seus olhos que há muito, muito tempo você deixou de ser um menino. Sua vida tem sido difícil e dura.

Ban ficou surpreso com a percepção do padre Esteban. Ele sentia como se quisesse revelar toda a história para aquele senhor maravilhoso.

O padre segurou a mão de Ban entre as suas.

— Eu sei, Ban, eu sei, mas não há necessidade de sobrecarregar um velho com sua história. Vejo grande honestidade em você. O mal deste mundo não corrompeu seu coração. Tenho que ir agora, mas voltarei ao amanhecer. Meu povo providenciará tudo de que vocês precisarem para o navio. Diga ao capitão que não queremos fazer mal a vocês. — E parou, dizendo em seguida: — Tenho que pedir que faça uma coisa por mim, Ban.

Apertando levemente a mão do padre, o garoto assentiu:

— Farei qualquer coisa pelo senhor, padre Esteban. O que é?

O velho senhor tirou a cruz com a corda do pescoço e colocou-a no pescoço de Ban, enfiando-a por baixo da camisa.

— Use isto. Vai proteger você e o cachorro de quem os persegue. Lembre-se dela quando estiver em perigo.

Ban segurou a cruz na palma da mão. Ela cintilava à luz da fogueira. A figura representada na cruz fora cuidadosamente entalhada na madeira e delineada com tinta vegetal escura. Quando o garoto levantou novamente os olhos, o velho senhor já tinha ido embora.

Ban contou a Thuron o encontro com o padre Esteban, mas não lhe falou sobre a cruz nem sobre o que o velho vira em seus olhos. O francês aqueceu-se junto à fogueira, comentando:

— Viu? Eu disse que vocês dois me trariam sorte! Não se preocupe, pagarei ao padre todos os suprimentos que ele puder nos arrumar. Muito bem, garoto! Agora você e Nid precisam dormir. Temos muito que fazer quando o sol raiar!

As primeiras luzes pálidas da aurora listravam o céu acima do mar calmo e tranquilo, e o *Diablo del Mar* estava a pouco mais de três milhas da costa de Mayagüez. Rocco Madrid foi acordado em sua cabine por um grito de Pepe, a sentinela:

— Virar a popa a estibordo!

O capitão pirata espanhol correu para o convés e levou a luneta ao olho.

— Um barco pesqueiro! Portugee, venha cá! Quero dar uma palavrinha com o capitão.

Medo foi a primeira reação do caraíba magro, de dentes grandes e escurecidos que comandava a pequena escuna pesqueira. Ele sabia que tinha diante de si um navio pirata com armas que ele não podia suplantar. O homem já conhecia os piratas da Fraternidade, e, disfarçando o terror com um amplo sorriso, estendeu dois peixes grandes, enquanto gritava:

— Tenham um bom dia, amigos! Meus peixes estão frescos, pesquei durante a noite e são os melhores dessas águas. Querem comprar alguns e me ajudar a alimentar minha pobre esposa e meus dez filhos, amigos?

O *Diablo* ladeou a pequena embarcação, fazendo com que parecesse ainda menor. Rocco Madrid debruçou-se sobre a amurada da meia-nau e voltou os olhos para o capitão. Tirando do bolso uma moeda de ouro, lançou-a na direção do pescador, que a pegou com entusiasmo e esperou, em silêncio respeitoso, o que o pirata de aparência perigosa tinha a dizer.

Madrid pegou outra moeda de ouro com ares de importância.

— Guarde seu peixe, amigo. Onde vocês estavam pescando? Não vou fazer mal a vocês. Só quero informações.

O comandante tirou o chapéu surrado de palha e fez uma saudação ao mesmo tempo que mordia a moeda de ouro.

— O que posso lhe dizer, *señor*? Rumamos para Santo Domingo, na ilha de Hispaniola, depois de três dias e três noites pescando nas águas próximas à ilha de Santa Cruz. É uma vida dura, não é mesmo?

Madrid assentiu.

— Poupe-me da história de sua vida. Se você quer ganhar esta outra moeda de ouro que tenho em minhas mãos, vai ter que me dizer se viu algum outro navio desde que foi para o alto-mar. Estou procurando um bucaneiro francês chamado *La Petite Marie*.

Segurando o chapéu contra o peito, o capitão da pequena embarcação fez uma nova mesura.

— Eu não sei ler, *señor*, mas nós vimos um navio. Não era tão grande e comprido quanto o seu, mas tinha uma proa arredondada e parecia muito rápido. Ele tinha a bandeira com a caveira e as espadas, assim como o seu. Um navio da Fraternidade, não é?

Os olhos de Rocco se iluminaram.

— É ele! Onde estava quando você o viu, amigo? Vamos, diga!

O homem abanou o chapéu por cima do ombro.

— Rumando para a costa sudeste, eu acho, talvez para Ponce, Guayama ou Arroyo. Quem sabe?

O espanhol cofiou o bigode, ligeiramente confuso.

— O que Thuron ia fazer por lá? Hum, talvez ele tenha um esconderijo secreto. Em breve vou descobrir!

Guardou no bolso a moeda e desembainhou a espada, apontando-a na direção do desafortunado capitão do barco pesqueiro.

— Eu conheço bem Hispaniola. Se você estiver mentindo, vou encontrá-lo. Dez filhos é muita coisa para uma viúva criar, lembre-se disso.

Dispensando o barco pesqueiro, virou-se para Pepe.

— Pegue meus mapas, vou me encarregar desta operação!

Pepe correu até a cabine do capitão, reunindo os mapas e resmungando para si mesmo:

— E quando foi que ele não se encarregou? Mas quem sou eu para dizê-lo? Nada além de um asno.

A bordo do *Devon Belle*, o capitão Redjack Teal também estudava os mapas ao tomar seu café. O novo cozinheiro, um marujo baixinho chamado Moore, estava a seu lado, nervoso, observando Teal levar uma pequena porção de peixe com o garfo até a boca. O capitão corsário fez uma expressão de nojo e cuspiu a comida no chão do convés, fitando Moore com ódio.

— Maldito seja, homem! É isso que você chama de refeição?

Moore tentou se defender e, ao mesmo tempo, parecer respeitoso. Fazendo uma mesura, falou com um forte sotaque irlandês:

— Eu *cuzinhei* do jeito que deu, *celença*!

— Cozinhou?! — falou Teal, como se a palavra fosse uma obscenidade. — Cozinhou? Quem, diabos, disse a você que eu como peixe cozido pela manhã, hein? E nem mais uma palavra, moço. Preste atenção! Limpe essa bagunça! E tire essa porcaria de peixe de minha vista. Diga ao canhoneiro para lhe dar seis chibatadas com a corda de talha e agradeça por não receber um castigo pior! Se você me trouxer peixe cozido mais uma vez, vou cozinhar você vivo! Saia da minha frente!

Depois que o infeliz Moore deixou a cabine, Teal bebeu várias taças de Madeira e caminhou até o convés, de mau humor. Chamando o imediato para ajudá-lo, falou:

— Você aí, já avistou terra?

O homem afastou o topete.

— Nada até agora, capitão, mas devemos avistar algo lá pelo meio da manhã, senhor.

Teal não conseguiu dizer mais nada além de "Bem... muito bem... espero que você esteja certo! E me informe imediatamente, entendeu?" e jogou a luneta com violência na direção do imediato, ordenando:

— Leve isto até o cesto da gávea e diga para a sentinela manter os malditos olhos abertos e procurar algum pedaço de terra. Vá! Mexa-se, homem!

O imediato continuou andando, exclamando em voz alta:

— Peixe cozido? Não tolero essa coisa nojenta! Pior que carneiro cozido, se o senhor quer saber! Muito pior!

No meio da manhã, todos os homens a bordo do *Devon Belle* torciam fervorosamente para que o capitão ficasse na cabine até se acalmar. Gillis, o camareiro do capitão, estava sentado na cozinha com o cozinheiro Moore, dividindo um pouco do peixe cozido com o companheiro de navio, enquanto reclamava amargamente:

— Que capitão é esse? Já vi capitães muito melhores em carroças de bacalhau. Ele me chutou! Isso mesmo! Chutou! E por quê? Por causa de um botão solto! Onde está escrito que um homem pode ser chutado por causa de um botão solto, hein, cozinheiro?

Moore esfregou o traseiro, ainda dolorido pelas chibatadas do canhoneiro.

— Só um chute? Pelo menos *ocê* tem sorte! O que está achando do peixe *cuzido*, hein?

Gillis estava prestes a responder quando se ouviu alto e bom som:

— Terra à vista! A leste da amura de bombordo! Terra à vista!

O sentimento de alívio que percorreu o *Devon Belle* era perceptível no ar. Rostos sorridentes foram vistos quando os homens se alinharam na proa para avistar o cabo que se estendia no horizonte. Pouco tempo depois, Redjack Teal empertigou-se no convés, vestindo, com a ajuda de Gillis, o casaco de caça vermelho favorito e os acessórios imaculados de linho. Uma espada de oficial naval, complementada por uma bainha de latão, tinia a seu lado.

Antes que todos os homens se ocupassem de suas tarefas, Teal os viu com as costas voltadas para ele, examinando o horizonte em busca de terra. E fez um sermão enérgico para a tripulação, como um professor que censura a classe:

— Ninguém tem trabalho a fazer, hein? Parados enquanto falo com vocês, olhem para mim e endireitem-se!

Todos os homens endireitaram-se no convés oscilante, o queixo reto, olhando para a frente. Teal examinou-os desdenhosamente, falando em sua voz arrastada e anasalada:

— Muito bem, escutem aqui, cavalheiros, e estou usando a palavra em sentido amplo. De acordo com meus cálculos, eu trouxe o navio até Porto Rico, onde travaremos combate com o inimigo. Provavelmente chegaremos à costa ao anoitecer. Pretendo navegar como num dos navios da frota de Sua Majestade, tinindo de novo, com as armas preparadas!

Cada um dos homens sabia o que viria em seguida, pois o capitão fez silêncio por alguns instantes e então bateu o pé com força.

— Este navio é um curral de porcos, um maldito curral, entenderam?! Imediato e contramestre, quero ver todos os homens lavando os conveses, limpando os embornais, enrolando os cabos e polindo o latão.

Saltando para a frente, o imediato e o contramestre assentiram:

— Sim, senhor!

Girando bruscamente, Redjack virou-lhes as costas e continuou:

— Vou para minha cabine agora, mas voltarei ao meio-dia. Quero todos os homens preparados para inspeção, limpos e parecendo marinheiros britânicos, e não um bando de caipiras. Hoje à tarde, seus preguiçosos, vocês farão exercício, dançarão e cantarão cantigas do mar. O homem que não fizer isso de boa vontade será punido. Entenderam?

Sem esperar para ouvir a confirmação algo duvidosa da tripulação — "Sim, senhor, senhor!" —, Teal caminhou resolutamente até a cabine, sentindo o olhar de ódio da tripulação dirigido às suas costas.

Enquanto entregava ao contramestre um pedaço de talha alcatroada e cheia de nós, o imediato preferiu uma malagueta de madeira. As veias saltaram de seu pescoço quando ele gritou para a tripulação:

— Não fiquem aí de boca aberta! Andem! Vocês ouviram o capitão!

Todos os homens foram executar suas tarefas, e o contramestre e o imediato caminharam pelo convés, cochichando. Entre Teal e os homens havia grande animosidade e a voz do contramestre soava rouca de indignação:

— Então estamos novamente fazendo de conta que somos a Marinha britânica, não é? Maldito seja! Teal não reconheceria um corsário de verdade nem que um caísse sobre ele dos laís das vergas! Como ele chegou a capitão?

O imediato sorriu com ironia.

— É verdade. Já tirei mais água salgada de minhas meias do que ele já navegou. Você ouviu quando ele disse que seus cálculos nos trouxeram até aqui? Ele não fez mais que me perguntar, dia e noite, onde nós estamos!

O contramestre bateu com o cabo num escovão esquecido no convés.

— Vou lhe dizer uma coisa, amigo: vai ser engraçado se não houver sinal do francês de uma figa quando chegarmos a Porto Rico. Haha, o que é que Teal vai fazer? Vai obrigar seus homens a cantarem e dançarem cantigas para conjurar o bucaneiro? Você acha que o francês está em Porto Rico?

Cuspindo discretamente para o lado, o imediato balançou a cabeça.

— Se ele estiver lá, eu é que vou me surpreender. O francês já foi embora há muito tempo e provavelmente já está no oceano Atlântico. Capitão uma ova! Ouvi dizer que Teal fugiu da Inglaterra por dívidas de jogo. O filho mais velho de uma família nobre, hein?

E o contramestre piscou para o companheiro, em sinal de pleno assentimento.

— E nem uma moedinha no lote deles. Vou lhe dizer uma coisa: este navio está sob o comando de um pobretão que sabe mais sobre o que tem entre a cabeça e o rabo de um cavalo que entre a proa e a popa de um navio!

O imediato bateu de leve na malagueta com a mão fechada.

— Sim, e pobres marinheiros como nós têm que lidar com figuras como esse Teal. Vamos! Melhor ver se os homens deixam tudo em ordem, antes de Redjack voltar para o convés.

Navegando como a brisa alegre das manhãs, o *Devon Belle* abriu caminho rumo à ilha de Porto Rico.

O padre Esteban era tão bom quanto sua palavra. Ao amanhecer, entrou no acampamento dos bucaneiros, trazendo com ele duas dúzias de homens. Eram habitantes locais, silenciosos, de olhos e pele escuros, que carregavam facões de aparência assustadora.

Nid transmitiu rapidamente um pensamento a Ban:

"Eles parecem bastante pacíficos, mas eu é que não ia querer arrumar problemas com esses aí!"

Ban concordou:

"Veja as provisões que trouxeram!"

Além de uma cabra assada, um porco e algumas galinhas, os homens trouxeram peixe defumado, favos de mel e uma variedade impressionante de frutas e legumes, além de um grande saco de farinha de milho grossa preparada em casa.

Apontando para uma pilha de cabaças vazias, o velho padre explicou:

— São para água. Há muitas poças e riachos nos quais vocês podem enchê-las. Como você está hoje, meu filho?

Ban sorriu ao apertar a mão do velho senhor.

— Bem, padre. Obrigado pela ajuda. Foi extraordinária!

O padre Esteban deixou Nid se erguer e encostar as patas dianteiras em seu peito. E acariciou o cão.

— O Senhor sempre sorriu para nós. Há bastante comida em toda essa abundante ilha. Ah, vejam o capitão!

O francês e o padre se beijaram, de acordo com os costumes continentais. Era evidente que o capitão simpatizara com o velho senhor à primeira vista.

— Eu sou Raphael Thuron, capitão do *La Petite Marie*. Meu amigo, como posso agradecê-lo por tudo isso? Tome essas moedas de ouro que tenho comigo. Tenho vinte delas. É suficiente?

Balançando a cabeça, o velho senhor empurrou o ouro de volta na mão de Thuron.

— O ouro traz problemas e morte. A comida não custa nada e nós a oferecemos aos amigos de bom coração. Leve-a e aproveite, em nome do Senhor!

Nid lambeu a mão do padre Esteban, enquanto se comunicava com Ban: "Eu não lhe disse ontem que esse velho senhor era um santo?!"

O padre riu, como se tivesse interceptado a mensagem:

— Existem homens bons e homens maus. Durante toda a minha vida tentei ser bom, mas não sou santo. Sou apenas um homem que gosta de ajudar os outros.

Ban nunca vira um pirata chorar, mas percebeu que Thuron fungava ruidosamente e esfregava a manga da camisa nos olhos.

— Bem, o senhor certamente nos ajudou, meu amigo. Pierre, dê um sinal para o navio; temos que levar tudo isso para lá. Padre, o senhor tem certeza de que não há nada que possamos lhe dar em troca dessa boa comida? Qualquer coisa?

O padre Esteban conversou com um de seus homens, um homem grande, que parecia ser uma espécie de líder do vilarejo. Ele balançou os ombros e voltou-se para o francês.

— Talvez vocês tenham um pouco de lona e pregos sobrando. Aqui eles são difíceis de chegar, pois estamos longe das cidades e portos.

O capitão Thuron concordou alegremente com o pedido tão simples.

— Ban, volte para o *Marie*; você e Anaconda vão carregar os barris de pregos que tivermos e metade da lona que estiver sobrando. Anaconda vai remar de volta e você e Nid poderão oferecê-los ao padre.

* * *

Durante todo o dia o escaler viajou entre o navio e a costa. Todos os homens a bordo do *Marie* lamentavam deixar Guayama e o velho padre gentil. Ban e Nid foram os últimos a sair; Anaconda esperou-os no barco, enquanto os dois se despediam do padre Esteban. O menino trouxera uma mensagem do capitão para o padre:

— O capitão Thuron espera que os pregos e a lona lhe possam ser úteis. E também pediu que o senhor vigie três dos homens que desertaram: Ludon, Grest e Ricaud. O que o senhor vai fazer com eles eu não sei, padre.

Nid transmitiu um rápido pensamento zangado.

"Eu sei o que eu faria com esses ratos. Desertores, hã!"

O velho senhor deu de ombros.

— Por enquanto, eles devem ter ido para algum grande porto na ilha, onde encontraram seus semelhantes. Agradeça ao capitão por mim, Ban. Ele é um homem bom e honesto, uma qualidade rara num bucaneiro. Meu filho, gostaria que você pudesse ficar, mas sinto, em meu coração, que seu destino não é ficar aqui comigo. Mantenha a cruz junto de você e lembre-se do que eu lhe disse. Ela o protegerá. Agora vão. Desejo a você e ao leal Nid uma vida feliz. Não posso lhe desejar uma vida longa, pois você já a tem. Mas lembre-se de mim de vez em quando. Estarei aqui rezando por vocês. Vão, e que o Senhor os acompanhe!

Ban se esqueceria de muitas coisas nos anos futuros, mas sempre se lembraria da tarde ensolarada em que disse adeus ao velho padre. Ondas turquesa elevavam-se e tornavam-se brancas à medida que quebravam nas areias douradas da bela ilha de Porto Rico. As lágrimas nas faces do velho senhor eram salgadas como o mar ao beijar a testa do menino de olhos azuis e a do cão. Balançando-se em meio às ondas, o escaler afastou-se, com Anaconda remando com força. Ban e Nid observavam, através da névoa incontida dos olhos marejados de lágrimas, a figura solitária na praia, que fazia em pleno ar o sinal da cruz para que eles encontrassem rapidamente seu caminho.

O CARPINTEIRO DO *DEVON BELLE* TOCAVA ALGUMAS CORDAS DO violino sentado sobre o cabrestante e pronto para a provação que viria. Mais que o trabalho duro, a tripulação odiava cantar e dançar animadamente. Ninguém sabia dançar, e a maioria dos homens tinha uma voz totalmente inadequada para o canto. Mas, na Marinha britânica, um capitão podia ordenar que a tripulação cantasse e dançasse para fazer exercício. Redjack Teal fazia questão de ignorar o fato de que eles eram corsários, pois preferia os costumes e a disciplina da Marinha.

Aliviados por não terem que tomar parte no exercício, o imediato e o contramestre estavam de pé, segurando a corda de talha e a malagueta e prontos para usá-las nos cantores relutantes e nos dançarinos indiferentes. Abafando o riso, o contramestre lançou um olhar sobre a tripulação que aguardava.

— Olhe para eles! Você já viu um bando mais corado de donzelas barbadas? Dá medo só de olhar!

Tentando parecer sério, o imediato respondeu:

— Aposto como Teal vai pedir ao carpinteiro que toque "O alegre capitão". Acho que é a única canção que ele conhece.

O carpinteiro, que tinha ouvido a conversa, cuspiu desgostoso para o outro lado, repetindo o nome da música:

— Cantar "O alegre capitão"? Aqui? Então estamos no barco errado, amigo! Quietos agora, lá vem ele!

Teal apareceu no convés. Respirando fundo, bateu no peito.

— Belo dia, hein! Nada como o ar do oceano! É revigorante e faz um homem querer cantar e dançar. Ei, você aí, carpinteiro, toque uma canção para nos animar! Humm, deixe-me ver. Ah, sim! "O alegre capitão." Gosto desta. Todos os homens animados agora, não quero ver preguiçosos nem resmungões. Continue, músico. Um, dois...

Teal batia o pé no ritmo da música que o carpinteiro tocava. Os homens eram forçados a dançar desajeitadamente, imitando os movimentos de içar os cabos e do cabrestante girando, enquanto cantavam a letra, desafinados:

"O vento sopra leve, companheiros,
E o sol brilha no mar,
Adeus às nossas amadas,
O velho inglês a sotavento.
Singraremos oceanos
Num bom navio equipado e livre,
Temos um alegre capitão
E somos homens felizes!

Hurra, hurra, hurra, amigos,
Para a família real
E para o alegre capitão
Que zela por mim.
Temos sopa na cozinha, companheiros,
Da distante Catai para a Groenlândia,
O que mais os marinheiros poderiam querer?
Em meio a tempestades e ao clima tropical,
Cantaremos a cada milha,
Pois somos homens de sorte por ver
Nosso alegre capitão sorrir!"

Teal traçava círculos com a mão e gritava para o carpinteiro:

— Isso! Continue, homem! Toque de novo!

E, apontando para o imediato e o contramestre, falou de modo arrogante:

— Vocês dois aí, mantenham todos animados! E quem não cantar vai ganhar um bom motivo para abrir a boca, um motivo quente e pesado!

A oeste, na costa de Guayama, o pequeno povoado de Ponce aquecia-se com o calor da tarde e a brisa que mal balançava as palmeiras altas. O capitão Rocco Madrid fundeara o *Diablo del Mar* atrás de um pequeno cabo e levara a tripulação para a terra firme. No vilarejo, interrompeu a *siesta* dos habitantes locais. Para mostrar-lhes que não era homem de brincadeiras, desembainhou a espada e arrancou a cabeça de um galo de briga que o bicara. O bom povo de Ponce não fez alarde nem entrou em pânico, apenas sentou-se à sombra de suas cabanas feitas de palha de palmeira, fitando os piratas em silêncio.

Madrid encarou-os por algum tempo; em seguida, virou-se e ordenou a Portugee e Boelee:

— Peguem meia dúzia de homens e vão até o outro lado do cabo ver se há sinais do francês. Vou ficar aqui e falar com os aldeões. Não percam tempo. Se Thuron não estiver aqui, teremos que ir para Guayama rapidamente.

Quando os homens saíram, Madrid apontou para um velho senhor de feições calmas e honestas, que parecia ser uma espécie de patriarca do vilarejo.

— Você viu algum navio por aqui? Fale!

O homem deu de ombros.

— Faz tempo que não vejo um, *señor*.

Apontando a espada para a garganta do homem, o espanhol falou em tom ameaçador:

— Se você estiver mentindo, vou matá-lo!

O velho senhor não parecia impressionado. E falou em tom trivial:

— Que razão eu tenho para mentir? Nenhum navio passou por aqui ultimamente.

Rocco Madrid já encontrara caraíbas como aquele antes. Ele sabia que o velho senhor falava a verdade. No entanto, tinha que reafirmar sua autoridade antes que perdesse o prestígio diante do olhar impassível do patriarca.

Rocco fungou e apontou na direção da fogueira, que era vigiada por duas mulheres.

— O que vocês estão preparando aí?

Uma das mulheres levantou os olhos do caldeirão que estava mexendo e falou:

— Um ensopado com carne de cabra, banana e milho.

Rocco encostou a lâmina na garganta do velho senhor.

— Pegue um pouco para mim e para meus homens!

O patriarca olhou de soslaio para a mulher.

— Sirva o ensopado para eles.

A mulher começou a servir, mas Madrid empurrou a ponta da espada no queixo do velho.

— Você é quem nos vai servir!

Com um movimento sutil, o homem afastou-se da espada e ergueu-se com elegância.

— Eu servirei vocês.

Pepe, a sentinela, sentou ao lado de Rocco, comendo avidamente o ensopado de uma tigela de cerâmica. Sorrindo alegre, limpou a gordura dos lábios com o dorso da mão.

— *Capitano*, este ensopado está muito bom, hein?

O espanhol olhou com desdém para a tigela da qual ele comera apenas um pouco.

— Bom? Não!

A explosão súbita de um tiro de mosquete fez os periquitos guincharem nas árvores. Em seguida, ouviu-se um grito. Rocco Madrid levantou-se de um salto com a espada em posição, arrancando a tigela da mão de Pepe.

— Vá e me diga o que aconteceu. Rápido!

Sinalizando para três outros tripulantes, gritou:

— Vão com ele!

Tirando um mosquete carregado do cinto largo, o espanhol fitou o velho senhor que se encontrava de pé ao lado do fogo.

— Quem está lá? — perguntou.

Voltando-se para as duas mulheres, o caraíba disse-lhes algo numa língua totalmente estranha. As mulheres sorriram e assentiram.

Rocco adivinhou que se tratava de um insulto ou de uma piada e que agora elas riam dele. Apontando a pistola na direção da cabeça do velho, ordenou:

— Se você falar novamente sem minha permissão, vou matá-lo!

O velho senhor não parecia assustado com as ameaças.

— Cedo ou tarde a morte vem para todos. Não podemos evitá-la.

O capitão pirata estava prestes a puxar o gatilho quando Pepe veio correndo das moitas atrás das cabanas.

— *Capitano*, veja quem nós encontramos! Traga-o, Portugee!

Com o próprio cinto amarrado ao pescoço, Ludon, o antigo imediato do *Marie*, foi arrastado para fora dos arbustos por Portugee e o restante do grupo. Boelee deu um chute nas costas dele, fazendo-o cair aos pés do espanhol.

Ludon soltou um gemido apavorado:

— Não me mate... por favor!

Portugee puxou o cinto com força.

— Cale a boca, verme!

Boelee pôs o pé calçado sobre o corpo do prisioneiro.

— Eram três, *capitano*, e demos de cara com eles. Tentaram fugir, mas Maroosh acertou um e Rillo furou o outro com o sabre. Salvamos esse verme para o senhor. Lembre-se de que foi ele quem apontou a lâmina para o seu pescoço na taberna em Cartagena.

Madrid agarrou Ludon pelos cabelos e sorriu.

— Claro que me lembro! Bem-vindo ao nosso acampamento, amigo!

As lágrimas traçavam riscos na poeira das bochechas de Ludon.

— Eu não queria fazer mal ao senhor, capitão. Eu fugi do maldito Thuron! Nunca quis ser um deles! Juro por minha vida! Não me mate, eu imploro!

Madrid abriu um sorriso maior ainda.

— Eu não vou matá-lo, amigo... não ainda. Ponha mais lenha na fogueira, Pepe. Nosso amigo aqui vai me dizer onde estão Thuron e o navio dele.

Ludon gritou e gemeu:

— Oh, capitão, não faça isso! Eu digo onde eles estão, mas não faça isso comigo!

Madrid afastou-se para conversar com o contramestre:

— Eles sempre mentem, mas as chamas vão fazê-lo falar a verdade. Erga-o acima da fogueira, enquanto nós conversamos.

A voz do velho caraíba interrompeu os gemidos e pedidos de Ludon:

— *Señor*, não faça isso aqui no vilarejo. Vocês têm que sair agora. Todos vocês. Voltem para o navio ou vão morrer aqui!

Madrid sorria de modo insolente, fitando o velho senhor e repetindo:

— Morrer? Você ousa dizer isso para mim? Maroosh, estoure o crânio desse velho tolo com seu mosquete!

Antes de Maroosh erguer a arma, ele respirou fundo e puxou um objeto brilhante e com penas da lateral do pescoço. Era um dardo, feito de um espinho longo e afiado. Olhando o objeto com um ar estúpido, largou o mosquete. Suas pernas começaram a tremer e o marujo caiu na poeira.

O patriarca dos caraíbas olhou para as copas das árvores ao redor do vilarejo. Sua voz tornara-se monótona e ríspida:

— Nós avistamos o navio muito antes de vocês chegarem. Apenas os tolos não tomam cuidado. Meus caçadores estão escondidos por todo o vilarejo e eles nunca erram o alvo com as zarabatanas. *Señor*, já tolerei por muito tempo sua falta de educação. Pegue seus homens e vá embora! Deixe este aqui, pois já está morto. E você terminará como ele se quiser ficar.

Os piratas olharam aterrorizados para Maroosh, que tremia incontrolavelmente no chão.

Rocco Madrid guardou a espada e o mosquete e começou a caminhar de costas para fora do vilarejo.

— Boelee, reúna os homens para voltarmos ao *Diablo*. Não podemos enfrentar os caraíbas invisíveis com dardos envenenados.

Arrastando Ludon consigo, os homens do *Diablo* afastaram-se do vilarejo. O que mais irritava Rocco Madrid era o modo como o patriarca e o povo continuavam com suas tarefas, ignorando completamente o espanhol e os homens que batiam em retirada. Em seu íntimo, Rocco estava agitado, pois em suas veias corria o sangue de nobres espanhóis. Manter a obediência e cobrar respeito, devolver os insultos e vingar as ofensas eram parte de seu caráter.

Boelee observava o rosto do capitão ao voltarem para o navio. Pelo modo como a pálpebra esquerda de Madrid começou a repuxar num tique nervoso e seus dentes começaram a ranger, o imediato sabia que ele estava pensando em vingança.

Com uma expressão de raiva, Rocco se esforçou para manter a voz em tom normal:

— Içar âncora! Pôr mais pano e carregar todos os canhões a bombordo. Portugee, dê a volta no cabo, mas não estabeleça o curso para Guayama. Primeiro, vamos acertar contas com esses selvagens e reduzir o vilarejo deles a ruínas! Balas de canhão são a melhor resposta para dardos envenenados. Vou dar uma lição nesses selvagens!

Quando os canhões do *Diablo del Mar* atingiram o pequeno povoado, pareciam trovões no meio da tarde. Cabanas ficaram destruídas, palmeiras racharam ao meio como palitos de fósforo e destruição, chamas e fumaça estavam por toda parte. O espanhol riu ao ver os escombros alcançando uma grande altura e, em seguida, caindo em meio às ruínas no chão.

— Mantenha o curso e leve-nos para o litoral, Portugee. Leve o prisioneiro até minha cabine, Boelee! Agora vou ter uma conversinha com ele!

O patriarca e seu povo abandonaram o vilarejo ao verem o *Diablo del Mar* dando a volta no cabo. Agora vagavam e observavam da terra firme a popa do navio pirata que partia. Não era a primeira vez que as cabanas eram destruídas por navios da Fraternidade. Ninguém ficara ferido, pois era fácil se esconder de canhões grandes e pesados. Palmeiras e bambus cresciam em profusão e construir mais cabanas era um pequeno inconveniente. O patriarca pôs o braço em volta de uma mulher que soluçava.

— Por que você está chorando? Está ferida?

Balançando a cabeça negativamente, falou:

— Eu me esqueci de pegar minha cabra. Uma árvore caiu sobre ela e a matou.

O rosto do homem permaneceu impassível ao responder:

— Fique com a minha. A sua vai servir para a refeição de hoje.

Ban encontrava-se na mastreação do *Marie*, ajudando a preparar as velas. Olhando para baixo, ele podia ver a âncora sendo içada em meio às águas claras. Nid estava de pé, balançando o rabo, observando-o e enviando alguns pensamentos:

"Como é aí em cima, amigão? Aposto que dá para ver a grandes distâncias."

O garoto respondeu mentalmente:

"Você não ia gostar, Nid. Os mastros balançam muito e, quando você olha para baixo, o navio parece que está parado. Mas a visão daqui é ótima mesmo. Posso ver a água mudando de cor, de verde para azul, na direção do horizonte, e também vejo..."

Ban gritou as últimas palavras:

— Um navio! Navio à vista, capitão!

Thuron correu para o bico de proa, pegando a luneta e olhando na direção que Ban apontava. Levou apenas um minuto para que os temores do francês se confirmassem:

— Muito bem, garoto! É o corsário! Içar âncoras, Anaconda! Leve-nos para oeste, mas mantenha-se próximo à costa. Pode ser que o inglês não nos tenha visto e existe uma chance de fugirmos dele. Desça dos cabos, Ban! Quero todos os homens no convés!

Thuron pegou o leme do timoneiro gigante.

— Essa brisa está soprando na direção da praia, e nós temos que mudar de direção. O que é isso? Parecem canhões! Você ouviu isso, imediato?

Anaconda olhou para o céu.

— Não foi trovão, capitão. Não há nem uma nuvem no céu. Também não foi o corsário. Não tem sentido atirar de tão longe.

Thuron concordou com ele:

— Bem, nós teríamos ouvido o barulho das balas de canhão caindo no mar. Mas o que quer que seja, estamos saindo daqui agora direto para o canal de Mona, entre Hispaniola e esta ilha, rumo ao Atlântico.

As sombras da noite começavam a tingir o horizonte a leste de tons de bege e rosa. A bordo do *Devon Belle*, todos os homens estavam sentados, respirando fundo e enxugando o suor depois do exercício da tarde, que fora longo e difícil. O capitão Redjack Teal decidira que eles eram preguiçosos e tinha dobrado o tempo gasto com as danças e cantigas. Finalmente, Teal fora para a cabine, depois de ver o suficiente daquela dança ridícula e da cantoria desafinada. Além disso, ele se esquecera de sua dose de vinho Madeira da tarde.

Guardando o violino, o carpinteiro soprou os dedos dormentes.

— Se tivesse que tocar "O alegre capitão" mais uma vez, eu me atiraria do navio!

Afrouxando as talas de cada lado da perna machucada, o contramestre a massageava lentamente.

— Hum, minha velha perna está melhor hoje.

O cozinheiro riu amargamente:

— Haha! É por causa da dança que *ocê num* teve que *fazê*!

O contramestre respondeu com desdém:

— Dança? Você chama aquilo de dança? Eu já vi patos na panela quente que dançam melhor que vocês, seu bando de...

— Concordo, moço, um bando de malditos preguiçosos, hein? — O capitão tinha saído da cabine em silêncio e estava próximo a ele. Ele gostava de pregar peças em seus homens para mantê-los alertas. Agora tomava um gole da taça e observava languidamente. — Com mil tubarões, estamos cansados, jogados por aí como um bando de servos malremunerados. Sem refeições, cozinheiro, sem vivalma para observar, sem sentinela, o navio tomando conta de si mesmo, hein?

Os homens se levantaram de um salto e tentaram parecer ocupados. Todos sabiam que o capitão Redjack sempre achava trabalho para marujos ociosos. Teal estava pensando em mais comentários sarcásticos quando um grito ecoou no mastaréu:

— Navio à vista! É o navio francês, senhor!

Correndo rapidamente para a proa, Teal examinou a costa com a luneta até ver o *La Petite Marie*.

— Ahá! É, sim! Escondendo-se a oeste e aproximando-se da costa. Aposto todo o meu chá da China como o francês está abrindo passagem para o oceano, hein?

Fechou a luneta resolutamente e falou:

— Bem, ele não vai conseguir! Vamos um ponto para oeste e bloquearemos aquele insolente, rumando direto para o cabo na boca do canal. Vamos nos encontrar quase de proa em cheio!

Teal percorreu o navio de comprido, esbofeteando quem não fosse rápido o suficiente para mover-se do lugar; em seguida, pegou o leme do timoneiro e girou-o para alterar o curso.

— Deixe isso para um capitão qualificado, o comedor de queijo não vai escapar dessa vez!

O timoneiro protestou:

— Mas, capitão, o vento está indo na direção da terra firme; nós temos que virar para seguir o curso!

Teal encarou o homem como se ele tivesse enlouquecido.

— Então você acha que sei tão pouco sobre navegação que não posso mudar de direção, hein? Para o lado, moço, e preste atenção!

Tentando manter um tom de voz respeitoso e razoável, o timoneiro explicou:

— Com sua licença, senhor, não há problema em rumar com o vento com o mastro de proa temporário. Mas, se nós vamos virar, o mastro não vai aguentar. Ou ele vai quebrar ou vai cair, não importa o rumo que o vento tome, senhor.

O rosto de Redjack Teal ficou da cor do casaco de caça e ele esbofeteou o rosto do timoneiro, gritando:

— Maldita insolência, homem! Com quem você pensa que está falando, hein? Está querendo me dizer como conduzir meu próprio navio? Desça imediatamente e comece a polir a corrente da âncora. Senhor imediato, ponha uma mordaça neste homem para refrear sua língua impudente!

Empurrando uma malagueta para dentro da boca aberta do timoneiro, o imediato amarrou-a firmemente com um pedaço de cabo ao redor da nuca do homem. Levando-o até o paiol da âncora, sussurrou:

— Desculpe, amigo, eu nunca tive que amordaçar ninguém, mas ordens são ordens. E agradeça por Redjack não ter resolvido açoitar você.

O timoneiro olhou em silêncio para o imediato e lágrimas rolaram de seus olhos pela injustiça do castigo.

Teal observava o mastro de proa oscilando enquanto conduzia o barco na direção do vento. E gritou:

— Carpinteiro, me ajude! Rápido! Mexa-se, homem!

O carpinteiro do navio caminhou lentamente e afastou o topete.

— Senhor?

Teal indicou o mastro de proa que balançava desastradamente.

— O senhor não pode fazer alguma coisa para parar esse maldito balanço?

O carpinteiro coçou atrás da orelha:

— O que o senhor quer que eu faça, capitão? Eu fiz tudo o que podia.

Os nós dos dedos de Teal ficaram brancos quando ele segurou o timão.

— Faça qualquer coisa para ele parar. Eu sei, traga outro homem e rolos de cabos. Ele pode subir no mastro principal, e você sobe no mastro de proa. Amarre os cabos como puder entre os dois mastros e prenda um remo nos cabos, torcendo até eles ficarem bem firmes. Isto vai segurar nosso mastro de proa.

O carpinteiro nunca ouvira uma ideia tão tola. Girando os olhos, coçou novamente a orelha.

— Com sua licença, senhor, mas o senhor tem certeza de que isso vai funcionar?

Redjack olhou para o paiol da âncora e, em seguida, para o carpinteiro.

— Você quer mesmo discutir com seu capitão?

O homem aprumou-se antes de responder:

— Não, senhor!

Teal assentiu:

— Muito bem! Então faça como eu mandei. Eu sei que será difícil, já ouvi isso antes. Mas faça!

Joby, o ajudante do carpinteiro, cruzou dois rolos de cabos sobre os ombros, enquanto sussurrava para o carpinteiro:

— O que é que está acontecendo? O que é que temos que fazer?

Ajustando os cabos sobre os ombros, o carpinteiro pegou um dos remos do escaler e falou:

— Estamos seguindo as ordens de Redjack! Você vai subir até o mastro principal, e eu, até o mastro de proa. O capitão disse que nossa obrigação é enrolar os cabos entre os dois mastros. Quer que eu enfie um remo entre os cabos e gire até ficar bem apertado. Ele acha que o remo vai firmar o mastro quebrado e que o navio poderá mudar de direção. Para cima, Joby!

Balançando a cabeça, Joby começou a subir.

— Mas isso não vai funcionar!

O carpinteiro deu de ombros.

— Nós sabemos disso, mas quem vai querer discutir com Redjack?

A bordo do *Diablo del Mar*, a sentinela desceu do ponto de observação no cesto da gávea. Lançando-se na direção da cabine de Rocco Madrid, irrompeu gritando:

— *Capitano*, encontrei o francês! Ele está indo para a costa, navegando em nossa direção! Veja com seus próprios olhos!

Madrid arreganhou os dentes como um lobo faminto. Embainhando a espada, piscou para Ludon, que estava amarrado, com os braços e pernas esticados, junto à mesa.

— Hoje é seu dia de sorte, amigo! Conversaremos depois.

O *Marie* ainda estava a uma boa distância quando o espanhol o avistou pela luneta. E, olhando para a sentinela, pensou em voz alta:

— Thuron ficou cego? Será que não nos viu, Pepe?

Pepe limpou os dentes amarelados com um dedo sujo.

— Quem sabe? O que faremos agora, *capitano*?

A mente de Madrid não parava, e agora ele estava rapidamente elaborando um plano:

— Portugee, leve-nos para mais perto do litoral. Não adianta ficarmos aqui à vista deles. Parece que Thuron está a todo pano; talvez esteja fugindo de algo. Mas quem se importa? Vamos ancorar próximo à costa e pular sobre eles quando estiverem perto de nós. Boelee, prepare-se para a abordagem: traga ganchos e fateixas. Se formos rápidos, tomaremos o navio de Thuron sem disparar um único tiro de canhão. Pepe, veja se alguma luz está acesa. Em breve vai escurecer. Vamos navegar à noite e atacá-los!

Ban e Nid estavam no convés de popa com o capitão Thuron, observando o corsário. Thuron apontou para o navio.

— Veja, Ban, eles estão mudando de curso. Aposto que o inglês vai tentar nos interceptar antes de chegarmos ao canal de Mona.

Ban olhou ansioso para o francês.

— E ele vai conseguir, senhor?

Thuron riu.

— Não, garoto, não com um mastro de popa temporário balançando — ele nunca vai ser mais rápido que o *Marie*. E, ainda assim, poderíamos nos esconder quando escurecesse.

A pata de Nid arranhou a perna de Ban, e ele captou o pensamento agitado do cão:

"Ban, sinto o *Holandês Voador* mais à frente. Você pode senti-lo?"

O menino deu um tapinha nas costas do amigo.

"Seus instintos são mais aguçados que os meus. Eu não sinto nada. Você tem certeza?"

Ofegando com ansiedade, o labrador negro puxou o menino pelo convés até a proa.

"Eu não tenho certeza se é o *Holandês Voador*, mas tenho uma sensação ruim de que algo nos espera mais adiante."

Ban confiava nos instintos do cão. Deixando Nid, voltou à popa e falou com o capitão Thuron:

— Senhor, acho que alguma coisa não está certa em nosso curso. Não seria melhor se fôssemos para alto-mar?

Thuron fitou os estranhos olhos anuviados do garoto.

— Você parece preocupado, Ban. O que houve?

O menino balançou a cabeça.

— Não sei, senhor, talvez sejam recifes ocultos ao longo da costa. Eu acho que ficaríamos mais seguros em águas mais profundas. É só uma sensação.

Thuron olhou para Ban por mais uns instantes e então se decidiu:

— Assim seja, você é meu garoto da sorte. Anaconda, mude o curso um ponto. Talvez estejamos mais seguros naquela direção e ainda ficaremos fora do alcance das armas do corsário. Ele está tentando nos ultrapassar e bloquear a passagem.

O gigante Anaconda deu meia-volta no timão.

— Sim, senhor, mas não vai ser fácil. O vento da costa está começando a soprar com força. Pode ser uma ventania se aproximando.

Pierre, o contramestre, deu um tapinha nas costas de Ban.

— Melhor em alto-mar com tempo ruim, quando não se pode ir para a costa. Garoto, um dia você vai ser um grande capitão!

Ban sorriu.

— Ora, vamos deixar isso para o Nid! Ele sempre quis ser capitão do próprio navio. Eu vou ser o grumete.

Pierre, Anaconda e Thuron riram alto com esse comentário.

Pepe gritou do cesto da gávea:

— *Capitano*, o francês está voltando para alto-mar!

Madrid praguejou baixinho. Menos de uma milha e a presa estava abandonando o litoral.

Ele deu novas ordens:

— Nós ainda podemos interceptá-los, amigos. Portugee, tire o *Diablo* daqui rápido! Nós ainda conseguiremos ficar bordo contra bordo com Thuron. Tenho certeza de que ele não nos viu. Tire-nos daqui!

Portugee tentou mover o grande timão, mas não conseguiu. E gritou:

— Boelee, traga ajuda! Dê-me uma mão aqui, o vento nos pegou de lado! Vamos em direção à costa!

Madrid bateu o pé com ansiedade, repreendendo seus homens enquanto eles lutavam para girar o timão teimoso:

— Idiotas! Vocês não perceberam que o vento aumentou? Vamos! Força!

Então eles ouviram uma pancada, e o espanhol deu um passo para o lado para não cair. E tudo o que se ouviu foi o grito de Boelee:

— Estamos em águas rasas, a carena foi atingida!

Rocco Madrid desembainhou a espada e brandiu-a em vão no ar.

— Então tragam os remos, lanças, varas, qualquer coisa! Tirem-nos daqui antes que Thuron escape! Você, você e você, vão até o primeiro canhão de proa! Carreguem com uma palanqueta, vou quebrar o mastro deles quando o navio passar!

A chuva começou a pingar nos conveses do *Diablo,* e Madrid ajoelhou-se junto ao canhão, segurando um pedaço do pavio ardente. Ele estava inclinado, ao lado do cano do canhão, procurando o local onde o *Marie* passaria em alto-mar num instante.

— Vamos ver se o nosso passarinho francês é rápido com uma asa quebrada. Ahá! Lá vem ele...

Portugee e Boelee tentavam tirar o *Diablo* do banco de areia naquele exato momento. Eles brigavam com o timão quando o navio pirata girou levemente e a popa bateu com força contra a ameaça submarina. Rocco Madrid caiu de costas com o disparo do canhão.

8

AO AVISTAR O CLARÃO DO TIRO com o canto dos olhos, Ban ouviu o zumbido agudo e familiar atravessando o ar da noite e se jogou no chão. Nid se escondeu atrás das dobras do joelho de Thuron, abaixando-se ao lado do garoto. *Cabum!* O barulho foi seguido por um som alto de algo rasgando.

Thuron ficou de pé num salto, gritando para o timoneiro:

— Tire-nos daqui! Estamos sendo alvejados!

Inclinando-se na direção do chuvoso Caribe, o *Marie* navegou em zigue-zague, mudando de direção para fugir do perigo.

Nid sacudiu a chuva dos pelos, pensando:

"Não pode ter sido o *Holandês Voador*, Ban — fantasmas não atiram balas de canhão."

Ban respondeu ao pensamento do amigo:

"Não era bala de canhão, era uma palanqueta. Eu me lembro do som de quando fomos atingidos pelo corsário."

As mãos fortes de Thuron ergueram Ban.

— Dê uma olhada, garoto da sorte. Veja isso!

Ban viu o traquete diretamente sobre sua cabeça, reduzido agora a uma pilha de trapos de velas, que balançavam molhados ao vento. Anaconda, que passara o timão a Pierre, caminhava lentamente próximo a ele. E assobiou baixinho ao ver a vela destruída.

— Alguém tentou cortar nosso mastro, capitão. Mas quem?

Limpando as gotas de chuva da lente da luneta, Thuron examinou a costa.

— O *Diablo*! Eu tinha me esquecido dele! Aquela raposa do Madrid deve ter encontrado o nosso rastro! Ahá! A mira dele não melhorou muito. Tudo o que conseguiu foi abrir um buraco no traquete. Se aquela palanqueta tivesse atingido o alvo, não teríamos o mastro de proa a essa altura!

Anaconda observou seriamente:

— Sim, capitão, e, se nós estivéssemos oscilando para cima em vez de para baixo, eles teriam feito picadinho do senhor e de seus amigos sortudos!

O francês, que costumava manter o senso de humor mesmo em situações de crise, observou secamente:

— Sim! E o Nid nunca seria capitão do próprio navio!

Nid enviou a Ban um pensamento indignado em meio às gargalhadas: "Não entendi a graça da piada!"

Mas o francês ficou sério ao olhar novamente na luneta.

— Nós temos problemas suficientes para um navio agora: de um lado, um corsário inglês; do outro, um navio pirata espanhol. Anaconda, o que você faria numa situação dessas?

O timoneiro gigante riu em sua voz de baixo:

— Capitão, eu faria o velho Passo de Trinidad.

Ban olhou de um para o outro.

— O que é esse Passo de Trinidad?

Anaconda explicou:

— É uma manobra muito perigosa, mas engenhosa se nós conseguirmos realizá-la, Ban. Deixamos que Madrid nos siga, mas navegamos direto à frente, na direção do corsário. Madrid está navegando próximo a nós, veja. Nós baixamos as velas e o deixamos para trás. Tudo o que ele pode ver é a nossa popa e, no escuro, vai achar que conseguiu cortar nosso mastro porque estamos mais lentos. O inglês deve virar para que o navio não fique bordo contra bordo com o *Marie*. No último minuto, nós atiramos nos dois navios: um tiro da popa em Madrid e um da proa no corsário. Então içamos cada fio da lona das velas e rumamos para oeste noite adentro. O inglês sabe que não tem chance de alcançar o *Marie* porque o mastro de proa está quebrado. Mas todo corsário tem canhões suficientes para atirar melhor que um pirata. O *Diablo* é maior e parece um prêmio bem melhor que nós; e agora está bem à sua frente. Sendo assim, o que você faria se fosse o corsário, Ban?

O menino respondeu prontamente:

— Atacaria o espanhol!

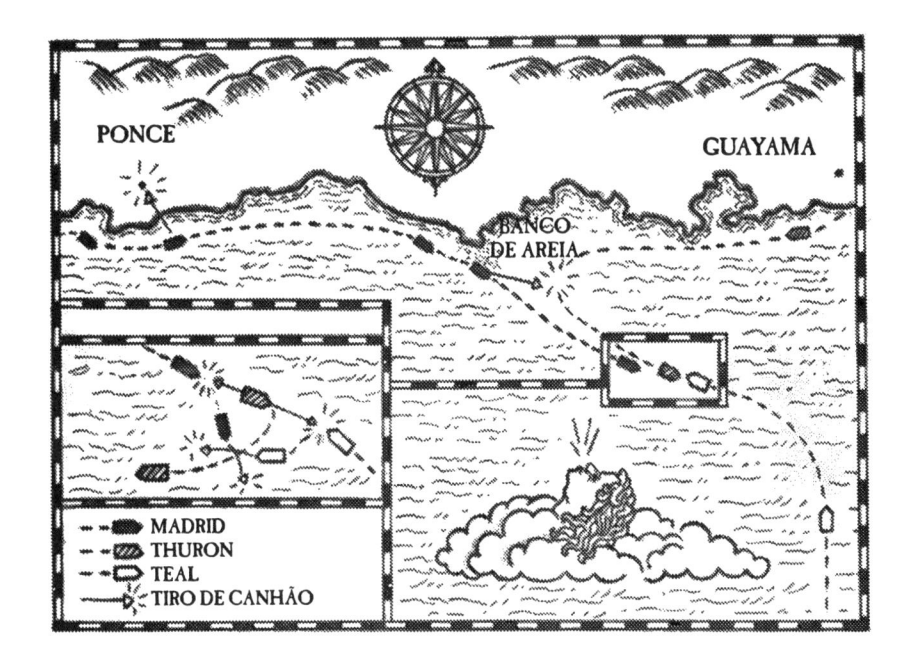

[mapa: PONCE, GUAYAMA, BANCO DE AREIA; legenda: MADRID, THURON, TEAL, TIRO DE CANHÃO]

A sentinela a bordo do *Devon Belle* limpou os pingos de chuva dos olhos e chamou o capitão Redjack Teal, que segurava o timão corajosamente.

— O francês, senhor, está vindo direto em nossa direção! Senhor capitão, tem outro navio no rastro do francês! Por Deus, senhor, outro navio!

A voz de Teal tornou-se estridente com a agitação enquanto ele girava o leme:

— Nós vamos nos aproximar, não posso ficar bordo contra bordo com ambos!

Joby e o carpinteiro ainda estavam no alto da mastreação depois de amarrarem as cordas em volta dos dois mastros. Do topo do mastro de proa até a terça parte do caminho na direção do mastro principal, o cabo formava uma espiral. O carpinteiro empurrou o remo através da espiral, torcendo-o e diminuindo a folga até que o cânhamo grosso estivesse tão firme quanto a corda de um violino. De repente, o *Devon Belle* virou bruscamente, a proa mergulhou, criando uma enorme onda de proa. Largando o remo para se equilibrar, o infeliz carpinteiro assinou a própria sentença de morte. Girando como uma hélice, o remo atingiu o rosto do homem, atirando-o do topo do mastro de proa. O corpo bateu na amurada e ricocheteou nas profundezas azul-escuras do mar do Caribe.

Joby gritou:

— Homem ao mar!

O capitão Teal cerrou os dentes. Homens tolos o bastante para caírem na água durante os trabalhos no mar turbulento não lhe interessavam. Teal recuou e baixou a cabeça ao ouvir o barulho e a explosão do tiro de canhão da extremidade dianteira do *Marie*.

Rocco Madrid, de sua posição favorável na popa do *Diablo*, ficou muito surpreso com o barulho:

— Pepe, o que o francês está fazendo? Em quem está atirando?

Pepe, que estava concentrado no *Marie*, gritou e gesticulou loucamente de sua posição elevada:

— *Capitano!* Estou vendo um navio bem à frente do francês agora. E o francês está atirando nele!

Nesse exato momento, Anaconda atirou no espanhol com o canhão de popa, próximo ao rastro do *Marie*. O gurupés e as amuradas enfeitadas do balcão do *Diablo* explodiram numa cascata de cabos, ferro e lascas de madeira. Ao mesmo tempo, um tiro da extremidade dianteira do *Marie* partiu o mastro de proa do *Devon Belle*, que balançou de modo descontrolado na confusão de cabos que pendiam do mastro principal.

* * *

Havia confusão, fumaça e chamas a bordo do navio espanhol e do corsário. Thuron tirou vantagem do caos para realizar o Passo de Trinidad. Junto com uma nova vela para substituir a que tinha sido danificada pela palanqueta, cada fio da lona das velas a bordo do *Marie* foi utilizado para a ousada manobra. Thuron girou o leme com força, e as velas se abriram acima de sua cabeça. O *La Petite Marie* adernou e as pontas das velas inferiores tocaram as ondas. Ban podia sentir Nid aconchegado a ele enquanto se encolhia debaixo de uma escada, segurando-a com firmeza. A proa do *Marie* submergiu contra as ondas altas, criando uma onda de proa barulhenta. Por alguns instantes, o navio balançou no mar turbulento, bordo contra bordo com os outros dois navios. Então, Thuron girou o timão para a direita e deu ao *Marie* a dianteira. Como uma flecha, o navio veloz rumou direto para a praia, com a ventania enfunando suas velas. Ouviu-se o estrondo de dois canhões: um do corsário e outro do espanhol. Balas de canhão cruzaram-se no rastro do francês, assobiando e, em seguida, caindo nas águas escuras do Caribe. Thuron gargalhava feito louco. Seu navio movia-se com velocidade em plena noite.

Já fora de alcance, ele começou a mudar de direção para evitar a costa. Com Nid uivando em seus calcanhares, Ban saiu do esconderijo para se juntar à tripulação, que festejava.

Pierre pegou o leme das mãos do capitão, cumprimentando-o animadamente:

— O senhor conseguiu, capitão! O senhor conseguiu!

Ajoelhando-se, o francês abraçou Nid e Ban, ainda rindo ao responder ao contramestre:

— Ninguém dança o velho Passo de Trinidad como Raphael Thuron!

O mestre-canhoneiro do *Devon Belle* correu para o lado do capitão, apontando para o *Diablo* bem à frente.

— Se o senhor nos levar bordo contra bordo, senhor, poderem explodir o navio em alto-mar!

Redjack Teal gritou para o infeliz:

— Explodir um prêmio como aquele em alto-mar? Olhe para ele, homem, está louco? Com nossas armas montadas em suas amuras e minha bandeira flutuando no tope do mastro, ele vai ser o mais belo navio dos mares! Quero capturar aquela embarcação para meu uso. Esqueça o francês! Vamos atrás dele quando o galeão for nosso.

E chamou o imediato.

— Preste atenção. O navio já virou em fuga; sua obrigação é evitar que ele vá embora. Pegue o timão e grude nele como melado no pão, mantenha-se em seu rastro. Canhoneiro, veja se você pode aparelhar o canhão para atirar nos dois lados dele: bombordo e estibordo. Vamos segui-lo até a praia e lá nos aproximaremos. Então vou pegá-lo. Com mil trovões, que navio, hein?

O rosto normalmente pálido de Rocco Madrid ficou ainda mais branco ao perceber que ele estava diante de um corsário inglês. Ele observava o *Diablo* tentando girar lentamente enquanto Boelee e Portugee brigavam com o timão. Como não havia cabos de proa e gurupés, a operação era extremamente lenta. Boelee lançou um olhar amedrontado ao navio que começava a virar.

— Eu já ouvi falar desse tubarão dos infernos. É um corsário inglês. Está vendo o casaco do capitão? É o *capitano* Redjack!

Hesitando, Portugee quase soltou o timão.

— Redjack! Falam dele como se ele fosse pior que um corsário berbere!

A mão de Madrid deslizou para o punho da espada, e ele resmungou um aviso:

— Calem a boca! Eu sei quem ele é. Agora prestem atenção: esse Redjack perdeu o mastro de proa. Talvez não queira brigar. Boelee, calma agora, leve-nos para um ponto a estibordo.

Nem bem o *Diablo* moveu-se do lugar, o canhão de Teal ressoou um tiro de aviso a estibordo, acompanhado do estalo de um tiro de mosquete acertando a popa do navio espanhol.

Boelee trouxe a popa de volta ao curso com habilidade.

— *Capitano*, aquele malvado tem muitas, muitas armas a mais que nós. Se tentarmos fugir, ele vai afundar o *Diablo*.

Portugee concordou com o imediato:

— Como vamos fugir sem gibas? Ele vai matar todos nós!

Madrid mirou a luneta no corsário menos de um quarto de milha atrás. E viu um canhão erguendo-se de cada amura, a tripulação alinhando-se nas amuradas com mosquetes preparados e o vulto de casaco vermelho observando as colubrinas na proa sendo carregadas com metralha, uma combinação mortal de balas de mosquete, sucata e correntes quebradas. A metralha poderia destruir um convés com efeito sanguinário. Outras duas colubrinas foram trazidas da popa. Quatro colubrinas carregadas com metralha e a pouca distância!

Madrid sentiu o suor gelado escorrendo pela sobrancelha. Redjack era um assassino de sangue-frio! A mente do espanhol parecia um turbilhão quando ele se dirigiu a seus homens:

— Firmes no curso! Amanhã falarei ao tal Redjack. Talvez ele ouça uma proposta. Agora vou para minha cabine. Mantenham o curso firme! E não o incomodem.

Com a chegada da aurora, a chuva cessou. A névoa flutuava em meio ao marulho delicado das ondas e o sol erguia-se tal qual uma grande laranja sanguínea a leste, lançando uma maravilhosa tonalidade pálida de cereja sobre as águas do Caribe. O capitão Thuron juntou-se a Ban e Nid, que comiam frutas e tomavam água de coco no convés do castelo de proa. Sentando-se com eles, observou a brisa de popa dissolvendo o delicado nevoeiro.

— Bela visão, hein, Ban? Vou sentir falta destas águas. Você sabe onde estamos?

O menino assentiu:

— Quase no canal de Mona. Veremos a ilha de Mona da amura de proa antes do meio-dia, senhor.

As grossas sobrancelhas de Thuron ergueram-se.

— Muito bem! Como você sabia?

Nid ergueu os olhos do coco que estava mordendo.

"Diga ao capitão que foi seu cão fiel que o informou de nossa posição! Ande!"

Ban sorriu ao receber a mensagem do amigo.

— Nid me disse que ouviu Anaconda dizer a Pierre quando ele o rendeu no timão.

Thuron mexeu nas orelhas de Nid.

— Você realmente fala com esse cachorro?

Ban continuou sério ao responder:

— Oh, o tempo todo, senhor!

O francês deu uma gargalhada e disse.

— Está bem, acredito em você! Como não acreditaria. Vocês dois têm um ar tão honesto!

Nid transmitiu outro pensamento ao amigo:

"Sou eu que tenho um ar honesto, na verdade. Você se tornou muito dissimulado nas últimas décadas. Mas eu me tornei mais inocente. Veja: sou a verdade e a honestidade personificadas!"

Em seguida, ofegou, esticando a língua e balançando as orelhas.

Ban não conseguiu evitar uma alta gargalhada. Thuron achou graça também.

— Diga-me, o que Nid está dizendo para você agora, garoto?

O menino deu um tapinha nas costas do cão.

— Ele está dizendo que quer que o senhor ensine o Passo de Trinidad para ele poder usá-lo uma hora dessas.

Nid parou de mastigar o coco e repreendeu Ban:

"Ora, seu mentiroso sem-vergonha! Eu não disse nada disso!"

Thuron interrompeu a conversa mental:

— Diga a Nid que vou ensinar vocês dois a pegarem peixes-voadores. Eles atravessam essas águas a caminho do golfo do México. E são muito saborosos grelhados com manteiga e farinha de aveia.

Nid voltou para o coco.

"Peixes-voadores! Hum, a quem ele pensa que engana?"

E, nesse momento, Thuron apontou o dedo curto e grosso para a proa.

— Vejam!

E todos viram um peixe-voador planando ao lado do navio.

Ban deu um salto.

"Olhe, tem outro lá! Nid, você viu isso?"

O labrador negro estava de pé nas patas traseiras, apoiando-se na amurada com as patas dianteiras. E recuou ao ver outro peixe voar e deslizar pela onda na proa.

"Oops! Seria uma pena pegá-los. Será que são gostosos mesmo? Peça ao capitão para nos ensinar a pegar alguns, Ban!"

A maior parte da manhã foi passada na proa, observando os peixes-voadores presos numa rede estendida por Thuron do bico de proa até o gurupés. Anaconda cantava alegremente com sua voz de baixo enquanto supervisionava os trabalhos na cozinha. Ban prestava atenção. Ele tirou um peixe da rede e se admirou com o tamanho das barbatanas usadas para planar sobre as águas.

"Vamos, vamos, peixe-voador,
Voe direto para o meu prato.
Aves são aves, e é assim que fazem,
Mas peixe é peixe, e isso é um fato.
Coisinha tola, aposto
Que você queria saber se é ave ou peixe!

Voa, voa sobre o mar,
Abra as barbatanas e venha cá.

Peixinho voador, não demore
Sou marinheiro e tenho fome.
No ar, você é belo,
Mas é mais gostoso ainda em meu prato.
Preparado na cozinha, bem quentinho,
E lá vem mais outro peixinho!

Voa, voa sobre o mar,
Abra as barbatanas e venha cá."

Eles já haviam passado pela ilha de Mona e Mayagüez quando o cozinheiro bateu com a concha na tampa do fogão e gritou para todos os homens:

— O peixe está servido! Se não vierem logo, Anaconda vai comer tudo sozinho!

Nid correu na frente de Ban, transmitindo um pensamento ao menino:

"Mexa-se, garotão. Eu acredito nas palavras do bom cozinheiro. Espero que Anaconda guarde um pedaço para mim!"

Thuron e o garoto corriam lado a lado, seguindo Nid até a cozinha. Os homens se acotovelavam em fila. Aliviados por terem escapado dos dois perseguidores, riam alto e brincavam uns com os outros.

Ban e Nid trocaram pensamentos:

"Que diferença entre esta viagem e a primeira com Vanderdecken a bordo do *Holandês Voador*."

O labrador negro eriçou os pelos.

"Nem me fale daquele navio dos infernos ou no louco do capitão Vanderdecken e sua tripulação de brigões. Mais cedo ou mais tarde, eu mesmo estarei a bordo de um honesto navio pirata como o *Marie*."

Saudando a sabedoria de seu cachorro, Ban tirou da mente a imagem do maldito *Holandês Voador* e passou a concentrar-se no ensolarado dia em pleno Caribe, em seu amigo Raphael Thuron, na alegre confusão dos tripulantes e na expectativa de comer, pela primeira vez, um peixe-voador.

Rocco Madrid estava numa tremenda enrascada. O corsário perseguira o *Diablo del Mar* até as águas rasas das praias repletas de palmeiras de Porto Rico. O espanhol caminhou até a cabine, imaginando o que o inglês faria em seguida. Encolhido num canto, com uma corda em volta do pescoço presa a um arganéu no convés, Ludon, antigo imediato do *Marie*, observava-o com olhos arregalados e assustados. Ambos sabiam que estavam em situação difícil.

Através da janela da cabine, Madrid podia ver o *Devon Belle* a menos de três navios de distância. Ele estava bordo contra bordo com o *Diablo*, com os canhões preparados e quase desafiando o espanhol a dar o primeiro tiro. Mas Rocco Madrid tinha juízo demais para tentar uma coisa dessas. E se sentia agora como um rato numa ratoeira — seria suicídio tentar algum tipo de agressão. Redjack Teal tinha uma excelente reputação de assassino.

Portugee e Boelee esgueiraram-se até a cabine como dois meninos levados que deveriam ser castigados por algum delito.

Boelee ergueu os olhos timidamente do corsário na baía para o capitão.

— O que vamos fazer, *capitano*?

Madrid respondeu com mais confiança do que realmente sentia:

— Fazer, amigos? Não vamos fazer nada ainda. A primeira rodada é do inglês.

Portugee observou com expressão de raiva:

— As únicas jogadas que Redjack tem para nós vêm embrulhadas em balas de canhão. A menos que o senhor tenha alguma carta na manga, *capitano*, nós todos somos homens mortos!

Em seguida, ouviu-se o barulho do metal deixando a bainha, e Portugee subitamente foi empurrado contra o tabique pela espada do espanhol em seu pescoço. Madrid sussurrou maliciosamente para ele:

— Você será um homem morto mais cedo do que pensa se continuar falando bobagens, amigo. Quem pensa a bordo deste navio sou eu e não preciso da ajuda de idiotas. Confie em mim, tenho um plano. Enquanto isso, quero os dois fora daqui. Vão para o convés e fechem todas as vigias. Boelee, hasteie a bandeira branca de trégua. Portugee, guarde todos os mosquetes e espadas. Mantenham todos os homens embaixo do convés e diga-lhes para não fazerem barulho. Vão!

O espanhol deu um pontapé em Ludon.

— E você, mantenha a boca fechada até eu lhe dizer para falar. Tenho planos para você.

Rocco Madrid saiu rapidamente para o convés assim que viu uma bandeira branca balançando no tope do mastro do *Devon Belle*. O capitão Redjack estava de pé a meia-nau com um grande megafone em forma de trombeta nos lábios. Sua voz atravessou com clareza o espaço entre os navios. Os homens estavam de pé com mosquetes apontados e o nariz de feios canhões voltado ameaçadoramente para o *Diablo* quando Teal gritou:

— Um movimento em falso e eu abro fogo. ¿*Comprende*?

O espanhol colocou as mãos em concha ao redor da boca e gritou para Teal:

— Eu falo seu idioma, *señor*. O que o senhor quer?

A resposta de Teal era dura e impertinente:

— Eu sou o capitão Jonathan Ormsby Teal, do *Devon Belle*, navio de Sua Majestade. Tenho cartas de corso e de represália como corsário. E exijo rendição completa e incondicional. Imediatamente!

Madrid mantinha o tom de voz normal, embora, em seu íntimo, estivesse espumando de raiva diante das atitudes autoritárias do tolo inglês.

— *Capitano*, o senhor tem minha palavra de nobre espanhol que o primeiro tiro não sairá de meu navio!

Teal bufou orgulhosamente ao levar o megafone à boca:

— Atire por sua conta e risco, rapaz! E eu estouro seus pulmões e vísceras, e o mando para o inferno, enchendo esta baía com seu sangue vil! Responda! O senhor se rende agora... hein?

O espanhol abriu os braços de modo conciliador.

— Eu me rendo, *capitano*! Somente um tolo recusaria sua oferta. Mas, primeiro, quero dar uma palavrinha com o senhor. Tenho uma proposta a lhe fazer, amigo. E ela poderia torná-lo um homem muito rico... Está me ouvindo, *señor*?

Teal parou por uns instantes, sussurrando ordens ao contramestre, ao imediato e ao mestre-canhoneiro, antes de responder:

— Você disse um homem rico? Fique aí que já estou indo. E, se você tentar alguma gracinha, doze mosqueteiros abrirão fogo!

Rocco fez uma mesura exagerada.

— Sem truques, eu prometo! Vamos conversar como homens civilizados. Aguardo o senhor em minha cabine com um bom vinho para bebermos. Com sua licença, *capitano*, retiro-me agora.

Vinte homens, armados com mosquetes e rifles, embarcaram no escaler do *Devon Belle*. Teal se sentou na popa, atrás deles. Em sua cabine, Madrid segurava Ludon pela nuca ao soltar a corda. Empurrando-o na direção da janela, o espanhol apontou para Teal e disse ao prisioneiro:

— Ouça-me com atenção! Está vendo o homem de casaco vermelho? Ele pode salvar sua vida e a minha. Quando eu lhe disser para falar, você vai mentir para ele, mentir como jamais mentiu, amigo. Diga ao inglês que o *La Petite Marie* carrega uma imensa fortuna em ouro. Dez... vinte vezes maior do que o que ele tirou de mim em Cartagena. Você a viu com seus próprios olhos. Faça isso e você vai viver como um homem rico. Entendeu?

Suspirando aliviado, Ludon assentiu energicamente:

— Sim! Sim, capitão! Confie em mim! Juro por minha mãe!

Os conveses do *Diablo* estavam vazios quando Redjack Teal e seus homens subiram a bordo. Teal murmurou para o contramestre:

— Perfeito! Reúna os homens e prepare-se para o pior: tranque todas as portas, exceto a da cabine do capitão. E mate o pirata que puser os pés no convés. Mande dois marujos de volta ao *Devon Belle* com o escaler e o espanhol. E traga todos os homens disponíveis que não estiverem manejando um canhão. Agora vá: rápido e em silêncio!

Teal empertigou-se diante da cabine do espanhol, com a mão no punho da espada. Rocco Madrid cumprimentou-o com cortesia:

— Bem-vindo às minhas humildes acomodações, *capitano*! Aceita um pouco de vinho?

Ignorando a garrafa de porto e as taças, o corsário sacou uma pistola de prata ornamentada e apontou para o espanhol.

— Aceito sua rendição primeiro!

Madrid desembainhou a espada com cuidado e ofereceu-a por cima do antebraço, com o punho voltado para Teal. O corsário experimentou o balanço da lâmina casualmente e prendeu-a no próprio cinto. Ainda apontando a pistola, sentou à mesa da cabine, fitando o espanhol.

Ludon arrastou-se e encheu as taças. Cruzando as pernas e inclinando-se para trás, Redjack tomou um gole e apontou para o francês.

— E quem, diabos, é esta criatura aqui?

O espanhol sorriu maliciosamente ao tirar seu ás da manga.

— Este é o homem que nos tornará ricos, *señor*. Ele foi o primeiro imediato a bordo do bucaneiro francês. Diga ao *capitano* inglês o que você viu, meu amigo.

À noite, o acordo foi firmado, mais para satisfação de Teal que do espanhol. Mas Rocco Madrid aceitou todos os termos, dizendo para si mesmo que, mais tarde, poderia haver uma chance de virar o jogo. Sem armas, toda a tripulação do *Diablo del Mar*, de quatro em quatro, subiu ao convés e caminhou até a praia durante a maré baixa. Cercados pelos homens do navio inglês, que estavam armados até os dentes e eram muito hostis, foram forçados a obedecer com tristeza.

Boelee e Portugee lideraram o primeiro grupo. Muito eretos, caminharam até a praia. Portugee olhou a seu redor cautelosamente.

— Não estou gostando nada disso; existem muitos tubarões nessas águas!

Boelee cerrou os dentes e disse:

— Os verdadeiros tubarões estão a bordo do navio; mas ninguém diz nada sobre isso. Se Madrid estiver nos fazendo de trouxas, vou atrás dele até o inferno!

Nesse momento, Rocco Madrid surgiu no convés ao lado de Teal. O espanhol trocou algumas palavras com Pepe, a sentinela. Antes de descer, Pepe assentiu e cumprimentou Madrid e Teal.

Boelee e Portugee esperaram Pepe aproximar-se da costa. Então correram em sua direção.

— O que o capitão lhe disse?

— E Redjack disse alguma coisa? Fale logo, Pepe!

Os tripulantes do *Diablo* reuniram-se ao redor da sentinela, enquanto ela explicava:

— Redjack não falou nada, mas o *capitano* me pediu que dissesse a vocês que estamos unindo forças com o corsário e navegaremos o oceano para capturar o navio de Thuron!

Boelee balançou a cabeça, sem poder acreditar.

— Mas você tem certeza?

Pepe sentou-se na areia quente.

— *Sí*, amigos! O que vai acontecer é que nós tripularemos o navio corsário; o *capitano* Redjack vai nos rebocar. Ele comandará o *Diablo* depois de transportar seu canhão a bordo e consertar o gurupés. E ao assumir o navio de Thuron, Redjack liberará o *Diablo* para navegar de volta até o Caribe.

Portugee mordeu o lábio pensativamente.

— Mas por que os dois navios têm que perseguir Thuron? Alguma ideia?

Pepe deu uma risada ao contar o que o capitão lhe dissera.

— Vocês sabem o que o prisioneiro do *Marie* disse? Vou lhes contar. Thuron está indo embora destas águas, está voltando para a casa, para a França. Por isso, rumou para Guayama. Durante anos, ele enterrou todo seu butim lá e vai procurá-lo antes de atravessar o oceano. O homem viu tudo, um imenso tesouro, arcas e barris de pilhagem. Nosso *capitano* o obrigou a falar e agora está barganhando com Redjack. O que acham?

Todos os olhos se voltaram para Boelee. Ele era o homem mais esperto da tripulação do *Diablo* e servia Madrid havia muito. Sentando-se, mordeu os lábios e piscou um olho. Então começou a rir.

— Muito bom! Dois navios podem encontrar Thuron mais facilmente que um só! Haha, Rocco é mais esperto que um bando de macacos. Aposto como ele tem um plano. Ouçam minhas palavras, amigos, Rocco Madrid vai terminar com todo o butim ou meu nome não é Boelee!

Os homens começaram a preparar uma fogueira com madeira encontrada na praia. Escurecia. A tripulação do *Devon Belle* rebocou o *Diablo* e o amarrou ao lado do corsário. Teal comandou toda a operação, caminhando e dando ordens enquanto blocos e equipamentos erguiam o canhão entre os dois navios. Rocco Madrid sentou-se na cabine de Teal a bordo do *Devon Belle*, bebericando vinho Madeira e planejando sua vingança no futuro. Joby, que fora promovido a carpinteiro, substituía o gurupés com madeira do mastro de proa quebrado do *Devon Belle*, no mesmo momento em que os outros marujos trabalhavam na mastreação de novas velas de traquete e lais de guia.

Um dos homens apontou para os piratas na praia.

— Isso não é justo! Olhem só aquele bando ali, todos deitados na areia e nós nos arrebentando a bordo desta banheira!

— O que você está dizendo?

O homem virou-se para fitar Teal, que estava parando por ali. Curvando-se para voltar a trabalhar, desculpou-se humildemente:

— Nada, capitão, não disse nada, senhor!

O *LA PETITE MARIE* ACABARA de atravessar o canal de Mona — o canal entre as ilhas de Hispaniola e Porto Rico. Ban e Nid estavam na cabine do capitão, ouvindo as explicações do francês sobre navegação. Um mapa grande e sujo estava aberto na cama, com livros e um sextante segurando os cantos que se enrolavam.

Thuron apontou um local no mapa.

— É só um mapa velho, rudimentar, mas confiável. De acordo com meus cálculos, nós estamos mais ou menos aqui. Está vendo, Ban?

O menino olhou para onde Thuron apontava.

— Na verdade, estamos em pleno oceano Atlântico. Vamos para onde agora, capitão?

Thuron cofiou a barba.

— Direto através deste mapa, na direção de outro que tenho comigo. Este oceano é um lugar estranho, garoto, não se sabe muito sobre ele. Muitos navios se perderam e não se ouviu mais falar deles. Ninguém sabe a profundidade dos mares e oceanos deste mundo. Quando você navega em alto-mar, aposto como não pensa no que está oculto sob a quilha. Já pensou nisso, Ban?

Nid comunicou sua opinião para Ban em pensamento:

"Pessoalmente, faço um tremendo esforço para não pensar. Por que me atemorizar? Deixemos o que está no fundo do mar para os peixes. É o que sempre digo!"

Ban deu um tapinha na cabeça do labrador negro para silenciá-lo. "Silêncio, Nid! Não interrompa e preste atenção no que o capitão diz!" Thuron bateu no chão do convés com o pé.

— Embaixo deste pobre navio existe um mundo! Vales, colinas, desertos e montanhas enormes! — e sorriu ao ver os olhos azuis de Ban se arregalarem. Em seguida, continuou: — Nunca pensou nisso, hein? Mas é verdade. Um dia, os homens o explorarão. Centenas de milhares de léguas, iluminadas e visíveis próximas à superfície, onde a claridade e a luz do sol podem penetrar, descendo para os azuis e verdes sombreados, e, em seguida, para a escuridão semelhante a uma noite sem lua e sem estrelas. E mais embaixo ainda o breu completo, insondável e silencioso como um túmulo, o domínio de peixes de todos os tamanhos. Alguns não são maiores que a unha de um bebê; outros, enormes, são monstros das profundezas que espreitam desde os primórdios do planeta!

Nid, deitado na cama, cobriu as orelhas com as patas e choramingou, transmitindo seus pensamentos para Ban:

"Espere só quando eu voltar para terra firme! Nunca mais vou querer saber de água, nem de uma lagoa de patos!"

Ban acariciou o cachorro para tranquilizá-lo. E o capitão continuava falando:

— Isso! E aqui estamos nós: um pequeno ponto na escala das coisas, navegando sobre as grandes profundezas habitadas por leviatãs e animais gigantescos, como diz a Bíblia. Somos uma espécie minúscula e corajosa, Ban! Não resta dúvida!

O menino assentiu:

— Eu acho que somos sim, senhor, mas o senhor poderia parar de assustar o Nid e dizer qual é a nossa rota?

Thuron olhou para o cão e o menino e deu uma gargalhada.

— Eu acho que é você e não o Nid que está com medo! Qual é a nossa rota? Direto para nordeste. Daqui até a França, a única terra firme são pequenas ilhas chamadas de Açores. Vamos, meus amiguinhos sortudos! Vamos subir e dizer a Pierre que altere o curso para leste.

Ban e Nid acompanharam o capitão até o convés, e ele transmitiu as ordens a Pierre, que estava no timão. Franzindo o cenho, o marujo girou o leme uma vez, e em seguida, tentou girá-lo mais um pouco.

— Capitão, não estamos saindo do lugar! Veja!

Thuron observou o timoneiro girar novamente o timão.

Pierre balançou a cabeça, confuso.

— Girei tanto o timão que, a essa altura, deveríamos estar rumando para o sul! Tem alguma coisa errada, capitão!

Thuron assumiu o leme.

— Deixe-me tentar.

Dessa vez, não houve resistência do timão, que rodou livremente. O francês o manteve no lugar e encostou a testa em um dos raios de mogno entalhados, refletindo sobre o problema.

Ban não pôde deixar de perguntar:

— Qual é o problema, senhor?

Thuron endireitou-se, balançando a cabeça.

— Se soubesse, eu lhe diria, garoto. Mas tenho uma ideia do que o causou: o Passo de Trinidad. Só pode ter sido isso. Nosso *Marie* não é mais jovem, está envelhecendo, as coisas começam a se desgastar e quebrar. Tivemos uma noite de tempestade e ficamos presos entre dois navios. Quando fiz o passo, a difícil manobra nos trouxe consequências. Acho que algo quebrou ou rachou ou se soltou. De lá para cá, com todas as mudanças de direção que tivemos que fazer, uma parte do leme pode ter sido danificada. Aposto que é isso. Ban, procure Anaconda.

O gigante negro estava de folga, cochilando em sua rede, quando Ban o sacudiu delicadamente.

— O capitão quer vê-lo, senhor.

Anaconda moveu-se elegantemente até o convés. Sorrindo para o menino, mergulhou na cabine com cuidado. Thuron não era baixo, mas tinha que erguer o queixo para olhar nos olhos do gigante.

— Nosso *Marie* sofreu um acidente ao dançar o Passo de Trinidad, amigo.

Anaconda pegou um rolo de corda como se fosse um pedaço de linha.

— O garoto provavelmente danificou o leme, capitão. Darei uma olhada.

Amarrando o cabo no cabeço de popa, lançou-o ao mar. Pouco a pouco, o timoneiro desceu até a água, respirando fundo antes de mergulhar. E não se viu mais sinal de Anaconda quando ele mergulhou sob a extremidade em curva.

Nid enfiou a cabeça entre as amuradas das galerias.

"Ainda bem que ele não ouviu o capitão falando sobre leviatãs, monstros gigantes e outros seres marinhos espreitando lá embaixo!"

Ban respondeu à observação do cão:

"Ora, eu acho que Anaconda pode se cuidar sozinho — você viu o tamanho da faca que ele traz no cinto? Eu já vi espadas menores! Mas ele já está lá embaixo há algum tempo. Espero que nada tenha acontecido, Nid."

A voz de Pierre interrompeu os pensamentos de Ban:

— Ele está subindo!

A bela cabeça do gigante apareceu em meio a um suave rastro de água e, em seguida, na superfície. Anaconda piscou, bufou e subiu com cuidado a bordo.

— Preciso de fitas de cobre, martelo e pregos, capitão. O leme se soltou. Está balançando como a placa de uma taberna.

Thuron sorriu aliviado.

— Graças a Deus é só isso, meu amigo! E temos fitas de cobre e pregos suficientes. O conserto vai demorar muito?

Anaconda balançou os ombros enormes e musculosos.

— Posso mergulhar algumas vezes, mas não conseguirei sozinho. Meus dedos são muito grossos para amarrar a fita entre o freio e o eixo do leme. É um espaço pequeno. Se alguém descer comigo, posso segurar a aba do leme enquanto a fita de cobre é passada através do espaço estreito. Começaremos pregando um lado da aba. Eu seguro o leme e, quando o outro extremo da fita passar, prendo os dois lados com outro prego. Mais um ou dois pregos de cada lado da fita e nosso *Marie* estará novo em folha!

Thuron começou a tirar o casaco, dando ordens para alguns membros da tripulação que vieram ver o que estava acontecendo:

— Tragam mais cordas, um martelo, fitas de cobre e um punhado de pregos de latão.

Anaconda segurou a mão do capitão.

— Capitão, sua mão não é grande como a minha, mas olhe seus dedos: são muito curtos e grossos!

Rapidamente a tripulação começou a dispersar, como se todos tivessem tarefas urgentes para executar. Thuron observou-os enquanto se afastavam.

— Peça a um dos marujos para assumir o navio e ele vai fazê-lo sem pestanejar. Mas peça a ele para pôr um pé na água, hein, Pierre?

O imediato zombou:

— A maioria não sabe nadar; e morre de medo de água, capitão. Pode deixar que eu vou.

Anaconda balançou a cabeça negativamente.

— A última vez que vi dedos como os seus, Pierre, eles eram vendidos como salsichões no cais de Cartagena. Me dê sua mão, Ban!

Ao olhar para os dedos finos do menino, Anaconda piscou.

— Você vem comigo!

Thuron pôs um braço no ombro de Ban.

— Um momento! Ele não vai mergulhar no oceano! Ele é o meu garoto da sorte!

Ban liberou-se do abraço do capitão.

— Tenho sorte suficiente para ser o homem certo para o serviço, e mais sorte ainda por estar a bordo do *Marie* quando precisam de mim. Eu vou, capitão!

Nid deu um salto, apoiando as patas no peito de Ban e dizendo:

"Não, Ban, não faça isso! Por favor!"

Ban segurou a cabeça do cão com as duas mãos, fitando os olhos escuros e suplicantes do amigo.

"Alguém tem que ajudar Anaconda ou ficaremos girando no Atlântico até o ano que vem! Se você estivesse em meu lugar, Nid, também se ofereceria, mas suas patas não ajudam muito. Minhas mãos é que são necessárias. Mas não se preocupe! Tomarei cuidado! Prometo!"

Thuron levou Anaconda para o lado e disse:

— Meu amigo, tome conta do garoto quando vocês estiverem lá embaixo. Não quero que o garoto da sorte se machuque!

O timoneiro gigante fez um sinal de aprovação.

— Nem eu, capitão. Ele estará seguro comigo. Ban, amigão, você está pronto para se molhar?

Tirando a camisa e os sapatos, Ban enrolou cabos extras sobre os ombros.

— Sim, pronto!

O gosto doce e nauseante de vinho do Porto não era do agrado de Redjack Teal, por isso ele bebericava uma taça do sutil e menos encorpado Madeira. Estava muito satisfeito consigo mesmo: o *Diablo del Mar* era um prêmio invejável. A antiga cabine de Rocco Madrid, que era mais parecida com um camarote, fora totalmente limpa e equipada com os objetos dele. Agora ele achava que ela estava mais adequada ao gosto de um cavalheiro inglês. E experimentou novamente a espada de Madrid — uma clássica lâmina de Toledo, muito mais elegante que sua própria espada da Marinha britânica. De banho tomado e com roupas limpas, fazia diversas poses com a espada, enquanto se observava num comprido espelho emoldurado em madeira, provavelmente pilhado de algum próspero comerciante pelo espanhol. Deixando a espada de lado, Teal pegou um rolo de pergaminho e empertigou-se regiamente no convés.

Rocco Madrid estava a bordo do *Devon Belle* quando avistou Teal. Ajeitando a tábua que fora posta entre os dois navios, caminhou direto até o inglês.

Redjack permitiu-se um sorriso afável.

— Ah, aqui está o senhor! Que tarde esplêndida, não é, capitão Madrid?

Controlando a raiva, o espanhol fez uma pequena mesura.

— O *Devon Belle*, capitão Teal, está completamente vazio. Por que o senhor não deixa meus homens virem a bordo para consertar o mastro e preparar tudo para a viagem, abastecendo com mantimentos e água? Onde está Ludon, o prisioneiro francês? E por que meu imediato, o contramestre e a tripulação do *Diablo* ainda estão na praia, sem fazer nada? Por que o senhor não envia o escaler para eles? Precisamos deles nos ajudando aqui!

Sorrindo alegremente, Teal bateu levemente no peito do espanhol com o rolo de pergaminho que segurava.

— Rapaz, confie em mim! Uma coisa de cada vez! Estamos nervosos, hein? O camarada francês está sob minha guarda no paiol de amarras. Não podemos deixá-lo fugir, podemos? Quanto ao resto, tudo na hora certa, meu caro! Tudo na hora certa!

Rocco Madrid olhou desconfiado para Teal.

— E quando será isso, *señor*? Quando?

Teal parecia levemente surpreso.

— Bem, se o senhor quer saber, em uma hora. Era só me perguntar.

Madrid sentiu como se tivesse ganhado aquele confronto. E decidiu aumentar a vantagem com o tolo pavão inglês.

— Precisamos das armas de volta. De que servirá perseguir um navio pirata sem armas? Thuron é um rival formidável.

O sorriso sumiu do rosto do capitão Redjack.

— As armas serão devolvidas quando eu quiser. Quanto ao canhão, este navio tem o suficiente para nós dois. Não queremos afundar o francês, queremos? E deixar todo o tesouro no fundo do oceano?

Madrid suspirou, frustrado:

— Tampouco pegaremos Thuron sentados aqui. A cada hora ele se afasta mais, *señor*. Tenho sua permissão para trazer meus homens a bordo do navio?

Teal assentiu:

— Como quiser, meu amigo! Você aí, contramestre, desça imediatamente o escaler do *Devon Belle* para o capitão Madrid ir até a costa.

Rocco Madrid entrou no escaler. Sentou-se, olhando inquisitivamente para Teal, que se apoiava a meia-nau na amurada ornamentada do *Diablo*.

— *Capitano*, vou ter que remar até a costa sozinho?

O inglês deu de ombros.

— Claro, capitão! Assim vai ter mais espaço para a tripulação na volta, não é?

O espanhol ajustou os remos nos toletes e começou a remar desajeitadamente. Ainda não tinha remado a distância de dois barcos quando Teal acenou para ele.

— Ei, rapaz, ouça! — Teal desenrolou o rolo de pergaminho e começou a ler em voz alta:

— "Com a autoridade que me foi concedida pelo Soberano, Rei Carlos I, tomo posse deste navio com a Carta de Corso e Represália. Deus salve o Rei, proteja a Inglaterra e amaldiçoe os inimigos!"

O escaler balançou quando o espanhol largou os remos e levantou-se gritando para Teal:

— Porco inglês! Você me enganou!

Soaram três tiros de rifle, e Madrid caiu de costas no barco, apavorado. Surpreso pelo fato de as balas não o atingirem, ajoelhou-se com cautela. Teal apontava para ele.

— Considere-se com sorte por estar vivo, cão espanhol! Eu não barganho com piratas desprezíveis, nem confio neles! E iria demorar demais enforcar você e sua tripulação nojenta. Deixo o senhor aí, e é melhor remar para a praia antes que o escaler afunde. Vão para o inferno o senhor e sua laia!

Rocco Madrid deu voz ao rancor, gritando e praguejando ao mesmo tempo que o escaler se enchia de água, graças aos três tiros de mosquete que o atingiram abaixo da linha da água.

— Redjack, traidor! Escória dos mares! Vá para o inferno, que os tubarões comam sua língua mentirosa e os peixes se alimentem com seus ossos bastardos!

O capitão Redjack Teal lançou um olhar desanimado ao contramestre.

— Esse sujeito é muito nervoso; temperamento latino, imagino. Eu não posso ficar aqui o dia inteiro, ouvindo piratas usarem esse linguajar, posso? Mas ele falou uma verdade: estamos perdendo tempo aqui. Vamos rebocar o *Devon Belle*. Ice a âncora e parta a todo pano!

Rocco Madrid e a tripulação estavam de pé na praia, no final do dia, observando o vento enfunar as velas do antigo navio que avançava rebocado pela velha embarcação de Teal.

Pepe olhou aflito para Madrid.

— O que vamos fazer, *capitano*?

O espanhol se sentou na areia e começou a tirar as longas botas encharcadas de água, graças à caminhada do escaler até a praia. O escaler tinha afundado a algumas centenas de quilômetros no início das águas rasas. Madrid indicou o local.

— Boelee, Portugee, levem alguns homens e vejam se conseguem trazer o barco para terra firme.

Boelee não se moveu e deu um tapinha nas costas de Madrid.

— O senhor não dá mais ordens a Boelee. Um capitão sem navio, eis o que o senhor é agora. Pois vá e traga o barco sozinho!

Madrid esforçou-se para ficar de pé e correu até Boelee com os punhos cerrados. Um imediato a bordo de um navio pirata deve ser severo e vigoroso, e Boelee era esse tipo de homem. Evitando o golpe, derrubou Madrid, desferindo-lhe um forte soco na nuca que o fez cair.

O imediato pôs um pé sobre ele.

— Você não é mais o *capitano*. Você é um tolo e foi enganado por Redjack com as mentiras sobre o tesouro desenterrado de Thuron. Agora estamos aqui: abandonados e sem armas adequadas, exceto pelas facas nos cintos. Então, vai se levantar e lutar comigo, Madrid?

A mão de Rocco Madrid foi até a bainha da espada, mas ela estava vazia. Ele se acovardou quando Boelee fez o movimento de chutá-lo com desdém.

A voz do imediato soou cheia de desprezo:

— Fique aí deitado, que é o seu lugar! Porque, se você se levantar, vou matá-lo com minhas próprias mãos!

Rocco Madrid sentou-se sozinho enquanto a noite caía, desertado por seus homens, que escolheram Boelee como o novo líder. Todos se sentaram ao redor da fogueira que mantinham acesa desde a chegada à praia. Portugee, que era considerado o segundo em comando, roía um coco partido. Olhou automaticamente para Boelee.

— Então? O que vamos fazer agora?

O imediato bateu em uma fagulha que pousara em seu braço.

— O tal Redjack é um idiota tão grande quanto Madrid. Será que não sabe que não pode abandonar um pirata numa ilha tão grande quanto Porto Rico? Os navios da Fraternidade têm negócios em todos os portos da região: Mayagüez, Aguadilla, Arecibo, San Juan. Aposto como não estamos muito longe de Ponce. Talvez uma caminhada de alguns dias e podemos nos engajar no primeiro navio que encontrarmos. Abandonados? Hum, não fomos abandonados!

O comentário pareceu alegrar os piratas — a perspectiva de um porto com muitos navios e tabernas era muito melhor que encarar o sofrimento de terem sido abandonados à própria sorte. Pepe acenou na direção de Rocco Madrid, que estava sentado sozinho na escuridão, a cerca de cinquenta jardas do grupo ao redor da fogueira.

— Vamos levá-lo conosco?

Portugee era contrário à ideia:

— Por mim ele pode ir até o inferno num carrinho de mão, hein, Boelee!

Boelee cuspiu na fogueira.

— Madrid vai nos trazer azar, companheiros. Não podemos deixá-lo andando por aí. Ele era influente entre os líderes da Fraternidade. Se eu conheço bem Madrid, ele vai nos culpar pela perda do *Diablo* e em seguida virá atrás de mim. Vai querer me enforcar por motim. Agora só há uma coisa a fazer com o capitão Rocco Madrid: enterrá-lo aqui!

O silêncio caiu sobre a tripulação. Portugee apavorou-se com a sugestão e falou para Boelee com o rosto pálido à luz da fogueira:

— Matar Madrid? Quem ousaria fazer uma coisa dessas?

Boelee sacou a adaga de lâmina larga do cinto e girou-a com habilidade.

— Já que vocês são um bando de covardes, eu farei isso! Mas, quando chegarmos a um porto, quero silêncio sobre essa história. Direi que Madrid foi assassinado pelos corsários quando perdemos o *Diablo*. E mato quem contar uma história diferente! Virem-se ou fechem os olhos, se não quiserem ver. Madrid é um verme traidor, estamos melhor sem ele!

Boelee afastou-se da fogueira de joelhos, segurando a faca entre os dentes. Longe da luz da fogueira, a trilha que devia seguir descrevia um amplo semicírculo e tudo o que se podia ouvir eram as ondas quebrando na praia e o estranho crepitar da madeira no fogo. À sua frente, ele podia ver as costas do espanhol, que estava sentado, dobrado sobre si mesmo, como se cochilasse. Boelee serpenteou silenciosamente para a frente, transferindo a faca da boca para a mão. Segurava-a com firmeza, pronto para um golpe certeiro entre as costelas do antigo capitão. Aproximou-se cada vez mais, até que as costas de Madrid estivessem ao alcance de sua mão. Ajoelhado, passou o braço livre em torno do pescoço do espanhol.

A cabeça de Rocco Madrid se inclinou para o lado e, na mesma hora, o imediato sentiu leves cócegas causadas por penas coloridas contra seu antebraço. Com uma expressão de horror, soltou a presa e cambaleou para trás.

Quatro dardos envenenados puseram fim à vida de Rocco Madrid: um atrás da orelha e três na bochecha. O espanhol jazia agachado de modo grotesco na areia e o corpo ainda estava quente. Ofegando e gemendo com voz rouca, Boelee cambaleou pela praia até a fogueira.

Portugee amparou-o quando ele caiu com as pernas se movendo convulsivamente, tentando retirar a afiada lasca de bambu presa à sua garganta.

O patriarca idoso e barbudo, cujo vilarejo fora destruído, apareceu na beira da região iluminada pela fogueira. Seu olhar percorreu a tripulação paralisada.

— Vocês voltaram! Somente tolos iam querer retornar depois do que fizeram!

E se afastou na escuridão enquanto soavam os tambores. *Bum-bum-bum-bum!* Um som oco e incessante de batidas. Silenciosos como sombras da lua, os caçadores caraíbas, com o corpo pintado com tintas escuras feitas de plantas, aproximaram-se do que fora um dia a tripulação do *Diablo del Mar*.

O CAPITÃO THURON ESTAVA CERTO: HAVIA OUTRO MUNDO SOB A superfície da água. Os raios dourados do sol transformavam-se em delicadas cortinas em tons de azul e verde-claro ao descerem até as profundezas, e pequenas bolhas cor-de-rosa elevavam-se em cascatas prateadas desde o casco incrustado de crustáceos do *Marie*. Uns poucos peixinhos gordos e com cores brilhantes, que se deslocavam debaixo do navio, encostaram de modo inocente na bochecha de Ban. Afastando-se da linha da popa, Ban e Anaconda desceram até o leme. Graças à sombra lançada na água pelo navio e pela curva do casco, ainda estava escuro, embora o leme quebrado estivesse bastante visível. Os cabelos longos e louros de Ban oscilavam delicadamente formando uma auréola, que se deslocava à medida que ele prendia o cabo à extremidade do eixo saliente sob o leme. Anaconda prendeu a alça da bolsa com os equipamentos ao cabo, deixando as mãos livres para poder trabalhar. Ainda segurando a linha de popa, eles inspecionaram os danos.

O gigante acenou para Ban, que lhe entregou a fita de cobre e o martelo tirados do saco. Anaconda fez sinal com um dedo. Ban procurou um prego e o entregou ao timoneiro enquanto segurava a extremidade da fita contra um dos lados do grande leme retangular. Prendendo o cabo com as pernas, Anaconda martelou o prego até a metade da fita de cobre e para dentro do suporte do leme; em seguida, guardou o martelo dentro do saco e apontou para cima. Ban transmitiu um pensamento a Nid, que aguardava no convés:

"Estamos subindo para tomar ar!"

A resposta do cão surgiu em seu pensamento:

"Graças a Deus, pensei que vocês tivessem resolvido virar peixes!"

Os dois surgiram na superfície, piscando e arfando. Thuron estava sentado no convés com as pernas entre as amuradas da galeria e falou por cima do ombro:

— Vocês estão bem? Como está lá embaixo?

Ban gritou para ele:

— Serão necessários alguns mergulhos, mas já prendemos uma das extremidades da fita com um prego.

O francês fez um movimento para se levantar.

— Bom trabalho! Precisam de ajuda? Posso descer e dar uma mãozinha!

Anaconda balançou a cabeça negativamente.

— Só temos espaço para mim e o garoto, capitão. O senhor iria atrapalhar.

Ban concordou:

— Sim, fique aí, senhor. Não deixe o Nid tomar o comando do navio. Ele quer ser capitão, o senhor sabe!

O labrador negro olhou para Ban através das amuradas e falou em pensamento:

"E eu não vou tolerar insolentes na tripulação, ouviu, amigão?"

Eles voltaram a mergulhar para que Ban passasse a fita de cobre entre a parte de trás do leme e o eixo. Mas havia um acúmulo de crustáceos e algas verdes que pareciam fios de cabelo. O menino usou a faca de Anaconda para cortá-las e, em seguida, empurrou a tira, pedaço por pedaço. Era difícil, pois o cobre era flexível e sempre dobrava ao atingir um obstáculo. A dupla teve que subir para buscar o ar mais duas vezes, mas, no terceiro mergulho, os dedos de Ban — gelados e escorregadios, graças às algas verdes — conseguiram passar a tira. Anaconda martelou-a com um prego até a metade, no outro lado, e, em seguida, eles emergiram novamente para tomar mais ar.

Ban acenou para Thuron.

— Conseguimos, senhor! Agora só temos que deixar a fita bem esticada e martelar mais pregos dos dois lados!

Thuron sorriu agradecido.

— Pierre, diga ao cozinheiro para preparar uma boa tigela de sopa quente para esses dois. Deve estar muito frio depois de todo esse tempo trabalhando aí embaixo. — E acenou quando os dois mergulharam novamente.

Dessa vez, Anaconda levou seis pregos na boca. E começou a trabalhar com rapidez, embora tivesse grande dificuldade. Ban segurava o leme, tentando impedir que se movesse, e seu corpo chacoalhava a cada batida. Subitamente o martelo escorregou e a mão de Anaconda atingiu a cabeça do prego em cheio: o sangue jorrou como uma fita vermelha no mar. Ban indicou através das águas sombrias que eles deveriam subir, mas o gigante sorriu e balançou a cabeça, sinalizando que faltava apenas um prego. Corajosamente, ele cuspiu o último prego na mão e começou a prender o último pedaço da fita ao leme. Com quatro pancadas fortes, o prego ficou no lugar. Anaconda apontou para cima, e então tudo aconteceu de repente.

No convés, o timão do navio, que ficara sem tripulação para que o conserto fosse feito, obedeceu ao leme que acabara de ser consertado. O timão deu meia-volta e o leme acertou em cheio a cabeça de Ban. Num estado de semiconsciência, cheio de dor, ele soltou o cabo e flutuou. Olhando para trás, viu o timoneiro gigante estender uma das mãos até ele quando uma figura enorme e escura o agarrou. Por um momento, a água parecia uma massa efervescente de bolhas vermelhas, e então alguma coisa bateu com força, perfurando a parte de trás da perna de Ban. Ele perdeu os sentidos e girou para cima na escuridão manchada de vermelho, enquanto o latido e o chamado furiosos de Nid ecoavam em sua mente:

"Ban! Auuuuuuu! Baaaaan!"

Thuron viu o sangue e as bolhas na superfície e, segurando uma faca entre os dentes, passou pelo cão que uivava e pulou sobre a amurada sem olhar para trás. Ban estava virado de cabeça para baixo dentro d'água, com o cabo partido enrolado em volta da perna. Um rastro vermelho se precipitava para as profundezas escuras e não havia sinal de Anaconda. O francês agarrou o menino e o cabo, puxando-os furiosamente ao ver outras figuras enormes e escuras voltando na direção deles.

Foram tirados do mar pela tripulação, que puxava a corda freneticamente. Thuron em momento algum soltou Ban ou a corda: seu corpo envolvia os dois. Quando eles foram puxados sobre a amurada de popa, uma enorme cabeça, com a boca aberta e dentes afiados, subiu à superfície um segundo depois do pé do francês.

Pierre lançou um gancho do barco na direção deles, gritando:

— Tubarões! Tubarões!

Em seguida, vários homens armados com pistolas atiraram nas barbatanas sinistras que começaram a circundar o *Marie*. Um tiro de mosquete explodiu no ar, mas Pierre tirou a arma da mão de um dos homens.

— Não atire! Vai acertar Anaconda, idiota!

Thuron fazia pressão nas costas de Ban e a água saía da boca do menino sem sentidos. O francês olhou para cima e seu rosto parecia uma imagem da tragédia e do choque. Ele gritou:

— Anaconda se foi, Pierre! Ele se foi!

O tiroteio cessou e todos os homens se entreolharam sem poder acreditar. Anaconda se fora?

Ban estava deitado na cama da cabine do capitão Thuron com Nid a seu lado, tentando se comunicar com o amigo. Mas os pensamentos do cão não podiam penetrar na mente febril do menino: imagens desconexas de mares em tormenta e ondas enormes quebrando em praias rochosas, e o *Holandês Voador*, com Vanderdecken no leme, iluminado com a assustadora luz verde do fogo de santelmo, que envolvia a mastreação. Nid tentou interpor pensamentos tranquilizadores no delírio de Ban, lambendo as mãos do menino e ganindo baixinho:

"Ban, Ban, sou eu, Nid! Você está seguro agora, amigo. Fique deitado e descanse!"

Thuron trouxe um pouco de conhaque misturado com açúcar e água quente. Nid observava o capitão derramar algumas gotas entre os lábios de Ban. O francês falou os pensamentos em voz alta para o cão, enquanto cuidava do menino:

— Isso, amigão. A bebida vai ajudá-lo, eu acho. Ele passou por maus bocados, Nid. Ficarei aqui com você até ele melhorar. Graças a Deus ele não foi levado por aqueles peixes infernais. Pobre Anaconda! Não o veremos mais! Depois de você e de Ban, ele foi o melhor amigo que já tive! Que sua alma descanse em paz!

Thuron ajeitou-se numa cadeira e pôs os pés na extremidade da cama, tranquilizando o labrador com voz cansada:

— Pelo menos Ban está a salvo, hein, garoto? Não se preocupe agora, ele vai estar novo em folha amanhã.

Com o leme que voltara a funcionar, o *La Petite Marie* rumou para o nordeste, em meio à imensidão noturna do poderoso oceano Atlântico. Raphael Thuron dormia com um cotovelo apoiado sobre a mesa e o rosto pousado na palma da mão, junto com Nid, que se esticara na cama com a cabeça apoiada nos pés do menino. Ban se deixou levar pelo sono, quieto e tranquilo na maior parte do tempo. Mas foi então que estranhos fantasmas começaram a assombrar seu pensamento. Seus olhos estavam abertos ou não? O menino não tinha certeza, mas podia vê-los através da janela de popa ornamentada. O mar, iluminado pela lua, estava tranquilo, mas ao longe parecia agitado. O suor frio escorria pela testa de Ban. A distância, navegando em meio ao temporal, estava o *Holandês Voador*, que se aproximava do *Marie*. Ban estava lá, deitado, sem poder falar ou se mexer, observando o navio fantasma aproximar-se e crescer. Ele não podia nem transmitir um pensamento ao cão. O rosto selvagem e desesperado de Vanderdecken varria tudo de sua mente. Ban podia vê-lo de pé no timão do *Holandês*. Erguendo um dedo cadavérico, ele chamou pelo menino, fitando-o com olhos que pareciam lascas de mármore de lápides que atravessavam todo o seu ser. Agora o *Holandês Voador* estava próximo ao *Marie*. *Pá! Pá!* O dedo do capitão amaldiçoado batia na vidraça da janela, chamando e fazendo sinais para Ban, para que ele subisse a bordo do navio. Petrificado, o menino subitamente percebeu que não sabia o que estava acontecendo nem tinha controle sobre o próprio corpo. Será que ele ainda estava deitado na cama ou se sentara, levantando-se e andando numa espécie de transe até a aparição do lado de fora da janela? Vanderdecken sorria em triunfo, exibindo grandes dentes amarelados ao arreganhar os lábios negros e acenar com o dedo, que se movia como uma serpente, chamando sua vítima.

Uma sensação ruim penetrou lentamente na mente de Nid no momento em que ele abria os olhos embaçados. Em seguida, sentiu os pelos eriçados e acordou imediatamente. Pulou, latindo em voz alta, enquanto Vanderdecken se virava em sua direção, fitando-o com raiva e sibilando cruelmente. Nesse momento, Thuron acordou com o latido do cão e viu Ban, momentaneamente liberado do feitiço, arrebentar a tira de couro atada a uma cruz de madeira de coco em volta do pescoço. Thuron caiu no chão da cabine e viu Ban lançar a cruz contra a coisa que flutuava do lado de fora; então o francês agarrou uma perna da cadeira e arremessou-a com toda a força quando jazia de costas.

EM MEIO AO BARULHO DE VIDRO E MADEIRA QUEBRADOS, OUVIU-SE um grito alto e pungente. Nid estava de pé, com as patas sobre o peitoril da janela, latindo alto para o mar noturno tranquilo. Tremendo, Thuron caminhou até onde Ban sentara no chão da cabine.

Ele segurou o menino e o abraçou.

— Ban, está tudo bem? O que, diabos, era aquela coisa na janela? Era um homem ou um demônio?

Antes que Nid pudesse pensar em adverti-lo, Ban falou:

— Era o capitão Vanderdecken, do *Holandês Voador*!

Thuron correu até a janela quebrada. Sem se importar com o vidro partido e a moldura lascada, inclinou-se e examinou o oceano vazio.

Voltando-se devagar, olhou para o menino e o cão e disse:

— Eu acho que você tem algo a me dizer, garoto!

Nid enviou um pensamento rápido para Ban:

"Agora que você já disse o que era, não vai lhe contar o resto da história?"

Ainda fitando o capitão, Ban respondeu ao cão:

"Ele salvou minha vida. Pode confiar nele, e acho melhor mesmo contar-lhe tudo. Ele vai entender. Eu sei que vai!"

E o labrador negro fechou os olhos, resignado.

"Espero que sim!"

O tripulante Gascon, que não partira com os outros três desertores, estava assumindo o timão. Ao ouvir o latido de Nid e o barulho da janela sendo quebrada, olhou para trás e viu a cadeira do capitão com a cruz enrolada na tira de couro, flutuando em plena noite. Prendendo o timão do navio no curso correto com um cabo, Gascon correu para a porta da cabine do capitão. Estava prestes a bater quando ouviu distintamente vozes em seu interior. Com cuidado, colou o ouvido à porta e escutou. Ban estava conversando com Thuron, e o que Gascon ouviu aquela noite congelou sua alma num silêncio permeado de terror.

O capitão Redjack Teal encontrou um pedaço de um bom queijo curado no armário. Junto com a taça de vinho Madeira e alguns de seus biscoitos especiais, daria uma excelente merenda no meio do dia. Depois ouviu uma batida respeitosa à porta. Limpando meticulosamente os lábios com um lenço de seda, disse:

— Entre!

O contramestre caminhou pesadamente, arrastando o prisioneiro Ludon atrás de si. Jogou o homem no chão e cumprimentou o capitão levando à têmpora o gato de nove caudas.

— Dei duas chibatadas nele como o senhor mandou.

Teal levantou-se, ajeitando a espada de Rocco Madrid na cintura.

— Hum, bom homem. Pode ir!

O contramestre cumprimentou-o novamente:

— Sim, senhor, capitão! — e saiu, fechando a porta cuidadosamente atrás de si.

Ludon encolheu-se no chão, gemendo com os braços cruzados.

Teal parecia entediado ao encher a taça novamente.

— Ora, deixe de choro, rapaz! Está parecendo um porco com cólicas. Pare de se lamentar tanto, homem!

Ludon virou o rosto manchado de lágrimas na direção de Teal, choramingando inconsolável:

— O *sinhô mandô dá* chibatadas *nimim* sem *motivô, sinhô*!

Redjack torceu o nariz. Era difícil entender o idioma grosseiro que Ludon aprendera nos portos caribenhos.

— Azar, camarada! Eu nunca faço as coisas sem motivo. E você também não foi açoitado, só levou duas chibatadas com o gato. Agora você sabe como funciona, não é? Fiz isso para lhe mostrar como é que se fazem os negócios. Quero a verdade; sem mentiras. Claro, você pode mentir achando que vai me enganar, mas isso vai lhe garantir dez chibatadas por cada lorota que contar. Hum, imagine só!

Ludon tremeu e sentou-se muito ereto para evitar que a camisa tocasse as feridas nas costas.

— Eu *vô* lhe *contá* toda a verdade, *sinhô*, juro que *vô*! Pergunte qualquer coisa e *vô tentá respondê* da melhor maneira!

Teal sentou-se novamente e estudou o prisioneiro com atenção.

— Claro que vai. Diga-me para onde realmente o capitão Thuron está navegando.

Ludon respondeu imediatamente:

— Ele está navegando de volta para a terra natal, na França: um *lugá* chamado Arcachon, *sinhô*. Thuron sempre *falô* em *desistí* da vida de bucaneiro. Agora que tem ouro suficiente, *qué vivê* como um verdadeiro cavalheiro por lá, com um terreno e uma propriedade, *sinhô*.

Teal deu uns tapinhas no braço da cadeira, pensativo.

— Quanto ouro ele tem? E não me venha com histórias antigas sobre tesouros enterrados! Quanto é exatamente, hein?

Ludon engoliu em seco.

— Eu *num* sei *dizê* exatamente quanto, mas algo próximo ao peso de um homem do tamanho de seu contramestre, *sinhô*.

Teal desembainhou a espada e tocou levemente as costas do prisioneiro. Ludon fez uma careta e arqueou-as, enquanto o capitão dava uma gargalhada.

— Isso já seria uma grande fortuna em moedas para qualquer homem! Belas moedas sólidas de ouro podem ser usadas em qualquer parte. Todas essas fabulosas pedras, correntes, pérolas e anéis enfeitados podem ser falsificados ou identificados. Mas uma moeda de ouro, hein?

Em seguida, desenrolou um mapa, que esticou sobre a mesa, estudando-o com cuidado.

— Para a França... deixe-me ver. Ahá! Aqui está, Arcachon, a pouca distância do golfo de Biscaia. Quer saber? Acho que vou atrás de seu capitão bucaneiro para tirar o ouro dele.

Por um momento, Ludon esqueceu-se das costas que lhe doíam.

— Então o *sinhô* pretende *persegui* Thuron através do oceano Atlântico até a costa francesa?

Teal animou-se com a nova ideia:

— Mas claro! Eu tenho um belo navio novo, muitos suprimentos e a promessa de uma fortuna! Vou pegar o canalha muito antes de ele entrar em águas francesas e ainda vou enforcá-lo com os próprios lais das vergas! Então seguirei para a Inglaterra; imagine só, hein? O capitão Jonathan Ormsby Teal, voltando para casa com três navios e um belo sortimento de moedas de ouro! Vou mudar o nome deste navio para *Campeão Real* e rebocar os outros dois. Aposto que farei uma bela figura navegando pelo rio Tâmisa, enquanto os homens aplaudem e as mulheres agitam os leques e lenços. Ahá! Quero ver se não vou ser promovido a almirante daqui a um ano!

Ludon continuou em silêncio, torcendo para que o *Marie* fosse mais rápido que Teal, pelo menos até estarem em águas francesas. Com a França e a Inglaterra sempre em guerra, havia uma chance de que as coisas dessem certo para ele. Era provável que fossem todos capturados pela Marinha francesa. Thuron e a tripulação seriam enforcados como piratas, Teal e seus homens ou terminariam na forca junto com eles, ou seriam jogados na prisão até que os ingleses pagassem um resgate. Se ele pusesse as mãos no ouro, seria fácil subornar um capitão francês para aceitar uma história inventada. Então ele se apresentaria como um mercador caribenho, feito prisioneiro pelo corsário inglês, que também lhe roubara todo o ouro. Uma vez em terra firme, na França, ele pensava em desaparecer na fronteira com a Espanha. Homens ricos podem viver bem em qualquer lugar.

Teal estava certo — muitas moedas de ouro eram a resposta para qualquer problema.

Assim que Teal determinou o curso, o navio inteiro só falava disso. Os corsários estavam animados com as notícias de que voltariam para casa. O imediato, o contramestre e o mestre-canhoneiro conversavam na cozinha entre canecas de grogue e água quente, mas a desconfiança se impusera sobre a animação inicial, em especial no contramestre:

— Hum, nunca vamos pegar o francês. O navio dele é veloz como uma lebre. E ele já nos superou uma vez.

O imediato tomou um gole e balançou a caneca.

— Você tem razão, mas dessa vez eles não sabem que estamos atrás deles. Quem já ouviu falar de um navio perseguindo outro do Caribe até o golfo de Biscaia?

Assentindo com a cabeça grisalha, o mestre-canhoneiro concordou:

— Correto, amigão! A última coisa que aquele comedor de queijo espera é ver Teal num navio enorme e novo indo atrás dele.

O imediato estava determinado a manter uma aparência sombria.

— E o que isso nos vai trazer? A chance de combatermos e sermos mortos antes de vermos a Inglaterra e o nosso lar? Ouçam o que digo, amigos, Teal está fazendo de tudo para tomar o tesouro do bucaneiro. Mas o que vamos ganhar com isso, hein? Nem uma moeda! Olhem para mim! Eu estaria melhor servindo num navio da Marinha britânica que neste corsário nojento. Pelo menos receberia meia pensão pela perna quebrada!

O imediato zombou:

— Mas ela não está quebrada, você só torceu a perna quando a verga caiu sobre ela.

Lamentando-se, o contramestre moveu a perna e recuou.

— Bem, mas ela dói como se estivesse quebrada! Não seria bom se uma verga caísse sobre Teal, ou melhor, um mastro inteiro? Seríamos homens livres então e poderíamos navegar até Dover, afundar o navio e dividir o tesouro entre nós!

Dando-lhe uma cotovelada, o mestre-canhoneiro murmurou:

— Cale a boca. Se Teal ouve você planejando um motim, você será um homem morto. Quietos agora, que Cookie está vindo para cá!

O cozinheiro irlandês entrou na cozinha, resmungando em voz alta:

— Voltando para a *quirida* Inglaterra, hein? Ninguém *mencionô* a *quirida* Irlanda! Eu preferia ver o *quirido* rio Liffey correndo através de Dublin a ver Londres e o rio Tâmisa. E vocês ouviram o homem dando ordens como uma lavadeira de Wexford com dois centavos *prá gastá* numa segunda-feira...

E então começou a imitar as maneiras afetadas de Teal, e os companheiros achavam graça:

— Você aí, *cuzinheiro*, maldito seja! Onde está meu Madeira, hein? E você chama isso de peixe fresco, rapaz? Ele era fresco na época do Dilúvio! Leve essa porcaria para longe de minha vista! Vocês serão açoitados e castigados se olharem para mim desse jeito novamente. Suma de minha vista, barata insolente! Suma!

Ludon estava sentado no convés, debaixo da janela da cozinha, prestando atenção no que era dito e tomando nota mentalmente para futura referência: os marujos falavam de motim, de assassinato e de afundar navios, e desrespeitavam o capitão. A que o cozinheiro comparara Teal? A uma lavadeira de Wexford. Redjack iria gostar de ouvir isso no momento oportuno!

Ludon não sabia muito bem como funcionaria o plano ou se ele conseguiria executá-lo. Mas o que via e ouvia era valioso para ele. Afinal de contas, não era o único prisioneiro no meio dos inimigos?

A LUZ ACOLHEDORA DA AURORA INVADIU A CABINE ENQUANTO a brisa fresca do oceano enrolava as beiradas dos mapas abertos na mesa do capitão. Ban e Nid estavam sentados na cama, observando o francês com ansiedade, depois de Ban contar toda a sua história.

Thuron refletia sobre aquela narrativa fantástica, cofiando a barba grossa durante um longo tempo antes de falar:

— Se alguém me contasse tudo isso, eu acharia que se tratava de um louco. Mas sei que você está me falando a verdade, Ban. Desde a primeira vez que olhei em seus estranhos olhos, sabia que você era diferente de qualquer um que eu jamais conhecera. Quem pode dizer, talvez algum destino estranho nos tenha reunido. Eu não tenho instrução suficiente para questioná-lo. Acredito em você.

Ban suspirou aliviado, sentindo como se um enorme peso fosse tirado de seu coração.

Nid transmitiu-lhe um pensamento:

"Graças a Deus, podemos confiar em nosso capitão, hein, companheiro?"

Num impulso, o menino respondeu em voz alta:

— Com certeza, Nid!

Thuron sorriu, fitando os olhos confiantes do cão.

— Nosso amigo aqui pode entender tudo o que eu digo, tenho certeza. Eu poderia jurar que vocês estavam conversando. O que ele estava lhe dizendo, garoto?

Ban contou ao capitão, que pareceu imensamente satisfeito.

— Eu gostaria de poder me comunicar com Nid. Ele é um cachorro muito bonito e inteligente! Olhe para ele, ele me ouviu!

O labrador negro ergueu-se sobre a cama e assumiu uma postura que, esperava, o faria parecer bonito e inteligente. Ban riu junto com o francês.

— Eu acho que o senhor não pode se comunicar com Nid, mas ele pode indicar sim ou não com a cabeça para tudo o que o senhor precisar perguntar a ele. Certo, Nid?

E o cão assentiu.

Os olhos de Thuron se iluminaram.

— É muito bom saber disso. Obrigado, meus amigos. Tenho muita sorte por ter companheiros tão maravilhosos. Mas vamos guardar esse segredo. A tripulação não entenderia.

Ban concordou.

— Exceto por Pierre. Ele também é um bom homem, capitão.

Thuron assentiu:

— Todos são bons homens a seu modo, mas Anaconda era o melhor deles. Você não pode imaginar como sinto falta daquele gigante. Que sua alma descanse em paz. Sabe, ele era um escravo; fugimos juntos depois de desertar de uma galeota corsária há muitos anos no oceano Índico, próximo ao litoral de Madagascar. Ficamos juntos por um longo tempo. Quando consegui meu primeiro navio, quis torná-lo meu imediato. Mas Anaconda não me deu ouvidos. Tudo o que ele queria era ser o timoneiro. Ainda me lembro dele dizendo: "Assumirei o leme do navio e levarei o senhor para onde quiser. O senhor é meu capitão e amigo para o resto da vida!" E foi assim até ontem. Ah, meu pobre amigo, meu pobre amigo, meu coração está de luto por ele.

Ban virou o rosto para não ver o capitão do bucaneiro francês chorar. Nid choramingou e deitou a cabeça no colo de Thuron.

— Velas à vista, a sudeste! Velas à vista!

Esfregando a manga do casaco nos olhos, Thuron empertigou-se rapidamente ao ouvir o grito da sentinela.

— Velas! Vamos torcer para que não seja um inimigo.

Todos os homens se amontoavam na amurada quando o francês examinou com a luneta o navio distante. Ele fez um gesto de assentimento e falou para Pierre:

— Foi bom tê-lo visto antes que ele hasteasse uma bandeira falsa. Eu o reconheceria em qualquer lugar. É o corsário berbere, o *Chama de Trípoli*. Apenas um capitão, Al-Kurkuman, navega com uma bandeira com uma cimitarra vermelha sobre um fundo dourado. Vejam, o tratante está hasteando uma bandeira mercantil portuguesa. A quem ele quer enganar?

Quando o *Chama de Trípoli* alterou o curso para interceptar o *Marie*, Ban pôde ver que as velas eram de um vermelho vivo. Puxando a manga de Thuron, disse:

— Capitão, isso significa que ele vai nos fazer mal?

Thuron colocou a luneta de lado.

— Só se ele tiver uma chance, garoto. Al-Kurkuman é um traficante de escravos. Ele está rumando para a ilha de Cuba com uma carga de pobres coitados comprada no litoral de Moçambique. Não posso tolerar traficantes de seres humanos, Ban, mas temos que ser diplomáticos com Al-Kurkuman. Ele é perigoso para todos aqueles que considera mais fracos. Confie em mim, sei lidar com ele. Pierre, prepare todos os canhões e quero todos os homens armados e a postos! Estejam prontos e aguardem meu sinal!

Quando o *Chama de Trípoli* se aproximou, Ban viu o capitão conhecido como Al-Kurkuman. Ele tinha todas as características de um corsário berbere: uma mistura de sangue árabe e hindu. À luz do sol, reluzia, enfeitado com correntes, colares, contas, anéis e pulseiras, todos de ouro puro. Vestindo uma túnica de seda verde-clara e usando um turbante negro com um rubi, estava de pé audaciosamente na proa, sorrindo com uma careta. Mesmo os dentes eram recobertos com o ouro conquistado.

Nid transmitiu um pensamento para Ban:

"Se ele cair na água, vai direto para o fundo com todo esse peso. Nunca vou me vestir assim. Quando eu for capitão, usarei apenas um colar dourado fino e simples!"

Ban deu um tapinha no cão.

— É muito inteligente de sua parte!

Ambos se assustaram ao ouvir o som alto de explosão partindo do *Marie*. Thuron disparou um canhão, mirando além da proa do outro navio como sinal de que o *Marie* estava armado e pronto para combater, se necessário.

Al-Kurkuman não se moveu quando a bala de canhão assobiou sobre sua cabeça. Abriu um sorriso ainda maior, acenando e tocando o peito, os lábios e a testa com a mão aberta.

Thuron devolveu a saudação com uma reverência cortês, sorrindo ao dizer:

— Que bons ventos e águas calmas estejam sempre em seu caminho, capitão Kurkuman. O oceano Índico está muito distante. Está perdido, meu amigo?

O *Chama de Trípoli* estava quase bordo contra bordo quando recuou? Al-Kurkuman parecia ter encontrado um irmão perdido havia muito tempo, ao responder:

— Thuron, meu velho amigo, eu tomei você por um desses mercadores franceses baixinhos e gordos. Aceite minhas humildes desculpas!

O capitão Thuron fez um gesto para a fileira de canhões e os homens que se comprimiam na mastreação — todos armados até os dentes — e continuou o jogo:

— Sou como o senhor, ilustríssimo capitão, uma pomba com dentes afiados. Que notícias o senhor me traz deste vasto mundo?

As joias de ouro tiniram quando o corsário berbere deu de ombros.

— Nenhuma novidade: está cheio de homens, bons e maus. Diga-me: você cruzou com o rastro de um navio da Marinha grega? Ele esteve me perseguindo desde que parei em Acra para abastecer. E por que o capitão grego ia querer deter um mercador honesto como Al-Kurkuman é o que me pergunto, amigo!

E foi a vez de Thuron dar de ombros.

— A vida é um mistério. Como eu saberia? Os gregos são um povo desconfiado. Para onde você está indo?

— Para Belém, na América do Sul — mentiu Al-Kurkuman. — Estou levando equipamentos agrícolas para os colonizadores da região. E você?

— Para a ilha de Malta com uma carga de cera para fabricar velas. — Thuron devolveu a mentira com uma expressão séria. — Foi bom cruzar seu caminho e reencontrar um velho amigo. Agora tenho que ir. E que os espíritos do mar o conduzam em seu caminho, Al-Kurkuman!

O corsário berbere sorriu como um tubarão com dentes de ouro.

— A paz esteja com você, Raphael Thuron, e que os djins do paraíso o protejam. Um momento, amigo. Esse menino, esse rapazinho miúdo que você tem aí, não quer vendê-lo para mim? Se engordar um pouco, posso ganhar uma moeda ou duas nos mercados de Marrakesh.

Thuron deu um tapinha em Ban, divertido.

— Quem? Este infeliz? Ai de mim, amigo; como poderia vender meu próprio filho, embora ele coma mais do que vale e ainda sofra da cabeça ruim?

Al-Kurkuman fitou o garoto com uma expressão amarga e então sorriu.

— Deixe-o sem comida então! Bata nele e eduque-o. Da próxima vez que nos encontrarmos, quem sabe eu possa trocá-lo por outro para você!

Sem mais palavras dos capitães, os navios seguiram seu rumo. Thuron manteve os homens armados e os canhões carregados e visíveis até que estivessem fora do alcance.

O capitão olhou para Ban e Nid. Ele sabia que os dois estavam se comunicando.

— Então, garoto, o que achou disso tudo?

O menino aproximou-se e cochichou para o francês:

— Nid está um pouco aborrecido porque Al-Kurkuman não reparou nele. Achou que, ao menos, ele poderia ter feito uma oferta pelo cão bonito e inteligente. O que o senhor acha, capitão?

Thuron sussurrou a resposta:

— Diga a Nid que, se Al-Kurkuman o tivesse comprado, ele seria servido hoje à noite no jantar.

O menino observou Nid aproximar-se com o rabo no ar.

— Ele ficou muito ofendido, capitão. O senhor não deveria ter dito isso. Agora ele está magoado.

O francês deu uma gargalhada.

— Vou pedir ao cozinheiro que prepare algo para o pobre Nid. Enquanto isso, vamos hastear a bandeira francesa e fazer o *Marie* parecer um pacífico navio mercante.

Ban olhou para ele, confuso.

— Mas por quê, senhor?

Thuron despenteou os cabelos do menino.

— Tenho a sensação de que podemos encontrar o navio da Marinha grega. Não queremos que eles pensem que somos bucaneiros, queremos? Venha e me ajude a disfarçar as vigias para os canhões; depois suba e fique de sentinela procurando nossos amigos gregos.

Naquela tarde, Ban estava de pé no cesto da gávea segurando a luneta do capitão e examinando léguas de oceano a vante e a ré. Tudo o que ele podia ver era um ponto distante a noroeste: era o corsário berbere que se afastava. Ban gostava do posto de vigia. Ele aprendera a gostar da oscilação, do arco azul-celeste infinito acima de sua cabeça, que agora não tinha nuvens, e era interrompido aqui e ali pela visão curiosa de um albatroz voando ou por um mandrião caçando. Abaixo dele, o convés balançava de modo alarmante, sempre rolando de um lado para o outro. Ele viu Thuron sair da cozinha e oferecer a Nid um osso de carneiro com pouca carne. Bom e velho Nid, seu leal companheiro.

Ban foi surpreendido pelo grito de um dos marujos, chamado Mallon, que apareceu na beirada da vigia. O bucaneiro piscou para ele.

— O capitão me enviou para revezar com você por um turno, garoto — falou ele ao subir, parando ao lado do menino — Nenhum sinal de velas ainda?

Ban entregou-lhe a luneta e falou:

— Nada, exceto pelo navio negreiro, mas ele já está longe no horizonte agora.

Mallon balançou a cabeça negativamente.

— Aquele ali é um navio ruim, e Al-Kurkuman é um capitão ruim. Piratas do mal, aqueles ali!

Ban fitava as ondas.

— O capitão disse que ele é um corsário berbere. As pessoas nos chamam de bucaneiros, não é?

Mallon deu de ombros.

— Piratas: é disso que nos chamam, garoto. Existem os bucaneiros, flibusteiros, saqueadores, *ladrones*, vigaristas, corsários berberes e lobos do mar; em sua maior parte, são maus, mas há uns poucos bons. Mas são homens como Al-Kurkuman que mancham nossa reputação. Os piratas são todos iguais para um comandante corsário ou da Marinha. Eles nos enforcam do mesmo jeito!

Ban olhou Mallon com desconfiança.

— Mas eles não nos enforcariam, não é?

O bucaneiro riu assustadoramente.

— Claro que enforcariam! Lei é lei! Não existe essa história de pirata bom. Cedo ou tarde, todos nós acabamos na forca. Os corsários são os piores, pois não são piratas como nós; eles têm a carta de corso, que torna seus crimes legítimos. Você nunca viu um pirata ser enforcado, garoto?

Ban balançou a cabeça apressadamente.

— Nunca. Você já viu?

Mallon assentiu:

— Uma vez, quando estava na costa das Bahamas, sem estar engajado em um navio, vi um pirata, chamado Firejon, ser executado por ordem do governador. Foi um acontecimento e tanto! Todas as senhoras e a aristocracia compareceram em carruagens para testemunhá-lo. Eu estava no meio da multidão. Firejon era dos maus, e havia uma grande recompensa por sua cabeça.

"A Real Marinha Britânica tinha afundado seu navio e o trouxe para a costa como prisioneiro. Alguns achavam que enforcá-lo era muito bom para Firejon, porque ele cometera crimes terríveis. Por isso, primeiro o açoitaram; depois o deixaram numa cela por dois dias a pão e água. E foi lá que lhe ofereceram uma corda para que ele pudesse dar o nó no próprio pescoço. Vou lhe dizer, o enforcamento foi uma coisa terrível de se ver. O governador se recusou a deixar Firejon usar correntes ou algemas."

Ban estava fascinado e horrorizado ao mesmo tempo.

— E por que ele fez isso?

Mallon franziu os lábios.

— Para que o peso não o puxasse para baixo e ele morresse rápido. Um pregador da região escreveu um poema, e eles fizeram Firejon lê-lo em voz alta no cadafalso antes que dessem um fim nele. Eu ainda me lembro de cada palavra do poema. Você gostaria de ouvi-lo, Ban?

Sem esperar pela resposta, Mallon começou a recitar:

"Venham todos os homens que navegam no mar,
Ouçam a última história que vou lhes contar.
Não entrem na vida de pirataria,
Pois é uma terrível viagem até o inferno.
Pilham, despojam e afundam navios honestos,
E destroem bons navios em sua posse,
Pois o ouro que gastam nas tabernas onde bebem
Um dia vai pôr uma corda em seu pescoço.
Um dia eu também fui um bucaneiro malvado,
Desdenhei as leis do homem e de Deus,
Mas agora, sem ninguém para chorar e lamentar
Na forca, vou perecer.
Que meu fim precoce seja um aviso
De que o Dia do Juízo chega para todos.
Agora é tarde para me emendar,
Oh, Senhor, piedade, pois chegou minha hora!"

Mallon fez uma pausa e continuou:
— Em seguida, os soldados rufaram os tambores...
Subitamente, Ban sentiu-se enjoado. Agarrando-se à escada de cordas, deu um impulso para fora do cesto da gávea e começou a descer.
— Acho que já ouvi o bastante, obrigado!
Mallon levou a luneta ao olho e examinou a ré.
— Navio a ré, capitão! Acho que é o couraçado grego!
Ban ficou ainda mais assustado que ao ver o corsário berbere. E percebeu imediatamente por que Raphael Thuron queria desistir de ser pirata e viver em terra firme e em paz.
Nid ergueu os olhos dos restos do osso de carneiro.
"Pensei que nós já estivéssemos acostumados à vida a bordo de um navio, amigão. Você parece enjoado. Ei, capitão, venha e dê uma olhada no garoto!"
Thuron não tinha ouvido Nid, mas percebeu que Ban estava pálido e atordoado. O francês passou um braço sobre os ombros do menino.

— Algum problema, companheiro?

Ban tentou endireitar-se.

— Estou bem, senhor.

Thuron olhou para o homem no cesto da gávea e novamente para Ban.

— Ah, você andou ouvindo as histórias daquele saco de desgraças e miséria! Aposto como ele lhe contou a história do enforcamento do pirata! Ele recitou o poema favorito também?

Ban enxugou a testa molhada de suor com o antebraço.

— Sim, capitão, ele recitou e foi horrível...

— Bobagem! — disse Thuron, interrompendo o menino. — Ele criou essa história a partir do que ouviu. Não preste atenção no Miserável Mallon. Como ele se tornou um bucaneiro, eu não sei. Dizem que já foi pregador, mas foi banido pela congregação ao roubar dinheiro da caixa do ofertório. Eu já o teria jogado ao mar, mas ele espantaria os peixes com as histórias sobre terríveis execuções de piratas.

Ban tentou sorrir.

— Mas e quanto ao navio da Marinha grega?

Nid estava de pé com as patas apoiadas na amurada, observando o navio que se aproximava. Thuron coçou carinhosamente atrás das orelhas do cão.

— Ban, deixe que eu e Nid daremos um jeito. Vamos cuidar disso, não é, amigão?

O cão balançou a cabeça enquanto se comunicava com Ban em pensamento:

"Isso! Não se preocupe, Ban. Vou jogar meu sabre fora, esconder os brincos de latão e cobrir as tatuagens. Eles vão pensar que sou apenas um inofensivo e velho cão do mar!"

Ban puxou a cauda do cão, que balançava.

"Boa ideia. Ninguém vai saber que você é Nid Travesso, o terror dos sete mares!"

O navio grego se chamava *Aquiles*. Parecendo novo em folha, fora equipado com muito mais armas que um corsário e trazia arqueiros e mosqueteiros alinhados nos conveses — todos os homens em seus postos e prontos para entrar em ação. O *Aquiles* recuou, bordo contra bordo com o *Marie*, os canhões carregados e apontando diretamente para ele.

Thuron recebeu o capitão com voz entediada:

— O que querem, incomodando honestos mercadores? Já não basta ter que caçar piratas e bandidos?

O capitão grego, que vestia um saiote de linho branco e um longo gorro azul, respondeu, falando em francês corretamente:

— Um mercador, hein? Qual é sua carga, senhor?

Thuron lançou-lhe um olhar aborrecido.

— Nenhuma. Fomos abordados e saqueados por um pirata espanhol, que nos levou toda a carga de cadeiras de palhinha. Espero que as lascas furem o traseiro dele sempre que se sentar, maldito seja!

O capitão grego riu e disse.

— Os piratas roubam qualquer coisa, senhor. Teve sorte de escapar com vida. Então não carrega mais nada a bordo?

O francês fez um gesto eloquente.

— Nada, capitão! Venha ver com seus próprios olhos!

O grego encarou Thuron por um instante, como se estivesse raciocinando se devia ou não revistar o *Marie*. Ban sentia as pernas tremendo e Nid começou a latir e mostrar os dentes ferozmente.

O capitão do *Aquiles* balançou a cabeça negativamente.

— Não, não é necessário. O senhor já teve muitos problemas. Mas o que faz nessas águas, senhor?

Thuron assumiu uma expressão animada.

— Ouvi dizer que há bons trabalhos na costa do Mediterrâneo!

O grego fez um gesto de desaprovação.

— Você estaria melhor se cruzasse as águas de meu país: o mar Egeu. Há mais ilhas lá e o comércio é bom. Diga-me, em suas viagens o senhor viu um navio com bandeira vermelha, o *Chama de Trípoli*? Ele deve estar em alguma parte dessas águas, tenho certeza. O senhor o viu?

E Thuron respondeu com sinceridade:

— Hoje pela manhã nos encontramos com o navio, capitão. É um navio negreiro, levando uma carga de escravos para a América. O capitão até quis comprar meu filho aqui, não foi, Ban?

E o menino assentiu em silêncio e deixou que Thuron continuasse:

— Por sorte, não tínhamos carga e nos desviamos. Agora, o navio já está longe no horizonte, rumando para noroeste. Mas o senhor pode alcançá-lo em dois dias navegando a todo pano, capitão. Traficantes de escravos são homens maus. Espero que o senhor o pegue e o enforque, e seus homens também!

O capitão grego fez uma mesura.

— Certamente que vou, senhor. Um homem que vende seres humanos deve ser enforcado. Um bom dia para o senhor!

Thuron respondeu ao cumprimento:

— Um bom dia e boa caçada, senhor!

O *Aquiles* esperou o *Marie* passar. Então alterou seu curso, içando as velas para perseguir o navio negreiro.

Thuron suspirou aliviado.

— Só não entendi uma coisa: por que ele não quis vir a bordo e nos revistar?

Ban trocou pensamentos com Nid e sussurrou para o capitão, para que o restante dos homens não os ouvisse:

— Nid podia perceber pelo olhar dele que tinha medo de cães. Por isso começou a latir e mostrar os dentes. Foi uma coisa à toa, capitão, mas fez o grego mudar de ideia. Ele teve medo de ser mordido ao subir a bordo.

Thuron segurou o labrador negro e deu-lhe um beijo.

— Você é um cachorro muito esperto, hein?

Nid esquivou-se furiosamente, enquanto transmitia pensamentos ultrajados a Ban:

"Uuuurgh! Diga ao barbudão aqui para me pôr no chão! Nunca vou beijar ninguém da tripulação quando eu for capitão. É um ultraje!"

EXISTEM POUCAS DIStrações ou divertimentos para os marujos que navegam o oceano, além da rotina dura e monótona. Mexericos e conversas, ou mais simplesmente rumores, ofereciam para a tripulação do *Diablo del Mar*, que agora se chamava *Campeão Real*, a melhor oportunidade para desabafar sobre os próprios sentimentos. A rodada habitual de conversas concentrava-se nas injustiças que os homens eram obrigados a suportar com um capitão como Redjack Teal. Isso se adequava muito bem aos planos de Ludon, oferecendo-lhe a chance de aumentar o abismo de desafeto entre a tripulação e o capitão.

Embora Ludon não fosse um homem instruído, sabia que a política de dividir para conquistar era uma ideia que podia ser executada. Constantemente se punha a ouvir e observar, buscando oportunidades para criar intrigas em segredo. Não havia lugar para o qual um prisioneiro no mar pudesse fugir. Consequentemente, o imediato, que não tolerava homens ociosos a bordo, dera a Ludon o cargo de assistente de cozinheiro. Ele servia as refeições para os marujos comuns no refeitório e, para alívio do cozinheiro, também trazia e levava as refeições do capitão; um presente dos céus para o conspirador solitário.

A vida a bordo do *Campeão Real* se tornou cada vez mais difícil, graças aos planos do francês. Se um homem se queixava sobre as provisões,

Teal era imediatamente avisado. Sendo um disciplinador, o capitão corsário daria um castigo duro ao ofensor. Isso fazia com que a tripulação se tornasse ressentida e mal-humorada, sobretudo quando Ludon dava a entender que o capitão considerava seus homens imbecis, desobedientes e ignorantes. Em meio a um emaranhado de verdades, meias-verdades e mentiras pura e simplesmente, cada homem a bordo passou a suspeitar dos próprios companheiros.

Uma noite, Ludon estava servindo a refeição do dia no refeitório. De propósito deixou de servir a comida onde havia lugares vazios e o contramestre resmungou:

— Você aí, francês de uma figa, encha os pratos para os canhoneiros!

Ludon fez uma pausa.

— Mas eles não estão aqui.

Irritado, o contramestre bateu com a faca no tampo da mesa.

— Eu disse para encher os pratos! Quem é você para dizer quem vai comer ou não? Os canhoneiros estão chegando agora.

Sentando-se à mesa, o mestre-canhoneiro ergueu as mãos vermelhas e arranhadas, completamente inchadas.

— Olhe para isso! Tivemos que lixar e esfregar cada cano de arma a bordo, desde os mosquetes até os canhões. Trabalhamos desde a madrugada! Dê uma olhada na mão do Taffy ali, toda enfaixada. Ele a esmagou na abertura da colubrina. Não sei como não a perdeu!

O contramestre examinou o curativo sujo empapado de sangue.

— Se eu fosse você, Taffy, trocaria o curativo dessa mão todo dia. Caso contrário, vai lhe causar problemas. Ora, mas isso vai ensinar você a manter os canos das armas limpos, canhoneiro.

Com a colher a meio caminho da boca, o velho mestre-canhoneiro de cabelos grisalhos explodiu indignado:

— Meus canhões sempre estiveram limpos! Servi durante vinte anos como mestre-canhoneiro e nunca um capitão me acusou de deixar os canhões sujos a bordo!

Quase se desculpando, o contramestre respondeu:

— Então por que Redjack castigou você e seus homens?

O marujo chamado Taffy fez um gesto com a mão enfaixada e falou:

— Porque alguém jogou um balde de sujeira no canhão próximo à porta da cabine de Teal!

Enfiando a colher na boca, o mestre-canhoneiro mastigou furiosamente com os poucos dentes que lhe restavam, praguejando com a boca cheia:

— Se eu puser as mãos no miserável que fez isso! — e cuspiu um pedaço de carne mastigado pela metade. — Arrgh! O que é isso? Porco salgado? Mais parece carne de cavalo morto que ia virar sabão!

E encarou Ludon.

— Você não tem coisa melhor para alimentar meus homens, não?

O prisioneiro francês deu de ombros.

— O *cuzinherô* disse que é tudo o que tem, mas o capitão parece bem *satisfêitô* com o peixe fresco. E não lhe faltam biscoitos deliciosos ou vinho Madeira para *acompanhá*.

Empurrando o prato para longe, o contramestre falou com desprezo:

— Quando foi diferente? A tripulação recebe as sobras, e o capitão janta como um lorde. Aqui, francês de uma figa, leve esse lixo embora.

E apontando um dedo no rosto de Ludon, o mestre-canhoneiro resmungou:

— Mas nem pense em chegar perto do canhão, senão...

Ludon recolheu as sobras numa panela e afastou-se da cabine do refeitório.

Quando se foi, o contramestre apertou os olhos e fez sinal para a porta, falando baixinho:

— Eu não confio nesse aí. Percebi que as orelhas do francês de uma figa balançam como as de um porquinho sempre que estamos conversando. Prestem atenção, amigos, mantenham a boca bem fechada quando ele estiver por perto.

O imediato fitou o contramestre com uma expressão estranha.

— Você acha que ele está nos dedurando para o Redjack?

Taffy respondeu pelo imediato:

— Não me surpreenderia... ele parece um rato.

— E o que mais esperar de um bucaneiro desertor que se vendeu para o pirata espanhol?

Batendo no tampo da mesa com a faca, o contramestre olhou ao redor.

— Então, o que vamos fazer, companheiros?

Sendo um homem justo, o mestre-canhoneiro respondeu:

— Nada sem termos provas. Vocês não podem condenar um homem só por causa da aparência. Volta e meia alguém comete um erro desses.

Joby, o assistente do carpinteiro morto, pegou a rabeca que pertencera ao amigo e dedilhou algumas cordas do instrumento, parecendo romper a atmosfera tensa.

O velho mestre-canhoneiro forçou um riso desdentado.

— Vamos, Joby, cante para nós! Estou cansado de ouvir essa conversa sobre motins e mortes. Alegre-nos, camarada!

Joby sorriu alegremente.

— Que tal tocar "O alegre capitão"? — e abaixou a cabeça rapidamente quando pedaços do biscoito do navio foram atirados nele; em seguida, dedilhou uma e outra corda. — Eu fiz uma letra nova para ela; ouçam.

E começou a cantar uma imitação ofensiva da canção original:

"O vento não vai soprar, companheiros,
E vamos ter que remar,
E quanto ao capitão Teal, o porco,
Eu gostaria de cortar-lhe o pescoço.
Ele se veste de vermelho
E bebe vinho Madeira,
Por que chamá-lo de capitão,
Se podemos chamá-lo de suíno!

Hurra, hurra, hurra, meninos,
Ele não nos dá comida, mas lavagem,
E também nos manda açoitar,
Por isso parecemos doentes!

O pai era um porco, companheiros,
E a mãe uma porca,
Puseram-no para fora
E agora navegamos com ele..."

A voz de Joby sumiu e o violino fez um rangido dissonante quando o arco arranhou as cordas.

O capitão Teal estava parado na porta. Os sapatos afivelados faziam barulho no convés quando ele caminhou até a mesa. A voz de Teal tremia com uma raiva maldisfarçada, e ele falou encarando o desafortunado Joby:

— Muito engraçado, tenho certeza. Bem, continue tocando, homem!

Colocando o instrumento sobre a mesa, Joby engoliu em seco.

— Era só uma brincadeira, senhor.

Teal pegou a rabeca, pesando-o na mão. Os tripulantes observavam-no silenciosos quando ele subitamente o arremessou contra o tabique. Ao atingir o chão, Teal pulou sobre o objeto com os dois pés, sapateando e chutando selvagemente o instrumento favorito do falecido carpinteiro. A rabeca se rompeu e quebrou, e lascas de madeira, pinos e cordas do arco espalharam-se sobre o chão do refeitório.

Redjack Teal estava de pé em meio aos destroços e apertou os olhos até que parecessem duas fendas malvadas.

— Uma brincadeira, hein? Maldita seja sua insolência, camarada!

O olhar acusador de Teal se fixou no contramestre e no mestre-canhoneiro, e, ao gritar, cuspia saliva para todos os lados:

— Querem me dizer algo sobre as provisões, hein? A carne tem gosto de cavalo morto! Os homens estão comendo lavagem! Qual é o problema, homens, o gato comeu suas línguas? Nem uma palavra sobre minhas refeições de lorde? Andem, falem, com mil trovões!

O contramestre e o canhoneiro continuaram em silêncio.

Subitamente Redjack se acalmou e sorriu maliciosamente para eles.

— Daqui a pouco vão querer planejar motins pelas minhas costas.

Balançando a cabeça, o mestre-canhoneiro falou com a voz rouca:

— Com sua licença, capitão, mas nós nunca falamos em motim contra o...

Teal interrompeu-o ao sacar a pistola com cabo de prata e armar o cão dela:

— Não falaram então? Bem, meus bravos, quero ter certeza de que vocês não terão outra chance! Senhor imediato, venha até aqui!

O imediato pulou, empertigando-se, e saudou-o:

— Sim, senhor!

O capitão apontou para Joby, o contramestre e o mestre-canhoneiro com o cano da pistola.

— Você é o responsável por eles agora. Ponha-os a bordo do *Devon Belle*, um em cada tope do mastro. Meia ração de biscoitos e água durante uma semana. Isso vai fazer com que parem de resmungar sobre motins contra mim!

Os homens pegaram os pedaços de lona que usavam como capa em tempo ruim, mas Teal balançou a cabeça.

— Vão do jeito que estão. Descalços também. Duras lições devem ser aprendidas do pior jeito. Senhor imediato, leve-os até os postos, por favor!

Obedientemente o imediato tocou o topete.

— Sim, senhor, capitão.

— Não, espere! — Teal bateu no queixo pensativamente com a mira da pistola. — Tragam o prisioneiro comedor de queijo até aqui, sim?

Dois tripulantes escoltaram Ludon, que parecia confuso, até a cabine. Redjack sorriu de modo benevolente para ele.

— Ah, aí está você, monsieur. Decidi que o senhor vai passar uma semana a bordo do *Devon Belle* com esses três patifes, com meia ração de biscoito e água.

Ludon olhou para o trio de cara amarrada e, em seguida, ajoelhou-se, segurando a bainha do casaco vermelho de Teal.

— Mas, capitão, o que foi que eu fiz de *erradô*?

Teal livrou-se dele, afastando Ludon com um pontapé.

— Fazer fofoca e criar animosidade entre a tripulação, moço, foi isso que fez de errado. Levem-nos embora!

Os três tripulantes foram levados pelo imediato, seguidos pelos outros dois marujos arrastando Ludon, que chorava lastimosamente.

— Não, não, capitão! O *sinhô* não pode *fazê* isso *cumigô*!

Teal desarmou a pistola, rindo da peça cruel que pregara:

— Bando de sapos hipócritas! Vou mostrar-lhes o que eu posso e não posso em meu próprio navio!

A bordo do *La Petite Marie*, Ban dava os retoques finais nos reparos que fizera na janela da cabine do capitão. O pedaço de lona não era tão bom para deixar a claridade entrar quanto as janelas de vidro, mas protegia contra esguichos e vento. Usando o punho de uma adaga pesada, ele bateu o último prego na beirada dobrada da lona. Nid entrou na cabine e olhou ao redor, transmitindo um pensamento para o amigo:

"Está meio escuro aqui, não?"

Ban pôs a adaga de lado.

"Sim, mas vai resolver por enquanto. Pelo menos não veremos o *Holandês Voador* através dela."

Nid lembrou-se por que tinha ido até lá.

"Oh, acho que o capitão quer ver você, Ban. Ele está na proa."

Enquanto caminhavam pelo convés, Ban olhou por cima do ombro e transmitiu uma mensagem mental para Nid:

"Está vendo aquele marujo, Gascon? Ele se benzeu e cuspiu para o lado depois que passamos. Qual é o problema dele?"

O labrador negro balançava a cauda levemente.

"Oh, ele é o marujo de que menos gosto a bordo. Está sempre me encarando e eu não sei o porquê. Nunca fiz nada para ele."

Thuron estava gritando de sua posição na proa:

— Ban, venha cá, há algo que quero que veja!

E o menino subiu no gurupés, agarrando-se a ele com as pernas.

O francês passou-lhe a luneta, indicando:

— Olhe bem à frente, você pode vê-la: terra, garoto! São as ilhas dos Açores. Agora aponte a luneta para baixo e dê uma olhada no oceano. O que você vê, Ban?

Examinando a superfície de ambos os lados da onda de proa, Ban fez um esforço para ver algo diferente.

— Nada, senhor. Apenas uma espécie de mancha branca aqui e ali, mas está muito abaixo de nós. É disso que o senhor está falando?

Nid transmitia mensagens a Ban freneticamente:

"Manchas brancas? Que tipo de manchas brancas, posso saber?"

E Thuron respondeu:

— Lembre-se de que eu disse a você que havia um mundo inteiro sob o oceano. O que você vê são as pontas de montanhas, picos enormes e altos. Estamos navegando sobre a grande cadeia montanhosa, uma cadeia submersa que se estende da Groenlândia até quase o extremo sul do planeta. Espere até ver os Açores. Eu acho que eles fazem parte dessas montanhas. São picos mais altos que o restante, que se erguem nos mares para formar as ilhas.

Ban levantou a luneta até avistar os picos rochosos dos Açores a distância.

— Este mundo é maravilhoso, capitão! É tão grande!

Naquela tarde, o *La Petit Marie* fundeou numa lagoa profunda da ilha principal. Ban e Nid admiraram-se com a exuberante vegetação tropical que se grudava às rochas montanhosas a seu redor.

Pierre desceu o escaler e os convidou para irem a bordo com o grupo que ia até a praia.

— Venham, vocês dois, vamos buscar frutas e água fresca!

Ban e Nid sentaram-se um de cada lado de Pierre na popa. O menino percebeu que Gascon encolheu-se na proa e enviou um rápido pensamento ao cão:

"O que ele está tramando? Está parecendo bastante furtivo."

Nid franziu a testa.

"Hum, espero que ele caia no mar e se afogue!"

Ban franziu o cenho para o labrador negro.

"Nid! Esse não é um pensamento muito generoso!"

Nid fungou.

"Não me importo. Não gosto desse sujeito e ele não gosta nem de mim nem de você. Percebi isso."

Pierre não tomava conhecimento da conversa e tagarelava animadamente:

— Há muitas frutas e vegetais bons crescendo nessas ilhas, Ban. Existem muitos vulcões extintos por aqui e o solo é bastante rico.

Eles passaram o resto da tarde procurando por alimento nas encostas, reunindo uma grande quantidade de vegetais da ilha; alguns familiares, outros desconhecidos, mas todos maravilhosos. Alguns dos homens encontraram uma pequena cachoeira que descia sobre uma lagoa formada por pedras cobertas de musgo. Ban e Nid juntaram-se ao grupo na água cristalina, banhando-se e jogando água um no outro, rindo como um bando de crianças. Para o menino e o cão foi um dia especial que seria lembrado, distante dos rigores da navegação e do medo do *Holandês Voador* assombrando seus sonhos.

Ao retornar ao *Marie* tarde da noite, encontraram Thuron de cara amarrada aguardando sua chegada. Ele balançava negativamente a cabeça ao examinar a tripulação do barco.

— Gascon não está com vocês. Suspeitei disso!

Pierre parecia confuso:

— Eu não percebi a ausência dele!

O capitão pendurou um mosquete no ombro e pegou o sabre.

— Ora, Gascon abandonou seu posto! Ban, você fica aqui com Nid. Pierre, leve quatro homens para remar no escaler. Vamos caçar aquele patife!

Ban não podia entender o raciocínio do capitão.

— Por que simplesmente não o deixamos ir, senhor? Ele não era tão útil assim.

Thuron explicou:

— Se fosse só porque Gaston é grosseiro e ocioso, eu não me importaria. Mas durante o tempo em que vocês estavam na ilha, examinei meu ouro e descobri que alguém o pegou. E só pode ter sido um homem: Gascon! Ele não deve ter ido muito longe nos Açores. Pierre e eu voltaremos com ele, prontos para partir de madrugada.

Nid apoiava as patas na amurada, observando a partida do escaler, e transmitia um pensamento:

"Viu? Eu disse que não gostava do Gascon!"

Ban acariciou a orelha sedosa do cachorro.

"O senhor é um bom juiz dos homens. Aposto que, quando for capitão, não terá homens como ele a bordo do navio."

Nid encarou o menino ofendido.

"Seu senso de humor é muito inapropriado, senhor!"

Depois, sentaram-se no convés de ré com a tripulação. Uma lua pálida se refletia nas águas calmas da lagoa, mas nem uma brisa soprava. Ainda estava quente por causa do calor do dia.

Um dos homens cantava baixinho:

"Venha, meu amor delicado, ouça-me,
Pois algum dia lhe trarei fortuna.
Sou apenas um homem que deve seguir o mar,
Deixe-me dizer-lhe que vou navegar.

Quando o vento sopra a mastreação
E a vela branca se eleva,
Meu coração está triste como o longo grito da gaivota.
Espere por mim, reze por mim, até que novamente
Eu retorne do vasto oceano.

E o que trarei para você, *ma belle amour*?
Um bracelete das mais finas joias,
Sedas de Catai que sei que você vai gostar
E um anel que em seu dedo cintilará.

Seja fiel ao marinheiro,
Enxugue as lágrimas dos olhos,
Pois, ao retornar, não haverá lamento.
Com os pés na terra e a amada ao lado,
Darei adeus ao mar e a desposarei."

Ban fitava os céus pontilhados de estrelas e transmitiu um pensamento a Nid:

"Bela canção, hein, amigão?"
Nid respirava como se estivesse rindo.
"Sim, mas olhe para o cantor! Parece um capacho velho e peludo com um olho remendado e só um dente na boca. Eu acho que donzela nenhuma ia correr uma milha ao vê-lo chegar!"
O menino, de brincadeira, apertou o pescoço do cão.
"Que vergonha, senhor! Criticar os outros só porque o senhor é belo!"
Nid piscou um olho para Ban.
"Cruel, mas belo. Esse sou eu!"

Somente três dias depois — e não na madrugada seguinte — um ansioso Ban viu o escaler retornar. As mãos de Gascon estavam amarradas para trás e os tripulantes tiveram que ajudar a erguê-lo a bordo do navio. Thuron parecia cansado e abatido. Todos os homens se reuniram para ver o que ele faria.

Pierre sussurrou para Ban:

— Esse tal Gascon é escorregadio como um peixe, mas, no fim das contas, conseguimos pegá-lo. Mas o capitão não gostou nadinha de perder três dias nisso.

Ban sentiu medo ao ver Thuron sacar a adaga. Ele encarou o desertor e gritou para a tripulação:

— Vejam! — Com alguns golpes, cortou os bolsos e o forro do casaco do criminoso. Moedas de ouro cintilaram ao sol do final de tarde enquanto tiniam no convés. Puxando Gascon pela orelha, Thuron balançou-o rudemente. — Você não podia esperar pela partilha, não é, rato? Eu deveria tê-lo deixado fugir junto com os outros três em Porto Rico. Pelo menos eles não roubaram o capitão e os companheiros do navio! Tirem esse lixo de minha vista! Ponham-no no paiol da âncora até que eu decida o que fazer com ele!

Enquanto o contramestre e outros marujos o arrastavam, Gascon começou a gritar:

— Prefiro ser lançado ao mar e nadar até a praia! Eu sei tudo sobre você e seus amigos da sorte, Thuron! Não quero ficar neste navio! Ele está amaldiçoado! Amaldiçoado!

Pierre silenciou Gascon com um soco na mandíbula. Em seguida, amarrou o desertor semiconsciente no paiol da âncora. Fechando a porta, murmurou uma advertência:

— Mantenha essa boca mentirosa fechada e dê graças a Deus por ainda estar vivo, ladrão! O capitão deveria ter acabado com você com aquela adaga!

Thuron fitava o céu, avaliando a brisa.

— Levantaremos âncora e partiremos amanhã de madrugada.

Foi uma noite quente, e Ban e Nid se deitaram no convés aberto para dormir. O labrador negro manifestou sua opinião:

"Pierre estava certo; o capitão deveria ter matado o canalha!"

Ban respondeu:

"Isso é um pouco cruel, amigão."

Nid fechou os olhos, acrescentando um último comentário:

"Eu tenho uma sensação ruim sobre Gascon. Acho que teremos problemas enquanto ele estiver no navio."

14

O CAPITÃO REDJACK TEAL NÃO APORTOU NOS AÇORES. NAVEGANDO com tempo bom e ventos favoráveis, estabeleceu o curso direto para o golfo de Biscaia e a costa da França. Sem saber, o *Campeão Real*, ainda rebocando o *Devon Belle*, perdera a oportunidade de surpreender o *La Petite Marie*, fundeado numa lagoa com uma única saída e o capitão ausente na praia. Como sempre, Teal estava sentado na cabine, com dois marujos a seu serviço. Ele tinha acabado de tomar café com peixe fresco, biscoitos e vinho Madeira. Um marujo polia animadamente os sapatos vermelhos afivelados, e outro escovava com vigor o casaco vermelho de caça que Teal vestia. Redjack acabara de calçar os pés com meias brancas quando ouviu uma batida na porta. Enfeitou-se com o lenço dobrado sobre a camisa e falou:

— Entre!

O imediato entrou, cumprimentou-o respeitosamente e disse.

— Capitão, venho informar que um homem está desaparecido: o prisioneiro francês.

Teal abriu os braços enquanto um marujo atava a espada espanhola e a bainha em seu peito.

— Verdade? Estou surpreso que ele tenha durado tanto, não é?

O imediato olhou para ele inquisitivamente.

— Senhor?

Desviando os olhos do espelho emoldurado em madeira, o capitão corsário balançou a cabeça compassivamente.

— Ora, use a cabeça, rapaz! Um maldito informante comedor de queijo, sozinho num navio com três camaradas ingleses dos quais ele andou falando. Eu apostaria um quarto de presunto contra um focinho de porco como alguma coisa ruim iria acontecer, não é? Como estou?

O imediato tentou parecer entusiasmado com as roupas de Teal:

— O senhor está fazendo uma bela figura, senhor, todo arrumado e parecendo um cavalheiro de Bristol!

Teal fungou:

— Com mil diabos, Bristol! Londres é que é o lugar! Confiança! Você vai deixar seu capitão parado aqui o dia inteiro ou vai abrir a porta e me deixar sair para meu próprio convés? Ande, homem!

Ao chegar ao convés, Teal examinou o horizonte a estibordo com a luneta. Bastante satisfeito com o que via, o corsário deu um sorriso largo ao timoneiro.

— Ahá! Como eu pensei: cabo Ortegal na costa espanhola. Navegação admirável, ainda que seja eu a dizer isso! Mantenha-nos longe da costa, entre Gijón e Santander! Vamos dar a volta no golfo da Gasconha e depois direto para a baía de Arcachon, hein? Senhor imediato, vá buscar aqueles três grosseirões lá no *Devon Belle*. Traga-os até aqui.

Havia algo mais no andar de Teal ao atravessar o convés a passos largos. Ele se sentia bastante satisfeito consigo mesmo.

Os três infames — o contramestre, Joby e o mestre-canhoneiro — haviam matado Ludon em algum momento da noite anterior. Eles desceram dos postos no tope dos mastros e encurralaram o informante. Tudo foi feito rapidamente: uma rápida pancada na cabeça com a malagueta, e Ludon, inconsciente, foi lançado ao mar com um colar de pedras para acelerar a descida. Agora estavam parados, muito pálidos e resignados, diante do capitão que, eles sabiam, iria puni-los com castigos extremos.

Redjack andou ao redor do trio, olhando-os de alto a baixo. Para surpresa deles, piscou e sorriu.

— O francês desapareceu durante a noite, quando estava agradável e escuro, hein? Sujeitinho estranho... Será que algum de vocês o viu dando um mergulho à meia-noite?

O contramestre era o porta-voz dos companheiros:

— Não, senhor, nós estávamos muito ocupados tentando sobreviver juntos no tope dos mastros, senhor. Não vimos nada, capitão.

Teal balançou a cabeça em sinal de aprovação.

— Muito bem-dito, ser dedicado e nunca trair os companheiros, hein? É assim que os britânicos fazem, camaradas! Acho que já tiveram o bastante de topes do mastro e meias rações. Um navio feliz é do que precisamos; por isso, voltem para suas tarefas a bordo do *Campeão Real*. Sejam bons homens, comportem-se e sirvam ao rei e ao capitão com lealdade. Bem, o que vocês querem dizer a seu favor, hein?

O trio mal podia acreditar que Teal amolecera o coração. Eles afastaram energicamente os topetes, comemorando:

— Sim, capitão! Muito grato, senhor!

Mas Teal já voltara para a cabine.

Joby continuou boquiaberto, pois ele esperava ser enforcado por assassinato.

— Muito bem, com mil trovões, o capitão mudou para melhor!

O mestre-canhoneiro balançou a cabeça grisalha e observou:

— Sim, e eu também mudaria se estivesse navegando nessas águas. A Espanha e a França não são amigáveis com os navios ingleses, em particular com os corsários do rei. O bom e velho Redjack vai precisar de cada um de nós, em caso de ataque; é isso que eu acho!

O contramestre concordou sério:

— Redjack não ficaria muito feliz com um navio de guerra espanhol ou francês vindo na direção dele. Não com um contramestre e um mestre-canhoneiro inativos. O que você acha, Joby?

O antigo assistente do carpinteiro forçou um sorriso.

— Vamos ver o que o Cookie tem na panela. Meu estômago já colou nas costas de tanta fome!

O contramestre passou um braço ao redor dos ombros de Joby.

— Boa ideia! Deve haver muita comida na cozinha; afinal, há uma boca a menos, a do francesinho!

E correram para a cozinha, rindo feito crianças.

Ao cair da noite, o *Campeão Real* já passara Gijón e estava a meio caminho de Santander, navegando a todo pano, com o *Devon Belle* seguindo atrás feito um cãozinho.

Redjack examinava os mapas em sua cabine, murmurando a melodia de "O alegre capitão". Ele sentia que agora, mais que nunca em sua vida, a sorte e o destino estavam finalmente sorrindo para ele. Que bela história seria contada nas tabernas e cafés elegantes de Londres! Redjack Teal voltando para casa com um belo galeão espanhol e dois outros navios rebocados, trazendo consigo uma fortuna em ouro — o peso de um homem!

Ele se tornaria uma lenda viva.

A luz da manhã cintilava sobre o oceano quando o *La Petite Marie* levantou âncora e começou a navegar. Raphael Thuron estava no leme, rindo dos gracejos de Ban, que, com a ajuda do cão, tentava conduzir o navio.

O francês encorajava os amigos que lhe traziam sorte:

— Mantenha-o firme! Isso! Agora, gire um ponto a estibordo. Não muito, Ban! Observe o Nid. Ele pegou o jeito da coisa!

O labrador negro estava de pé sobre as patas traseiras; as dianteiras apoiavam-se no timão, desaprovando Ban:

"Você ouviu o capitão! Mantenha-o firme, como eu faço. Se não tivesse que ser capitão um dia, acho que daria um timoneiro de primeira classe!"

Ban tentou controlar o riso ao segurar o timão.

"Lamento, Nid, mas o que posso fazer se sou apenas um humano desajeitado?"

Mallon e outro bucaneiro chamado Corday estavam içando baldes de água do mar e lavando os conveses a meia-nau. Ao ouvirem o riso de Thuron, viraram-se para observar o menino e o cão no leme. Mallon balançou a cabeça.

— Olhe só para isso, companheiro. Não está certo. Nunca ouvi falar de um garoto e um cão no leme de um navio. E você?

Corday baixou a voz:

— Estou começando a achar que há alguma verdade no que Gascon andou falando.

Mallon fitou o companheiro.

— Diga-me o que foi que ele falou.

Corday esvaziou o balde, observando a água correr através dos embornais.

— Gascon disse que aqueles dois são azarados e que vão trazer má sorte para todos a bordo. Ele disse que...

A mão de Pierre desceu sobre o ombro de Corday.

— Quem disse o quê? Vamos, homem, desembuche!

Mallon e Corday se calaram. Pierre cruzou os braços musculosos, fitando os dois severamente.

— Somente os tolos ouvem os rumores de um ladrão desertor. Melhor não deixarem o capitão ouvir vocês falando mal de Ban e do cão. Agora voltem ao trabalho e parem de tagarelar. Se vocês quiserem se queixar de alguém, falem comigo. Mas na minha frente!

O leal Pierre afastou-se deixando a dupla desanimada prosseguir nas tarefas em silêncio.

Ban e Nid ainda se divertiam no leme quando Pierre chamou o capitão de lado e sussurrou em seu ouvido:

— Acho que seria uma boa ideia se eu ou o senhor assumíssemos o leme do *Marie*, capitão. Ou isso ou vamos ter que dar a vez no leme a cada um dos marujos.

Thuron ergueu as sobrancelhas sem entender.

— O quê? Você não quer meus amigos da sorte conduzindo o navio? Olhe para eles, Pierre! Um dia serão tão bons quanto Anaconda! Qual é o problema com você, homem?

O contramestre do *Marie* desviou o olhar.

— Há muita fofoca por aí, capitão. Alguns dos marujos não estão gostando disso.

O humor subitamente desapareceu do rosto do capitão.

— Não estão gostando, não é? Então terão que aguentar. Eu sou o capitão a bordo do *Marie* e sou eu quem dá as ordens! Mas do que não estão gostando? Do que estão falando?

Pierre se apoiou sobre o outro pé, embaraçado.

— Eu sei que parece tolice, capitão, mas estão falando que Ban e Nid são azarados e que vão trazer má sorte para os homens.

Thuron imediatamente substituiu os dois amigos no leme, conduzindo ele mesmo o timão.

— É o suficiente por hoje, amigos. Agora vão para a cabine e organizem meus mapas, está bem? Precisamos deixar tudo em ordem para quando chegarmos à França.

Ban saudou-o animadamente:

— Sim, capitão! Depois de arrumarmos a cabine, vou até a cozinha pegar algo para o senhor comer.

Thuron franziu o cenho e falou:

— Não. Não precisa fazer isso, garoto. Fique com Nid na cabine. Fique longe da tripulação por algum tempo e não faça perguntas. Faça apenas o que lhe digo.

O menino e o cão trocaram olhares confusos, mas Ban obedeceu sem dizer nada. O francês observou a dupla desaparecer na cabine. Uma sensação ruim o invadiu. Será que alguém descobrira sobre Ban e Nid? Era uma questão complicada. Muitos marujos não tinham muita instrução, mas quase todos eram supersticiosos, sobretudo os bucaneiros. Se a tripulação achasse que havia um azarado no navio, não adiantaria argumentar. E não faria diferença se o capitão os tratava bem, eles não iriam se controlar se as superstições os dominassem. Então ele e seus amigos da sorte correriam sério perigo.

O labrador negro espreitava pela porta da cabine, que estava parcialmente aberta, enquanto se comunicava com Ban:

"O capitão está vindo. O que será que houve? Ele parece preocupado."

O francês entrou e sentou na cama, então chamou os dois.

— Fechem a porta. Temos que conversar.

Nid empurrou a porta com as patas dianteiras. Ban olhava ansioso para o capitão.

— Qual é o problema, senhor?

Thuron falou seriamente:

— Ban, você contou para mais alguém da tripulação o que contou para mim, sobre sua vida passada?

Ban balançou a cabeça negativamente com veemência.

— Não, senhor! Nem mesmo para Pierre! Eu não diria nada a ninguém, exceto ao senhor!

O capitão deu um longo suspiro:

— Acredito em você, garoto. Mas os homens estão cochichando entre si. Dizem que você e o Nid são dois azarados, que trazem má sorte para o *Marie* e a todos que estão a bordo.

Nid transmitiu um pensamento para Ban:

"Eu sabia! Não disse que Gascon ia nos trazer problemas?"

Ban virou-se para Thuron.

— Nid acha que foi Gascon que andou falando por aí.

O francês deu um tapinha nas costas do labrador negro.

— Sim, acho que ele está certo. Lembra-se do que Gascon gritou quando Pierre o trancou? Ele disse que o navio estava amaldiçoado.

Ban concordou:

— Sim, mas como ele poderia saber sobre mim e Nid? E o que vamos fazer, senhor?

Thuron pensou por uns instantes, antes de responder:

— Não podemos fazer muita coisa. Ban, quero que você e Nid fiquem longe dos homens e não saiam desta cabine. Com um pouco de sorte, pode ser que essa história esfrie naturalmente. Não estamos muito longe da França agora. Talvez eles esqueçam essa bobagem. Com a expectativa de voltar para casa e de ter algum ouro nos bolsos, pode ser que os homens esqueçam essa história de navios amaldiçoados e azarados. Você vai fazer isso por mim, garoto?

Ban deu um forte aperto na mão do amigo.

— Claro que sim, e o Nid também. Não vamos desapontá-lo, capitão!

Thuron levantou-se e caminhou até a porta.

— Muito bem, Ban. Sabia que podia confiar em você. Vou pedir a Pierre que traga comida da cozinha. Lembre-se: não fale com mais ninguém além de mim e de Pierre.

Apoiando a cabeça no chão, Nid observou a porta se fechar.

"Agora que eu ia aprender a ser timoneiro!"

Ban coçou atrás da orelha do cão para confortá-lo.

"Anime-se, amigão, amanhã, a esta hora, estaremos no golfo de Biscaia e em um dia ou dois em terra firme."

Nos dias seguintes, o menino e o cão permaneceram confinados na cabine do capitão. Não era um bom momento para nenhum deles. Ban tinha uma sensação de desgraça iminente, reforçada pelos constantes pesadelos com o capitão Vanderdecken e seu navio amaldiçoado, o *Holandês Voador*. Ban e Nid passaram a ter medo de dormir, pois sempre que caíam no sono, as visões os invadiam. Eram pesadelos sobre estarem novamente a bordo do navio infernal e dos mares vastos e gelados próximos ao cabo Horn, que danificavam e golpeavam o navio. Cabos cobertos de gelo emitiam um lamento lúgubre e ventos que mais pareciam tufões rasgavam e esfarrapavam as velas. Mortos-vivos com rostos que olhavam de esguelha, cheios de cicatrizes, cruéis e impiedosos, caminhavam nos conveses feito zumbis. Um céu colérico era agitado por nuvens negras e violeta de tempestade. E Vanderdecken! Sua mente torturada dava voz às maldições e pragas que ele lançava aos céus.

— Ban! Ban! Garoto! Você está bem? Algum problema?

O menino abriu os olhos e viu o rosto conhecido de Pierre parado acima dele, no momento em que recebia um pensamento de Nid:

"Graças a Deus, Pierre apareceu! Eu estava tão preso naquele sonho horrível que não pude mover um músculo para acordá-lo!"

Ban sentou-se, esfregando os olhos.

— Estou bem, Pierre, obrigado. Foi só um sonho ruim.

O contramestre pôs água fresca e duas tigelas de ensopado quente ao lado da cama.

— Não se preocupe, amigão, tudo vai dar certo. Não ligue para as fofocas dos marujos. Eles são apenas homens simples e ignorantes que não sabem de nada. Eu também sou um pouco assim, acho.

O menino sentia uma simpatia real — e compaixão — pelo contramestre de Thuron.

— Você não é ignorante, Pierre. Você sempre foi bom para mim e para Nid. Você e o capitão Thuron são os únicos amigos que temos.

Pierre serviu a água para os dois beberem.

— Deite-se agora, amigão. E tente dormir um pouco. Eu e o capitão não vamos abandonar vocês. Mais uma noite e vocês dois porão os pés em solo francês. Aposto como farão muitos novos amigos por lá. Tenho que ir agora. Não abram a porta para ninguém além de mim e do capitão.

Depois de comer, Ban e Nid sentiram-se mais relaxados e dormiram na grande cama da cabine; o cão esticou as patas sobre as pernas do menino. Ban sentiu que flutuava em seus sonhos. Para cima e para baixo, com Nid a seu lado, subindo em direção aos delicados céus noturnos. Abaixo podia ver o *La Petite Marie*, parado como um brinquedo em meio às ondas que se moviam, iluminadas pela luz da lua. Uma calma extrema desceu sobre Ban e ele se sentiu quase como um bebê, deitado no berço celeste e circundado pelo brilho pálido das estrelas. Uma delas lentamente se deslocou ao encontro deles. Ao se aproximar, ele viu que era um anjo, o mesmo que os retirara do *Holandês*! Como delicado repique de sinos ao longo de planícies distantes, a voz da bela visão acariciou seu pensamento:

"Não tireis o ouro dos homens sem lei
E atentai para minhas palavras:
Quando vossos pés tocarem a terra, devereis partir.
Deixai para trás essa vida e caminhai,
Não volteis vossos olhos para o mar;
Quando a vingança trouxer o Gavião,
Novos tempos se abrirão para vós."

A manhã trouxe uma garoa e um pouco de névoa, mas não ventava. Ban acordou ao ver o capitão Thuron arrumar pilhas de moedas de ouro sobre a mesa.

Nid transmitiu um pensamento enquanto acordava também:

"Ei, amigão, o que está acontecendo aqui?"

Ban repetiu a pergunta do labrador ao francês.

Thuron deixou as moedas de ouro de lado e falou com expressão grave:

— Estamos com problemas a bordo, garoto! Eu sou um tolo confiante por não acreditar que isso poderia acontecer. A tripulação libertou Gascon, e eu acho que estão prestes a se amotinar!

Ban mordeu o lábio.

— E é tudo culpa minha e de Nid, não é, senhor?

O capitão endireitou uma pilha de ouro com o polegar.

— Sim, mas eu não sei como eles descobriram sobre você e o *Holandês Voador*. Mas deixe isso comigo. A proximidade da França e a divisão do butim podem acalmá-los um pouco.

Ouviu-se uma leve batida à porta da cabine e Pierre entrou, trazendo um sabre e um mosquete carregado.

— A tripulação quer ter uma palavra com o senhor, capitão. Todos os homens estão lá fora, no convés. Gascon e Mallon são os líderes.

Thuron ergueu-se, guardando duas das pilhas de moedas, uma em cada bolso.

— Ban, você e Nid ficam aqui. Venha, Pierre, vamos ver do que se trata!

Os homens do *La Petite Marie* pareciam relutantes em encarar seu capitão. Eles se aglomeravam no convés à meia-nau, embaraçados e taciturnos. Thuron apoiou-se sobre a amurada do convés de ré, olhando para eles, e falou:

— Muito bem, camaradas, qual é o problema, hein? Eu nunca fiz mal a um homem por falar o que pensa.

Gascon e Mallon mantiveram uma breve conferência, sussurrando, e, em seguida, Gascon deu um passo à frente, apontando para a cabine do capitão.

— O garoto e o cão. Nós queremos que eles saiam do navio. Vão nos trazer má sorte; o senhor sabe quem eles são!

Thuron deu de ombros e sorriu.

— Ora, pare de falar besteira! Como eu poderia saber uma coisa dessas?

Mallon apontou para Gascon.

— Ele estava no leme quando o menino começou a gritar enquanto dormia, não é, camarada?

Gascon cruzou os braços, parecendo muito convencido.

— Sim! E o senhor não pode me enganar, Thuron. Eu o vi entrando na cabine e fiquei ouvindo atrás da porta. Ahá! O senhor não sabia disso, sabia? Ouvi cada palavra que o moleque amaldiçoado lhe disse. Tudo sobre como ele escapou do *Holandês Voador* há muitos anos, e agora ele está aqui e não envelheceu nem um dia. O menino e o cão receberam a maldição de Satanás! Eles são azarados! Se ficarem a bordo, tudo o que veremos da França será o fundo do golfo de Biscaia. O senhor não pode negar, todos os homens aqui estão comigo e com Mallon, e fique o senhor sabendo que estamos armados!

O capitão desceu até o meio da escada que conduzia ao convés. Esvaziando os bolsos, arrumou as duas pilhas de moedas de ouro e chamou os dois líderes do motim.

— Nid e Ban estão conosco desde Cartagena. Eles me trouxeram sorte. Vocês me ouviram dizer isso muitas vezes. Antes de fazer algo de que possam se arrepender, deem uma olhada nesse ouro. É sua parte, Gascon, apesar de você ser um bandido e desertor. A outra parte é sua, Mallon. Vamos, peguem!

Os dois homens apressaram-se para pegar cada um sua parte. Thuron observou-os encherem os bolsos.

— Cada homem a bordo vai receber a mesma quantia. Amanhã de manhã, vocês estarão em solo francês e poderão ir para onde quiserem, para casa ou para a taberna mais próxima. Agora, isso é má sorte? Algum azarado fez isso com vocês?

Gascon pegou o mosquete e apontou para o capitão.

— Sim, é má sorte para nós. Sou um homem procurado na França e a maior parte de nós também é. Vamos tomar o navio e navegar para águas espanholas. Vamos afundá-lo na costa de Guernica. Assim, poderemos nos arriscar a ficar pela Espanha ou atravessar a fronteira da França.

Thuron falou aos homens com voz calma:

— Por que não me disseram isso antes? Eu teria afundado o *Marie* na costa de Arcachon. Conheço alguns lugares tranquilos por lá. Mas, se vocês querem navegar até a Espanha e afundá-lo por lá, que seja. Vou com vocês e não vou guardar ressentimentos, está bem?

Mallon apertou os lábios e falou de maneira obstinada:

— Não vamos nos arriscar com o menino e o cão a bordo!

Durante a conversa, Pierre estivera no leme. Subitamente, ele girou o timão e gritou:

— Vamos para a Espanha, com certeza! Içar velas! A Marinha francesa está vindo! Quatro navios de guerra a todo pano!

15

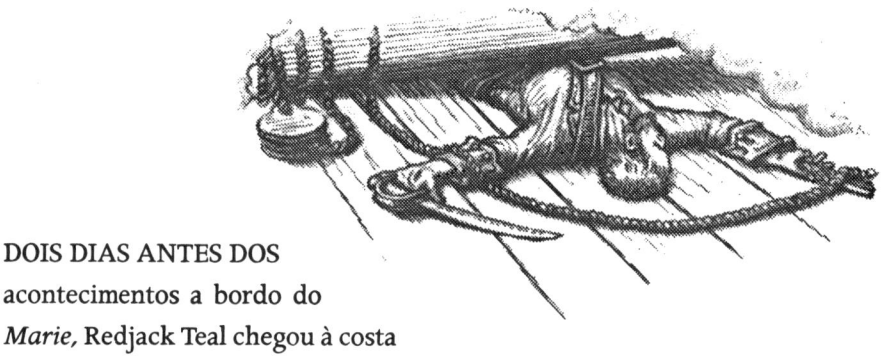

DOIS DIAS ANTES DOS acontecimentos a bordo do *Marie*, Redjack Teal chegou à costa de Arcachon. O corsário do rei navegou próximo à praia para que pudesse verificar sua posição.

Teal estava parado no convés, batendo com a mão no mapa, enquanto examinava o litoral.

— Macacos me mordam se não foi uma navegação de primeira! Há um porto em Arcachon com uma pequena baía e um grande porto que se encontra na depressão mais adiante. *Bassin d'Arcachon*, bem como está escrito aqui no mapa. Excelente!

Ele balançou um dedo de modo arrogante para o imediato.

— Você aí, leve-nos para alto-mar e uns poucos pontos para o sul. É mais tranquilo naquela extensão da costa. Não posso perder tempo aqui, hein? Não queremos os habitantes locais arregalando os olhos para nós.

O imediato tocou o topete.

— Sim, capitão! Timoneiro, tire-nos daqui e preste atenção na popa do navio tocando o bico de proa do *Devon Belle*. Dois pontos ao sul. Saia daqui antes que a névoa diminua e possam nos ver! Rápido!

Infelizmente o *Campeão Real* e o *Devon Belle* foram avistados: bloqueados da visão de Teal pela entrada do porto, quatro navios da Marinha francesa estavam fundeados próximo ao cais. O maior e mais temível dos navios era um torpedeiro que acabara de ser construído — o *Le Falcon Des Monts* —, que tinha como capitão ninguém menos que o ilustre almirante de esquadra Guy Falcon Saint Jean Des Monts, vencedor de muitas batalhas marítimas. O nome do novo navio — a maior canhoneira já construída pela Marinha francesa — era uma homenagem à impressionante folha de serviço do almirante de esquadra. Os outros três navios eram de linha, todos navios de guerra. Os quatro estavam fundeados na baía de Arcachon, aguardando as ordens do almirante. Agora ele queria levar seu novo comando para o mar num exercício naval e testar o desempenho do novo navio de guerra. Nessa manhã, o almirante sentou-se em seu camarote junto com os outros três capitães para discutir planos e estratégias para as manobras futuras. Mapas estavam estendidos sobre a mesa. Os capitães ouviam respeitosamente o almirante a quem serviam com orgulho. Ele era um homem alto e melancólico, prematuramente grisalho, com um semblante severo e olhos escuros e penetrantes, rosto vincado, lábios finos e traços aquilinos que denotavam uma forte expressão de autoridade.

A reunião estava quase no fim quando se ouviu uma batida à porta. Um capitão-tenente entrou, conduzindo dois habitantes da cidade à sua frente. Indicando o almirante de esquadra, falou:

— Diga ao almirante o que você viu. Fale, não precisa ter medo.

O mais velho dos dois apontou o polegar sobre o ombro.

— Senhor, nós estávamos nas montanhas essa manhã, bem na entrada do porto, procurando por ovos de gaivota. Levantei os olhos para o lado da praia e vi um navio naquela direção.

As sobrancelhas do almirante se ergueram.

— Que tipo de navio, senhor?

Impressionado por ter sido chamado de "senhor", o habitante da cidade tentou responder da maneira mais precisa que podia:

— Parecia um galeão espanhol. Um dos grandes, senhor. Mas trazia as cores da Inglaterra. Embora houvesse muita névoa, pude ver que tinha mais canhões de convés do que um navio mercante tem normalmente.

O almirante assentiu com crescente interesse:

— Muito bem, senhor. Em que direção ia o navio?

O homem apontou:

— Para a direita... para o sul, senhor, na direção do golfo da Gasconha. Mais ou menos há uma hora, senhor.

Dando um tapinha no ombro do homem, o almirante sorriu.

— Muito obrigado. O senhor fez muito bem! Capitão, providencie para estes dois uma cesta de ovos e um presunto para cada um.

Quando a porta se fechou atrás dos homens, o almirante virou-se para os capitães.

— Parece que temos um pirata ou um corsário inglês em nossas águas territoriais, cavalheiros. Esqueçam os planos de manobras que discutimos. O melhor batismo para o novo navio seria um batismo de sangue e fogo! Vocês seguirão a todo pano. Liderarei a flotilha. Aguardem meus comandos à medida que navegamos. A ação está na ordem do dia, cavalheiros!

Menos de uma hora depois, os quatro navios de guerra franceses abriam caminho com o *Le Falcon Des Monts* à frente, armas preparadas, velas brancas ondulando e a bandeira de flor-de-lis balançando na proa. Sorrindo satisfeito, o almirante observou o próprio estandarte agitando-se na ponta do mastro de proa: um falcão de asas abertas sobre uma planície verde, símbolo do nome de família. Mas nenhum dos marinheiros o chamava de falcão. Ele era conhecido pela alcunha que conquistara em muitas batalhas marítimas e todos os chamavam de... o Gavião!

Ban sentiu que o *Marie* se inclinava para deslizar, girando bruscamente em direção ao sul; em seguida, ouviu Pierre gritar. Nid passou por ele quando o menino abriu a porta da cabine. Correndo até o convés, transmitiu uma mensagem para Ban:

"Quatro navios de guerra, hein? Vamos, amigão. Vamos ver o que está acontecendo."

Por um momento, a animosidade entre os marujos e Thuron foi esquecida. O francês gritava ordens de usar velas extras e olhava ansiosamente com a luneta para os quatro navios de guerra atrás deles. Entregando-a a Ban, balançou a cabeça, franzindo o cenho.

— Veja, garoto, é a Marinha francesa, e eles estão se aproximando rapidamente!

Quando Ban olhou para o navio principal, sentiu o medo gélido prender sua mão fria num choque súbito no alto da cabeça. A sensação foi transmitida para Nid, que rapidamente perguntou:

"O que é, Ban? O que você viu?"

E os quatro últimos versos do poema do anjo ressoaram através da mente do labrador negro, como martelos batendo numa bigorna:

"Deixai para trás essa vida e caminhai,
Não volteis vossos olhos para o mar;
Quando a vingança trouxer o Gavião,
Novos tempos se abrirão para vós!"

O pensamento foi reforçado pela mensagem de Ban:
"O grande navio à frente traz um gavião na bandeira!"
Thuron segurou a mão de Ban.
— Venha comigo, garoto. E traga Nid também!

Empurrando-os para dentro da cabine, Thuron bateu a porta. Ajoelhando-se ao lado da cama, arrastou duas pesadas bolsas de lona, amarradas pelas beiradas. Ban observou o capitão embrulhar as bolsas num pedaço de lona. Pelo tilintar abafado, ele podia perceber que estavam carregadas com moedas de ouro.

— Por que o senhor precisa disso, capitão?

O francês colocou as bolsas na cama.

— É sua parte do tesouro, Ban. Para você e para o Nid!

O menino olhou em dúvida para as bolsas.

— Mas não precisamos de ouro, capitão. Além disso, Nid e eu não o merecemos.

Ban surpreendeu-se com a força com que Thuron agarrou seus braços e o sacudiu.

— Preste atenção, garoto: esse ouro é nosso, meu e seu. E agora tenho que arrumar um modo de levar vocês para terra firme.

Ban viu desespero nos olhos do amigo.

— É tão ruim assim, capitão? Não podemos navegar mais rápido que eles? Já fizemos isso antes.

O francês afrouxou o aperto.

— Dessa vez não, garoto da sorte; não temos chance. Eles vão nos perseguir, cercar o nosso *Marie* e afundar o navio e a tripulação.

Ban cerrou os punhos com decisão.

— Então vamos ficar e combatê-los. O senhor conhece alguns truques. Lembra-se do Passo de Trinidad?

Thuron sorriu tristemente e despenteou o cabelo de Ban.

— Ban, Ban, não adianta, garoto. Você sabe tão bem quanto eu que esgotamos nossas manobras. E é por isso que quero você e Nid fora do *Marie*, antes que ele afunde. Agora preste atenção: assim que puder, vou tentar fugir com o ouro para a costa a bordo do escaler. Quando chegar à praia, Ban, espere por mim. Eles provavelmente irão nos enfrentar antes de chegarmos à Espanha, mas eu saberei aonde você chegou. Se o *Marie* afundar, tentarei mantê-lo em alto-mar, mas perto o suficiente para que eu e Pierre nademos até a terra firme. Agora tenho que voltar para o convés, garoto. Lembre-se do que lhe falei.

Mais abaixo na costa, próximo a uma cidadezinha chamada Mimizan-Plage, o *Campeão Real* e o *Devon Belle* fundearam.

Redjack Teal tomava seu vinho Madeira na cabine quando a sentinela bateu apressadamente à porta e gritou do lado de fora:

— Capitão, é o *La Petite Marie*! Ele acaba de cruzar o horizonte atrás de nós, ao norte!

Teal rapidamente vestiu o casaco vermelho, perguntando:

— Muito bem, homem, mas que direção ele tomou?

A resposta não tardou:

— Para o sul, senhor! Cerca de um ponto de onde estamos fundeados, mas foi naquela direção!

Sem esperar ajuda, o corsário do rei prendeu a própria espada e correu, murmurando para si mesmo:

— Sul, hein? Hoje é meu dia de sorte! Venha para mim, Thuron, vou esticar seu pescoço e esvaziar seus bolsos para você!

O imediato e o contramestre balançavam as cordas de talha e gritavam ordens, tentando animar a tripulação:

— Abram as vigias, endireitem todos os canhões!

— Mais vela; em frente agora, homens! A todo pano!

A tripulação do *Marie* estava mais preocupada com o que vinha em seu rastro que com o que os aguardava mais adiante. Thuron aproveitou a oportunidade para retirar o ouro da cabine e guardá-lo no escaler do navio. E deu ordens ao timoneiro:

— Pierre, leve o *Marie* para perto da praia! Vou buscar o menino e o cão.

Ban e o labrador negro saíram da cabine quando Thuron começou a soltar os estais do escaler. Somente então Gascon e Mallon vieram correndo, brandindo mosquetes carregados. Enquanto Mallon investiu contra Pierre, Gascon apontou a arma para o capitão, resmungando:

— O que está acontecendo? O que está tramando, Thuron?

O capitão piscou para Nid e Ban, antes de se voltar e responder a Gascon:

— Vou deixar o garoto e o cão em terra firme. Talvez nossa sorte mude. Você mesmo disse que eles eram azarados. Agora largue essa pistola e fique de olho nos navios da Marinha; veja se eles estão se aproximando. Vá!

Gascon saiu ao ouvir a voz do capitão elevar-se com raiva. Antes que Ban pudesse oferecer resistência, o francês o ergueu e o colocou no barco. Nid pulou ao lado do dono.

Thuron soltou os cabos e então desceu o escaler até o mar. O capitão inclinou-se sobre a amurada, instruindo Ban com um murmúrio urgente e rouco:

— O ouro está embaixo do banco de popa, embrulhado num pedaço de lona. Você pode ver a costa daqui, garoto. Não perca tempo. Reme o mais rápido que puder. Estabeleça o curso para a colina naquela direção na praia. Veja, aquela com as árvores em cima.

Ele piscou algumas vezes e, em seguida, tentou sorrir.

— Ban e Nid, meus dois amigos sortudos, levem a boa fortuna com vocês. Lembrem-se: esperem por mim até essa mesma hora amanhã. Agora vão!

Ban lançou um último olhar a Raphael Thuron, o capitão bucaneiro. Em seguida, dando as costas ao *Marie*, pegou os remos e começou a remar. Ele não pôde dizer mais nada e as lágrimas começaram a brotar espontaneamente dos olhos anuviados. O menino sentia um grande aperto no peito. Nid sentou-se na proa, olhando para a costa, sem se virar para trás. O labrador negro compartilhava cada pensamento e sentimento com Ban. Os dois viram o sinal do destino sobre o rosto de Thuron e sabiam que nunca mais o veriam.

Gascon saiu correndo da cabine do capitão, apontando para o escaler e gritando para os homens:

— O ouro se foi! E está naquele barco. Detenham-no!

Ban se jogou no fundo do barco, enquanto Nid se encolhia. O estrondo do mosquete agitou a água ao redor deles. Thuron empurrou Gascon com um poderoso golpe do sabre, gritando:

— Fuja, Ban! Reme para salvar sua vida, garoto!

Subitamente se ouviu um grande *fuiiiim* e uma pancada, seguida pelo barulho de colisão. Os canhões do *Le Falcon Des Monts* acertaram a popa do *Marie*. Com os canhões atirando, os navios da Marinha francesa navegaram até o alvo. Espalhando-se, os três navios de guerra encurralam o bucaneiro bordo contra bordo, enquanto o navio capitânia avançava, varrendo os conveses desde a parte de trás com palanquetas e tiros de mosquete dos atiradores na mastreação. O corpo de Pierre se dobrou sobre o leme, mas sua mão ainda o agarrava. Os mastros estraçalhavam-se em meio a velas em chamas e cabos ardentes. O *La Petite Marie* começou a afundar, com tiros de canhão abrindo buracos a bombordo e a estibordo. Preso sob um mastro de bujarrona caído, os olhos sem vida do capitão Thuron fitavam o sol através da nuvem negra de destruição que envolvia o navio. Reclinando-se como uma ave marinha ferida, o *Marie* começou a afundar pela popa.

Os canhões da Marinha continuaram a atirar enquanto a proa se erguia acima das ondas. Por um instante, o navio parou; em seguida, com um silvo e um murmúrio monstruoso, deslizou para trás, nas profundezas, e se foi para sempre.

A bordo do navio capitânia, o Gavião ergueu uma das mãos.
— Cessar fogo! — e virou-se para a sentinela que descera do tope do mastro para informá-lo. — Então, o que é?
O homem fez uma continência.
— Almirante, é outro navio, um canhoneiro com as cores da bandeira britânica!
O nariz aquilino do Gavião tremeu, e os olhos se iluminaram.
— Inglês, hein? A que distância?
A sentinela respondeu:
— Ao sul, almirante, próximo à costa, aguardando outro navio, eu acho. Quando eles nos viram, desviaram e começaram a navegar mais para o sul, senhor.
O Gavião pegou a luneta e examinou as águas à sua frente.
— Ah, sim, lá está ele: um galeão espanhol navegando com as cores da bandeira inglesa. Ele está rebocando um navio menor.
Caminhando até o bico de proa, cumprimentou com breves acenos a tripulação, que comemorava a primeira vitória no novo navio. Do castelo de proa, o Gavião deu ordens para os oficiais:
— Bem, cavalheiros, eu conheço o poder de fogo do navio. Agora há um inimigo a menos em águas francesas. Vejamos como navegamos a plena velocidade. Pretendo capturar os navios ingleses antes que eles possam entrar em águas espanholas. Não vamos afundá-los, eles serão nosso prêmio. Informem aos outros capitães que irei na dianteira a todo pano. Diga-lhes para seguirem a toda velocidade e aguardarem minhas ordens!

Ban não se virou para olhar para trás. Ele não atendia apenas ao aviso do anjo; outros demônios estavam se aproximando dele também. Deitando-se no fundo do escaler, esqueceu-se do que estava à sua volta. O estrondo e ronco do canhão da Marinha francesa misturaram-se com os ruídos muito distantes do cabo Horn, em que ondas quebravam, a mastreação partia e a tempestade bramia. Vanderdecken ria loucamente, amarrado ao leme por toda a eternidade e arrastado para dentro do turbilhão de oceanos no fim do mundo. Lembranças assustadoras, misturadas com o fim do *Marie*, confundiram-se na mente do menino até ele perder todo o senso de realidade.

Foram as patas grossas e ásperas de Nid que o fizeram voltar à realidade. O fiel cão estava arranhando suas costas e enviava pensamentos nervosos e urgentes:

"Ban, acorde! Mexa-se, Ban! Mexa-se! Estamos afundando!"

O menino gaguejou enquanto seu rosto batia no fundo do escaler. Tossindo e cuspindo água do mar, sentou-se. Nid agarrou a manga de sua camisa com os dentes e puxou-a.

"Vamos, amigo, temos que nadar. O barco está cheio de buracos de mosquete. Por sorte não fomos atingidos!"

Voltando a si, Ban percebeu a emergência em que se encontravam. Agarrando a coleira do cão, ergueu-o e pulou no mar junto com ele. Voltando-se na direção da praia, que estava apenas a algumas centenas de metros, ele começou a correr.

"Vamos em frente, Nid, não é tão longe assim!"

Pela primeira vez na vida, o capitão Redjack Teal sabia o significado da palavra medo: quatro navios de guerra da Marinha francesa estavam se aproximando dele. O mestre-canhoneiro veio correndo, carregando uma vara coberta com uma mistura fumegante de alcatrão e cabos. Olhou esperançosamente para Teal.

— Eu poderia carregar as colubrinas de popa com palanquetas, capitão. Talvez possamos atingir o mastro de proa do grandão. Isso reduziria um pouco a velocidade deles, senhor.

Teal agarrou a vara e lançou-a no mar.

— Seu idiota, eles são a Marinha francesa! Você não viu os canhões que eles ostentam, homem? Ah, aquele canalha só está esperando um sopro de fumaça, mesmo que seja de um mosquete, para nos fazer em pedacinhos! Tire a lama dos olhos, homem. Não viu o que ele fez com Thuron?

Ele observava tristemente enquanto o navio mudava de direção, girando para fazer a curva mais à frente. Os outros três manobraram para a emboscada: um a bombordo, outro a estibordo, o terceiro bem atrás dele. O corsário do rei, de mau humor, bateu o pé elegantemente calçado. A vida era tão injusta! Depois de perseguir uma fortuna em ouro desde o Caribe, através do oceano, os sonhos de riqueza e glória foram cruelmente arrancados dele em poucas horas. Acrescente-se a isso a indignidade de ser levado pelos franceses sem trocar um único tiro. Todo o episódio fora um fracasso total! Ele correu até a popa ao ver o contramestre e o imediato afrouxando os cabos.

— Seus idiotas, o que vocês estão fazendo aí?

O imediato cumprimentou-o, tentando parecer prestativo.

— Bem... nós estávamos nos livrando do *Devon Belle*, senhor. Talvez ele colidisse com o francês de uma figa atrás de nós, senhor, e isso nos daria uma boa chance de escapar.

Teal estava à beira de um ataque. E tornou-se muito rabugento. Chutando o imediato na perna, cuspia saliva em seu rosto ao gritar e falar sem parar:

— Aquele navio é meu! Meu! Entendeu?!

Ele contornou o inocente contramestre e também acertou um pontapé nele.

— O capitão desses navios sou eu, ou será que vocês não perceberam, hein? Maldito canhoneiro imbecil, querendo atirar em quatro couraçados e este outro bufão achando que podemos mudar de direção e fugir. Será que todos os homens a bordo perderam o maldito juízo?

— Inglês, renda-se e afrouxe as velas! — comunicou um oficial com um megafone no navio atrás deles.

Teal encolheu os ombros. Estava tudo acabado.

Voltando-se para o imediato, que esfregava a perna, falou:

— Desça a bandeira, reduza as velas. Estarei em minha cabine.

* * *

O Gavião sentara-se em seu camarote e o crepúsculo avermelhado dava aos objetos de madeira uma coloração rosada. Ele ouvia com atenção as informações reunidas pelos oficiais sobre a tripulação do *Campeão Real*. Sempre era melhor falar com os marujos antes de se encontrar com o capitão. Eles tinham menos razões para mentir que seus capitães.

Recostando-se, refletiu sobre o que tinha ouvido, enquanto os dedos tamborilavam no tampo da mesa. Em seguida, fez sinal para um dos capitães à sua espera.

— Verei o inglês agora.

Tentando resistir debilmente a dois canhoneiros musculosos, Teal foi rapidamente arrastado até a presença do almirante. O corsário do rei parecia indignado e desgrenhado; os canhoneiros apertavam seus braços, impedindo que ele se ajeitasse.

Imediatamente começou a protestar:

— Senhor, isso lá é jeito de tratar o capitão de um dos navios de Sua Majestade britânica? Diga a esses selvagens para me soltarem agora! Ninguém põe as mãos em mim de maneira tão rude!

O almirante ergueu os olhos de alguns papéis que estava estudando. O olhar determinado junto com o modo arrogante com que olhava um homem de alto a baixo fizeram com que Teal se sentisse, ao mesmo tempo, intimidado e embaraçado.

O corsário do rei tentou se libertar, mas os dois canhoneiros o controlaram facilmente. Tentando parecer razoável, falou:

— Senhor, estou lhe pedindo, ordene a esses patifes que me soltem. Eu, como o senhor, sou um oficial e um cavalheiro.

O almirante fez com que se calasse com um olhar sinistro.

— Como ousa comparar-se a mim, infame?

E indicou a Teal as insígnias em seu uniforme, falando de modo maléfico:

— Corsário do rei! Um mercenário sujo, carregando uma carta de corso e retaliação. Isso sim! Não há forma de vida mais baixa na terra ou no mar. Você é um prisioneiro de guerra e será tratado como tal!

Subitamente o capitão Redjack Teal esmoreceu diante do escárnio do captor. Ele se lamentava como um brigão que tinha acabado de perceber que o jogo virara:

— Eu só estava cumprindo ordens do rei, senhor. O senhor não pode punir um homem inocente por isso!

O almirante bufou:

— Não pretendo puni-lo. Isso cabe ao tribunal militar decidir. Se você vai ser enforcado ou guilhotinado, não tem a menor importância para mim. E pare de se lamentar, homem! Eles podem poupar sua vida e designar você e a tripulação para os grupos de trabalhos forçados em Marselha. Lá você vai poder fazer penitência pelo resto da vida reconstruindo as paredes do porto sob o chicote de seus carcereiros. Levem-no embora!

Pouco tempo depois, Teal se encontrava na coberta do novo navio do Gavião, preso pelo tornozelo ao restante da tripulação. Eles riram de modo pernicioso quando o contramestre puxou a corrente e o derrubou no chão:

— Vejam quem está aqui, camaradas, é o alegre capitão! Levante-se Redjack! Dance para nós!

Teal encolheu-se, tentando se ajeitar num canto, mas o imediato arrastou-o pelo pé acorrentado.

— Seu janota empoado, não ouviu o homem? Ele disse para dançar. Vamos, de pé agora! Dance!

Dois marinheiros, que caminhavam na grade sobre as acomodações dos prisioneiros, recuaram ao ouvirem os soluços e gritos de Teal pedindo perdão. Um deles deu de ombros despreocupadamente.

— Eu acho que a tripulação não gosta tanto assim do capitão.

A Maldição do Tesouro

Durante dois longos dias, o menino e o cão
Sentaram-se na praia, enlutados,
E nenhum alimento ou bebida passaria por seus lábios,
Pois sofriam pelos amigos perdidos.
Lágrimas tristes desciam como a chuva de abril,
Inundavam a terra e se perdiam,
E apenas dois de toda a tripulação
Sobraram para contar os mortos.
Perseguidos por inimigos, tanto os vivos quanto os mortos,
Do Caribe até o golfo de Biscaia,
Seguindo as ordens do anjo
De virar-se e caminhar.
Que provações e riscos se encontravam mais adiante,
Decretados pelo céu e pelos destinos?
O *Holandês Voador* assombra os mares
Enquanto o amaldiçoado capitão espera... e espera!

Livro Dois
OS RAZANS

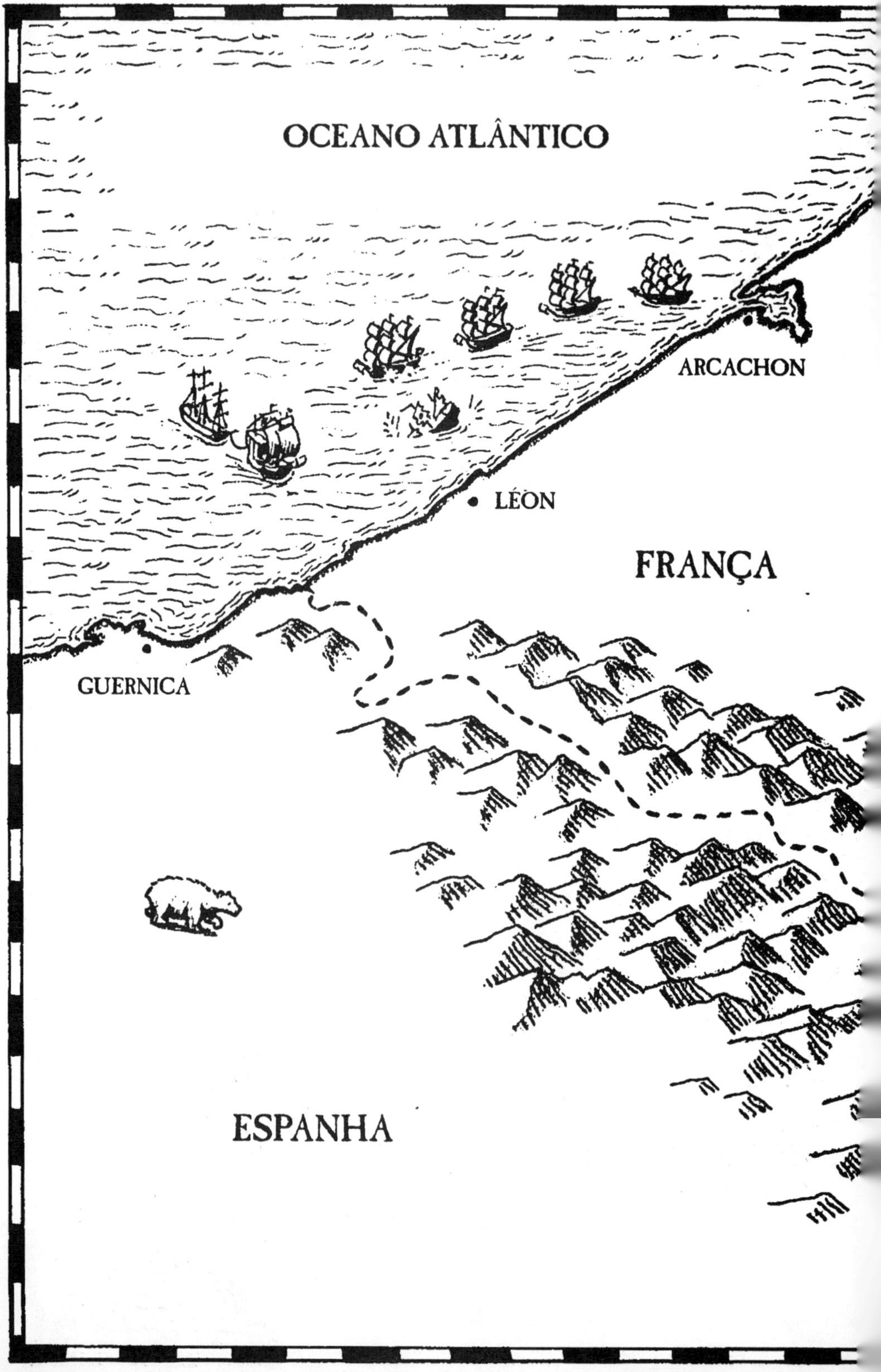
OCEANO ATLÂNTICO
ARCACHON
LÉON
FRANÇA
GUERNICA
ESPANHA

• VERON

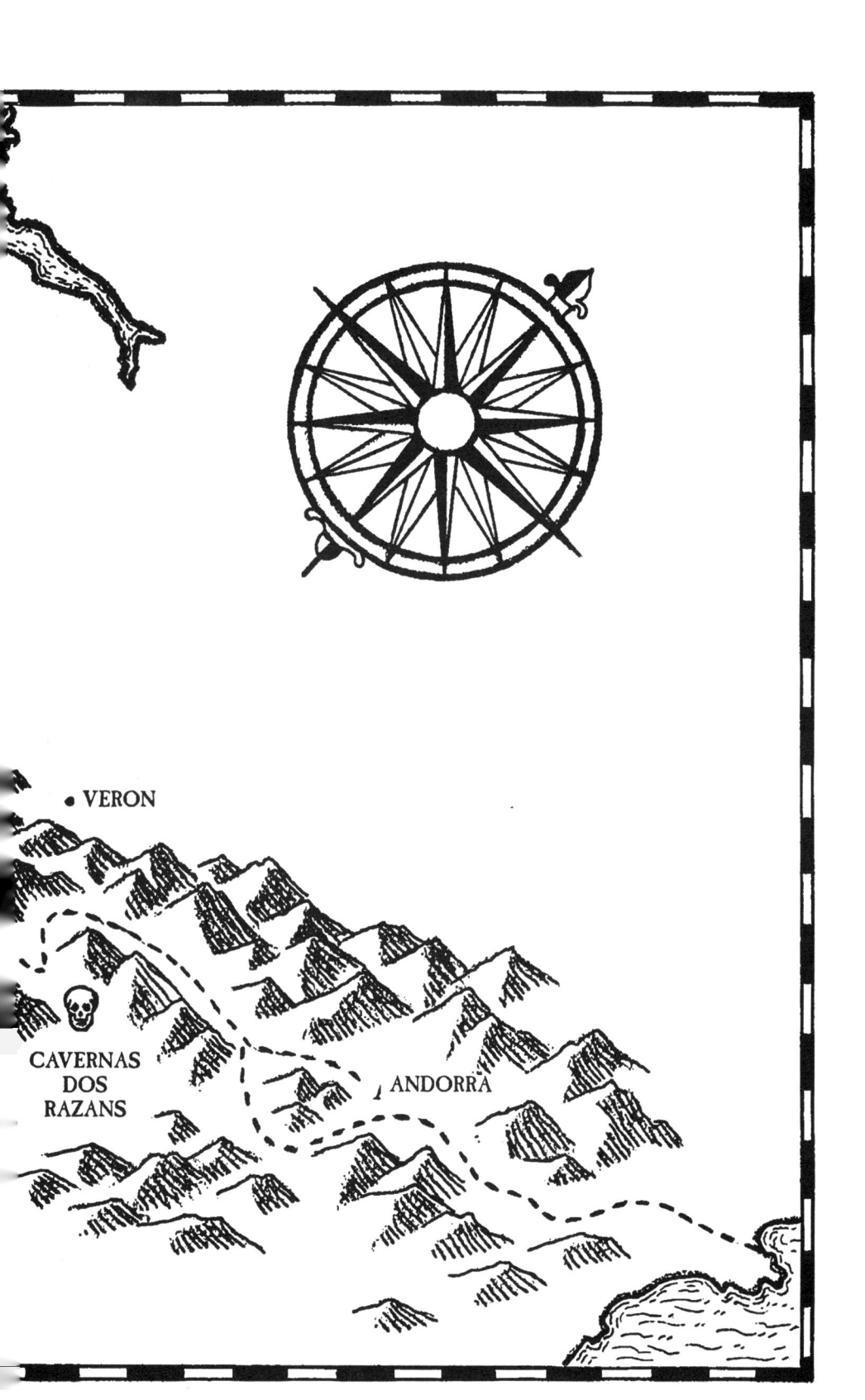

CAVERNAS
DOS
RAZANS

ANDORRA

16

ERA UM DIA CINZENTO. O TEMPO NÃO ESTAVA NEM FRIO NEM quente, mas nublado e sem vento. A garoa caía em cascatas de um céu da cor do leite aguado. Ban e Nid caminharam para a parte mais afastada da costa durante muitos dias, evitando vilarejos e lugares habitados. Eles se agacharam ao abrigo de uma rocha que se projetava no descampado, aconchegando-se, incapazes de escapar da umidade que os envolvia. Ban transmitiu um pensamento a Nid:

"Você acha que eles ainda estão buscando por sobreviventes do *Marie*?"

O labrador negro balançou a cabeça negativamente.

"Bem, não há sinal de ninguém desde o amanhecer. Estamos sozinhos aqui. Os aldeões voltarão para casa agora e os marinheiros, para os navios. Temos que conseguir algo para comer, Ban — desde que deixamos a costa, algumas maçãs ácidas e dois nabos foi tudo o que tivemos."

Soprando a água da chuva da ponta do nariz, Ban concordou:

"É verdade, meu estômago ronca mais que você, amigão. Está vendo aquilo ali bem em frente, acima do declive a poucos metros de distância? Parece uma floresta. Vamos até lá?"

Nid ergueu a cabeça e lançou uma olhadela à chuva.

"Por que não? Pelo menos arrumaremos um abrigo decente debaixo das árvores. Não gosto muito deste lugar, é quieto demais para o meu gosto. Vamos; sentados aqui só ficaremos mais molhados."

O barulho da água chapinhando e respingando na grama e no solo debaixo de seus pés foi abafado pelo temporal, enquanto eles corriam através da paisagem assustadoramente silenciosa. As pernas cansadas tinham dificuldade em prosseguir até o alto do monte. Sem fôlego e encharcados, Ban e Nid finalmente chegaram debaixo do abrigo no topo da colina densamente arborizada. Uma variedade de mostajeiros-brancos, roseiras-bravas, olmos, faias e outras coníferas crescia em profusão e oferecia uma cobertura razoavelmente seca acima de suas cabeças. Os dois amigos sentaram com as costas apoiadas num grande olmo na beira da floresta, olhando a paisagem rural lúgubre.

Um calafrio percorreu Ban quando ele esfregou os braços, para cima e para baixo.

"Hum, eu daria qualquer coisa por uma fogueira crepitante. A chuva está congelando meus ossos!"

Nid ajeitou-se com o queixo sobre as patas.

"Uma boa fogueira, hein? Eu aviso se encontrar uma. Talvez o tempo melhore durante a manhã e nós possamos dar uma volta. Mas, até lá, estou muito cansado. Vamos tirar um cochilo por uma ou duas horas."

Ban deitou ao lado do cão. Enquanto olhavam a chuva descendo no descampado, o cansaço tomou conta da dupla e, quando suas pálpebras baixaram, tiraram uma soneca.

Ban não sabia por quanto tempo dormira. Ele acordou tremendo, com a sensação da língua grossa de Nid lambendo sua mão. Estava quase escuro.

O menino reclamou, esfregando os olhos:

"Por que você me acordou, amigão? Eu estava dormindo tão bem. Só senti um pouco de frio. Brrrr!"

A mensagem mental do labrador chegou até ele:

"Lembra-se da boa fogueira sobre a qual você falou? Ela não está muito longe daqui."

E Nid indicou a direção com o focinho, como se fosse um cão de caça.

"Em algum lugar naquela região. Eu não posso vê-la, mas posso farejá-la. Vamos devagar agora, pois não sabemos que tipo de pessoa acendeu o fogo. Venha atrás de mim, mas em silêncio, Ban, em silêncio."

Ban seguiu o cachorro através dos arbustos, da folhagem e em torno de troncos retorcidos de árvores grandes e velhas. Nid parou por alguns instantes, abrigando-se atrás de um carvalho.

"Lá está ela. Eu disse que podia farejar a fogueira."

Ban caminhou na ponta dos pés até poder ver claramente a luz distante. Ele podia distinguir uma pequena carroça de mascate, com os varais apoiados no chão numa pequena clareira. Os dois amigos rastejaram até conseguir vê-la melhor. Um homem dormia junto à fogueira e não havia sinal de cavalo ou burro para puxar a carroça. Uma garota de uns treze ou catorze anos estava sentada e acorrentada a uma das rodas da carroça com um cachecol amarrado em volta da boca como uma mordaça.

Involuntariamente, Ban pisou num galho que quebrou sob seu pé. O homem, que era grande e gordo, resmungou dormindo e se ajeitou de costas. Ele começou a roncar alto, mas a garota os viu. E encarou Ban.

O menino levou um dedo aos lábios, enquanto ouvia o pensamento de Nid:

"Não tem muita utilidade pedir que ela faça silêncio... ela não tem outra escolha com aquela mordaça. Veja, os olhos estão se movendo para cima e para baixo. Ela está apontando para alguma coisa. Vamos nos aproximar!"

Um porrete de madeira com um cabo de couro estava próximo ao homem que dormia. Ban percebeu imediatamente que os olhos da menina estavam indicando que ele devia usar o porrete na cabeça do homem. Olhando para Nid, perguntou:

"O que devemos fazer?"

O cão não hesitou nem um segundo:

"A garota que esse vagabundo gordo mantém presa é bem bonita. Bata nele com o porrete, Ban. Assim poderemos libertá-la e ele vai ter uma boa noite de sono. Vá!"

Agachado, o menino avançou devagar até a fogueira. A menina o apressava, acenando energicamente. Ban não tinha certeza de quanta força seria necessária para atordoar o homem grande e gordo, mas ergueu o porrete e deu uma pancada violenta na cabeça dele. Ele se sentou muito ereto, esfregando a cabeça, e, com a outra mão, agarrou a perna do menino enquanto gritava zangado:

— Seu pequeno assassino! Mas que diabos...

O garoto balançou o porrete com o braço erguido e fechou os olhos ao ouvir o *bam!* alto que ele fez no crânio do homem. Nid trotou até a fogueira, acenando em sinal de aprovação.

"Melhor assim, amigão! Agora tire a mordaça da boca da mocinha!"

Largando o porrete, Ban rapidamente se ajoelhou e desamarrou o cachecol. A garota era realmente muito bonita — tinha uma pele bronzeada, olhos de gazela e era magra com uma massa de cachos negros emoldurando-lhe o rosto. Ban surpreendeu-se com a veemência de sua voz.

— Esse porco gordo carrega a chave das algemas numa corrente em seu pescoço. Pegue-a antes que ele acorde. Rápido!

Erguendo a cabeça do homem, Ban retirou a corrente e pegou a chave, abrindo o cadeado que mantinha os pulsos da menina acorrentados ao aro de metal da roda. Nem bem se viu livre, a garota deu um salto, pegou o porrete e bateu com força duas vezes no tornozelo do homem inconsciente. Ele resmungou baixinho, enquanto ela erguia o objeto e falava com voz rouca:

— Agora você tem motivo para se queixar!

Ban segurou seu braço e arrancou o porrete dela.

— O que você está tentando fazer? Matá-lo?

Pegando vários galhos compridos que ardiam na fogueira, a garota os uniu como se fossem uma tocha.

— Ahá! Até que não seria mal; ele bem que merece morrer. Vamos sair daqui!

Agarrando uma pequena bolsa na carroça, jogou-a para Ban.

— Tome, você leva a comida!

Nid correu atrás dela, trocando pensamentos com Ban.

"Ela é durona, amigão! Eu não gostaria de vê-la zangada. Viu só como ela balançou o porrete?"

"Talvez ela tivesse uma boa razão para isso, Nid. De qualquer modo, pelo menos nós temos comida e podemos acender uma fogueira. Eu queria que ela andasse mais devagar. Ufa! Essa garota sabe correr!"

Demorou um pouco até a garota parar. Ela escolheu um local no meio da floresta, cercado de árvores e ladeado por algumas rochas muito altas.

— Pegue madeira para uma fogueira antes que a tocha apague!

Sem dizer uma palavra, Ban e Nid procuraram madeira seca nos arredores. Enquanto fazia a fogueira, a garota pegava os galhos secos de pinheiro que Nid trazia na boca.

Ela chamou Ban para se sentar ao seu lado e acariciou Nid.

— Ele é um cachorro muito inteligente. Gosto dele. Qual é o nome?

O menino começou a abrir a bolsa que ela tirara da carroça.

— Eu me chamo Ban e ele é Nid. Qual é o seu nome?

Ela tomou a bolsa dele.

— Karayna, mas me chamam de Karay. — Pegando um pequeno pedaço de pão integral velho da bolsa, ela o partiu em três partes iguais, dando uma para Ban e jogando a outra para Nid, e começando a comer a parte que lhe cabia.

Ban observou seu rosto à luz da fogueira. Ela era, de fato, muito bonita.

— Você foi muito dura com o homem, Karay. Por quê?

A garota esfregou o pulso esfolado pela corrente e falou:

— Hum, aquele saco sem fundo miserável! Nós estávamos na prisão juntos, em Léon, mas conseguimos fugir e roubamos a carroça. Desde então ele tinha me usado como um cavalo, me obrigando a puxar a carroça e a pegar comida para ele. Toda noite ele me acorrentava à carroça e dizia que ia me vender nas montanhas na fronteira espanhola. Não se preocupe mais com aquele verme gordo. Ele não vai nos achar tão fácil assim com o tornozelo quebrado. Ninguém me trata desse jeito e se dá bem!

Ban mastigava o pedaço de pão duro, pensativo.

— O que vocês dois faziam na prisão?

Karay deu uma cotovelada forte em suas costelas.

— Isso não é problema seu. Mas, se você quer mesmo saber, eu era cantora e ele, palhaço. Íamos de cidade em cidade, entretendo as pessoas nos dias de feira. Ele se misturava à multidão enquanto eu cantava, e eu fazia a mesma coisa durante a apresentação dele.

Ban franziu o cenho.

— Misturavam-se à multidão? Para quê?

Ela sorriu para ele com desdém.

— Para bater carteiras, claro. Sou muito boa nisso, sabe? Foi aquele asno gordo e sujo que nos denunciou, não eu. E, por falar nisso, o que você e o cão estavam fazendo vagando pela floresta?

Ban olhou para a fogueira.

— Ora, nada de mais. Só andando por aí.

Karay deu uma gargalhada.

— Hahaha, quem você acha que engana? Aposto como vocês dois são os tais que os marinheiros e moradores da cidade estão procurando. Fugiram do navio pirata que a Marinha afundou. Eu os escutei falando sobre isso.

Ban sentiu uma ponta de indignação com a sinceridade da garota.

— Não. Não somos, e, além do mais, não quero falar sobre isso!

Karay fez um bico e afastou o cabelo do rosto.

— E eu também não quero ouvir sobre isso!

O gesto divertiu Ban, que o imitou.

— Hã! E eu não estou tão certo assim de querer a companhia de uma ladra. E ponto final!

Instintivamente ambos deram uma gargalhada. Depois disso, a atmosfera era muito mais amigável. Nid juntou-se a eles perto do fogo. Acariciando as orelhas sedosas do cão, Karay observou-o piscar em reconhecimento.

— Bem que eu queria ter um cachorro como o bom e velho Nidizinho — ponderou a garota.

Nid imediatamente eriçou os pelos, falando para Ban:

"Diga a ela!"

Ele se afastou na direção oposta da fogueira e se deitou na sombra, enquanto Ban explicava a Karay:

— Ele não gosta de ser chamado de Nidizinho, pois acha que soa como um cavalo velho e sem serventia. Ele prefere ser chamado de Nid.

A garota fitou os olhos azuis anuviados de Ban.

— Como você sabe?

Ban deu de ombros.

— Ele me disse.

Ela riu:

— Imagino que vocês dois conversem um bocado, não é?

O garoto mexeu no fogo com um galho.

— Quando dois amigos estão juntos por muito tempo, acabam se conhecendo.

Karay fitou as chamas que bruxuleavam.

— Deve ser bom ser assim. Eu nunca conheci ninguém por tanto tempo para considerá-lo meu amigo, nem pais, nem família, nem companheiros. Você acha que nós também vamos nos conhecer assim?

Subitamente Ban sentiu uma pontada de pena, tanto por ele quanto por Karay. Ele podia observá-la com o rabo do olho, enquanto ela fitava o fogo. Uma menina usando um vestido vermelho longo e esfarrapado e um velho xale preto jogado sobre os ombros. Ban sabia que algum dia ele e Nid teriam que ir embora e nunca mais a veriam. Caso contrário, ela perceberia que ele, o menino eterno, nunca envelhecia.

Ele estava quase inventando uma resposta que não magoaria seus sentimentos quando a voz de Nid invadiu sua mente:

"Fique parado, Ban, não olhe ao redor nem pisque. Estamos sendo observados!"

Ban fez o que o cão lhe ordenou, embora sua mente estivesse funcionando a todo vapor:

"Quem é, Nid? É mais de um? Ainda estou segurando esse galho para atiçar o fogo. Eles estão armados? Você pode vê-los?"

A resposta mental de Nid veio em seguida:

"Acho que é somente um. Ele está apenas bisbilhotando ao redor das rochas atrás de vocês. Eu me misturei com os arbustos para que ele não soubesse que estou aqui. Agora, vou dar a volta atrás dele. Se ele se mover, pulo nas costas dele e o jogo no chão. Fique preparado com o galho, Ban, e acerte-o se ele reagir. Lá vou eu!"

Sem perceber o que estava acontecendo, Karay recostou-se na rocha. Puxando o xale para mais perto de si, começou a cochilar. Ban segurava o galho com firmeza, tentando não parecer preocupado. O único som que se ouvia em meio ao silêncio era o leve crepitar da fogueira, e os segundos passavam como se fossem horas. Ban tentou fechar os olhos, como uma armadilha, mas todo o seu corpo estava tenso como uma corda esticada.

Subitamente um jovenzinho esguio, que levava uma bolsa de couro surrada por cima do ombro, parou detrás das pedras e começou a falar:

— Eu vi a fogueira... *Ufa!*

Pulando como uma pantera de cima de uma rocha, Nid desceu sobre o intruso, jogando-o de cara no chão. Ban deu um salto, mas foi afastado por Karay, que se aproximou dele. A menina pulou com os dois pés nas costas do recém-chegado, fazendo com que o ar saísse de seus pulmões num sopro, enquanto Nid mordia de um lado, evitando os pés da garota.

Karay se ajoelhou sobre as omoplatas da vítima e pegou uma faca na parte de trás do cinto, segurando-o pelos cabelos. Puxando sua cabeça para trás com brutalidade, a garota encostou a lâmina da faca contra sua garganta, rugindo como uma tigresa:

— Quietinho ou eu corto sua garganta!

Ban imaginava que o intruso tivesse mais ou menos sua idade. Seus olhos estavam arregalados de medo e o fitavam, e ele correu e segurou o pulso de Karay.

— Pare! Não o machuque!

A garota franziu o cenho e virou-se para ele.

— E por que não? Ele trazia uma faca. Talvez fosse nos roubar ou matar!

Ban forçou a mão dela para baixo e pôs o pé na lâmina da faca.

— Ele não parece em posição de matar ou roubar alguém neste momento, graças a você. Então, ladrão assassino, qual é o seu nome?

— Dominic — respondeu o prisioneiro tentando recuperar o fôlego.
— Não quero fazer mal a vocês, sincera... *aaaaiiii!*

Karay puxou a cabeça dele para trás, sussurrando ferozmente em seu ouvido:

— Então por que estava se arrastando por aí, nos espiando e carregando uma faca, hein?

Ban estava cansado do comportamento bárbaro da garota e transmitiu um pensamento rápido para Nid:

"Acalme-a, amigão, antes que ela quebre o pescoço do pobre rapaz!"

O labrador negro correu até ela, afastando-a do jovem com um poderoso empurrão das patas dianteiras. Ban recuperou a faca e guardou-a no cinto; em seguida, estendeu a mão para o estranho chamado Dominic.

— Pode levantar, amigão!

Ele estendeu a outra mão para a garota.

— Você também, Karay. Eu não acho que Dominic seja um assassino ou ladrão. Ele parece bastante amigável para mim.

Karay lançou um olhar gélido a Nid enquanto sacudia a poeira.

— E eu achava que você era meu amigo; imagine só, me empurrar desse jeito!

Eles voltaram para perto da fogueira e se sentaram juntos, embora Karay tenha levado algum tempo até recuperar o humor e a dignidade.

Dominic não parecia ser alguém que pudesse ter inimigos, pois suas maneiras eram gentis, a voz, macia e o sorriso, cativante. Nid sentou com a cabeça apoiada em seu joelho, fitando-o enquanto se comunicava com Ban:

"Eu gosto dele. Ele parece um verdadeiro companheiro!"

Karay ainda parecia em dúvida. Ela fez algumas perguntas em seguida:

— O que traz você a essa parte da floresta? Para onde está indo?

Ele apontou para o leste.

— Estou indo para a feira de Veron para tentar ganhar algum dinheiro.

— Eu sempre ganho dinheiro em feiras — gabou-se Karay.

A voz de Ban tinha uma ponta de severidade:

— Sem roubar, espero. Você acabaria na prisão e nós também, provavelmente.

A garota começou a ficar novamente amuada.

— Se for uma boa feira, não preciso roubar. As pessoas pagarão para me ouvir cantar. Sou uma excelente cantora.

Mudando de assunto, virou-se para Dominic e perguntou:

— Como você ganha a vida? Vendendo coisas?

Em resposta, Dominic abriu a bolsa de couro gasto e tirou carvão, giz e uma fina lixa de aço com a ponta quebrada, além de alguns pedaços de ardósia.

— Eu faço retratos.

O interesse de Ban aumentou:

— Quer dizer que você é um artista? Nunca conheci um artista. Quem o ensinou? Você frequentou uma escola?

Dominic já se pusera a trabalhar, fitando Nid de cima a baixo e raspando um pedaço de ardósia com a lixa quebrada. Enquanto desenhava, dizia:

— Ninguém nunca me ensinou, eu nasci com jeito para desenho. Venho de Sabada, na Espanha, mas fui banido de lá quando era muito novo. Humm, temos aqui um cão muito interessante.

O pensamento de Nid chegou até Ban:

"Direi que sou interessante, além de nobre e belo. Eu não falei que gostava de Dominic...?"

Ban interrompeu o pensamento de Nid:

— Mas por que você foi banido?

Dominic concentrava-se no retrato, enquanto respondia:

— São pessoas ignorantes e, cedo ou tarde, me expulsam de algum lugar. As pessoas acham que sou um mágico e ficam com medo. E eu não as culpo. Meus retratos não se parecem com os outros. Quando eu desenho alguém, homem, mulher ou criança, o que aparece é a verdade. Não posso evitar; bondade, maldade, mentira, inveja, amor, ternura ou crueldade, todas essas coisas aparecem em minhas obras; é como se eu pudesse ver dentro do coração e da alma das pessoas que retrato. Ah, prontinho, Nid, esse é você: honesto, nobre, belo e, acima de tudo, fiel. Mas há mais alguma coisa por trás desses olhos maravilhosos que eu não consigo captar. Vejam!

Ban, Nid e Karay fitaram o desenho pronto. Era tudo o que Dominic dissera. Nid pousou uma pata no joelho do artista, enquanto se comunicava com Ban:

"É simplesmente brilhante! É como se eu me visse refletido numa poça de água parada. Sou eu tal como na vida real!"

Ban concordou, falando alto para os outros:

— É realmente incrível! Você tem um grande talento, Dominic!

Karay concordou:

— Você é bom mesmo! Pode me desenhar?

Dominic pegou um pedaço liso e seco de casca de faia e começou a desenhar com um pedaço de carvão, criando sombras e contrastes com pancadinhas hábeis do polegar que davam profundidade. Quando chegou a vez de desenhar os olhos, ele começou a rir.

— Você é rápida e esperta, Karay, e sabe agir prontamente. Tudo o que você vê, você quer. Você é uma andarilha e uma ladra, mas é muito boa nisso.

A menina pegou a faca do cinto de Ban e apontou para ele.

— Quem você pensa que é, falando desse jeito comigo?

O artista ergueu o desenho, depois de terminar os olhos.

— Veja!

Karay prendeu a respiração com o choque — estava tudo lá! A beleza e a impetuosidade foram captadas com perfeição, junto com a astúcia furtiva de uma ladra, que brilhava em seus olhos. O rosto corou quando ela pegou o retrato desenhado na casca de faia e o guardou debaixo do xale.

— Ele é meu agora. Vou pagar a você assim que tiver algum dinheiro. Agora é sua vez, Ban. Vamos, pode desenhá-lo, Dominic!

Por um momento, Dominic encarou Ban, fitando-o com atenção. Em seguida, balançou a cabeça e começou a guardar o material de desenho na bolsa.

— Não. Eu não posso desenhá-lo!

Karay provocou-o:

— Qual é o problema? Você não é bom o suficiente? Ou está só com medo, hein?

Ban desviou os olhos de Dominic, pois sabia o que o artista vira. Mais de meio século nos olhos de um menino, os mares bravios, Vanderdecken e o *Holandês Voador*, oceanos tormentosos, o estrondo de canhões, o capitão Thuron, que jazia morto nas profundezas do mar, num navio afundado. Isso e milhares de outras coisas, que não eram deste mundo. Como a beleza terrível de um anjo que amaldiçoara um navio e sua tripulação por toda a eternidade.

Ban tirou delicadamente a faca da mão da garota.

— Deixe-o em paz, Karay. Como ele pode desenhar sonhos ruins e pesadelos? Eu já tive o suficiente, não é, Dominic?

O artista concordou:

— Demais para um simples retratista.

Karay estalou os dedos.

— Você é o Retratista de Sabada! Já ouvi falar de você. Haha, imaginava que você fosse um mago assustador. Não foi você que foi amarrado no pelourinho, na cidade de Somador, por causa do retrato da mulher do magistrado?

Dominic assentiu:

— Isso mesmo. Sou eu, mas eu não queria desenhar aquela mulher. Foi o marido, o magistrado, que insistiu em fazer o retrato... ele disse que eu devia fazê-la parecer bela e graciosa.

Ban devolveu a faca ao retratista.

— E você fez?

Dominic riu.

— Eu tentei, mas ela acabou parecendo o que realmente era: glutona e avarenta. — Seu rosto endureceu. — Por isso, o magistrado me bateu, e amarrou minha cabeça e os braços no pelourinho por três dias e noites. Como vocês podem ver, meu talento pode ser, algumas vezes, um grande problema.

Sentaram-se em silêncio por alguns instantes. Karay começava a se sentir culpada pelo tratamento infligido a Dominic. Ela o viu lançar um rápido olhar à casca de pão em sua mão.

— Você trouxe comida na bolsa, retratista?

Ele sorriu tristemente.

— Quem me dera! Não. Apenas o material de desenho e uma garrafa vazia que uso para beber água.

A garota examinou a escuridão.

— Se houvesse um riacho ou um lago perto daqui, eu poderia pescar para nós.

As orelhas de Nid se empertigaram no momento em que ele transmitiu uma mensagem para Ban:

"Diga a ela que vou encontrar água. Sempre tem um pouco perto de florestas. Espero que haja peixes também. Estou faminto!"

Ban respondeu ao pensamento:

"Muito bem, então. Mas nós vamos ter que representar um teatrinho para os nossos amigos aqui."

E pegou a garrafa da sacola de Dominic e fez o cão farejá-la enquanto dizia para Karay:

— Observem! Aqui, Nid, bom cão! Água, onde está a água, garotão?

O labrador negro riu em silêncio.

"Como se eu não soubesse, hein? As coisas que tenho que fazer para impressionar as pessoas!"

E afastou-se lentamente, farejando o solo e o ar.

Ban virou-se para Karay.

— Vá com ele. Ele vai encontrar água para você.

A garota estava encantada.

— Bom e velho Nidizinho... quer dizer, Nid. Desculpe.

E saíram juntos noite adentro.

Ban fitava Dominic através da fogueira.

— Fico feliz por você não tentar me desenhar. O que foi que você viu?

O Retratista de Sabada evitou os olhos de Ban.

— Muita coisa, meu amigo, muita coisa. Já tenho problemas demais sem o seu fardo em minha mente. Como alguém de sua idade viveu tantos perigos? Vi coisas em seus olhos que nunca tinha visto, nem mesmo em sonhos. Não, Ban, é difícil demais de entender, não vamos falar disso. Seu segredo continuará comigo e com Nid também, eu acho. Confie em mim, serei um bom amigo para vocês dois.

Ban apertou a mão que o artista estendeu em sinal de gratidão.

— Obrigado, Dominic, eu sabia que você seria um amigo bom e compreensivo. Então é isso! Só espero que Karay e Nid encontrem água logo. Amanhã viajaremos juntos, todos os quatro, para a feira em Veron. Mas agora vamos aproveitar um pouco de paz e tranquilidade sem nossa amiga violenta.

Dominic sorriu.

— Ora, ela pode ser violenta e irritável, mas Karay tem um bom coração, eu sei.

Ainda sentindo as ocasionais gotas de chuva, eles se recostaram e relaxaram, enquanto a chama da fogueira criava uma pequena caverna de luz e calor na noite escura da floresta.

Os dois garotos cochilaram durante quase uma hora, quando foram despertados por Karay e Nid, que retornavam. Ruidosamente, o cão e a garota chegaram correndo, esvaziando seus despojos na parte plana da rocha. Karay estava molhada, mas triunfante, e Nid retirava a água do pelo, latindo baixinho e transmitindo seus pensamentos a Ban:

"Peixe! Olhe essas belezinhas; eu peguei um!"

Karay ocupava-se com quatro carpas gordas, amarradas pelas guelras a um junco grosso.

— Passe a faca, retratista. O seu Nid é um bom pescador, Ban! Pegou sozinho este peixe enorme!

Ela falava animadamente e limpava o peixe:

— Nid encontrou um riacho, que corria lentamente e era cristalino. Eu fiz cócegas nas carpas no fundo do riacho, próximo à margem, e Nid agarrou uma na superfície. Também trouxemos agrião, está vendo? E pegamos um pouco de azedinha, raízes de dente-de-leão e framboesas. Prestem atenção porque farei uma refeição digna de um rei para nós...

Enquanto Karay tagarelava, Nid se comunicava com Ban:

"Você deveria tê-la visto, amigão, ela fazia os peixes nadarem para as mãos dela, fazia um pouco de cócega neles; em seguida, jogava-os para a margem. Ninguém passaria fome com Karay a seu lado!"

A garota era tão boa quanto dizia. Eles jantaram peixe assado com ervas picadas e pão tostado. As framboesas foram a sobremesa.

Karay chupava o osso do peixe.

— Esse é o último pedaço de pão. A que distância fica Veron?
— Cerca de seis horas de caminhada firme — respondeu Dominic.
Karay empilhou mais lenha na fogueira.
— Bom! Se sairmos ao amanhecer, estaremos lá ao meio-dia. Vamos dormir agora.
Ban bateu continência:
— Sim, senhora, imediatamente!
Nid esticou-se e suspirou:
"Meio mandona, mas é uma boa cozinheira!"
Ban se surpreendeu quando Karay se recostou e começou a cantar. Sua voz rouca tinha a doçura de uma senhora espanhola que ele ouvira cantar no cais de Cartagena. Era suave e melódica:

"Vou buscá-lo por todo o mundo,
Por terra e mar.
Como a pomba, voarei sobre as estações,
Até tocar sua mão.
Através das cidades, onde as pessoas se reúnem,
Sobre montanhas solitárias expostas ao vento,
Nunca deixarei de vagar, até
que ele realize meus sonhos.
E vou chorar para a lua lá em cima.
Onde, oh, onde está meu verdadeiro amor?

Verei sua face ao amanhecer,
Como a oração de uma pobre donzela?
Em algum vale sombreado de violeta,
Estará ele à minha espera?
Nas águas ainda silenciosas,
Verei seu terno rosto?
Sempre sorrindo, olhos sedutores,
E ele só ama a mim.

Então vou chorar para a lua lá em cima.
Aqui, oh, aqui está meu verdadeiro amor."

Ban dormiu mais sossegado do que dormira em muitas noites, com as brasas o aquecendo e Nid esticado a seu lado, cercado pela tranquilidade e pelo silêncio da escuridão da floresta. Nenhum pesadelo com Vanderdecken navegando o amaldiçoado *Holandês Voador* através de mares tormentosos de danação eterna estragou seus sonhos. Uma névoa em tons de rosa coloria seu sono. De muito longe, o anjo falou, baixinho, nítido, mas insistente:

"Um homem sem filhos
Vai nomear-te seu herdeiro.
Nesse momento, terás de partir!
Volta tua face para o mar,
Encontrarás outro,
Um pai sem filhos,
Antes de viajares.
Tu deves ajudá-lo a ajudar as crianças
Como seu parente faria."

Durante toda a noite, as palavras ecoaram na mente de Ban. Ele não meditava sobre elas, sabendo que seria incapaz de resistir a um destino que os céus já haviam preparado.

17

UMA BELA MANHÃ DE VERÃO SE estendia por toda parte quando eles deixaram a floresta, caminhando até o topo da colina. Ban parou por um momento para apreciar a agradável visão. Dominic explicava onde eles estavam e para onde iam:

— Estamos viajando para o sul. Aquelas montanhas que vocês veem à frente são os Pireneus. É para cima e para baixo no vale a partir de agora. No topo da terceira colina, entre nós e as montanhas, fica Veron. Talvez possamos cortar caminho seguindo o rio que contorna as colinas através dos vales.

Karay começou a provocá-los, correndo ao lado de Nid:

— Venham, vamos ganhar de vocês!

Ban observou-os descendo apressadamente.

— Deixe-os correr. Ela vai se cansar antes de Nid. Vamos, amigão, vamos andar como pessoas comuns e sensatas.

Ele e Dominic começaram a andar lentamente. Encontraram a garota sentada e ofegante na margem do rio aos pés da colina seguinte. Nid puxava a barra de seu vestido e, aproximando-se e erguendo os olhos para Ban, transmitiu-lhe uma mensagem:

"Fracote! Que coisinhas frágeis são os seres humanos! Veja, ela mal pode respirar — um filhotinho é mais forte que esta menina!"

Dominic piscou para Ban, dizendo para Karay ao passarem por ela:

— Bom-dia, senhora. Se ficar sentada aí o dia todo, vai perder a feira de Veron. Já me disseram que é ótima!

E os dois garotos abaixaram a cabeça quando a menina jogou água neles.

— Esperem por mim, seus miseráveis! — E correu para alcançá-los.

Embora fosse chamada de cidade, Veron era bem pequena. Ela ficava no cimo de um monte levemente inclinado, com uma trilha que serpeava até seus portões. Veron deve ter sido uma fortaleza antigamente, pois era cercada por muros de pedras antigos, mas grossos e sólidos. A feira era pouco mais que um mercado de final de semana, que acontecia uma vez por mês, do meio-dia de sexta-feira à segunda-feira à noite.

Ban e os amigos chegaram cedo e pegaram lugar atrás de uma fila de camponeses que esperavam a permissão dos guardas dos muros para passar pelos portões da cidade. Eles se misturaram com a multidão diversificada, e seus olhos percorriam com interesse aquela cena colorida. Carroças traziam pilhas altas de frutas, vegetais e outros produtos rurais amontoados atrás de criadores de gado que usavam enfeites rústicos e conduziam bois, ovelhas, cabras e cavalos. Carroças trazendo barracas de madeira pintada desmontadas e lonas coloridas subiam a colina, transportadas e empurradas por famílias inteiras. Patos e gansos andavam entre as rodas, grasnando e somando-se à procissão barulhenta enquanto os frequentadores, reprovando os mais jovens e fazendo planos, todos, caminhavam lentamente, ansiosos para adentrar os portões.

Quando se aproximaram da entrada, Nid enviou um pensamento a Ban:

"Veja, as pessoas têm que pagar um pedágio para entrar."

Ban virou-se para Karay e Dominic.

— Parece que foi perda de tempo virmos até aqui. Temos que pagar aos guardas para entrar. Eu não tenho dinheiro comigo. Algum de vocês tem?

Dominic parecia desapontado.

— Eu não sabia que tinha que pagar para entrar. Não tenho um centavo comigo!

Karay balançou a cabeça, reprimindo um risinho de desdém.

— Mas que belo par de caipiras! Dinheiro! Hum! Quem precisa de dinheiro para entrar por esses portões? Deixem isso comigo. Vocês dois andem por aí com essa cara de caipiras. E podem deixar que eu falo.

Ban deu de ombros.

— Como a senhora diz, madame, seguiremos a líder!

Os dois guardas do muro eram apenas vigias comuns da cidade e cada um deles ostentava uma tarja decorada em volta do braço e um elmo que já vira dias melhores. Eles seguravam lanças longas e antiquadas e fechavam os portões após a entrada com modos de importância exagerados.

Inquieto, Ban transmitiu um pensamento ao cão:

"Espero que ela saiba o que está fazendo, pois teremos um longo caminho se formos chutados daqui de cima."

O labrador negro esfregou o focinho em sua mão.

"Confie em Karay, garoto, parece que ela já fez isso algumas vezes!"

Quando os quatro se aproximaram, os dois guardas baixaram as lanças, barrando-lhes a entrada. O maior deles estendeu a mão.

— Dois centavos cada, e um para o cão. Isso dá, humm...

— Sete centavos — respondeu o menor.

Karay parecia surpresa. Voltando-se para o guarda maior, pousou a mão em seu braço.

— Mas, capitão, mamãe ou papai já não pagaram a vocês?

O guarda envaideceu-se por ser chamado de capitão e estufou o peito. Fitando a bela garota de modo solícito, respondeu:

— Não conheço seus pais, senhorita, e ninguém me pagou entradas a mais hoje!

Karay piscou os olhos e segurou o braço do guarda.

— Mas, capitão, o senhor deve conhecê-los. Emile e Agnes? Nossa família tem a barraca de panquecas e mel. Eles saíram bem antes de nós.

O guarda viu os lábios de Karay tremerem. Ele deu um tapinha gentil em sua mão.

— Bem, eles não devem ter chegado ainda, senhorita. Você e seus irmãos fiquem aqui do lado e esperem por eles.

Ban ficou surpreso ao ver uma lágrima brotar espontaneamente dos olhos da garota. Karay se agarrou ao braço do guarda dessa vez, enquanto implorava com voz trêmula:

— Oh, por favor, capitão, o senhor tem que nos deixar entrar. Se nossos pais não estão aí dentro, alguém vai tomar o espaço de nossa barraca. Eu acho que a roda da carroça deve ter se soltado de novo. Papai deve estar consertando. Eles vão chegar a qualquer minuto agora e esperam nos ver na barraca. Nós somos uma família pobre, capitão, mas somos honestos. Trago o dinheiro para o senhor assim que a barraca estiver montada e vendermos nossas mercadorias.

O guarda começou a amolecer e murmurou para o companheiro:

— O que você acha?

O mais baixo deu de ombros.

— Isso aí é com você, Giles — sussurrou.

O rosto de Karay subitamente se iluminou.

— Giles! É ele, não é? — Ban e Dominic assentiram resolutamente quando a garota enfatizou o nome. — Mamãe disse que pagaria a você, capitão; ela disse para perguntarmos pelo guarda alto e bonitão. Giles! Foi isso que ela disse!

As pessoas que estavam atrás deles começavam a ficar impacientes e gritavam para Karay se afastar para que pudessem entrar. Giles balançou a lança e gritou:

— Silêncio ou ninguém vai entrar na feira! Sou eu que digo quem entra!

Karay continuou implorando:

— Eu prometo, capitão, trago o dinheiro assim que puder. E vou trazer uma panqueca bem quentinha para cada um, com manteiga e mel!

Isso resolveu a questão. Giles baixou a lança.

— Entrem de uma vez! Oh, você poderia pôr um pouco de suco de limão nas panquecas?

Karay empurrou Ban e Dominic através do portão. Nid estava a seu lado quando ela respondeu:

— Vou fazê-las pessoalmente, com muito suco de limão. Até daqui a pouco, capitão. Vamos, garoto, antes que peguem nossa barraca!

O guarda observou-os correr para dentro e piscou para o companheiro.

— A garota tem boas maneiras... e é bonita também!

Na praça principal de Veron, havia uma verdadeira confusão e a atmosfera era festiva. As barracas estavam de tal modo amontoadas umas sobre as outras que as pessoas tinham que empurrar e se acotovelar para negociar nos estreitos espaços dos corredores. Os quatro amigos se sentaram juntos nos largos degraus em frente à casa grande que ficava ao sul.

Dominic reprovava Karay com humor:

— Nenhum sinal de Emile e Agnes. Meu Deus, onde será que mamãe e papai foram parar? Você é uma grande mentirosa, Karay!

A garota deu um tapinha leve em seu braço.

— Bem, pelo menos eu nos coloquei na feira, não foi, tolo irmãozinho caipira?

Ban ria e coçava as orelhas de Nid.

— E não se esqueça: agora você deve sete centavos e duas panquecas quentinhas para os guardas.

O pensamento de Nid interrompeu Ban:

"Hum, bem grossas, com manteiga e mel. Sem limão para mim, obrigado."

Os olhos de Karay piscaram.

— Panquecas! É disso que precisamos! Estou faminta!

E levantou-se rapidamente, partindo na direção das barracas.

Nid bateu na perna de Ban.

"É melhor irmos atrás dela. Ninguém sabe o que a jovem madame vai inventar dessa vez!"

"Você tem razão, amigão."

Ban respondeu ao pensamento de Nid e empurrou Dominic para fora do degrau.

— Vamos, Dom, é meio arriscado deixar a pequena ladra sozinha por aí.

Karay estava na barraca de panquecas, onde apenas uma senhora de meia-idade atendia. A garota parou, observando tudo com cuidado.

— Não me diga que vai roubar panquecas agora, vai?

Ela se virou para Ban, Dominic e Nid atrás dela e sussurrou com raiva:

— Não vou roubar nada. Ela vai nos dar as panquecas de boa vontade. Quietinhos agora e me deixem examinar a barraca. Vou pegar um pouco de comida para nós.

Nid tocou a perna de Ban com a cabeça.

"Eu faria o que ela disse se fosse você. Dê-lhe uma chance."

Depois de alguns instantes, Karay pulou na direção da barraca, onde aguardou até que a mulher estivesse livre. Passando um braço na testa, a mulher suspirou:

— As panquecas custam dois centavos; três com manteiga; quatro com manteiga e mel; três com sal e suco de limão. Vai querer uma, senhorita?

A garota observou detidamente a mulher, em silêncio, até que falou:

— A senhora trabalha muito para uma viúva.

A mulher limpou a concha de manteiga num pano limpo.

— Eu não conheço você. Como sabe que sou viúva?

Karay fechou os olhos e ergueu um dedo. Sua voz era lenta e reservada, como se compartilhasse um segredo:

— Eu sei muitas coisas, madame. O olho da mente vê o passado, o presente e o futuro. Foi esse o dom que a boa Santa Verônica, de quem tenho o nome, me deu.

A mulher fez o sinal da cruz e beijou as pontas dos dedos.

— Santa Verônica! Fale mais!

Os olhos de Karay se abriram. Ela sorriu com tristeza e balançou a cabeça.

— Usar meu dom me cansa. Acabei de chegar da Espanha, onde recebi cinco moedas de ouro para ler a sorte de uma nobre senhora de Burgos.

A mulher apertou os lábios enquanto misturava a massa das panquecas.

— Você é uma cartomante! Meu dinheiro é muito suado para gastar com besteiras e mentiras!

Karay ergueu os olhos orgulhosamente para a vendedora de panquecas.

— Eu já tenho moedas de ouro. Por que precisaria de seus poucos centavos, madame Gilbert?

A massa caiu da tigela quando a mulher parou, perturbada.

— Como você sabe o nome de meu marido?

Karay respondeu sem hesitação:

— Não seria o nome dos filhos que vocês nunca tiveram. Devo ver seu futuro?

O rosto da mulher se entristeceu.

— Você está certa. Nunca tivemos filhos. Mas, se você não quer dinheiro em troca de ler minha sorte, então por que veio até aqui? O que você quer de mim, senhorita?

A garota sorriu, aspirando, sonhadora, o aroma da barraca.

— Minha avó costumava fazer panquecas para mim iguaizinhas às que a senhora faz. É o verdadeiro estilo rural, não é?

A vendedora de panquecas sorriu afetuosamente.

— Ah, sim, é o verdadeiro estilo rural... Você poderia me dizer o futuro e eu lhe daria uma.

Karay virou o rosto como se estivesse ofendida.

— Só uma?

Enxotando uma vespa e cobrindo o balde de mel, a mulher abriu os braços.

— Quantas você quer? Diga.

Karay brincou com os cachos escuros por uns instantes.

— Oito. Não! Melhor que seja uma dúzia! Tenho um longo caminho a percorrer e a comida que eles servem em algumas estalagens não me agrada.

A mulher olhou chocada.

— Doze panquecas é muita coisa!

Karay deu de ombros levemente.

— Eu poderia comê-las com facilidade: bastava um pouco de mel e manteiga sobre elas. É um pequeno valor a pagar em troca de saber o que a vida e o destino lhe reservam, madame.

A mulher enxugou as duas mãos no avental.

— Eu pagarei!

Karay passou por trás das tábuas que serviam de balcão.

— Deixe-me ver a palma de sua mão direita.

A mulher ofereceu a palma estendida. Karay a estudou, sussurrando orações que pediam que Santa Verônica a orientasse em voz alta o bastante para a freguesa ouvir. Então começou.

— Ah, sim, estou vendo Gilbert, seu marido; ele era um bom padeiro. Desde que ele se foi, a senhora trabalha duro e durante muito tempo para manter o negócio. Mas não tenha medo, a senhora não está só. Quem é esse bom homem que a ajuda?

A mulher ergueu os olhos da palma da mão.

— Você está falando de monsieur Frane, o fazendeiro?

A garota assentiu.

— Ele é um bom homem, apesar de ter perdido a companheira, a esposa. Ele frequentemente a ajuda, não é?

A mulher sorriu.

— Se eu pedir, da aurora ao anoitecer.

Karay sorriu de volta para ela.

— Ele pensa um bocado na senhora. Assim como a filha.

A vendedora de panquecas concordou.

— Jeanette é uma boa menina, quase uma filha para mim... ela me visita um bocado também. Conte-me mais.

Karay deu alguns suspiros sobre a palma da mão.

— Agora, o futuro. Preste muita atenção no que vou lhe dizer. Não volte para casa hoje. Arrume um quarto na estalagem local. Fique alguns dias depois da feira. Sente-se na janela, todos os dias, e espere por monsieur Frane e Jeanette. Eles virão. A senhora deve dizer-lhes que o trabalho a está matando, que a senhora não quer mais continuar com isso. Diga-lhes que está pensando em vender a casa e a padaria e se mudar.

A mulher olhou perplexa.

— Mas por que eu faria isso?

A garota fez um gesto com a mão para que ela se calasse.

— A senhora não quer que eu veja mais coisas em seu futuro, madame?

A mulher assentiu e Karay continuou.

A Maldição do Tesouro

— Eu vejo a senhora casada e feliz com um marido fazendeiro e uma querida filha devotada. E a senhora somente vai assar pão e bolos todos os dias para comer à noite ao redor da lareira da casa da fazenda. Confie em mim, madame, seu destino será auxiliado por seus próprios esforços. Santa Verônica considera a senhora uma boa pessoa, eu sei.

Subitamente a mulher pôs os braços ao redor da garota e beijou-a.

— Você tem certeza de que doze panquecas serão suficientes, querida?

De volta aos degraus do lado de fora da casa grande, dois garotos, uma garota e um cão refestelavam-se com panquecas quentes cobertas com uma grossa camada de manteiga caseira e mel. Ban lambia os dedos, fitando Karay assombrado.

— Diga-nos como você conseguiu. Viúva, fazendeiro, filha, nome do marido, e quem, pelo amor de Deus, é Santa Verônica?

A explicação de Karay fez tudo parecer simples.

— Veron é o nome deste local, então achei que Verônica soava bem, além de familiar. Eu não sei quem é Santa Verônica, mas, com certeza, ela nos ajudou. A carroça foi uma boa pista. Ela foi pintada novamente, mas eu ainda podia ver as palavras e o nome escrito em branco, por baixo da última camada de tinta: "Sr. Gilbert. Padeiro." Como ele não estava em parte alguma, a mulher estava trabalhando sozinha e o nome fora pintado na carroça, imaginei que fosse viúva, sem filhos também. A mulher é de meia-idade; se tivesse filhos, provavelmente teriam a mesma idade que nós. Se isso fosse verdade, eles estariam ajudando a mãe com os negócios. Ela deixa a casa sozinha e vem até aqui; alguém deve estar tomando conta da casa para ela: o fazendeiro Frane. Uma mulher sozinha não pode cuidar de tudo; por isso, ele a está ajudando. Se a esposa estivesse viva, não permitiria tal coisa. Ele não ia poder passar a maior parte do dia na casa da viúva, esquecendo-se da própria casa. A mulher estava usando uma pulseira, uma coisinha bonita, mas barata, não era o tipo de coisa que ela fosse comprar. Imaginei que uma jovem pudesse ter comprado para ela. E tinha razão. Assim, o fazendeiro tem uma filha. Os dois gostam da senhora das panquecas. Duas pessoas: um viúvo e uma viúva, vivendo próximos.

A garota, Jeanette, gosta da viúva; para a viúva, Jeanette é a filha que ela nunca teve. Quanto ao resto, eu apenas disse à mulher o que o futuro poderia reservar se ela fizer a coisa certa. O que há de errado em casar com o fazendeiro e ter uma filha? É o que ela quer, não é? Eu só disse a ela o melhor modo de fazê-lo. Monsieur Frane e Jeanette ficariam muito tristes se ela vendesse tudo e fosse embora. Tudo isso vai acontecer e eles serão felizes juntos. Guarde minhas palavras!

O garoto balançou a cabeça em sinal de admiração.

— Você nunca adivinha errado?

A garota lambeu o mel dos dedos.

— Algumas vezes, mas sempre posso tentar consertar os erros. A coisa toda se baseia em sorte, adivinhação, um pouco de observação perspicaz e em dizer ao freguês as coisas que ele gostaria de ouvir. Muito bem, vamos montar a barraca aqui nestes degraus. Dominic, pegue o material de desenho. Ban, você e Nid sentam aqui comigo e tentam parecer pobres, porém honestos. Vou começar a cantar para atrair os fregueses. Vamos agora, nós podemos guardar algumas panquecas para mais tarde. Dominic, faça outro desenho de Nid.

O cão sentou-se ao lado de Karay e piscou para Ban.

"Você vai parecer pobre. Deixe que eu pareça honesto!"

Karay dobrou o xale em dois e o esticou a seus pés para recolher as moedas que fossem jogadas. Dominic pegou um pedaço de ardósia e os gizes. Ban sentou-se do outro lado da garota, ouvindo-a cantar com voz doce:

"Oh, gentis senhores e senhoras, e boas crianças também,
Parem um pouquinho por aqui e cantarei apenas para vocês
Sobre lugares misteriosos, do outro lado dos mares bravios,
Da distante Catai e da antiga Arábia,
Onde caravanas seguem, como brilhantes fitas de seda,
Para montanhas longínquas e enevoadas, com picos brancos como
    leite.
E navios grandes como templos içam as velas, corajosos.
Carregados de especiarias, rubis delicados e ouro,

Belos portos que abrigam cais de coroas de flores,
Nas terras dos grandes mandarins, lordes e emires,
Onde belas donzelas e sacerdotes velhos e sábios
Entoam canções e orações sob esquecidos céus azuis.
Se seus olhos nunca os contemplaram, escutem meu canto
E, em breve, seu coração estará lá também, em doces sonhos."

Aos poucos as pessoas foram se aproximando. Uma delas era um velho senhor que empurrava um carrinho no qual trazia uma desnatadeira de soro de leite, uma concha e algumas tigelas de cerâmica. Quando Karay terminou a canção, ele a aplaudiu animado, gritando:

— Que bela voz! Cante mais um pouco, senhorita!

A menina estendeu a mão para ele.

— Deixe-me recobrar o fôlego, senhor. Suba até aqui e faça seu retrato com um artista de verdade. Não cobraremos muito!

O velho senhor deu uma risada, balançando a cabeça.

— Não, obrigado, senhorita, não tenho dinheiro para gastar em retratos. Além disso, quem ia querer desenhar uma relíquia velha e desgastada como eu, hein?

Ban convenceu o velho senhor e sentou-o no degrau mais alto, de frente para Dominic, acalmando o relutante modelo:

— Não queremos dinheiro, senhor. Uma tigela de soro de leite para acabar com a sede será o suficiente. Meu amigo é um bom artista, o senhor vai gostar do desenho, tenho certeza. Não seja tímido. Isso, deixarei meu cachorro a seu lado; ele é um bom companheiro.

Alguns dos espectadores encorajaram o velho senhor e ele finalmente concordou em ser retratado.

— Vá em frente então; agora minha esposa vai ter algo para atirar lama quando estiver com raiva!

Dominic captou o espírito do velho vendedor de soro de leite de forma espantosa. Mais gente se reuniu para observar. Todos ficaram intrigados com a semelhança:

— Ora, é incrível! Que belo retrato!

— Sim, muito natural! E ele desenhou o cão negro com a pata em seu joelho, veja!

— O rosto do velho senhor não parece simpático e alegre?!

Nid os observava admirando o desenho, enquanto se comunicava com Ban:

"Um verdadeiro artista, hein? Ele me fez parecer ainda mais nobre no desenho, e veja os olhos deste velho senhor. Cada vinco e cada ruga estão perfeitos. Ao vê-los, você percebe que ele é um velho jovial e de boa índole. Certo, quem vai ser o próximo a ser desenhado? Com o nobre Nid, claro. Já estou me acostumando a ser famoso!"

Ban puxou o rabo do cão.

"Pare de se gabar e beba seu soro de leite que o homem está esperando pelas tigelas. Mas ele vai ter que lavar essa aí antes de servir o soro novamente."

O labrador negro fungou:

"Também acho. Imagine os camponeses usando a tigela de Nid, o Nobre!"

Homens e mulheres começaram a gritar querendo ser os próximos retratados, e muitos estendiam mãos cheias de moedas. Karay cutucou Ban e falou:

— Haha, estamos no negócio agora!

Dominic olhou ao redor antes de escolher o próximo modelo. Ele conduziu uma jovem que carregava um bebê até o degrau. Ela parecia muito pobre — sua roupa estava rasgada e gasta —, mas o bebê era limpo e saudável.

A mulher tentou evitar Dominic com as bochechas vermelhas de vergonha. Ela pedia a ele:

— Por favor, senhor, eu mal tenho dinheiro para alimentar meu filho. Não posso pagar!

O Retratista de Sabada respondeu gentilmente:

— Não haverá custo algum, senhora. Pelo privilégio de desenhar os dois, eu é que não posso pagar. Mas lhe darei duas panquecas: uma para a senhora e outra para o bebê. Segure-o no colo agora, sente-se quietinha e olhe para mim, por favor.

Sentada nos degraus, ao lado de Ban, Karay soltou um suspiro de resignação:

— Dois fregueses; não, três, se contarmos o bebê, e foi isso que ganhamos até agora? Uma tigela de soro de leite para cada um! Por que não vamos procurar mais uns pedintes? Quem sabe o desenhista queira retratá-los de graça? Talvez nós possamos dar-lhes nossas roupas para que eles nos façam esse favor. Tolos, é isso que nós somos!

Ban não gostou da atitude insensível da garota e comentou:

— Ora, pare de reclamar! Não há nada de errado em ajudar um pouco as pessoas. Nesta vida há coisas mais importantes que o dinheiro. Onde você estaria se eu não tivesse ajudado quando você estava acorrentada na carroça?

Karay ia responder, malcriada, mas eles foram interrompidos por uma senhora ricamente vestida, montada de lado sobre a sela de uma égua marrom. Sua voz soou alta e imperiosa quando ela falou:

— Diga ao garoto que ele pode me desenhar em seguida!

Nid rosnou ameaçadoramente enquanto ela esporeava o cavalo. A égua empinou, mas a senhora a manteve firme e sob controle. Ela balançou o chicote de couro na direção de Ban.

— Amarre seu cachorro ou vou matá-lo!

O garoto segurou a coleira do labrador.

— Desculpe, senhora, Nid pensou que o cavalo ia nos atropelar!

Ele ignorou os pensamentos indignados de Nid:

"Mas que mulher pedante! Ela e o cavalo poderiam ter umas lições de boas maneiras!"

A senhora apontou para Dominic com o chicote.

— Termine o quadro rapidamente, pois não tenho o dia inteiro para ficar aqui enquanto você perde tempo com camponeses!

O retratista continuou desenhando, embora seus olhos estivessem vermelhos e zangados ao erguê-los na direção da mulher a cavalo.

— Melhor seguir seu caminho, senhora, pois não pretendo fazer seu retrato!

A jovem com o bebê começou a se levantar, mas Dominic pediu que ficasse no mesmo lugar.

— Sente-se quietinha que já estou acabando.

Os observadores tiveram que se dispersar enquanto a mulher girava o cavalo e se afastava, encarando Dominic com um olhar de ódio.

Nid soltou-se do aperto de Ban e correu atrás do cavalo, latindo furiosamente e fazendo com que o animal disparasse num galope. A senhora foi forçada a segurar o chapéu enfeitado enquanto balançava para cima e para baixo desajeitadamente. Os proprietários das barracas riam e zombavam da saída desengonçada, e alguns até aplaudiram Nid quando ele voltou para o lado de Ban.

Dominic segurou a ardósia com o desenho da jovem com o bebê em meio a suspiros de admiração de todos a seu redor. Havia beleza e honestidade no rosto da mulher e amor pela criança. E inocência feliz e confiança brilhavam nos olhos do bebê. O retrato era muito bonito e natural. Ele o entregou à mãe, que corou, junto com a comida que prometera. Ela fez uma reverência profunda, gaguejando um agradecimento:

— Meu marido e eu teremos prazer em vê-lo pendurado sobre nossa lareira. Obrigada, muito obrigada, senhor!

Dominic cumprimentou-a e sorriu.

— Diga a ele que é um homem de muita sorte por ter uma esposa e um bebê tão belos.

Pouco depois da partida da mãe e da criança, Dominic começou a retratar uma dona de casa gorda e alegre, quando uma confusão se iniciou entre as barracas. Erguendo os olhos do trabalho, perguntou:

— Por que todo esse barulho?

Karay subiu num dos pilares da casa grande e falou:

— Acho que vamos descobrir daqui a pouco. Lá vem encrenca! São os guardas e a mulher esnobe que você dispensou.

Dominic começou a juntar o material, mas Ban permaneceu sentado.

— Não adianta correr, amigão, vamos ficar juntos e ver o que eles têm a dizer. Não machucamos ninguém nem roubamos nada. — E apontou para Karay. — Não é?

Descendo do poste, ela se juntou a eles.

— Por que estão me olhando assim? Eu não roubei nada. Vocês estão certos, vamos ficar juntos!

Nid olhou suplicante para Ban.

"Preferia que você dissesse que podíamos correr. Eu sou o culpado de ter perturbado o cavalo!"

A senhora a cavalo, os dois guardas do portão e o capitão deles subiram os degraus, dispersando seus observadores curiosos. Dominic se antecipou ao capitão, dirigindo-se a ele:

— Meus amigos e eu não fizemos nada de errado. Eu me recusei a fazer o retrato dessa senhora porque sou livre para escolher quem desenho!

O pensamento de Nid atravessou a mente de Ban:

"Ninguém pode culpar Dominic. Olhe para essa megera de cara pálida. O traseiro do cavalo daria um retrato mais bonito!"

Sem querer, Ban riu alto ao ouvir a observação engraçada do cão.

O capitão dos guardas, um homem de expressão severa e uniforme elegante, fitou-o.

— Então você acha isso engraçado, não é? — E apontou o grupo com um gesto da mão enluvada. — São eles, não são?

O guarda mais baixo respondeu:

— Sim, capitão, são eles. Passaram por nós sem pagar: os dois garotos, a garota e o cão. Não podíamos sair do posto para ir atrás deles.

A mulher apontou o chicote para Dominic.

— Foi ele que me insultou, esse jovenzinho vil e arrogante. Exijo que o senhor faça algo a respeito, capitão. Meu marido é o prefeito de Toulouse e não permitiria esse tipo de comportamento em nossa cidade. Tenho certeza disso.

Com as mãos cruzadas nas costas, o capitão caminhou ao redor de Ban e dos amigos, repreendendo-os com severidade:

— Em breve vocês descobrirão que não há motivo para risos!

Karay sorriu com doçura para ele.

— Ora, senhor, nós não somos culpad...

— Silêncio! — O rosto do capitão ficou vermelho com o grito. — Enganar os guardas para entrar sem pagar! Montar um negócio sem licença, sem pagar pedágio e sem permissão! Fazer negócios nos degraus da residência do conde Bregon, onde ninguém pode montar sua barraca! Insultar uma senhora que está em Veron de visita e soltar um cachorro sobre seu cavalo! E você ainda tem a audácia de ficar aqui e me dizer que não fizeram nada de errado? Prendam-nos e levem-nos embora imediatamente! O cão também!

Nid mostrou os dentes e rosnou ferozmente. Ban deslizou a mão até a coleira do cão, advertindo-o mentalmente:

"Calma agora, amigão, não adianta piorar as coisas. Parece que temos um grande problema com as autoridades."

Os moradores do vilarejo observavam em silêncio enquanto os quatro infames eram levados para fora, na direção do portão trancado do muro que ficava no lado mais distante da casa grande.

UM LONGO TÚNEL DE TIJOLOS CONDUZIU-OS ATÉ UM JARDIM ensolarado e murado. Com o capitão na frente e os dois guardas atrás, os quatro amigos saíram para o ar livre, piscando muito por causa da escuridão da passagem. Era certamente o jardim bem-cuidado de alguém muito rico. Roseiras e rododendros contornavam os muros, tendo à sua frente todo tipo de bordaduras. Uma trilha de seixos vermelhos circundava uma área de jardins de pedras, com regatos gorgolejando ao redor. No centro, encontrava-se um antigo mirante com pereiras atrofiadas crescendo de cada um de seus lados. Dentro do mirante, um velho senhor com uma barba fina estava sentado em um divã de palhinha. Ele vestia um casaco de seda acolchoado sobre um camisolão.

O conde Vincente Bregon não dormia bem à noite e passava os dias quentes de verão no jardim, tirando pequenas sonecas para passar as horas. Seus olhos se abriram lentamente ao ouvir o barulho de pés no cascalho. Quando o capitão passou, cumprimentou o patrão. Bregon interrompeu-o com um gesto lento da mão ressequida. E fitou os três jovens maltrapilhos e o cão.

O capitão teve que esticar a cabeça para a frente para ouvir a voz do senhor.

— Aonde você está levando essas crianças e o cão?

Muito empertigado em sinal de atenção, o capitão falou de modo solícito:

— Comerciantes sem licença, senhor; jovens infratores. Uma semana ou duas nas masmorras vai ensiná-los alguma disciplina e boas maneiras!

Os olhos do velho conde piscaram rapidamente ao se dirigir a Ban.

— Você é um criminoso muito atrevido?

Ban gostou imediatamente do conde porque ele parecia sábio e afável.

— Não, senhor, exceto por não ter pagado o pedágio de dois centavos para a feira no vilarejo. Ah, e um centavo pelo Nid aqui.

O conde assentiu lentamente e sorriu.

— Ah, sim. E este Nid, será que ele vai arrancar minha cabeça se eu fizer carinho nele?

Ban riu.

— Dificilmente, senhor; ele é um cão muito educado. Vamos, Nid, deixe o cavalheiro fazer carinho em você. Vamos, garoto!

O labrador negro trotou até o conde, transmitindo um pensamento a Ban:

"Eu gostaria que você parasse de falar comigo como se eu ainda fosse um filhotinho cabeça de vento. Ele parece um bom e velho tolo. Vou fazer um pouco de charme para ele, preste atenção!"

Nid fitou o conde com um ar piedoso e estendeu-lhe a pata. O velho nobre ficou encantado... segurando a pata, acariciou delicadamente sua cabeça.

— Ora, ele é um camarada gentil, não é, Nid?

Ban ouviu o comentário do cão.

"Sim, senhor, e o senhor também não é má pessoa. Humm, este camarada sabe fazer um carinho!"

O conde fez um gesto para dispensar o capitão.

— Vocês podem ir, deixem estes jovens comigo.

O capitão protestou violentamente:

— Mas, senhor, eles estavam fazendo negócios nos degraus da frente e insultaram a esposa do prefeito de Toulouse...

Interrompendo-o com a mão erguida, o conde respondeu:

— Hum, já era hora de alguém colocar a megera arrogante em seu devido lugar. Vá agora, leve os guardas de volta à feira e continuem com suas tarefas. Cuidarei desses vagabundos!

Vermelho de indignação, o capitão partiu com seus homens na direção do túnel.

Com as palmas das mãos abertas, o velho chamou os amigos para mais perto:

— Venham, meus filhos, sentem no tapete ao lado de minha cadeira. Não liguem para o capitão; é um bom homem, mas, algumas vezes, é muito diligente em seu ofício.

Sentando-se a seus pés, eles repetiram seus nomes, um a um. O conde dava tapinhas no grande labrador negro enquanto falava:

— E este é Nid, eu já o conheci. Meu nome é Vincente Bregon, conde de Veron, um título antigo e inútil atualmente. Gosto de peras. Vá e pegue algumas para nós, Karay.

A garota pegou cinco peras enormes de coloração amarelo-clara nos galhos que cresciam próximo aos espaços das janelas do mirante. A fruta estava deliciosa e o velho limpou o suco do queixo com um lenço de linho, enquanto pedia a eles:

— Falem-me mais sobre vocês. Você, Karay, o que você faz?

Limpando a boca na manga, a garota respondeu:

— Eu sou cantora, senhor, a melhor do país!

O velho deu uma risada.

— Aposto que é! Vamos, garota, cante uma canção para mim, mas tem que ser uma canção alegre. Gosto de ouvir uma bela voz falando de coisas alegres. Cante para mim!

Karay levantou-se, juntando os dedos na altura do diafragma, e entoou uma canção feliz:

"Oh, que me importam caras amarradas,
Ou os melancólicos
Se eles não podem desfrutar a canção;
Por isso, sua insensatez me envergonha.
Passarinhos gorjeiam felizes no céu,
Nunca param para perguntar a razão,

E eu também não penso.
Não custa nada ser feliz,
Cantar lero-lero-lero-lei.
Venha sorrir comigo, cantaremos hoje
Uma melodia alegre ou um rondó.
Todas as preocupações irão embora
E não nos sentiremos culpados!"

Enquanto as últimas notas doces perduravam na atmosfera do meio-dia, o conde enxugou os olhos com o lenço e fungou.

— Não ligue para mim, criança. A canção e a bela voz alegram meu coração, embora meus olhos pareçam ter vontade própria. Ban, e você? Que talento particular tem para me mostrar, hein?

Do lugar em que estava sentado, Ban ergueu os olhos para fitar o rosto do gentil senhor:

— Eu, senhor? Eu não faço nada de especial. Nid e eu somos apenas amigos destes dois. Eu não canto como Karay nem desenho como Dominic.

O conde deu um tapinha afetuoso na cabeça de Ban.

— Eles têm muita sorte em ter amigos como você e Nid. A amizade é o maior presente que uma pessoa pode dar a outra. Diga-me, Dominic, que tipo de coisas você desenha?

— Eu faço retratos das pessoas, senhor — respondeu Dominic. — Sou conhecido como retratista.

Dando pequenas batidas no cabelo fino e cofiando a barba, o conde ergueu o queixo.

— Você acha que poderia fazer o meu retrato?

Dominic pegou um pedaço de pergaminho, carvão e gizes da bolsa e ergueu os olhos do lugar onde estava sentado com as pernas cruzadas.

— O senhor tem um rosto interessante. Estava guardando este pergaminho para um bom tema. Abaixe o queixo e olhe para mim, senhor.

A tarde dourada passou lentamente enquanto Dominic desenhava com tranquilidade para não perder nenhum detalhe dos traços marcados do conde. Nid esticou-se e tirou uma gostosa soneca. Karay caminhou pelo parque, admirando as flores e as janelas com mainel da casa grande. Ban sentou-se num dos peitoris abertos, respirando o ar fragrante, refrescado pela água corrente e carregado do perfume inebriante das flores. Em algum lugar próximo, um tordo-visgueiro cantava com voz trêmula uma canção para o céu azul e sem nuvens. Abelhas zumbiam um acompanhamento mudo para a melodia do pássaro, enquanto uma borboleta, em tons de azul e violeta iridescentes, pousava no peito de sua camisa e se empoleirava com as asas bem abertas. Certa serenidade invadiu a mente de Ban. Era um mundo muito distante dos mares tormentosos, do *Holandês Voador* e do capitão Vanderdecken. Lembranças dos dias de bucaneiro e do pobre Raphael Thuron pareciam um sonho do passado distante. Seus olhos fechavam-se lentamente quando Dominic anunciou:

— Pronto! Acho que captei bem sua aparência, senhor.

Karay veio caminhando, Nid acordou e Ban atravessou o jardim para ver o resultado do talento do retratista. Todos os cinco fitaram o desenho que o velho nobre segurava com mãos trêmulas: era Vincente Bregon, o conde de Veron real e muito mais. Cada vinco e ruga de seu rosto, cada fio de cabelo prateado em sua cabeça pareciam assustadoramente naturais.

A voz do velho senhor tremia ao falar:

— Que olhos! Diga-me, jovenzinho, o que você viu em meus olhos?

Dominic meditou a resposta, antes de dizer:

— Eu vi sabedoria, senhor, mas também vi a perda e o sofrimento de um homem que já foi feliz, mas que agora vive solitário e resignado. O senhor quer que eu continue?

O conde balançou a cabeça, cansado.

— Eu conheço o restante, não há razão em falar para um velho sobre a angústia em que vive há tanto tempo.

Ban estendeu a mão e tocou a face do conde.

— Então por que o senhor não nos conta? Talvez lhe fizesse bem falar. Nós o ouviremos, somos seus amigos.

O conde piscou. Fitou-os como um homem que desperta de um sonho.

— Sim! Vocês são meus amigos! Sinto como se vocês fossem enviados para me ouvir e me ajudar!

Cuidadosamente, ele enrolou o pergaminho e entregou-o a Nid.

— Fique com isto, mas tome cuidado. Vou emoldurar o desenho e pendurá-lo em minha casa.

Nid pegou o desenho enrolado delicadamente com a boca.

Enquanto estendia as duas mãos, a voz do velho adquiriu uma nova vivacidade:

— Agora, meus jovens amigos, ajudem-me e deixem que eu me apoie em seus braços fortes. Vamos entrar. Há boa comida dentro de casa. Nunca conheci crianças que não pudessem comer bem. Vocês ouvirão minha história após o jantar.

Era uma casa de grande esplendor, com reposteiros de seda, armaduras e armas antigas decorando as paredes. O conde não deu atenção à curiosidade deles e levou os amigos recém-descobertos até a cozinha. Lá, pediu que se sentassem a uma grande e limpa mesa de pinho em meio aos utensílios de cozinha e ao serviço de mesa. As prateleiras estavam cheias de pratos, jarras de bebida e sopeiras espalhados; panelas de cobre, potes e caldeirões estavam dependurados em vigas de carvalho. O anfitrião sentou-se com eles. Batendo no tampo da mesa, chamou, rabugento:

— Matilde, alguém pode servir um pouco de comida a um homem faminto?

Uma mulher muito gorda e cheia de energia entrou agitada, enxugando as mãos gordas num enorme avental. Ela respondeu com severidade ao pedido dele:

— Ahá, faminto, não é? O senhor não pode fazer as refeições nas horas certas, como as pessoas civilizadas? Ora, claro que não! Espera até a pobre Matilde tirar um cochilo e então entra aqui gritando ordens!

Os olhos do patrão piscaram ao responder:

— Pare de grasnar feito o ganso do mercado, velhota. Traga comida para mim e para meus amigos aqui. E rápido!

Ban disfarçou um sorriso — ele tinha percebido que a dupla era amiga há muito tempo e que isso era apenas uma brincadeira que faziam entre si.

Matilde, a cozinheira, cruzou os braços e olhou ferozmente para os jovens, fazendo beiço.

— Amigos? Eles parecem o que sobrou de algum bando de ciganos ladrões. Eu trancaria a prataria se eles entrassem em minha casa. E quem é que está sentado em minha cadeira limpinha, um lobo negro? Esperem um minuto que vou buscar meu mosquete para atirar nele!

Nid olhou para Ban, transmitindo uma mensagem:

"Espero que ela esteja apenas brincando. Esta velha senhora parece perigosa!"

O conde devolveu o olhar e fingiu gritar em tom ríspido:

— Eu é que vou trazer um mosquete e atirar em você se a comida não chegar aqui logo, seu tormento caquético!

Matilde tentou reprimir o riso ao responder:

— Tormento é você, carcaça seca e velha de gafanhoto. Imagino que seja melhor pegar a comida, antes que o vento o parta em dois e o sopre para bem longe!

Quando Matilde partiu, Karay teve um ataque de riso.

— Oh, senhor, vocês sempre gritam um para o outro dessa maneira horrível?

O velho sorriu.

— Sempre. Ela é a mulher mais querida de todo o mundo, embora administre a casa como se eu fosse uma criança levada. Não sei o que faria sem minha Matilde.

Quando chegou, a comida estava excelente: uma tigela de creme de queijo local, um pouco de sopa de cebola, um jarro de leite fresco, pão rústico e bolo de passas com amêndoas. Matilde os serviu, murmurando baixinho sobre ser assassinada em sua cama por pedintes e vagabundos. Ela recuou, fingindo horror, quando Nid lambeu sua bochecha e fugiu da cozinha antes de ser, como disse, partida em pedaços pelo lobo em sua própria cozinha.

Depois de uma refeição extremamente satisfatória, os amigos sentaram-se novamente e ouviram o anfitrião contar sua história. Retirando um pesado anel de ouro do dedo, o conde colocou-o sobre a mesa.

— Este selo traz o brasão de minha família. Foi entalhado com um leão, que simboliza a força, uma pomba, que representa a paz, e um nó, indicando a união ou a intimidade familiar. A família de Bregon sempre tentou viver de acordo com esses princípios. Mantivemos estas terras durante incontáveis anos, tentando viver corretamente e cuidando de todos sob nossa proteção. Eu era o mais velho dos dois filhos de meus pais, mas tive a infelicidade de nunca me casar. Eu era o erudito, já tive ambições de entrar para um monastério e me tornar monge, embora isso não tenha ocorrido. Meu irmão caçula era muito mais popular que eu. Edouard era um homem grande, muito forte e habilidoso com todo tipo de armas. Quando nossos pais morreram, governamos Veron juntos. Mas Edouard deixava todos os negócios do vilarejo e a administração da casa para mim. Ele saía por aí em aventuras e, algumas vezes, ficava longos períodos sem voltar para casa. Um dia, foi para o sul, sozinho. Ele gostava de aventuras. Foi até a fronteira da Espanha, até os Pireneus, para caçar. Enquanto estava lá, sofreu um acidente, uma queda do cavalo, que o deixou inconsciente e com a cabeça ferida. Mas meu irmão foi encontrado e levado por uma poderosa família chamada "os Razans".

Dominic reclinou-se e falou com voz incrédula:

— Os Razans!

As sobrancelhas do velho senhor ergueram-se.

— Ah, meu jovem amigo, então você já ouviu falar dos Razans?

Dominic assentiu vigorosamente.

— Nas montanhas, na cidade espanhola de Sabada, de onde venho, as pessoas falavam pouco sobre eles. Homens honestos faziam o sinal da cruz à simples menção do nome. Quando os cavalos ou o gado e, algumas vezes, até pessoas desapareciam, todos sussurravam que isso era trabalho dos Razans. As mães diziam o nome deles para assustar as crianças levadas. "Os Razans vão pegar você!" Mas nunca ninguém soube quem eles realmente eram. O padre dizia que eram mágicos do mal, vindos da Argélia, que conheciam os caminhos obscuros de magos e bruxas. Desculpe por interrompê-lo, senhor; por favor, continue sua história.

Cofiando a barba rala, o conde continuou:

— Ouve-se todo tipo de histórias sobre os Razans; alguns dizem que vieram da África, outros, dos Cárpatos. Acho que muitas coisas são fábulas, contadas pelos próprios Razans para infundir o medo nos camponeses ignorantes. Eu mesmo já ouvi falar que eles puseram feitiços em pessoas, transformando homens, mulheres e crianças em peixes e pássaros. Eles se aproveitam da superstição e dominam as mentes simples pelo terror do desconhecido.

Recolocando o anel com o brasão no dedo indicador, o velho nobre suspirou.

— Meu irmão, Edouard, não tinha medo de nada. Enquanto ele estava sendo cuidado pelos Razans, que deviam saber quem ele era ou o teriam assassinado e roubado o cavalo e as armas, Edouard se enamorou de uma garota da família. Era a filha única dos Razans e muito bonita. Ruzlina, pois esse era seu nome, não queria que mais ninguém cuidasse de Edouard além dela. A mãe, Maguda, deve ter visto as possibilidades de deixá-los juntos. Seria um modo fácil e legítimo para eles de adquirir uma posição segura em Veron, um vilarejo que havia muito cobiçavam. Juntos, Ruzlina e Edouard realizaram um tipo de cerimônia que é equivalente ao casamento para os Razans. Ele trouxe a noiva para cá quando se recuperou totalmente. Como a garota viveu com uma laia mal-intencionada como os Razans, eu não sei. Ela era honesta, verdadeira e gentil; prontamente entendi por que meu irmão tinha se apaixonado por ela. Ambos viveram felizes neste lugar por quase dois anos. Então a tragédia se abateu sobre a casa de Bregon. — O conde fez uma pausa, como se fosse difícil continuar.

Nid foi até ele e, apoiando a cabeça no colo do velho senhor, fitou-o com olhos suaves e simpáticos, enquanto se comunicava com Ban:

"Pobre homem... vê a tristeza em seu rosto?"

Ban assentiu e pôs a mão gentilmente no ombro do anfitrião.

— Uma tragédia, senhor?

Enxugando os olhos com um lenço, o conde explicou:

— Ruzlina morreu ao dar à luz o primeiro filho. Um menino. Edouard ficou tão abatido pela tristeza que nem sequer suportava olhar a criança. E trancou-se em seus aposentos. Eu e Matilde cuidamos do recém-nascido, que recebeu o nome de Adamo. Éramos uma família triste, meus jovens amigos, cheia de pesar e lamento, como se a luz tivesse ido embora de nossas vidas. Então, não mais que três dias depois da morte de Ruzlina, a família — Maguda e quatro de seus irmãos — apareceu como por mágica nos degraus da casa. Nunca contemplei uma mulher mais sinistra e com aparência mais bárbara que Maguda Razan. Ela era a perfeita imagem de uma bruxa. Vestida de preto em sinal de luto, com o rosto pintado com símbolos estranhos, ela bateu à minha porta com seus familiares. Edouard não saiu dos aposentos para falar ou mesmo encará-la. Ela reivindicou o corpo da filha para levá-lo de volta às montanhas e enterrá-lo na caverna da família Razan. Eu não podia recusar o pedido. Mas tampouco podia conceder o outro pedido que fez: ela queria o pequeno Adamo!

Dominic olhou ansioso para o velho.

— O senhor não deixou que ela ficasse com ele, deixou, senhor?

Um reflexo desafiador apareceu nos olhos do conde.

— Não! Eu não entregaria um recém-nascido para ladrões assassinos, nunca! Maguda e os irmãos partiram com o corpo de Ruzlina num caixão. Os irmãos partiram em silêncio, mas Maguda Razan gritava como uma tigresa ferida. Ela invocou todas as maldições sobre mim, Edouard e a casa de Bregon. Os aldeões estavam com tanto medo que fugiram e se esconderam. Ela fez fumaça e fogo aparecerem do nada, gritando por vingança e morte e culpando meu irmão pela perda da filha. Então os Razans foram embora, desapareceram, deixando atrás de si apenas nuvens de fumaça, cinzas e brasas.

Karay não pôde deixar de perguntar:

— E esse foi o fim da história, senhor?

Balançando a cabeça, o velho nobre respondeu:

— Não, criança, foi apenas o começo. Veron foi infestada por roubos e incêndios e todo tipo de acontecimentos ruins. Não importava se eu fechava os portões ou colocava guardas nos muros, os Razans sempre achavam um jeito de entrar. No entanto, cerquei esta casa com homens armados, pois não entregaria, de modo algum, meu sobrinho, Adamo.

Ban sorriu.

— Aposto que o senhor gostava muito dele.

O conde enxugou novamente os olhos e sua voz tornou-se rouca.

— Gostar? A criança significava mais para mim que minha própria vida. Ele tinha cabelos e olhos negros. Ainda bebê, Adamo tinha um físico admirável, era forte e tinha ossos largos. Mas era uma criança tranquila e muito silenciosa. Nunca chorava ou ria alto, nem mesmo gargalhava. Os médicos o examinaram e me garantiram que ele podia falar, que não nascera mudo. Mesmo assim, nunca emitiu um som, ou melhor, quase não emitia. Às vezes, chamava Matilde de "Tilde", pobrezinho. Meu irmão Edouard não suportava a presença do filho. Podem imaginar isso?

Ban achou que devia perguntar:

— E o que aconteceu a Edouard?

O conde girou o anel no dedo.

— Este anel pertencia a ele. Ele o usava no dedo mínimo e ainda assim é muito largo para o meu indicador. Isso lhes dá uma ideia do tamanho dele. Mas foi vencido por um simples gole de vinho. Foi obra dos Razans, sem dúvida. De algum modo, um deles entrou nesta casa, foi até os quartos e envenenou o vinho. Isso ocorreu dois anos depois da morte da esposa. Agora, deixem-me contar-lhes o final, a parte mais terrível desta triste história. No dia que o enterramos, Matilde preparava a comida enquanto eu estava no funeral. Era uma tarde quente e clara e ela deixou o pequeno Adamo brincar num tapete no jardim, onde podia vê-lo da janela da cozinha. Mas no momento em que desviou seu olhar, ele se foi!

Ban falou ao mesmo tempo que o pensamento de Nid atravessou sua mente:

— Os Razans!

O conde assentiu; em seguida, inclinou-se para a frente, apoiando a testa nas duas mãos.

— Neste verão, faz dezoito anos. Desde então, não vejo o garoto nem tenho notícias dele.

Ban sentiu uma enorme pena do conde Bregon, mas estava ligeiramente confuso.

— E não saiu para procurá-lo, senhor?

Fechando os olhos, cansado, o velho senhor respondeu:

— Os Razans me transmitiram uma mensagem. Ela foi enviada junto com uma flecha, disparada contra o muro. Se eu tentasse deixar Veron, eles invadiriam e tomariam o vilarejo. Um cacho de cabelo do menino estava junto do bilhete para provar que eles o tinham levado. Enviei dois pares de homens corajosos para procurá-lo, mas eles nunca mais voltaram. Agora vocês percebem meu dilema. Sou um prisioneiro em meu próprio vilarejo e não sei, depois de todos esses anos, se Adamo ainda vive!

Eles se sentaram em silêncio, sentindo enorme simpatia pela angústia do velho nobre. O conde permaneceu imóvel, ainda com os olhos fechados e as duas mãos apoiadas na testa enquanto se reclinava sobre a mesa. Sons indistintos da feira eram trazidos até eles na atmosfera do meio-dia aquecido pelo sol. Do lado de fora, no jardim, o tordo era acompanhado numa canção por um melro.

Ban comunicou-se com Nid:

"Bem, agora sabemos para que o anjo nos guiou até aqui. Temos que ajudar esse bom homem a encontrar o sobrinho. O que você acha, amigão?"

O cão ergueu a cabeça do colo do homem e respondeu:

"Mostre-me um Razan e eu é que vou pôr um feitiço bem grande no traseiro dele! Eu gosto desse velho nobre, Ban — temos que ajudá-lo. Estou com você e aposto que Karay e Dom também estão!"

Foi Ban quem rompeu o silêncio.

— O senhor sabe onde fica o lar dos Razans nas montanhas?

Abrindo os olhos, o conde sentou-se muito empertigado.

— A única pessoa de nossa família que sabia era meu irmão, e ele não teria encontrado o local se os Razans não o tivessem levado até lá quando ele estava ferido. Edouard dizia que era no alto dos Pireneus, em alguma parte entre Viella e Monte Maladeta, não muito longe da fronteira da Espanha.

Ban olhou para Dominic.

— Você conhece essa região?

Balançando a cabeça, o retratista respondeu:

— Sabada, de onde venho, fica ao sul dessa região. Nunca viajei até aquelas bandas, eu acho.

O conde interrompeu-o:

— Esperem! Garath, o antigo cavalariço e ferreiro da família, pode saber alguma coisa. Ele e Edouard eram grandes amigos e frequentemente conversavam. Garath é uma das poucas pessoas em quem realmente confio. Vou buscá-lo.

Ban ajudou o conde a se erguer.

— Nós vamos com o senhor, não precisa se cansar. Vocês dois, me ajudem aqui!

O retratista e a garota estavam ajudando o velho senhor a caminhar até a porta quando ele se deteve.

— Esperem — disse.

Abrindo uma pesada jarra de pedra que se encontrava numa prateleira, pegou alguns torrões não refinados de açúcar mascavo. O conde piscou para Nid e sussurrou:

— É para os cavalos, eles me conhecem. — E jogou os torrões de açúcar no bolso do roupão.

Garath não era mais jovem, mas Ban podia perceber que era um homem muito forte. Ele estava sem camisa por baixo do avental de couro e músculos e tendões salientes sobressaíam nos antebraços com pelos acinzentados. Segurando a pata traseira de uma égua de pelo claro entre os joelhos, limpava a ranilha do casco com uma faca pequena.

Garath ergueu os olhos quando eles entraram no estábulo, que tinha um odor enjoativo de cavalos.

— Veio aqui para balançar o esqueleto, senhor? É um bom dia para isso.

— Não, não, meu amigo. Estes velhos ossos ficariam na cama por uma semana se eu tentasse montar num cavalo, o que dirá cavalgá-lo. — O conde riu. — Conheça meus novos amigos, eles querem lhe fazer umas perguntas.

Enquanto se apresentavam e conversavam com Garath, a égua enfiou o focinho no bolso do velho e bufou. O conde riu.

— A senhora está roubando meu açúcar, madame? Saia já daí e lhe dou algum, além de um pouco para meu bom amigo Nid. Tomem!

Enquanto o cavalo e o cão mastigavam felizes o açúcar, o conde explicou a Garath o motivo da visita:

— Meus jovens amigos querem saber se meu irmão disse a você alguma coisa sobre o local do esconderijo dos Razans.

Dando um tapinha no flanco bem-escovado do cavalo, o ferreiro assentiu:

— Monsieur Edouard me falou um pouco sobre ele uma vez. Disse que ficava no alto dos picos da fronteira. Na Espanha, em algum lugar entre Viella e Maladeta... uma região selvagem!

Ban afastou um punhado de cabelos louros dos olhos e falou:

— Isso nós já sabemos, senhor. Há mais alguma coisa da qual o senhor se lembra, algum detalhe que poderia ajudar?

Garath se levantou para bater de leve no lombo de um cavalo cinza robusto, ao qual o conde dava açúcar.

— Hum, deixe-me ver. Oh, sim, ele dizia algo mais, lembrei-me agora. Os homens caçavam porcos selvagens. Ele dizia que a última coisa que viu antes de desmaiar com o acidente foram homens caçando porcos selvagens. Depois falou que reconheceria o local da fortaleza dos Razans se pudesse encontrar o local onde os homens caçavam os porcos. Em seguida, pareceu se esquecer do que estava falando e saiu. Era o ferimento na cabeça de monsieur Edouard, sabe. Ele nunca mais foi o mesmo depois que caiu do cavalo.

Karay parecia desapontada.

— E isso é tudo o que você consegue lembrar?

O ferreiro deu de ombros.

— Senhorita, foi tudo o que disse, ele nunca mais falou disso depois e eu nunca lhe perguntei.

Dominic interrompeu a conversa e entregou ao ferreiro um desenho que fizera enquanto o homem falava com eles. O retratista o desenhara com carvão, na tampa de um velho barril que tinha encontrado por ali.

Garath olhou para o desenho na tampa de madeira e fez um pequeno cumprimento.

— Obrigado, senhor, embora eu ache que estou bonito demais no desenho. É assim que eu sou?

Dominic assentiu enfaticamente.

— É assim mesmo, Garath, mas eu não retrato a aparência bonita das pessoas, apenas a honestidade e o trabalho duro.

O conde estudou o retrato, comentando, enquanto Garath se afastava com as faces coradas pelo cumprimento do velho senhor:

— Um homem honesto é difícil de encontrar. Este é um retrato fiel, Garath. Veja os olhos: eles refletem a verdade e o longo e leal serviço que você dedicou à minha família.

O ferreiro fez uma reverência.

— Só lamento não poder ajudar mais o senhor e seus amigos.

As sombras da noite começaram a cair quando eles se sentaram na sala de visitas do conde, tomando suco de frutas gelado. O velho dava ordens a Matilde.

— Teremos cinco para o jantar hoje. Faça com que haja o suficiente para esses jovens na mesa. Oh, e diga a Hector para arejar as camas nos quartos de hóspedes.

Matilde levou Nid até uma cama larga e saiu murmurando baixinho sobre ver a comida devorada por ciganos e selvagens.

Karay girava animada ao perguntar para o conde:

— Então nós podemos dormir em camas de verdade nesta casa enorme?! É muita gentileza sua, senhor. Eu nunca dormi numa cama de verdade antes!

Os olhos do velho piscaram rapidamente.

— Em breve você vai se acostumar, criança, assim como os garotos. Eu gosto de boa companhia em minha velha e triste casa. Fiquem pelo tempo que quiserem.

Ban balançou a cabeça em sinal de pesar.

— Eu bem que gostaria, senhor, mas, se queremos encontrar Adamo, é melhor partirmos amanhã.

O rosto do velho nobre subitamente assumiu um ar sério.

— Muito obrigado por sua oferta, jovem, mas é muito perigoso. Além disso, o que o faz pensar que vocês poderiam encontrar meu sobrinho?

Ban explicou:

— Nós somos estranhos em Veron e todos nos viram ser presos pelos guardas, senhor. Meus amigos e eu não parecemos a realeza em visita, parecemos? Olhe para nós, somos quatro pobres viajantes. Até Matilde disse que parecemos ladrões e ciganos. Que melhor disfarce poderíamos ter?

Ninguém iria suspeitar que somos seus enviados. Poderíamos ir a qualquer parte. Quem prestaria atenção em nós?

O conde fitou os olhos azuis e assombrados de Ban.

— Eu não sei o que significa isso, mas, quando vi você e Nid, Karay e Dominic sendo trazidos para meu jardim hoje, tive uma estranha sensação de que coisas iriam acontecer.

Dominic falou seriamente:

— Nós o ajudaremos, senhor, tenho certeza. Confie em nós e provaremos nossa amizade.

O velho senhor olhou de um para o outro.

— Vocês têm um plano?

Ban estava prestes a dizer que não, mas que pensariam em algo, quando os pensamentos de Nid chamaram sua atenção.

"Preste atenção, amigo. Repita o que estou pensando para o velho. Eis o meu plano..."

E Ban repetiu os pensamentos de Nid em voz alta para o conde:

— Deixe que todos pensem que fomos jogados na prisão por causa dos negócios nos degraus da casa grande. Ficaremos aqui até segunda-feira, quando a feira acabar. Embora tenhamos que ser discretos, não é aconselhável dizer que estamos aqui como convidados, e não como prisioneiros. Quando a feira acabar, mande os guardas nos levarem para fora de Veron gritando advertências sobre a sorte que tivemos em ser libertados da prisão.

O conde cofiou a barba.

— Mas por que uma farsa tão elaborada? Não seria melhor vocês simplesmente saírem de madrugada?

Ban continuou transmitindo os pensamentos do cão.

— Não, não, senhor. Queremos que as pessoas pensem que somos um bando de inúteis. Se, como o senhor diz, os Razans podem aparecer em segredo, aposto como alguns deles estão aqui entre os visitantes da feira. Estaremos em melhor posição se pensarem que somos bandidos como eles!

Karay deu uma cotovelada maliciosa em Ban e piscou para ele.

— Muito bem! Você não é tão caipira quanto eu achava, Ban. Como você pensou num plano desses?

O estranho menino deu de ombros.

— Ora, não foi minha ideia. Foi do Nid!

O labrador negro ficou indignado com a gargalhada deles.

"Hum! O que há de tão engraçado? Meu cérebro é tão bom quanto o de qualquer humano. E até melhor que o de alguns, tenho certeza!"

Dominic puxou a cauda de Nid de brincadeira.

— Boa ideia, amigão, você daria um ótimo cachorro para um ladrão!

O conde ficou sério novamente.

— Vocês têm certeza de que querem fazer isso, amigos? Estarão correndo grande perigo.

Ban segurou a mão do anfitrião.

— Que tipo de pessoas seríamos se não pudéssemos ajudar um amigo como o senhor? Não se preocupe, encontraremos Adamo e o traremos em segurança até aqui.

O velho senhor teve que enxugar os olhos novamente.

— Meus filhos, se vocês conseguirem, terão minha gratidão eterna!

MAGUDA RAZAN E SEUS seguidores viviam nas cavernas dos Pireneus, no lado espanhol da fronteira. Ela não confiava em ninguém e considerava as mulheres das cavernas seres inferiores, fardos estúpidos que cobiçavam sedas e joias. Tinha olhos que ocultavam poderes misteriosos e era temida por todos que a serviam, submetendo-os a seu bel-prazer. Uma quantidade impressionante de poções, fragrâncias, pós e feitiços, junto com seu olhar hipnótico, fazia dela a soberana absoluta daquela região montanhosa. Viúva desde a juventude, contava com a ajuda dos quatro irmãos para conhecer o mundo exterior. Eram homens sombrios, calados e hábeis assassinos.

Pequenas cavernas e passagens sinuosas percorriam as montanhas, todas terminando na caverna principal. No centro, Maguda governava aquele universo rochoso. Era uma caverna grande, decorada para despertar o terror na alma dos ladrões ignorantes e dos camponeses impressionáveis. Silenciosa como um túmulo, continha representações de muitos ídolos sinistros esculpidas nas paredes: homens com corpo de répteis e animais ferozes, mulheres com muitos membros e olhos cruéis, cada imagem tendo uma fogueira ardente pintada em cor diferente como sua base. Amarelo-sulfuroso, vermelho-sangue, negro-profundo e muitos outros tons do fogo do inferno, juntos, criavam uma nuvem insalubre que pairava sob o teto da caverna como uma mortalha. Em meio a um tumulto de criaturas empalhadas e há muito tempo mortas, Maguda Razan sentava-se num trono fabuloso, que, dizia-se, viera do palácio de um emir. Era coberto de peles drapejadas de todas as maneiras e decorado com contas. Maguda Razan mal tocava seus braços com as mãos esticadas. E sentava-se com uma aranha venenosa no centro da teia. Pequena e vestida em mantas finas negras, azuis e marrom-escuras, os cabelos formavam uma coroa de cor alaranjada e desbotada em sua cabeça, misturada às raízes em tom de cinza metálico. Entre os vincos profundos e gravados em seu rosto, tatuagens escuras, cabalísticas, recobriam a pele pálida. Mas eram os olhos de Maguda Razan que fascinavam o observador — pontos inquietos de claridade profunda que brilhavam em pupilas amarelas e turvas, nunca parados, sempre se movendo, incansáveis, de um lado para o outro, como uma naja preparando-se para o ataque.

Um homem ajoelhou-se diante dela, apoiado por um dos irmãos Razan. Ele se lamentava, inconsolável. A cabeça de Maguda não se movia e os olhos inclinavam-se em sua direção. A voz era um sussurro sibilante, interrogando, sondando:

— Por que esconderste o colar que estava nos despojos de Port Vendres? Fala, Luiz.

Sempre evitando o olhar dela, Luiz soluçou:

— Madame Razan, não era nada, era apenas uma bugiganga barata. Eu sabia que minha esposa gostava de coisas assim, mas ele não tinha valor!

A voz de Maguda Razan parecia razoável:

— Sem valor ou não, pertencia aos Razans. Onde está o colar agora?

Um dos irmãos o segurava. De fato, era um objeto barato: pequenas contas presas em diversas tiras, representando uma cobra.

Um dos dedos de Maguda, com unhas incrivelmente compridas, ergueu-se e apontou:

— Põe no pescoço dele e segura a cabeça para eu poder ver.

Amarrando o colar no pescoço de Luiz, o irmão segurou um punhado de cabelos do homem e puxou sua cabeça para trás. Luiz não pôde evitar olhar diretamente nos olhos de Maguda.

A voz da velha senhora era suave e sedutora:

— Olha para mim, encara meus olhos longamente... longamente... longamente... longamente! Não vou machucá-lo, Luiz. A cobra que roubaste de mim tem cores vivas. Tu sabes que essas cobras são sempre mortais? Não foi uma delas que tirou a vida da rainha do Egito há muito, muito tempo? Podes senti-la, ladrão, apertando ao redor de teu pescoço inútil? Ela procura uma veia. Um local para afundar as pequenas presas...

Maguda ergueu as duas mãos com os dedos curvados como garras e a voz tornou-se um guincho:

— Estás morto! Morto!

O sangue cobriu o rosto do homem enquanto ele levava uma das mãos à lateral da garganta, gorgolejando horrivelmente e caindo de lado. Suas pernas se debatiam convulsivamente e as costas arqueavam. Em seguida, caiu sem forças. Morto.

A voz de Maguda soou, abafada e insensível:

— Tira o colar e dá à esposa!

O irmão estendeu a mão e, em seguida, hesitou. O tom de voz de Maguda transformou-se em desdém.

— Ele não vai mordê-lo! É apenas um colar barato. Tire logo!

Cuidadosamente o irmão obedeceu. Maguda o observava severamente.

— Veja o pescoço. Não há marca alguma. Imaginação, eis o que era: esse tolo morreu por causa de sua imaginação estúpida!

O irmão pegou o colar e retirou-se furtivamente, murmurando em voz baixa:

— O homem morreu por causa da imaginação dele e de seus olhos, irmã!

Para sua surpresa, a voz o seguiu, ecoando pela caverna e pelas passagens circundantes.

— Sim, estás certo, irmão, mas, cuidado! Meus ouvidos são tão aguçados quanto meus olhos. Nada escapa a Maguda Razan! — E ele disparou a correr, lançando-se sobre o irmão mais velho, que ia ver Maguda.

Ela observou o homem entrando na caverna, percebeu a centelha de medo em seus olhos no momento em que ele se desviou do local onde jazia o ladrão morto. Sua voz fez o mais velho dos irmãos parar, antes mesmo que alcançasse o trono:

— Diga-me como foi tua visita à feira de Veron. Que novas trazes do conde Bregon? Pensa bastante e fala a verdade, Rawth!

Rawth, o mais velho dos irmãos, fez seu relatório:

— Não vi o velho, dizem que ele nunca sai de casa.

Maguda soltou um assobio de exasperação.

— Disso eu sei, mas alguém entrou ou saiu de lá, rostos novos, estrangeiros?

Rawth balançou a cabeça em negação.

— Somente uns jovens que foram presos por não pagar o pedágio e fazer negócios sem licença.

As unhas de Maguda tamborilavam enquanto ela batia no braço do trono.

— Fala-me sobre eles! Não me ouviste dizer que eu queria saber de tudo?

Rawth não ouvira a irmã dizer isso, mas não estava preparado para discutir — ele já vira o que acontecia a todos que contradiziam Maguda.

— Eu vi três deles sendo levados pelos guardas. Provavelmente estão nas masmorras agora. São dois garotos, um com cerca de catorze verões, cabelos claros e olhos azuis, o outro, da mesma idade, bonito, com aparência de espanhol. A garota parece mais velha que eles, mas não muito. Ela tem sangue cigano, eu acho. Uma boa cantora que ela era, pois eu a ouvi cantar. Estava nos degraus da casa, anunciando seu negócio para o garoto espanhol fazer retratos das pessoas.

Ele parou em silêncio enquanto Maguda pensava em voz alta:

— Um retratista, hein? E o outro garoto, o de olhos azuis?

Rawth deu de ombros.

— Ora, ele, ele fez pouco mais que ficar ao lado do cão...

Maguda interrompeu o irmão.

— Cão? Você não falou sobre o cão. Que tipo de animal era? Diga-me!

Rawth descreveu Nid.

— Eles chamam essa raça de labrador. Um animal grande, negro. Por que pergunta?

Ela o silenciou com um gesto da mão.

— Um cão negro que poderia ser um presságio. Envia observadores para esperar do lado de fora dos muros de Veron até que os jovens sejam libertados. Preciso saber mais sobre eles, em que direção estão indo. Deixa-me agora, preciso ficar sozinha e pensar.

Quando Rawth saiu, Maguda pegou um bastão e se levantou do trono. Apoiando-se pesadamente no bastão, visitou cada um dos ídolos de pedra ao redor da borda da caverna, lançando incenso colorido sobre as fogueiras aos pés das estátuas e murmurando em voz baixa, enquanto a fumaça aumentava até engrossar sob o teto alto. Depois de um instante, voltou para o trono. Colocando um crânio humano no centro da cadeira a seu lado, Maguda lançou ossos, seixos e lascas de rochas sobre sua coroa horrenda. Observando o modo como caíam, ela cantou em voz alta e monótona:

"Terra e água, vento e fogo,
Digam-me o que desejo.
Conduzam meus olhos por esse lugar,
Mostrem-me os rostos dos desconhecidos.
Espíritos das profundezas e escuridão,
Esta Razan vos serviu fielmente,
Abri vossos corações para mim,
Dizei que segredos posso ver,
Eu, que uno minha vida a vós!"

Ela se sentou por alguns instantes, contemplando o crânio e a confusão de pedras e ossos a seu redor, depois fechou os olhos, oscilando ligeiramente. Então Maguda Razan emitiu um lamento baixinho, que se ergueu num grito como o de um animal ferido. Ele ecoou nas profundezas da montanha e nas cavernas, chamando os membros, homens e mulheres, da tribo dos Razans. Eles pararam na entrada do antro, observando, temerosos, enquanto Maguda se erguia dos degraus em que caíra. Havia irritação e ódio em sua voz ao berrar para eles:

— Ide! Todos vós! Trazei aqueles que são prisioneiros em Veron. Capturai-os: os dois garotos, o moreno e o louro, a garota e o cão negro. Trazei-os para mim, ordeno-vos!

Cambaleando de volta ao trono, ela se sentou, esperando até que o barulho de pés partindo silenciasse. Petulância e mau gênio mostravam-se em seu desprezo. Incapaz de suportar a visão dos objetos de feitiçaria, Maguda atirou-os longe. O crânio, as rochas e os ossos caíram na escada. Pousando perpendicularmente, o crânio parecia rir um riso vazio. Maguda cuspiu nele. A visão a frustrara. Ela vira um relance do *Holandês Voador* — mas apenas um relance. A visão do mal com que se deliciara fora interrompida. Ela veria tudo sobre o *Holandês* nos olhos do garoto de pele clara — o dono do cachorro negro. Maguda Razan agitou-se com a expectativa. Ela colocaria o garoto sob seu poder quando estivesse a sós com ele e então... *então*.

A chuva começou a cair de um céu nublado na tarde que marcava o fim da feira. As pessoas começaram a desmontar as barracas e recolher as mercadorias para sair antes de o aguaceiro iniciar. Escondidos sob as capas com capuz e carregando fardos de comida, Ban e os amigos estavam de pé no portão gradeado ao lado da porta do túnel.

O conde Vincente Bregon deu um último tapinha em Nid, beijou a bochecha de Karay e abraçou os dois meninos.

— Vão agora, meus jovens amigos; a chuva vai acobertá-los. Garath, leve-os até os portões, você sabe o que fazer. Ninguém deve saber que vocês eram meus convidados, e não meus prisioneiros. Vamos torcer para que em nosso próximo encontro o sol esteja brilhando e nós, sorrindo. Que o Senhor os proteja e afaste do mal!

Poucas pessoas ficaram para vê-los caminhando até os portões com o bom ferreiro, embora os poucos que testemunhassem a cena tivessem visto Garath estalar o chicote sobre a cabeça dos prisioneiros libertados e adverti-los com severidade:

— Ciganos, ladrões, fora! Agradeçam à boa sorte que o patrão estava de bom humor. Vão, saiam de Veron! Se vocês forem vistos no interior destes muros novamente, serão amarrados a uma carroça e chicoteados durante todo o caminho até a fronteira da Espanha!

Nid latiu enquanto Garath estalava o chicote várias vezes; em seguida, o grande cão negro correu para fora do vilarejo no rastro dos companheiros.

Ban baixou os olhos para se proteger da chuva que aumentava no momento em que olhava na direção das montanhas.

— Melhor cortarmos caminho pelo sul através dos declives arborizados. Isso vai nos proteger do mau tempo!

Trovões retumbavam ao longe e eles andavam em silêncio ao longo dos declives cobertos de relva do lado de fora dos muros de Veron. Dominic olhou para trás para ver os últimos feirantes tomando o caminho de suas casas.

Karay gritou para ele:

— Vamos, retratista, continue! Não seja tão lento!

Quando ele alcançou os outros, a garota lançou-lhe um olhar desdenhoso.

— Por que estava olhando boquiaberto para aqueles caipiras? Rostos novos para desenhar? Você poderia também fazer retratos de nabos assim como fez dos idiotas pães-duros!

Dominic percebeu que Nid também observava a saída dos comerciantes.

— Você deveria aprender uma lição comigo e com o Nid. Dê uma olhada naquelas pessoas, veja quem está nos observando e diga-me quantos são pessoas comuns e quantos são espiões dos Razans, observando para descobrir em que direção vamos.

Nid transmitiu a Ban um pensamento:

"Sempre alerta, assim como eu e Dominic. Aposto que você nunca pensou nisso!"

Ban respondeu em voz alta à mensagem do amigo:

— Boa ideia, Dominic. Talvez fosse melhor tomarmos outra direção, para enganá-los.

Seguindo o conselho de Ban, eles tomaram uma tangente que levava ao contraforte da montanha arborizada. Somente no final da tarde a costa ficou límpida. Raios iluminavam a paisagem sombria e trovões roncavam próximos, enquanto Karay parava diante de num rio caudaloso que cortava caminho entre os bosques e a região alta.

— Eu não sei se deixaríamos muitos vestígios com a chuva, mas ninguém seria capaz de nos seguir na água corrente. Vamos atravessar este rio até os bosques.

Os três amigos entraram nas águas geladas até a altura dos joelhos, dando as mãos para se equilibrar.

Nid seguiu, resmungando ponderadamente:

"Hum, molhados em cima e encharcados embaixo. Já tivemos dias melhores para caminhar. Pelo menos as florestas da América do Sul eram quentes. O que você acha, amigão?"

Ban segurou a coleira do labrador para ajudá-lo.

"Sim, belos rios lamacentos, cheios de cobras, com todo tipo de insetos picando, ferroando e fazendo cócegas. E piranhas também, oh, os velhos tempos! Você os trocaria por isso aqui?"

Nid olhou melancolicamente para o amigo.

"Você venceu!"

No crepúsculo, arrastando-se com gratidão para fora do rio, entraram no bosque. Karay sentou-se e examinou os pés.

— Olhem para esses dedos. Estão azuis e dormentes de frio e enrugados feito passas!

Dominic soltou uma gargalhada e disse:

— Bem, a ideia foi sua! Para cima, madame! Vamos encontrar um lugar quente e seco. Calma aí, Nid, você tem mesmo que se sacudir em cima de nós?

Nid piscou para Ban.

"Aposto como vocês queriam poder se secar assim. Nós, velhos cães peludos, temos uma vantagem sobre vocês, humanos pálidos e de pele fina. Raça superior, sabe?"

Ban puxou a orelha do cão.

"Oh, claro, suponho que uma criatura superior como você não vai querer se sentar ao redor de uma fogueira quentinha... construída por nós, humanos miseráveis, não é?"

Fora o gotejar constante da chuva na cobertura de árvores, a floresta estava silenciosa e tristemente sombria, coberta com espessas camadas de argila e folhas de pinheiros. A chuva mal podia penetrar a espessura das árvores. Foi Nid quem achou um bom local para acampar durante a noite. Ele saltou entre as árvores e voltou com a língua estendida enquanto transmitia uma mensagem a Ban:

"Haha, pelo menos estaremos secos pela manhã. Encontrei um ótimo lugar. Sigam-me, debilitados companheiros. Mostrarei a vocês. Ora, e, se vocês, humanos, acenderem uma fogueira, posso dar-lhes a honra de ficar perto dela."

Era uma fissura profunda num grande afloramento rochoso. Ban deu um tapinha carinhoso no cão.

"Muito bem, amigo. É praticamente uma caverna!"

Dominic encontrou algumas folhas mortas e secas de pinheiro e, riscando a pederneira com a lâmina da faca, fez fogo, soprando delicadamente a isca. Espreitando as paredes rochosas, falou:

— Vejam! Artistas estiveram aqui antes de nós.

Representações grosseiras de pessoas dançando se espalhavam, em preto, vermelho e ocre pelas paredes ásperas e rochosas: eram homens, mulheres e crianças de pernas finas e compridas, que dançavam ao redor do que parecia ser uma fogueira.

Karay empilhou gravetos secos nas chamas, comentando:

— Eu vi uma caverna como essa uma vez, nas montanhas D'Aubrac. Uma mulher cigana disse que os desenhos foram feitos mais de mil anos atrás, por tribos de pastores e carvoeiros. Eles costumavam viver em lugares assim.

Como prova disso, eles encontraram uma pilha de carvões na extremidade estreita da caverna. Ban e Karay puseram os carvões na fogueira. Ela produziu um bom calor e brilho ao queimar. Dominic abriu a capa para secar sobre as rochas próximas. O calor penetrou em seus corpos e o vapor subiu de seus cabelos. Ban abriu uma das bolsas e distribuiu pão, presunto defumado e queijo, além de uma garrafa de vinho branco misturado com água.

Enquanto comiam, Dominic apontou para os desenhos na parede sob o brilho vacilante.

— Vejam como as sombras se projetam sobre os desenhos. Parece que as pessoas estão dançando de verdade!

Um barulho na entrada fez Nid retesar-se e os pelos de seu pescoço se eriçaram ao latir. Ban transmitiu-lhe um pensamento urgente:

"Qual é o problema, Nid, quem está lá fora?"

Olhando fixamente a entrada e mostrando os dentes, Nid respondeu:

"Um porco selvagem. O cheiro da comida deve tê-lo atraído. Talvez ele viva por aqui, quem sabe? Vou segui-lo!"

Karay sussurrou para Ban:

— Alguma coisa está incomodando Nid.

Ban viu de relance os olhos estreitos e selvagens na entrada.

— Acho que é um porco selvagem, Nid vai mandá-lo embora.

— Não! Segure-o! — sussurrou Dominic. — Você já viu as presas daquela coisa? Ele machucaria muito um cachorro. Melhor deixar como está.

Ele pegou um galho grosso de pinheiro da fogueira e lançou-o em direção à entrada, gritando:

— Iiiiaaaaah! Passa!

O porco roncou e bufou, virando-se de lado. Quando Dominic aproximou-se do animal, partiu para o ataque, acertando vários golpes no porco selvagem com o galho em chamas. O porco gritou e fugiu, deixando atrás de si um odor acre de pelo queimado. Dominic jogou o galho em chamas em sua direção, gritando:

— Iiiiaaaaah! Isso vai deixá-lo de traseiro quente! Vá embora, deixe-nos em paz!

Karay fitou-o com um recém-adquirido respeito.

— Isso foi muito corajoso. Eu fugiria uma milha daquele porco selvagem!

O retratista deu de ombros.

— O que fiz era o que os aldeões costumavam fazer quando um velho porco-do-mato se perdia no acampamento de Sabada.

Nid ficou acordado de sentinela naquela noite, temendo que o porco selvagem pudesse voltar. Pouco depois da meia-noite, a chuva parou. No interior da caverna, o fogo reduziu-se a brasas. Ban foi acordado pelas lamúrias do cão no silêncio opressor. Ele deu um tapinha nas costelas do labrador e perguntou:

"Está tudo bem, amigão?"

Nid lambeu a mão do garoto.

"Devo ter cochilado um pouco, Ban. Podia jurar que vi os rostos de Vanderdecken e de seus homens lá fora, entre as árvores, nos observando."

O garoto coçou o pelo macio sob o queixo do cão.

"Você só está cansado, Nid. Durma um pouco. Ficarei de vigia, apesar de achar que Vanderdecken não poderia nos seguir até aqui, porque ele está preso ao mar pela maldição divina. Mas sei o que você quer dizer, também sonhei com isso antes de você me acordar. Vamos, tire um cochilo, tente sonhar com algo mais agradável."

Nid apoiou o queixo nas patas dianteiras e fechou os olhos.

"Como você diz, Ban, eu não gosto desta região e sinto que muitas coisas vão acontecer antes de encontrarmos os Razans. Oh, não adianta tentar pensar de modo diferente, amigão. Não esqueça, eu posso ler seus pensamentos, e eles me dizem que você está pensando a mesma coisa. Você está com medo... e eu também! Nós dois estamos. Essas florestas e montanhas... elas são assustadoras. É algo com que nunca deparamos."

Ban observou o labrador negro adormecido. Ele sabia, com uma sensação terrível de mau presságio, que Nid estava certo.

26

AS PRIMEIRAS LUZES SUAVES DA AURORA DESLIZARAM PARA DENTRO da caverna enquanto Nid estava de guarda próximo à porta. O labrador negro se encontrava num estado peculiar de semiconsciência com fragmentos de sonhos ainda pairando em sua mente. Uma voz que ele sabia ser a do anjo recitou para ele a distância:

"És tu quem deves mostrar o caminho
Quando as visões malignas surgirem.
Outros podem não ver o que vês,
Guia-te apenas por teus próprios olhos."

Em seguida, ouviu outra voz.

— Quem está aí? Apareça e me deixe vê-lo!

Nid acordou imediatamente, pois sabia que a segunda voz não era um sonho. Felizmente, estava muito distante e apenas um cão poderia ouvi-la. Ban, Karay e Dominic continuavam dormindo. O cão saiu em silêncio para descobrir de quem era a outra voz que chegara a seus ouvidos.

— Guarde o porrete, pois sou só eu: Cutpurse, o palhaço!

Arrastando-se entre a vegetação rasteira, Nid moveu-se sem fazer barulho até encontrar a fonte das vozes.

Um grupo de dez homens, vestidos com trapos ciganos, mas todos muito bem-armados com porretes, facas e mosquetes, observava um homem emergir em meio às árvores. Com o grupo, estavam um mastim de aparência feroz e um urso-pardo: ambos usavam coleiras enforcadoras e longas correntes de aço para segurá-los. O olhar de Nid fixou-se no homem que se juntava a eles. Era o vagabundo gordo que prendera Karay. Ele mancava desanimado para fora das copas das árvores, apoiando-se pesadamente numa bengala feita em casa. O líder do bando, um bandido de aparência malvada com um estrabismo visível, ridicularizava o recém-chegado.

— Haha, o que aconteceu a você, Cutpurse?

Estremecendo enquanto colocava a bengala de lado, o batedor de carteiras encostou numa árvore e contou sua história, contrariado.

— Achei que tivesse tirado a sorte grande na semana passada. Capturei uma garota... era cantora e tinha uma bela voz. Mas ela nos deixou ser pegos pelos policiais, por roubo. Fugimos da prisão juntos e roubamos uma carroça. Então, sabem o que a mocinha levada fez? Roubou minha carroça e fugiu!

Ligran Razan, o líder do grupo e o segundo dos irmãos de Maguda, abafou o riso de forma zombeteira com a confusão de Cutpurse.

— E ela também quebrou sua perna, não foi, gordo tolo?!

Mal-humorado, Cutpurse fez uma careta.

— Foi meu tornozelo, e não a perna. Caí e o torci quando a perseguia.

Ligran fitou Cutpurse com desdém.

— Nunca saberei como você se tornou parte dos Razans. Pegue a bengala e vamos embora. É melhor você se mover sozinho, pois não vamos parar por ninguém que não consiga nos acompanhar. E pare de fazer caretas e se lamentar! Vamos, chorão!

Ligran começou a se mover, apoiando nas costas a corrente de ferro que segurava, enquanto o cão a puxava e esticava.

Três outros homens lançaram mais correntes em torno do urso e arrastaram a infeliz criatura, batendo nele com longas varas. Ele fazia ruídos queixosos e abafados de sofrimento.

Nid esperou até que a costa estivesse livre; em seguida, correu para a caverna e acordou Ban com o focinho. O cão transmitiu uma mensagem mental sobre tudo o que vira. Ban pensou por um momento, antes de responder:

"Não acorde Karay e Dominic. Vamos lá para fora, tenho uma ideia. Não se preocupe, amigão, que lhe darei o crédito."

Karay e Dominic sentaram-se esfregando os olhos quando Nid e Ban voltaram para a caverna e os despertaram.

Dominic parecia confuso:

— Onde vocês dois estavam?

Ban preveniu o retratista:

— Fale baixo. Nid ouviu vozes há algum tempo e eu fui com ele ver do que se tratava. Vimos um bando de homens... provavelmente da tribo dos Razans, grosseirões e bem-armados. Eles tinham um cão e um urso. Oh, e adivinhe quem se juntou a eles, Karay? O sujeito gordo cujo tornozelo você golpeou com o próprio porrete. Ele está mancando muito.

A garota cerrou os dentes com raiva.

— Eu deveria tê-lo matado quando tive a chance. Foi você que me impediu!

Ban levantou a mão.

— Não grite, pois o som pode reverberar. O que está feito está feito. Fico feliz por você não ter matado o bandido.

Karay fez um muxoxo em tom de desafio.

— Ele merecia morrer, aquele rato nojento. Por que você está feliz por ele estar vivo?

Ban explicou:

— Porque ele está viajando com os outros agora. Está ferido e é obrigado a atrasá-los um pouco. Isso vai facilitar a nossa perseguição. Para onde mais eles iriam senão para o esconderijo dos Razans?

Dominic concordou.

— Certo! Aposto como eles podem nos levar até Adamo. Assim que tomarmos o café, seguiremos o rastro deles.

Era muito perigoso acender uma nova fogueira. Eles saciaram a fome com algumas frutas e queijo, antes de deixarem a caverna.

A chuva pesada da noite anterior cessara e o sol saiu, transformando os declives arborizados numa região com névoa densa, enquanto aquecia o solo encharcado e as árvores. Os amigos seguiram em fila única, com Nid à frente. Não era um rastro difícil de seguir. Um cão, um urso e onze homens deixam muitos vestígios. Não se passou nem uma hora até Nid ouvir o bando mais adiante. Ele parou e transmitiu as informações a Ban:

"É melhor diminuirmos o passo, posso ouvi-los. Não devemos nos aproximar muito, amigão."

Ban apontou para o cão.

— Vejam as orelhas de Nid. Ele pode ouvi-los!

A voz de Karay transformou-se num sussurro:

— Névoa e neblina podem amortecer o som. Devemos estar muito perto deles. Vamos parar um pouco.

Nid transmitiu outra mensagem a Ban:

"Fiquem aqui, vou na frente e verei o que eles estão fazendo. Volto logo."

Antes de o garoto poder dizer algo, o cão desapareceu em meio à névoa. Nid moveu-se entre as árvores como uma sombra, silencioso. Quando viu os homens, desviou para a esquerda e rastejou seguindo o mesmo curso que o bando, observando e ouvindo.

Ligran Razan olhou por cima do ombro.

— Onde está Cutpurse, aquele saco inútil de gordura? Está muito lento lá atrás? Tragam-no aqui para a frente; eu farei com que se mova!

Dois dos homens arrastaram Cutpurse, que tropeçava e implorava:

— Ai! Ai! Ai! Cuidado com meu tornozelo! Ligran, me deixe descansar um pouco, encontro você mais tarde.

Um sorrisinho cruel pairou no rosto do bandido.

— Não vou deixar você em parte alguma, gordão. Se alguém o encontrasse, em pouco tempo você diria o local do esconderijo. Isso vai fazer você parar de nos atrasar... Gurz, venha ajudá-lo a seguir em frente.

Ligran pegou a extremidade da corrente com a qual segurava o mastim. Agarrando Cutpurse rudemente, atou a corrente no cinto do homem gordo e a apertou bem.

— Hahaha, tente parar o Gurz e ele vai comê-lo no almoço. Hup, Gurz, hup, vamos, garoto, andando!

Cutpurse apenas teve tempo de agarrar a corrente quando foi puxado para a frente, saltitando, mancando e balançando, enquanto o grande mastim o arrastava atrás de si.

— Ooooooooooh! Não, por favor, solte-me, solte-me, eu consigo acompanhar!

Ligran assentiu.

— Ora, assim você vai me acompanhar... Gurz vai ajudá-lo! Vamos, moleirão! Vamos, veja se consegue fazer essa coisa andar mais rápido!

Os três homens que seguravam as correntes do urso avançaram, arrastando-o. A coleira tinha pontas no lado de dentro e no de fora e o urso parecia sufocado quando as pontas apertavam seu pescoço. Os outros homens os seguiam, batendo com galhos finos na pobre criatura, forçando-a a andar mais rápido.

Nid já vira o suficiente. Correu sem se atrever a fazer contato mental com o urso para que este não denunciasse sem querer sua presença aos homens.

No meio da manhã, a névoa clareou e o sol iluminou os declives da montanha. Havia uma leve inclinação na beira da floresta, que abria caminho para um pequeno vale. Atrás dele, os cumes cobertos de neve pareciam imensas sentinelas. Ban e os amigos se esconderam na orla de árvores, observando o bando dos Razans no vale. Eles acamparam próximo a um lago cristalino na montanha e acenderam uma fogueira. Dois dos homens preparavam um mingau de farinha de aveia e milho num caldeirão sobre as chamas. O mingau foi servido aos membros do bando de ladrões, que, sentados, comiam e gritavam uns com os outros. Ban podia ouvi-los claramente do lugar em que estava escondido.

O gordo Cutpurse estava deitado, exausto, próximo à superfície do lago, com o pé machucado mergulhado. Ele ainda estava acorrentado a Gurz, o enorme mastim, evidentemente apavorado com a fera, que sentou, rosnando, a seu lado. Ligran pegou uma concha do mingau fumegante no caldeirão e despejou metade dele no chão, observando Gurz lambê-lo.

Empurrando Cutpurse com um chute leve, Ligran deu uma risada e falou:

— É melhor alimentá-lo, ou ele vai comer seu tornozelo. Qual é o problema, Cutpurse? Não tem uma tigela para você? Ora, você vai ter que comer do jeito que vier.

E despejou a outra metade do mingau da concha diretamente sobre o gibão do gordo. O restante do bando gargalhou ao ver o rosto do ladrão. Ligran sorria enquanto falava:

— Pare de choramingar e coma antes que esfrie.

Cutpurse começou a mergulhar os dedos no mingau morno quando Gurz reclamou com ele. Ele retirou a mão e reclinou-se apavorado. Depois de terminar sua porção, o mastim parou diante do homem assustado e começou a lamber o mingau despejado, que formava uma poça gordurosa na barriga do bandido.

Ligran gargalhava alto diante do espetáculo quando um dos tratadores do urso gritou:

— Ligran, você quer que alimentemos esta coisa?

O líder do bando caminhou e encheu novamente a concha no caldeirão.

— Era para ser um urso dançarino; vamos ver se ele dança pela comida. Vamos, urso, dance! Levante as ancas e dance!

Ban afastou-se da cena mais embaixo.

— Não posso mais ver isso. O que torna as pessoas tão cruéis e insensíveis?

Domínic virou-se para ele.

— Eles são os Razans. Assassinato, roubo, crueldade e maldade são um modo de vida para eles. Foi assim que se tornaram tão fortes e temidos pelas pessoas comuns.

Karay observou tudo por um momento e, em seguida, afastou-se, esfregando uma das mãos nos olhos marejados. Sua voz tremia ao falar.

— Oh, pobre urso! Se eu tiver a menor chance, vou libertá-lo. Juro que vou!

Ouvindo os sons abafados de angústia do urso, Nid olhou para Ban.

"Eu também o libertaria, se pudesse. Coitadinho!"

Era meio-dia quando os Razans levantaram acampamento e seguiram viagem. Ban e os amigos tinham que ficar escondidos até que o bando deixasse o vale e sumisse de vista, dando a volta na base da montanha. Ao chegarem ao lago, eles pararam em sua margem e olharam para as rochas poderosas à frente deles.

Dominic cobriu os olhos por causa do sol.

— Eles deram a volta naquela parte recortada ali; é melhor continuarmos agora. Se os perdermos de vista, será difícil segui-los na rocha nua.

Não foi muito difícil escalar o lado do vale. Na metade da tarde, eles alcançaram a rocha recortada que Dominic apontara. Pedrinhas soltas pontilhadas com brotos de erva-benta e ervilhaca pareciam se espalhar por toda a área.

Karay deu de ombros ao olhar a seu redor.

— Para onde agora?

Nid deu uma boa farejada pela região; em seguida, transmitiu um pensamento a Ban.

"Sigam-me! Posso farejar o grande mastim fedido a uma milha de distância!"

O labrador negro trotou até uma imensa rocha, que parecia o dente saliente de algum primitivo monstro extinto. Os outros o seguiram, pulando de rochedo em rochedo. Nid parou, com as orelhas em pé.

Ban ouviu o pensamento do cão.

"Ali estão eles, um pouco mais para cima e para a direita!"

A noite desceu suavemente sobre os lugares mais elevados enquanto o fim de tarde, o crepúsculo e o anoitecer seguiam-se em rápida sucessão. As pedrinhas e as rochas xistosas deram lugar a rochas lisas e rijas. Com dificuldade, eles subiram até uma trilha sinuosa, tateando locais seguros para pôr os pés. O vento soprava hostil e congelante.

Juntando as mãos em concha, Karay soprou calor dentro delas e fungou.

— Seria melhor se procurássemos um abrigo. Aposto que aquele bando de vilões à nossa frente já acampou a essa hora.

O melhor que puderam encontrar foi um leito de samambaias de metro secas debaixo de uma rocha proeminente. Não era nem um pouco confortável, pois o local estava sujeito ao vento dos dois lados. Karay sentou-se desanimada.

— Isso vai resolver, eu acho. Não há cavernas por aqui.

Dominic pegou a faca e começou a cortar as samambaias de metro.

— Vou mostrar a vocês o que os caçadores fazem em lugares elevados. Juntem toda samambaia de metro que puderem e empilhem contra esta rocha aqui.

Quando eles haviam juntado samambaias de metro em quantidade suficiente, suas mãos já estavam dormentes por causa do frio. Dominic ateou fogo nas samambaias de metro, orientando-os a sentarem em frente à fogueira, muito juntos, com as capas em torno de si, formando um abrigo. Nid se espremeu entre Ban e Karay, e o retratista explicou:

— Com a rocha acima de nós e as capas formando um escudo, o brilho da fogueira ficará oculto.

Ban aqueceu as mãos, agradecido.

— Eu acho que nem mesmo os Razans sairiam numa noite como esta. Estamos seguros aqui. Esperem enquanto pego um pouco de comida.

Comeram queijo e um pouco de presunto com um pedaço de pão. Dominic partiu o pão e, em seguida, tostou-o sobre a fogueira, dividindo-o em quatro partes. Estava muito saboroso.

A noite envolveu as quatro figuras agachadas ao redor da fogueira na encosta gélida da montanha. As samambaias de metro não duraram muito, pois estavam quebradiças e queimaram rapidamente.

Dominic jogou o galho em que tostou o pão nas brasas.

— Hoje vai ser uma noite fria. Pena que não há um bosque por aqui. As florestas estão abaixo de nós.

Karay tremia.

— Minhas costas estão congelando. Parece que o vento está atravessando essas capas!

Ban levantou-se e pisou nas brasas da fogueira, até que o local se transformou num pedaço morno de solo.

— Não há mais nada para queimar, amigos, portanto vamos nos sentar no chão com as costas contra a rocha. Pode ser que ajude um pouco.

Quando eles se sentaram e se aconchegaram, Nid subiu em Ban e deitou-se na frente de Karay.

"Assim! Isso vai mantê-la aquecida. Ban, posso ouvir alguém vindo nesta direção. Rápido, diga a nossos amigos para abaixarem a cabeça sob as capas e ficarem bem quietinhos!"

Ban sussurrou no ouvido dos outros dois:

— Alguém está vindo. Vamos jogar as capas sobre nossas cabeças e ficar quietos!

Nid encolheu-se, enfiando-se debaixo da capa de Karay. Um minuto depois, a batida de uma ponta de cajado atingindo a rocha pôde ser ouvida. Nid estava certo: alguém estava vindo. Ban espiou através de uma abertura da capa, cobrindo a boca para que não percebessem sua respiração.

Era uma velha senhora curvada — mas Ban não podia saber se isso se devia à idade ou à pesada mistura de xales, cachecóis e mantas esfarrapados sobre suas costas. Ela se apoiava num pedaço de pau comprido do qual fora retirada a casca, fazendo a madeira parecer muito branca. Parou não muito longe de onde os viajantes estavam escondidos; em seguida, virou-se lentamente, até que os encarou.

Ban prendeu a respiração e, em seguida, relaxou. A velha encarquilhada era cega e usava uma faixa de pano escuro amarrada na altura dos olhos. Ele captou o pensamento de Nid.

"Ela não pode nos ver, amigão, mas eu nunca vi uma mulher que parecesse tanto com uma bruxa em toda a minha vida!"

Ban fitou a velha senhora. Ele tinha que concordar com o cão: o rosto era como um pergaminho amarrotado e coberto de pelos que brotavam de estranhas protuberâncias em toda parte. Acima da boca enrugada e desdentada, um nariz adunco praticamente tocava o queixo pontudo. Era realmente a imagem de uma bruxa. Quando falou, a voz era ofegante e estridente.

— Sois amigos ou inimigos?

Eles continuaram em silêncio e não ousaram respirar. Ela balançou o cajado. Ban sentiu o deslocamento do ar enquanto ela o agitava, a poucos centímetros de distância de seu rosto.

A bruxa deu um passo à frente e gritou:

— Eu sou Gizal, amiga dos Razans. Sei que estais aí. Falai!

Os amigos mantiveram o silêncio. Gizal gargalhou de forma repugnante.

— Um toque de meu cajado pode transformar as pessoas em morcegos, sapos ou vermes. Então, meus filhos, se não falais, lançarei um feitiço em vós. É vossa última chance. Falai agora!

Dominic sentiu o aperto da mão de Karay por baixo das capas. A bruxa deu mais um passo à frente e segurou o cajado com as duas mãos, que mais pareciam garras, balançando-o o mais que podia. *Toc!* O bastão de madeira atingiu uma rocha e enviou um choque através do corpo da bruxa, aguilhoando suas mãos até ficarem dormentes. Ela caiu para trás, soltando o objeto e gemendo de dor:

— *Naaaaaaaaaaaahhh! Aaaaaaaaahhh!*

Ban segurou as mãos de Dominic e Karay, pedindo que continuassem em silêncio.

Gizal contorceu-se, apertando os punhos cerrados contra a boca em agonia e fazendo um ruído como se estivesse zumbindo.

— *Mmmmmmmm!*

Depois de alguns instantes, ficou de joelhos e começou a engatinhar com os braços esticados, procurando o cajado que caíra. Ele se encontrava entre Ban e Karay, com uma extremidade apoiada contra a rocha e a outra no chão. Gizal tateava à sua frente e as mãos tocavam o ar enquanto se aproximava deles. Nid aproveitou a chance. Empurrando a cabeça para fora da capa, deu uma cabeçada no bastão. Ele caiu, atingindo o ombro da velha senhora. Instintivamente, ela o agarrou e lentamente se ergueu, sussurrando com crueldade através dos lábios murchos:

— Amaldiçoo-vos pelo poço de Eblis e as fogueiras dos condenados! Corvos bicarão vossos ossos e as larvas devorarão vossa carne enquanto estiverdes vivos e suplicando pela própria morte!

Ela se arrastou com dificuldade noite adentro, ainda murmurando horríveis maldições e prevendo finais impensáveis para os quatro companheiros.

Eles esperaram um pouco antes que alguém tivesse coragem de falar. Foi Ban quem finalmente quebrou o silêncio:

— Uau! Ela tem uma boca bem imunda para uma velha senhora.

Karay parecia nervosa:

— Ela parecia uma bruxa, talvez seja realmente capaz de amaldiçoar as pessoas.

Dominic riu.

— Você não acreditou naquele monte de besteiras antigas, acreditou? Hum, queria que nós tivéssemos por aqui agora um pouco das fogueiras do inferno de que ela falou. Pelo menos ficaríamos aquecidos, não é, Ban?

O garoto estava de pé, batendo os pés congelados.

— Sim, claro, Dom. Não se preocupe com as maldições da velha tagarela, Karay. Eu já fui bem mais amaldiçoado que isso e, veja, estou aqui. E Nid também!

Os pensamentos do cão invadiram a mente de Ban.

"Nós podemos estar aqui, mas acho que é melhor irmos para outro lugar. A velha Gizal certamente vai até o bando dos Razans. Apesar de ficarmos quietos, ela sabia que estávamos aqui, e, se contar a eles, aposto que enviarão homens atrás de nós. Não acho que eles gostem de ser seguidos."

Ban agradeceu mentalmente a Nid e sugeriu aos amigos que eles deviam encontrar outro lugar para passar o restante da noite. Rapidamente, levantaram acampamento.

Mais acima na montanha, Ligran Razan sentou-se debaixo de uma cobertura de lona, cozinhando carne de cabra na fogueira e ouvindo a história de Gizal. Ele lhe dera vinho e um pedaço das costelas de cabra assadas enquanto avaliava a situação. Gizal era respeitada pela hierarquia dos Razans — não era considerado sábio ignorar suas palavras. Ligran chutou um homem que estava próximo.

— Rouge, você e Domba levam Gurz. Voltem para a montanha e vejam se conseguem capturar quem quer que esteja escondido lá.

Gizal interveio:

— Devem ser dois, talvez três, e um cão. Tenho certeza de ter sentido o cheiro de um cachorro. Procurai por garotos, a respiração era suave, não era barulhenta como a dos adultos.

Rouge, um bandido com uma grande cabeleira vermelha, agarrou a corrente presa à coleira do mastim.

— Gurz vai farejá-los, não se preocupe, Gizal. Eu e Domba daremos aos moleques uma boa sova antes de arrastá-los para cá. Se eles têm um cachorro, tanto melhor; olhe para o Gurz aqui. Hein, garoto, faz um tempão que você não tem um cachorro inteiro para o jantar, não é?

Domba balançou a guia, arrancando um resmungo do grande e feio mastim. Os dois homens pegaram suas facas compridas e partiram com o cão, que farejava ruidosamente o solo enquanto os arrastava.

Gizal engoliu o vinho gulosamente, tendo um ataque de tosse antes de se virar e fitar Ligran.

— Então, como o urso está se comportando na ida para casa?

Ligran pegou um pedaço de pinheiro da fogueira e jogou-o para o urso, que estava preso a uma rocha pelas correntes de ferro. O animal soltou um lamento apavorado quando a madeira ardente atingiu sua pata.

Ligran soltou uma gargalhada e disse:

— Tenho a sensação de que vocês deram uma canseira neste aqui. Estou ensinando-o a dançar agora. Maguda vai gostar. Ela nunca teve um urso dançarino para distraí-la.

21

BAN SABIA QUE PEGARA A DIREÇÃO ERRADA PARA PROCURAR UM acampamento. O caminho que escolhera estreitava à medida que subiam e agora se encontravam numa borda elevada. Acima deles, havia apenas o frio céu noturno. Atrás, a rocha lisa que se erguia. Com as costas voltadas para a rocha, o menino viu apenas o espaço e uma queda capaz de revirar o estômago até a floresta embaixo se eles pisassem em falso. Abrindo os braços contra a face da rocha, ele tocou os dedos de Dominic.

— Não seria melhor voltarmos e procurarmos em outra direção?

O retratista se arrastou até tocar a mão de Ban.

— Não, siga em frente. Acho que podemos encontrar algum lugar mais para cima: uma caverna, talvez, ou uma fenda profunda. Mas não olhe para baixo, mantenha o rosto encostado à rocha e não tente caminhar. Arraste-se de lado, não muito rápido. Devagar e com tranquilidade.

Obedientemente, Ban manteve os olhos erguidos, embora, de vez em quando, eles vacilassem para a queda nauseante desde a borda. Em seguida, perguntou:

— Está tudo bem, Karay? Você está conseguindo se mover?

A garota respondeu, tentando não demonstrar o medo que sentia:

— Está tudo bem, estou segurando a outra mão de Dominic e a orelha de Nid!

Os pensamentos de Nid invadiram a mente de Ban.

"Não estou reclamando, mas ela aperta como um tornilho, apesar de ser uma menina tão bonita e magra. Continue, Ban. Acho que tenho um pouco de cabrito montanhês na família. Estou me saindo muito bem. Siga em frente e tome cuidado!"

Ban devolveu os pensamentos ao labrador.

"Obrigado, Nid, vou tomar. Não acho que os Razans estejam atrás de nós, não é?"

A resposta de Nid não era nada boa.

"Esperava que você não me perguntasse isso, amigão. Não diga nada a Karay ou Dominic. Não há sentido em assustá-los e fazê-los pisar em falso, mas acabo de ouvir aquele mastim grande e babão. O latido dele parece o som de um touro com cólica. Ele está com dois homens e eles estão discutindo se devem ou não nos seguir nessa borda."

O homem chamado Domba prendeu a corrente do mastim numa saliência da rocha. Ele espreitou, apreensivo, a borda estreita e sinuosa; em seguida, arriscou um olhar para baixo. Desviando rapidamente os olhos, pôs uma das mãos sobre o rosto.

— Não adianta subir ali. Eles não se arriscariam a pegar essa trilha, tenho certeza.

Rouge, o ladrão com a cabeleira vermelha, bufou desdenhoso:

— Esta foi a trilha que Gurz farejou. Seguiremos por aqui.

Domba inventou outra desculpa:

— Pode ser apenas uma trilha falsa. Leve Gurz e dê uma olhada. Vou esperar aqui e manter os olhos bem abertos, caso eles tenham ido por outro caminho.

Rouge balançou a cabeça com asco.

— Você está com medo, Domba! Esta é a verdadeira razão por que você não quer vir, não tem estômago para isso. Veja! Suas pernas estão tremendo, verme covarde!

Domba tentou passar por Rouge, desesperado para voltar à terra firme.

— Você pode me chamar do que quiser, eu não vou!

Rouge agarrou a gola de Domba e pegou a faca, ameaçando-o:

— Ora, claro que vai! Ande ou vou matar você. Vamos, solte a corrente das rochas e siga Gurz. Vou estar bem atrás e nem pense em voltar!

Domba soltou a corrente e a enrolou no pulso. Gurz farejou a trilha e deu um latido rouco. Em seguida, afastou-se, esticando a corrente enquanto arrastava o homem apavorado ao longo da borda estreita da montanha.

Ban e o restante do grupo ouviram o latido do cão. Karay soluçou com medo:

— São os Razans! Eles nos encontraram! O que faremos agora?

Dominic apertou a mão dela de modo tranquilizador.

— Não tema, mantenha o passo e não tente correr. Eles apenas podem andar na mesma velocidade que nós. Está vendo alguma coisa à nossa frente, Ban?

A aurora começava a raiar no céu e Ban espreitou à sua frente. A resposta trazia uma nota de esperança:

— Sim. Vejo uma leve curva; vamos dar a volta. Pode haver algum lugar melhor por lá, talvez uma fissura para nos escondermos!

Subitamente, os pés do garoto escorregaram da rocha. Quando Dominic puxou-o de volta da beirada, escorregou também, mas, em seguida, se equilibrou.

— Uff! Obrigado, Dom. Muito cuidado, pois há gelo nesta borda. A água que desceu lá do alto escorreu e congelou durante a noite.

Com muito cuidado, os quatro viajantes deslizaram de mãos dadas em torno da curva gelada, que brilhava à luz pálida do dia.

Ban desanimou ao ver onde se encontravam: a borda estreita dera lugar a um declive amplo de rocha nua salpicado de bolsões de rocha xistosa. Não havia outro caminho entre os cumes cobertos de neve acima e o chão muito, muito distante. Dominic avaliou a situação. Atrás deles, o mastim deu uma série de latidos roucos e graves. Os caçadores estavam no caminho certo agora.

O retratista rapidamente tomou uma decisão.

— Deixe-me ir na frente, Ban. Há uma fissura na face da rocha e posso alcançá-la! Vamos subir, posso ver um bolsão profundo de rocha xistosa ali. A rocha deve ter deslizado e preenchido uma grande fenda. Se pudermos chegar até lá, estaremos salvos!

Ban lançou um olhar ao caminho que o amigo indicava. As chances eram poucas e muito arriscadas, mas ele sabia que tinham que continuar. Falou seus pensamentos em voz alta:

— Não há garantia de que a rocha não deslize quando chegarmos lá. E, se for para subir, eu posso fazê-lo. Tenho alguma experiência em subir na mastreação de navios. Certo, tirem as capas e estendam-nas até aqui. Não façam perguntas! Não temos tempo!

Ban pegou a faca de Dominic e cortou as três capas com amplas bainhas ao longo das costuras traseiras, de cima até embaixo. Amarrou-as e as seis partes formaram uma corda improvisada. Segurando uma das extremidades com os dentes, Ban pediu a Dominic que pegasse a outra. Com um pequeno impulso e um salto, ele chegou até a fissura na parede íngreme de rocha.

Por um breve momento de suspense, as mãos frias de Ban escorregaram pela superfície gelada. Em seguida, ele alcançou a fenda e se pendurou. Os pensamentos de Nid invadiram sua mente nesse momento. O cão fazia uma oração:

"Oh, por favor, anjo gracioso, não deixe meu Ban cair. Mantenha-o a salvo, faça-o viver e prometo ser um Nid muito melhor no futuro. Juro que vou!"

Com as duas mãos, Ban moveu-se através da fissura até ela se tornar mais ampla e profunda; em seguida, tomou um impulso e descobriu que podia firmar os pés e ficar de pé. A respiração e o latido grave do mastim pareciam muito próximos agora e ele podia ouvir Rouge encorajando e ameaçando Domba pelo caminho.

— Não fique parado, idiota! Você vai congelar de medo! Continue andando, pois eles não podem estar muito longe.

Dominic amarrou a ponta da capa ao redor da cintura de Karay e a instruiu:

— Tente subir. Ban vai puxá-la, se você escorregar.

A garota tentou com muito cuidado. Tinha subido apenas uns poucos centímetros quando escorregou. Ban tentou se firmar e gritou para a menina:

— Calma, amiga! Espere até parar de balançar e suba.

Karay fechou os olhos. Ela balançou para a frente e para trás como um pêndulo, então firmou o pé num local áspero e voltou a tentar subir. Ban fez um esforço para erguer a corda, puxando-a até que a alcançasse com as mãos. Empoleirando-se na fissura da rocha, ela desamarrou a corda feita com as capas. Ban atou um pedaço de pedra à sua ponta e a devolveu a Dominic.

O garoto falou os pensamentos de Nid em voz alta e instruiu Dominic sobre o que fazer:

— Amarre-a a Nid, embaixo das patas dianteiras. Dê-lhe um pouco de corda para segurar entre os dentes; em seguida, balance-o.

Dominic executou as ordens. Nid balançou no espaço, ainda suplicando mentalmente ao anjo:

"Oooooh! Ouça, bom anjo, faça por mim o mesmo que fez por Ban e prometo ser um cão melhor para ele. Não deixe as mãos de Dominic deslizarem, bom, meigo e doce anjo!"

Um instante depois, Ban e Karay ergueram Nid até a fenda. O grito de Dominic chegou até eles, alto e urgente:

— Joguem a corda de volta, rápido, eles estão aqui!

A cabeça feia do mastim apareceu na curva da borda, seguida pelo rosto pálido de Domba e pelo triunfante Rouge, que resmungava para o companheiro:

— Dê-me a corrente! Vou tomar conta de Gurz enquanto você passa pelo cão e pega o garoto. Os outros vão voltar para cá quando virem o que vou fazer com ele. Vá, mexa-se, tartaruga!

Encostado na face da borda, Domba avançou, passando pelo mastim. Dominic alcançou a corda que balançava, mas a soltou. Na segunda vez em que balançou, ele a pegou no exato momento em que Domba agarrava seu ombro com uma das mãos. Segurando a corda com as duas mãos e os dentes, Dominic tomou impulso com o bandido agarrado a ele. Ban e Karay, com a ajuda dos dentes de Nid, inclinaram-se, puxando o peso dos dois corpos. Ouviu-se um som de tecido rasgando e esfarrapando, e Dominic girou no ar. Domba ainda estava agarrado a ele quando atingiram a face da rocha. Ele bateu a cabeça contra ela e soltou a corda.

— *Aaaaaaaaaaiiiiii!*

Dominic desviou os olhos para não ver o corpo do bandido planando no espaço vazio. Enquanto sentia a corda feita de capas rasgar, o garoto balbuciava uma série de súplicas:

— Puxe-me, Ban, puxe-me, puxe-me, não me deixe cair, Ban, por favor, por favor, por favor!

Só o que Dominic conseguia se lembrar era de estar segurando com força as mãos de Ban, Karay e Nid, agarrando, assustado, a corda partida.

— Está tudo bem, Dom, eu o peguei, são e salvo. Vamos subir!

Rouge olhou na direção em que os quatro fugitivos se empoleiraram na fenda na face da montanha. Agitando o dedo na direção dos quatro, como se reprovasse crianças malcriadas, falou:

— Vocês conseguiram dessa vez, não foi? Fugiram e mataram meu pobre amigo Domba!

Karay gritou para o bandido:

— Besteira! Foi culpa dele e você vai ter o mesmo se tentar!

Rouge balançou a cabeça e riu:

— Hoho, palavras corajosas, mocinha. Mas não vou tentar nada. Você e seus amigos estão presos aí e não têm para onde ir... Venha, desça até aqui, não vou machucar vocês.

Ban já vira tipos como o do bandido antes — muitas vezes. Jogando a cabeça para trás, zombou de Rouge:

— Haha, quem você pensa que está enganando? Sabemos que você é um dos Razans. Ficaremos bem aqui, obrigado!

Rouge enrolou a corrente do mastim na mão e respondeu:

— Muito bem então, podem ficar aí. Quanto a mim, voltarei para o acampamento e trarei mais alguns homens. Voltaremos com mosquetes!

Ele percebeu o silêncio surpreso e os olhares ansiosos que os jovens trocaram.

— Agora não estão tão corajosos, não é?

Ban captou os pensamentos de Nid na pausa que se seguiu:

"Querido anjo, lembra-se das promessas que fiz a você? Bem, eu... sinto muito, mas vou ter que quebrá-las um pouquinho. Mas é tudo por uma boa causa: para salvar a vida de meus amigos. Perdoe-me!"

Nid balançou na beirada da fenda, com o rabo bem esticado, os pelos eriçados e os dentes à mostra. O labrador negro começou a latir, rosnar e ranger os dentes violentamente para Gurz. Ban segurou a coleira do cão.

"Nid, qual é o problema, garoto?"

Mas Nid o ignorou, apoiando-se nas patas traseiras e esticando-se para escapar da mão que segurava a coleira. A boca do labrador estava coberta de espuma quando ele uivou como um animal selvagem para o mastim.

Gurz uivava e dava uma série de pequenos latidos zangados.

Rouge puxou a corrente do cão.

— Pare com esse alvoroço, seu grande idiota!

Nid continuou latindo e rugindo furiosamente. A face da rocha ressoou com o barulho dos dois cães; em seguida, sem aviso, Gurz escorregou, arrastando Rouge com ele. Os pés do bandido deslizaram no gelo enquanto o imenso mastim o puxava. Gurz deu um pulo enorme no espaço, como se tentasse alcançar a fissura com um potente salto. Mas não conseguiu. O homem e o mastim mergulharam no vale, urrando os últimos sons que fariam na face da Terra. Era um longo caminho até embaixo, e eles pareciam dois pontos pretos amassados no contraforte da montanha.

Dominic apenas conseguia balançar a cabeça atordoado.

— O que aconteceu lá?

Nid explicou mentalmente a Ban.

"Fiz alguns comentários maldosos sobre os pais dele: sobre a mãe ser uma jumenta e o pai, um porco. Em seguida, chamei-o para briga e disse que ele nunca pularia tão longe, como eu fiz!"

Ban deu um tapinha na cabeça do cão, fitando os olhos castanhos e úmidos.

"Mas nós trouxemos você na corda da borda para cá."

Nid tentou parecer um cãozinho inocente:

"Eu sei, mas ele ainda não estava aqui para ver isso. Mastins não são muito espertos, sabe. Sinto por ter feito isso, mas aquele bandido de cabelos vermelhos não nos deixou outra escolha. Ou fazia isso ou atiravam em nós."

Ban coçou as orelhas do amigo.

"Tenho certeza de que o anjo o perdoará. Eu perdoo. Foi uma ideia muito boa!"

O sol brilhante da manhã começou a afastar as nuvens e aqueceu o ar. Dominic dobrou as pernas rígidas.

— Bem, amigos, para onde agora?

Como em resposta para a pergunta, ouviu-se um grito queixoso.

— *Méééééééééééé!*

Ban apontou para a borda estreita e falou:

— Cabras!

Dois animaizinhos estavam parados, fitando-os através do vazio, cobertos de pelos, com cascos fendidos e expressão de curiosidade em seus estranhos olhos. Pela diferença de tamanho, pareciam ser a cabra e o cabritinho. A mãe empurrou o pequenino com o focinho, enquanto ele balia:

— *Méééé-mééééééééé!*

Uma voz saiu de trás da curva, chamando-os:

— Sissy, Paris, o que eu disse a vocês sobre correr desse jeito? Já disse uma vez; já disse centenas de vezes!

Uma mulher grande de aparência robusta e vestida em roupas masculinas dobrou a curva. Por cima da capa rústica, ela trazia um rolo de corda com um machado de gelo enfiado em seus laços. Inclinou-se para mandar as cabras de volta pela borda, antes de voltar o rosto rude e vincado para os quatro amigos.

— O que vocês estão fazendo aí, crianças? Vocês não parecem com os Razans, mas quem pode saber hoje em dia?

Instintivamente, Ban soube que era amigável e sorriu para ela.

— Não, senhora, não somos do bando dos Razans, apenas tentávamos fugir deles. Mas estamos presos aqui, eu acho.

A pastora de cabras retribuiu o sorriso de Ban. Da borda, olhou para as três pequenas figuras esteladas embaixo, entre as rochas.

— Razan bom é Razan morto; vocês deram conta deles direitinho.

Karay respondeu, um pouco indignada:

— Não, não demos, o que aconteceu foi por culpa deles mesmos! Além do mais, eles teriam nos matado se nos pegassem.

A mulher balançou a corda em seus ombros.

— Não faz diferença. Mas, se ficarem mais tempo aí, vão congelar. Vamos arrumar um lugar seguro para vocês. Hum, vocês conseguem se meter em lugares estranhos melhor que minhas cabras!

Ela amarrou uma ponta da corda no cabo do machado e começou a girar a ferramenta com habilidade. Arremessando-o bem acima de suas cabeças, o machado prendeu numa fissura na rocha acima deles. Puxando a corda para ter certeza de que ele não se soltaria, jogou-a para Ban.

— Amarre o cachorro. Dê-lhe um bom empurrão para longe de mim. Vou pegá-lo quando ele balançar de volta.

Ban ouviu Nid pensando enquanto era lançado através da parede da rocha.

"Vu-uu-uu! Espero que a boa senhora tenha mãos firmes!"

Ele não tinha motivo para se preocupar. A mulher pegou-o gentilmente e o pôs na borda. Ele enviou a Ban um pensamento aliviado.

"Hahaha, ela é duas vezes mais forte que Anaconda!"

Karay foi a próxima, depois Dominic e, finalmente, Ban. Quando todos estavam em segurança, Ban estendeu a mão e apresentou-se e aos seus companheiros.

A mulher cumprimentou-o alegremente; tinha um aperto de mãos como o de um tornilho. Ban recuou.

— Muito obrigado, senhora, sentimos tê-la incomodado.

Ela retirou o machado da fissura. Segurando-o com habilidade, enrolou a corda novamente no ombro.

— Meu nome é Arnela. Não é incômodo nenhum, garoto. Já saltei sobre fendas várias vezes. Sim, e com um par de cabras pendurado nas costas. Vamos, vocês devem estar querendo comer algo. Jovenzinhos sempre querem, sejam cabras ou gente.

Quando eles desceram da borda, Arnela conduziu-os por uma trilha em zigue-zague, através de atalhos secretos e montes de rochas. Ela reuniu as cabras pelo caminho, repreendendo cada uma delas, enquanto as colocava diante de si.

— Aquiles, onde você esteve, menino mau! Clóvis, diga a seu cabritinho para ficar com o restante do rebanho! Que vergonha, Pantyro, pare de agir como uma cabra e lidere o rebanho como lhe ensinei!

Distraída, Arnela deu um tapinha na cabeça de Nid.

— Hum, cão bonzinho, não é? Aposto como você tem mais juízo que todas essas criaturas!

Ban não se surpreendeu ao ver que a moradia de Arnela era uma caverna, mas era tão bem escondida que ninguém percebeu até ela indicá-la.

— Muito bem, direto por trás da pequena cachoeira. Vejam se podem entrar sem se molhar. Eu posso. Prestem atenção! — Contornou a curva de uma fenda coberta de musgo úmido e plantas da montanha e desapareceu por trás de uma pequena cachoeira que corria para dentro de uma poça e desaguava num riacho. Arnela deu um tapinha nas costas de cada um quando eles entraram na caverna para ver se estavam molhados. — Ah, bem, vocês vão aprender. Nid é o único que está seco entre vocês.

Ela mergulhou para fora novamente. Eles podiam ouvi-la chamando as cabras.

— Não, não vá para muito longe ou não vai ter forragem para você. Atlas, pare de mordiscar essas plantas, está me ouvindo? — Um momento depois, ela estava de volta, apontando a mão para as imensas pilhas de grama seca amontoadas em toda parte. — Sentem-se no jantar das cabras enquanto acendo a fogueira.

Numa fenda profunda no fundo da caverna, Arnela acendeu uma fogueira com as cinzas da anterior, tagarelando animadamente.

— Sempre uso carvão, dá uma bela chama vermelha, sem fumaça. Esta é minha casa, no verão e no outono. No inverno e na primavera, levo o rebanho para a floresta, pois tenho outro abrigo por lá, escondido como este. Aqui, Karay, me ajude, garota, traga-me a cesta de ovos. E, garotos, tragam a farinha e o leite; vocês encontrarão também algumas ervas frescas nessa prateleira.

Os ovos eram de pássaros das montanhas, alguns grandes e pintados, outros muito brancos. Karay entregou a cesta a Arnela.

— Achei que você fosse preparar um ensopado com carne de cabra — disse a garota.

A mulher fitou-a com um olhar gélido.

— Cabra? Pessoas em seu juízo perfeito não comem carne de cabra, isso as deixa tolas. Eu não sonharia em comer minhas cabras: são meus filhos. Vou fazer uma comidinha especial. Pão da montanha e ervas com um bom queijo de cabra; é minha receita secreta, você vai gostar.

Arnela estava certa, eles realmente gostaram dessa receita. A comida era simples e deliciosa. Enquanto comiam, Dominic contou sua história, desde o dia da chegada à feira da vila até o encontro da véspera com Gizal, a mulher cega. Arnela ouvia atentamente, mostrando interesse sempre que o nome de Adamo era mencionado.

Quando Dominic terminou, a pastora sentou observando o fogo.

— Então, vocês assumiram a missão de salvar o sobrinho do conde. É uma coisa muito corajosa. Mas me permitam avisá-los: os perigos e riscos de ir até os Razans poderiam custar suas vidas, eles são uma gente muito má.

Ban não pôde deixar de observar:

— A senhora vive nestas montanhas, mas eles não parecem incomodá-la. Por quê?

Um cabritinho perambulava pela caverna, balindo tristemente. A pastora pegou-o no colo e deu tapinhas leves até que ele se calasse e cochilasse, aconchegado. Em seguida, começou a contar aos amigos sua história:

— Eu venho de Andorra, no alto das montanhas, entre a França e a Espanha. Não conheci minha mãe nem meu pai; a única vida que tive foi trabalhando duro numa taberna, desde que era pequena. O dono dizia que ciganos me abandonaram na soleira numa noite. Os habitantes da cidade tinham medo de mim, diziam que eu era um gigante da montanha. Eu era grande, sabe. Embora fosse jovem, era mais alta, larga e forte que qualquer um. Quando tinha dez anos, todos os meninos do local desistiram de me importunar porque eu já tinha batido na maioria deles por seus insultos cruéis e zombarias. Eu não era feliz. Dormia nas cocheiras, com os burros e mulas como companhia. Então chegou o dia, eu devia ter mais ou menos vinte anos. Uma noite, na taberna, o irmão do prefeito, um grosseirão gordo e pomposo que bebera demais, fez gracejos sobre mim. Eu o ignorei, o que fez com que ele ficasse cruel. Quando passei por ele com uma bandeja cheia de carne e bebida, ele esticou o pé e eu tropecei e caí pesadamente: a comida, a bebida, os pratos e as canecas espalharam-se por toda parte. O dono veio correndo do outro lado do cômodo e começou a me bater por ser desajeitada. Bem, levantei-me e derrubei os dois com um golpe cada um: o dono da taberna e o irmão do prefeito. Os guardas e policiais foram chamados. Lutei com eles, mas eram muitos e eu fui arrastada e jogada na prisão. Era mais uma espécie de anexo que uma masmorra real. Enquanto o prefeito e o comitê dos cidadãos se reuniam para planejar algum castigo terrível por meus crimes, saí pelo telhado, feito apenas de palha e madeira velha, e fugi!

Com o pergaminho e pedaços de carvão à sua frente, Dominic desenhava Arnela no momento em que ela conversava com eles. Ele riu.

— Você certamente teve uma vida cheia de aventuras, minha amiga. O que aconteceu depois?

Arnela fitou as mãos fortes e escurecidas pelo tempo.

— Eu fugi e passei a viver entre estas montanhas e as florestas lá embaixo, sabendo que os habitantes da cidade não ousariam me seguir até o território dos Razans. Ninguém, a não ser os foras da lei, vive nesta região.

Karay sentou com o queixo apoiado nas duas mãos e com os olhos brilhando com admiração pela corajosa pastora.

— Mas você não tem medo dos Razans?

A mulher gigante zombou.

— Eles sabiam que eu era uma fugitiva da lei. Os homens não me importunaram, mas várias mulheres dos Razans tentaram me intimidar. Haha!

Eu as mandei de volta para casa para cuidar dos hematomas e dos membros quebrados, isso sim. Principalmente aquelas que tentaram roubar minhas cabras. Os Razans passaram a me deixar em paz e é assim que gosto!

Segurando o cabritinho com carinho, Arnela deitou-o cuidadosamente numa pilha de grama seca.

— Acho que vou chamar este aqui de Morfeu; ele só fez dormir desde que nasceu. Dominic, você falou de Adamo antes. Pois eu o conheço.

Ban ficou curioso:

— Fale-nos sobre ele, por favor!

A mulher assentiu e suspirou.

— Várias vezes durante esses anos eu vi o garoto sempre sendo arrastado para as cavernas dos Razans, depois de tentar fugir. Meu coração bateu forte ao vê-lo pela primeira vez porque ele era grande como eu e forte também. Bastava olhar para ele e se sabia, mesmo de costas, que era Adamo, um jovem gigante!

"Mas deixe-me dizer a vocês. Uma noite, há cerca de um mês, houve uma tempestade. Saí para os penhascos para reunir minhas cabras aqui, longe do temporal. Foi então que o vi. Ele estava escondido nas rochas como um animal perseguido, faminto e completamente ensopado. Eu o trouxe para esta caverna, sequei-o e lhe dei comida. Primeiro, pensei que fosse mudo, porque ele se sentou junto da fogueira durante metade da noite sem dizer uma única palavra, apenas me fitava com seus belos olhos castanhos. Mas, pouco a pouco, consegui que ele falasse. Adamo não sabia quem era sua mãe ou seu pai, mas podia lembrar-se de uma casa grande onde ele achava que já tinha vivido e ficado. Ele podia se lembrar de um gentil cavalheiro idoso e de uma boa e velha senhora; isso era tudo. Mas tinha certeza de que não era parte dos Razans. As cavernas na montanha eram uma prisão para ele. A velha, Maguda Razan, sempre dizia a Adamo que era sua avó e a única parente viva que ele tinha no mundo. Pobre Adamo; implorou que ela o libertasse, mas Maguda se recusava. O ódio por ter que viver na companhia de ladrões e assassinos o tinha levado a tentar fugir. Ele nunca ia longe; os homens dos Razans o caçavam e o traziam de volta para as cavernas. Adamo normalmente era um garoto quieto e solitário, mas depois que foi recapturado pela primeira vez se recusou a falar com qualquer Razan, sobretudo com Maguda. Durante esses anos, não foram poucas as vezes em que, depois de adulto, ele tentou fugir. Mas sempre era levado de volta. Maguda o ameaçava com coisas horríveis, mas isso não o deteve.

"Ele me contou tudo isso na noite em que eu o escondi na caverna. Durante a madrugada, acordei e percebi que ele se fora. Pouco depois, um bando de Razans veio aqui e vasculhou a área. Ligran Razan era seu líder. Ele é mais malvado que todos os irmãos juntos, e um enorme mastim que trouxe consigo farejou Adamo e eles foram embora: um bando de animais selvagens liderado por um animal selvagem. Desde então, não vi Adamo e rezo para que o pobre garoto tenha fugido dessa vez. Não os vi arrastando-o de volta também, então posso manter minhas esperanças. Mas nunca se sabe com os Razans. Talvez eles o tenham capturado e levado por outro caminho."

Ban sentiu enorme simpatia por Arnela.

— Não se preocupe, senhora; quando chegarmos ao esconderijo deles, nós o encontraremos se ele estiver lá. Se não estiver, percorreremos toda a França e a Espanha até que possamos levar Adamo de volta para o tio em Veron.

Dominic presenteou a pastora com o retrato acabado.

— Obrigado por sua ajuda, Arnela. Espero que você goste, pois o fiz em agradecimento a seu auxílio e hospitalidade.

O retratista desenhara Arnela de perfil, sentada com o cabritinho no colo, perto da fogueira. A beleza e simplicidade de seu coração irradiavam do pergaminho. Cada ruga e vinco nos traços vermelhos da pastora gigante captava sua bondade e força de humanidade.

A voz estava rouca em reverência ao talento do artista:

— Dominic, nunca vi uma coisa assim, é maravilhoso! Vou mantê-lo em minha parede menos úmida. Ele sempre me lembrará de vocês, meus bons amigos. Agora, existe alguma coisa que eu possa fazer por vocês? Basta pedirem. Qualquer coisa!

Nid apoiou a cabeça no joelho de Arnela e a fitou.

"Essa criatura maravilhosa nos acompanharia, sei que sim. Mas as cabras são seus filhos e o que seria delas se deixasse o rebanho para se aventurar conosco?"

Ban captou o pensamento de Nid e respondeu em voz alta:

— Ora, não se incomode, senhora, ficaremos bem. Mas eu gostaria que a senhora nos esperasse em nosso retorno. Podemos precisar sair das montanhas rapidamente.

Arnela fez um carinho nas orelhas de Nid.

—Esperarei noite e dia por um sinal de vocês. Agora devem descansar; é mais seguro viajar à noite se não quiserem ser descobertos. Deitem-se, crianças.

Eles se deitaram quentinhos e aconchegados na grama seca. Com os olhos semicerrados, Nid observava Arnela remendando as capas rasgadas com fio de pelo de cabra e uma grande agulha de osso.

Pouco antes de cochilar, o labrador a ouviu juntando a grama e murmurando para as cabras desgarradas no interior da caverna:

— Silêncio agora, Ájax, e você também, Pantyro; deixem os jovens dormirem. Eles já têm o suficiente para combater, ou terão, em breve. Vamos, saiam agora, todas vocês, vão comer ao ar livre. Clóvis, pode dar um jeito em seu cabritinho? Nunca vi alguém tão malcriado. Fora vocês!

Adormecidos na segurança da caverna sob as sombras oscilantes da fogueira, Nid enviou uma mensagem a Ban.

"Não me importaria de ser uma das cabras de Arnela; certamente elas recebem o melhor tratamento e cuidado. Hum, talvez não. As cabras são um bando de grosseironas. Talvez nunca pudesse aguentar todos aqueles *mééées* e *bééées*, não é, amigão?"

Mas seus pensamentos não obtiveram resposta. Ban, Dominic e Karay dormiam profundamente agora.

Ban tinha a sensação de que ainda anoitecia do lado de fora quando Arnela os acordou. Ela trouxe tigelas de sopa de legumes e um pouco de pão e mel preparados para eles.

—Comam bastante agora, jovenzinhos, pode ser que leve algum tempo até conseguirem outra boa refeição. Tomem, remendei as capas de vocês do melhor jeito que consegui porque costurar nunca foi meu forte. Embalei um pouco de comida para vocês e acrescentei uma de minhas cordas extras e um machado de gelo; vocês irão precisar.

Depois de comer, os quatro companheiros saíram para se despedir da nova amiga. Estava frio. O gelo cintilava sobre as rochas e o céu acima deles era uma abóbada de veludo escuro, perfurada por um milhão de pontinhos de brilho estrelado e uma fatia de lua pálida.

Os braços enormes de Arnela envolveram seus ombros.

— Vão agora e levem meus melhores desejos com vocês. Mantenham-se nas trilhas sinuosas à direita. Evitem as da esquerda ou vocês acabarão presos em alguma borda. Guie-os, Nid, meu bom cão. Vão, não olhem para trás e pisem com cuidado.

Afastaram-se enquanto a voz de Arnela sumia atrás deles:

— Saia da água, Teseu, você quer que seu pelo congele? Narciso, pare de se olhar na poça. Clóvis, não seja tola, seu cabrito está comigo. Vamos, todos para dentro agora, e você também, Pantyro!

22

VER O ANOITECER NAS altas montanhas era como chegar a algum planeta estranho. O silêncio reinava. Ao ar livre, cada som se intensificava e reverberava. Os viajantes prosseguiam cuidadosamente, mantendo as vozes como sussurros abafados para que não denunciassem sua posição para alguém nas proximidades. Era uma caminhada difícil, sempre para cima, e cada passo tinha que ser dado com muito cuidado através de extensões assustadoras de neve branca, gelo e bolsões negros de sombras.

Eles caminhavam há duas horas ou mais quando a respiração de Karay formou nuvens de vapor enquanto ela sussurrava para Dominic:

— Não seria melhor descansarmos um pouco e recuperarmos o fôlego?

Ban ouviu e achou melhor pararem. Escolheu um local nas sombras profundas de um penhasco de um lado da trilha. Nem bem tinham se instalado ali quando ouviram vozes.

As orelhas de Nid ergueram-se ao contatar Ban.

"Parece que são dois homens. Boa ideia entrarmos aqui, longe da vista deles."

Eram o vagabundo gordo, Cutpurse, e um homem mais velho e de aparência maliciosa, chamado Abrit. Eles caminharam até cerca de vinte passos de onde os amigos se escondiam. Cutpurse parou, apoiando-se no cajado que usava como bengala, e examinou o solo com suspeita.

— Veja! Há rastros aqui!

Era evidente que os dois homens não se davam bem, pois Abrit tratava Cutpurse como se ele fosse burro. E demonstrava isso em seu tom de voz:

— Claro que há rastros, gordão, são os rastros que fizemos durante a subida. Veja! Há pegadas de um cão mais adiante. Vamos! Pare de me atrasar ou nunca encontraremos Rouge e Domba nem o cachorro. Qual é o problema agora?

Cutpurse agachou-se com dificuldade e sentou-se na neve.

— Meu tornozelo está me matando, não consigo andar mais. Ouça: por que não procuramos um lugar para passar a noite? Amanhã podemos nos juntar aos outros e dizer-lhes que não havia sinal de Rouge, Domba ou Gurz. Estamos nos matando, tropeçando por aí no escuro!

Abrit zombou da ideia.

— Haha! Muito bem! Vamos fazer isso! Mas quando voltarmos eu não vou falar nada e você dirá a Ligran Razan que não pôde encontrá-los. E então, o que lhe parece, hein?

O ladrão fez um bico e cuidou do tornozelo machucado.

— Aquele Ligran está sempre pegando no meu pé. Ele me mataria assim que me visse. Cruel, isso que ele é. Mandar um homem com o pé quebrado numa busca. Hum, só quer se livrar de mim; é isso que Ligran quer!

Abrit assentiu.

— Comigo é a mesma coisa. Nunca me dei bem com Ligran. Portanto, mais um motivo para encontrarmos Rouge e Domba. Vamos poupar nossas vidas cumprindo essa tarefa. De pé, gordão!

Cutpurse começou a se erguer. Então lhe ocorreu um pensamento.

— Eu acho que estamos no caminho errado. Veja, há apenas pegadas subindo. Onde estão as pegadas de Rouge e Domba descendo? Não vejo nenhuma.

Abrit coçou a cabeça.

— Talvez você esteja certo. Eles devem estar buscando em outra trilha. Talvez do lado do campo de gelo, mais adiante. Melhor darmos uma olhada!

Ban soltou um suspiro silencioso de alívio ao ver os dois ladrões andando pesadamente na direção do campo de gelo extenso e cheio de protuberâncias que se inclinava à esquerda. Karay sussurrou:

— Graças a Deus, nossa trilha se misturou às dos outros.

Os dois ladrões já haviam cruzado cerca de um terço do campo de gelo quando Ban virou-se para Karay e perguntou:

— Sente-se descansada o suficiente para continuar?

Indignada, a garota começou a se mover resmungando para si mesma:

— Claro que estou! Eu não era a única a precisar de um descanso, vocês dois ofegavam mais que o Nid!

Para provar seu ponto de vista, ela saiu correndo do esconderijo, pisando acidentalmente numa rocha coberta de gelo. O pé levantou do chão e ela caiu de costas, soltando um grito involuntário:

— Uuiii!

O som ressoou intensamente nos cumes circundantes.

No campo de gelo, Cutpurse e Abrit pararam abruptamente. Cutpurse balançou o cajado em triunfo.

— Veja! Lá estão os garotos que Ligran quer. Vamos! Vamos pegá-los!

Abrit empurrou o companheiro para o lado.

— Saia do meu caminho, tolo! Vou pará-los! — Sacando o mosquete do cinto, deu um tiro através do penhasco na direção da garota deitada no chão. O estampido ecoou como um trovão.

Ban piscou quando a bala do mosquete atingiu a rocha atrás dele. Os dois ladrões tropeçavam através do campo de gelo em sua direção, gritando para pararem. Então o barulho começou: era um som abafado e indistinto que vinha de cima e que se transformou num estrondo terrível, que aumentava a cada segundo:

Crrraaaaaaaaac!

Dominic mergulhou e arrastou Karay pelos pés de volta para o abrigo na rocha. Em seguida, puxou Ban o mais que podia para a sombra. Nid correu para o lado do dono.

A voz de Dominic mal podia ser ouvida em meio ao rugido sinistro:

— Avalanche! Avalanche!

Neve em flocos, neve dura, placas e colunas de gelo misturadas com rochas, pedrinhas, rochas xistosas e seixos rolaram, enquanto um imenso bloco de terra da montanha, que se rompeu com o tiro, ruía sobre o campo de gelo.

Cutpurse e Abrit morreram no local em que estavam e foram varridos pela irresistível força da natureza.

Ban, Nid, Karay e Dominic, amontoados à sombra da rocha, abraçavam-se uns aos outros com força. Uma imensa parede de gelo rangeu, vacilando com uma grande fenda que estalava entre a parte de cima da rocha acima deles e a trilha que pretendiam seguir. Tudo ficou negro, escuro como uma masmorra subterrânea. Seus tímpanos reverberavam com a cascata sólida e estrondeante de neve que desceu do lado de fora entre a rocha e o gelo.

Ela foi seguida por um silêncio tão grande que fez um som retumbante em suas cabeças. Tão rápido quanto começou, a avalanche terminou.

A voz de Ban soou abafada quando ele falou o que Nid lhe tinha dito:

— Alguém machucado? Estamos todos aqui?

Os braços ainda estavam em volta uns dos outros quando Karay e Dominic responderam em meio à terrível escuridão:

— Eu machuquei um ombro quando escorreguei, mas estou bem.

— Isso é mais do que podemos dizer dos bandidos dos Razans, eu acho.

Ban estremeceu ao pensar no destino dos dois homens.

— Ninguém sobreviveria lá fora. Era como o fim do mundo. Nid também está bem e aquecido.

O labrador negro lambeu a mão de Ban.

"Estou suando de medo. Acho que é isso que chamam de calor do momento."

O garoto deu um abraço apertado no cão.

"Tudo o que podemos fazer agora é esperar pela luz do dia. Talvez o sol possa iluminar tudo isso, e então iremos avaliar nossa posição."

Para surpresa de todos, não estava tão frio quanto esperavam. A respiração e o calor dos corpos se combinaram para manter a temperatura acima do congelamento na masmorra de neve e gelo.

Durante o restante da noite, os quatro amigos dormiram de modo irregular. Ban estava semiacordado quando os pensamentos do cão invadiram sua mente:

"Ufa, está ficando meio úmido e quente aqui, mas posso ver seu rosto agora, amigão. Você está me vendo?"

Ban abriu os olhos e viu uma escuridão cinzenta e indistinta.

"Sim, posso ver você, amigão, embora esteja meio difícil de respirar. Já deve estar perto de amanhecer."

Dominic abriu os olhos.

— Tem comida por aí? Estou faminto!

A voz de Karay veio por trás do ombro de Nid:

— Eu também!

Nid, com o pouco espaço que tinha, cavou na neve que ia até a altura dos joelhos. Ban ouviu seus pensamentos:

"Encontrei a bolsa de desenho de Dominic; há alguma coisa aqui?"

Dominic puxou a bolsa para fora da neve.

— Obrigado, Nid. Vamos ver o que tem aqui dentro.

Eles observavam enquanto Dominic desamarrava as tiras e examinava seu interior.

— Um pedaço de queijo duro, um pedaço de pão seco... Ahá! O que é isso? Vinho! Uma garrafa quase cheia. Eu tinha me esquecido dele!

Karay sentou como podia.

— Que bom que você se esqueceu! Rápido, divida tudo, antes que eu morra de fome!

Dominic sorriu.

— Ora, para que a pressa, você vai sobreviver. Coma devagar e não fale por algum tempo ou usaremos todo o ar aqui dentro. A luz do dia não deve demorar.

Mordiscando e bebericando, eles aguardaram o momento. Aos poucos, o cinza deu lugar ao brilho dourado que começou a invadir a prisão feita de neve. Nid balançou o rabo.

"Parece que teremos um belo dia de sol!"

Ban empurrou para longe o rabo ofensivo.

"Se ao menos eu pudesse vê-lo... mantenha o rabo parado, amigão!"

Ele tateou a seu redor até desenterrar o machado de gelo de Arnela. Ban empurrou-o para a frente e bateu delicadamente.

— Parece que estamos presos aqui dentro por um bloco sólido de gelo. O que você acha, Dom?

O retratista pegou o machado de Ban, virando-o até segurar a ponta de metal. Ele esquadrinhou por cima do ombro com a extremidade do cabo, empurrando-o para o espaço acima dele. A neve solta começou a cair sobre eles.

Karay o animou:

— Este é o caminho, dê-lhe um bom empurrão!

Dominic balançou a cabeça enquanto examinava:

— Tem que ser de leve, não queremos que tudo isso caia sobre nós. — E empurrou um pouco mais o cabo, até que deslizasse com facilidade, e, em seguida, retirou-o.

Um círculo dourado de luz brilhou, concentrando-se entre as orelhas de Nid. A atmosfera começou a refrescar imediatamente. Ban riu:

— Muito bem, senhor. Você salvou nossas vidas!

Eles se revezavam. Trabalhando com cuidado, cada um ampliou o buraco, balançando o machado de gelo e retirando pedaços de gelo e neve congelada. Enquanto as gotas de água desciam, Nid esticava a língua e engolia algumas.

Karay amarrou a corda na cintura e ergueu-se agachada.

— Eu sou mais magra e leve, então vou primeiro. Vocês, garotos, cada um pegue um de meus pés e me dê um bom impulso.

Ban e Dominic juntaram as mãos, fazendo estribos para os pés da garota; em seguida, ergueram-na. Sua cabeça elevou-se acima do buraco e ela gritou para eles:

— Isso! Um, dois, três. Hup! — Suas cabeças bateram na parede de gelo quando eles a empurraram para cima.

Karay caiu e foi lançada para a frente ao mesmo tempo, aumentando a abertura; em seguida, desapareceu. Um minuto depois, sua cabeça apareceu no buraco.

— Nid, venha agora! Passe-o para mim. Aqui, garoto, me dê a pata. Bom cão, vamos!

O labrador ergueu-se na luz do sol, transmitindo pensamentos alegres.

"Eia! Hup! Isso sim é diversão!"
Mas Ban não retribuiu o pensamento.
"Hum, seria diversão se você não estivesse sentado em minha cabeça, seu cão de traseiro grande!"

Pouco depois, todos os quatro estavam de pé no ar matinal fresco da montanha em plena luz do dia. Dominic estufou o peito e socou-o alegremente com os punhos.
— Bem, amigos, para cima e adiante, não é?
Uma voz estranha respondeu:
— Sim, garoto, esse é o caminho que vamos seguir também. Vamos todos juntos!
Ligran Razan e cinco de seus seguidores saíram de trás da rocha na qual os amigos ficaram presos.
Ban assustou-se e transmitiu a Nid um pensamento rápido:
"Não se mova, amigão, eles estão muito bem-armados. Não tente nada!"
O labrador negro respondeu imediatamente:
"Espere por mim, Ban, estarei por perto!" E correu montanha abaixo.
Um dos homens de Ligran segurou o rifle e pegou uma caixa de pólvora do cinto.
Ligran esticou um pé e o derrubou.
— Você quer começar outra avalanche, idiota? Deixe o cão ir, ele não é importante. Bem, agora, o que temos aqui? Dois belos garotos e uma garota bonita. — E sacou a espada, colocando a ponta no peito de Ban. — O que você está fazendo no alto de nossas montanhas, garoto?
Ban tentou parecer simples e amigável ao mesmo tempo.
— Somos viajantes, atravessando a Espanha, senhor.
A espada de Ligran brilhou à luz do sol. Ban sentiu sua ponta afiada enquanto sua superfície batia na bochecha dele.
O líder dos Razans resmungou de modo malvado para ele.
— Mentiroso! Viajantes atravessam a passagem ao sul, em Andorra. Diga-me a verdade ou cortarei seu nariz fora!
Karay corajosamente deu um passo à frente de Ban e encarou Ligran.

— Ele já lhe disse: estamos indo para a Espanha. Agora sou eu quem estou dizendo. Vamos, corte meu nariz fora, seu covarde. Não estou armada como você!

Ligran ergueu a espada e desferiu o golpe. Um cacho escuro do cabelo da garota desprendeu-se. Karay não demonstrou medo. Ligran abaixou a espada e riu:

— Gosto de uma mocinha espirituosa. Veremos quanto restará depois que Maguda terminar de interrogar vocês. Vocês já devem ter ouvido falar de Maguda Razan. Ela é minha irmã.

Karay riu de Ligran:

— Se todos os irmãos forem tão feios quanto você, tenho pena dela!

A lâmina tremeu um instante enquanto Ligran a apertava; seus olhos se estreitaram com brutalidade. Em seguida, ele se virou e deu as ordens:

— Peguem a corda deles e amarrem-nos juntos, mãos e pescoços! Se nos apressarmos, chegaremos pouco depois dos dois que enviei com o urso. Usem seus porretes neles se tentarem retardar a viagem!

Amarrados juntos com a corda de Arnela em torno das mãos e do pescoço, os três amigos se moveram. Ban falou com o canto da boca para Dominic, que estava atrás dele:

— Bem, pelo menos não vamos nos perder no caminho para o esconderijo dos Razans.

Um bastão bateu com força contra sua perna. Um bandido magro e com o rosto cheio de cicatrizes balançou a arma diante do rosto de Ban.

— Cale a boca, garoto, ou vou quebrar sua perna. E isso vale para vocês dois. Vocês são prisioneiros agora, portanto, marchem!

23

AGACHADO E DESAMPArado no chão da grande caverna, o urso soltou um lamento queixoso. Os homens e as mulheres dos Razans formaram um círculo em torno do animal, observando-o com curiosidade. Os dois homens que foram enviados na frente com ele seguravam negligentemente as correntes do pescoço, desviando os olhos enquanto Maguda falava. A matriarca de todos os Razans inclinara-se ligeiramente para a frente. Os grandes olhos hipnóticos fixaram-se no pobre animal e ela murmurou com voz maldosa:

— Tu vais dançar antes que eu termine contigo. Guardas, levai esta coisa para longe de minha vista. Para as masmorras com ele!

Os homens ergueram as correntes e forçaram o animal a ficar de pé. Ele emitiu um ruído triste quando as pontas no interior da coleira de metal perfuraram o pelo do pescoço. Eles o estavam arrastando para fora quando Rawth, o mais velho dos irmãos de Maguda, entrou na caverna e se aproximou da irmã.

Os olhos hipnóticos giraram em sua direção.

— Vieste me dizer que nosso irmão Ligran se aproxima. Isso eu já sei.

Rawth deu de ombros, constrangido.

— Ele está trazendo os prisioneiros, dois garotos e uma garota, mas não tem nenhum cão negro com ele.

Maguda sibilou como uma cobra zangada:

— Esssstúpidos! Queria ter nos braços a força de meus olhos para capturar todos os quatro. Maus presságios anunciam infortúnio se o cão não estiver a meu alcance. Traga os prisioneiros direto para mim quando eles chegarem. Agora vá, ajuda teu irmão!

Ban tropeçou na neve profunda e um guarda o empurrou pelas costas com o cabo do machado de gelo de Arnela. O garoto esticou-se e esforçou-se na subida com a mente preocupada pela falta de comunicação com Nid.

Dominic sussurrou furtivamente, como se adivinhasse os pensamentos do amigo:

— Onde será que o Nid está? Fugir não parece coisa dele.

Karay ouviu-o e respondeu rapidamente:

— Se eu fosse rápida como um cão, também tentaria correr. O que ele deveria fazer? Ficar por aí, para ser capturado ou alvejado?

Um dos guardas empurrou a garota rudemente.

— Cale a boca!

Ban falou em voz alta para distrair a atenção do bandido:

— Nid é mais útil para nós correndo livre. Ele vai nos ajudar. Guarde minhas palavras: ele não é um cão comum.

Ligran Razan virou-se e apontou a espada para Ban.

— Mais uma palavra, garoto, e corto fora sua língua!

Ban decidiu que era mais sábio manter silêncio a partir de então. O líder dos Razans parecia um vilão que teria prazer em concretizar suas ameaças. Crueldade e um temperamento inconstante estavam estampados nos traços grosseiros de Ligran. Por isso, Ban manteve seu silêncio, mesmo quando avistou a entrada da caverna. Ele queria gritar para os companheiros sobre as figuras pretas e vermelhas que podia ver, rabiscadas de modo primitivo na parede externa da entrada da caverna: homens caçando porcos, assim como Edouard vira antes de desmaiar, depois do acidente. Edouard dissera que saberia onde era a fortaleza dos Razans se pudesse encontrar o local onde os homens estavam caçando o porco selvagem. Ban estava surpreso, mas observou a posição da antiga obra de arte enquanto era empurrado para as passagens que se ramificavam nas cavernas.

Lampiões pingavam de modo fraco nos túneis úmidos da rocha, que pareciam girar e voltear infinitamente. Algumas vezes, eles passaram por câmaras laterais — os membros do clã dos Razans os observavam através das fogueiras que escureciam e cobriam de fuligem as paredes das miseráveis barracas onde eles viviam como animais. A água infiltrava-se nas rochas das passagens e um odor nojento de vida comunitária, umidade e restos de lixo pairava na atmosfera silenciosa. Karay percebeu que em nenhuma parte via-se ou havia a presença de crianças. Então eles se encontraram numa passagem mais longa, mais retilínea e ampla que as que haviam percorrido. Existiam, inclusive, esteiras de junco e peles de animais estendidas no chão macio.

Sem aviso, eles foram empurrados para dentro do covil de Maguda Razan. Os amigos ficaram assustados pela horrível visão: uma enorme caverna natural com um teto tão alto que se perdia entre as densas nuvens de fumaça insalubre que se contorciam para cima, em colunas espiraladas de todos os tons, desde o amarelo sulfuroso e o verde-escuro até o carmesim-amarronzado e o azul-ácido, misturando-se numa massa túrgida preta e marrom por toda parte. Viam-se colunas de fumaça originadas das fogueiras nas bases das figuras monolíticas. Algumas dessas figuras estavam soltas, mas a maioria era entalhada na rocha nua das paredes da caverna. Eram monstros estranhos e assustadoras divindades esquecidas que se podiam admirar, algumas animais, outras, humanas; muitas eram metade animal e metade homem com membros extras. Eram formas monstruosas com chifres, presas e rostos que olhavam de soslaio maldosamente. E ali, sentada no trono no alto de uma plataforma com degraus circulares, estava a aranha no centro da teia de profanação. Maguda Razan!

Seus olhos passaram rapidamente por eles e se detiveram em Ligran. Ban viu sua garganta mover-se nervosamente enquanto ele engolia.

Maguda soltou uma única palavra para ele.

— Tolo!

Ligran olhava para os pés sem coragem de encará-la. Tentou parecer autoritário, mas respeitoso.

— Uma palavra dura, irmã. Perdi quatro bons homens trazendo esses prisioneiros para você. O cão era apenas um cão comum, que fugiu feito um coelho assustado. Não podíamos atirar nele por medo de iniciar uma avalanche; por isso, nós apenas... trouxemos esses três... — e a voz desapareceu no silêncio.

Maguda rangeu os dentes para ele:

— Eu queria o cão. Os presságios me disseram que seria ruim para nós deixá-lo viver. Tu és um tolo, irmão Ligran. Olha para mim!

Ligran ergueu os olhos relutantemente. Suas pernas tremiam. Uma unha longa, curvada e enegrecida apontava para ele.

Maguda falou:

— És um tolo. Repete!

Os lábios de Ligran se moveram automaticamente enquanto ele repetia as palavras:

— Eu sou um tolo.

Maguda sentou-se novamente e dispensou Ligran com um aceno da mão:

— Considera-te com sorte porque és meu irmão. Volta para tua caverna.

E Ligran saiu sem dizer uma palavra.

Ban percebeu quando Karay, que estava de pé perto dele, teve um estremecimento involuntário. Maguda estava apontando para ela.

— Garota bonita, o que tu estavas fazendo aqui nas montanhas?

Ban murmurou furiosamente:

— Não olhe nos olhos dela, Karay!

— Silêncio! — gritou Maguda. — Rawth, não quero esse garoto olhando para mim, toma conta dele!

O mais velho dos irmãos moveu-se rapidamente, dando uma bofetada em Ban, que o deixou sem sentidos no chão. Dominic e Karay foram dominados pelos guardas de Maguda quando tentavam adiantar-se para socorrer o amigo.

Um riso malvado veio do trono.

— Disseram-me que és cantora. Canta para mim, garota.

A voz de Karay destilava ódio enquanto ela lutava contra os dois bandidos robustos dos Razans.

— Eu nunca cantaria para uma velha bruxa má como você. Nunca!

O sorriso de Maguda era uma coisa repugnante de se ver.

— Mais cedo ou mais tarde cantarás para mim tal qual um passarinho. Isso! Um passarinho. Terei uma gaiola feita para ti. Ela ficará pendurada nesta caverna, usarás uma roupa de penas e cantarás para mim todos os dias. Uma canção que conte por que vieste. Ah, não pense que não sei. Vieste numa jornada perdida, porém, pois quem procuras não está mais entre nós. Oh, não fiques abalada, criança, Maguda Razan sabe de tudo e vê tudo.

Dominic não pôde mais se conter. Lutando contra os guardas que o seguravam, gritou:

— Você está mentindo! Só existe mentira e maldade em seus olhos! Você não conhece a verdade nem a honestidade. Seu mundo foi construído sobre mentiras e perversidades!

Maguda voltou os olhos sinistros para ele.

— Retratista de Sabada, sei quem és. Olha para mim! Apesar de jovem, tens muito a dizer.

O olhar de Dominic era resoluto. Ele encarava Maguda diretamente.

— Eu não sou fraco nem ignorante, você não pode me assustar. Meus olhos veem a verdade e seus truques e feitiços não têm poder sobre mim!

Era um embate de forças: um tentava dominar o outro. As pupilas de Maguda reduziram-se a pequenos pontos e sua cabeça tremia à medida que intensificava o olhar sobre o menino diante dela. O olhar de Dominic era calmo e firme.

Karay apenas olhou nos olhos de Maguda por uns poucos segundos antes que seu poder a fizesse sentir-se tonta, e ela voltou sua atenção para o chão. Agora observava Dominic, impressionada com o fato de que ele pudesse olhar nos olhos da mulher dos Razans por tanto tempo. Ban movia-se levemente e gemia. Karay arrastou-se para o lado e pôs a mão em sua testa. O teste de forças continuava e, para sua surpresa, a mão seca de Maguda ergueu-se para proteger os olhos.

Dominic ainda estava parado, olhando. Seu rosto não registrava os horrores que pressentira, embora ele tivesse que controlar a voz para não gritar:

— Morte e decadência são tudo o que vejo em sua alma, velha. Você não pode me hipnotizar. Tenho dons também!

A resposta de Maguda Razan gelou o coração de Karay.

— Há outros meios de colocar-te sob meu poder, meios que jovens tolos e corajosos como tu não podem entender. Essa garota bonita e o garoto do mar... são teus amigos, acredito...

Apontando as unhas em forma de garra, Maguda lançou um olhar astuto para Ban e Karay. Dominic tentou saltar, mas um homem do bando dos Razans o puxou com a corda enrolada em seu pescoço e outros dois pularam para ajudar a dupla pendurada pelos braços.

Dominic ficou indefeso quando as palavras de Maguda caíram sobre ele:

— Bruxa! Velha nojenta! Deixe meus amigos em paz!

A gargalhada triunfante de Maguda ecoou pela vasta caverna e ela fez uma careta grotesca para Dominic.

— Agora não estás tão confiante, não é, garotinho? Levai-os e trancai-os nas masmorras profundas. Deixai-os meditar sobre as delícias que tenho guardadas para os infratores insolentes!

Depois que os três amigos desceram, Maguda chamou uma figura escura que estivera agachada num canto sombrio, próximo às paredes da caverna.

— Teus sentidos não te decepcionaram, hein, Gizal? Foste a primeira a notar a presença desses três jovens.

O cajado de Maguda bateu no chão enquanto Gizal se arrastava até o trono.

— Alguma vez eu falhei com a senhora, ama? Meu tato, meu olfato e minha audição são de mais utilidade que os olhos de muita gente!

Maguda puxou Gizal até que pudesse sussurrar no ouvido da cega:

— O que achas de meus prisioneiros?

Gizal refletiu cuidadosamente antes de responder:

— A garota é insignificante, ela se submeterá à vossa vontade no devido tempo. Mas aquele a quem chamam de retratista me parece um problema. Ele tem um dom. Vossos olhos não têm poder sobre ele. Quanto ao outro garoto, a quem Rawth deixou sem sentidos, não posso falar nada, nada sei sobre ele.

Maguda fitou o lenço surrado amarrado aos olhos da ajudante, como se tentasse penetrá-lo.

— Mas e o cão? Você sentiu um cão e ele continua livre!

Gizal falou, abafando o riso:

— E ele importa, ama? Quem liga para um animal mudo e burro?

Maguda ficou em silêncio por um instante, então riu e disse:

— Sim, tens razão, provavelmente o animal ainda está correndo. Por que me preocupar com um cão? Gizal, fizeste um bom trabalho com nosso outro animal, o urso. Pouca chance de vê-lo correr novamente. Toma, minha boa amiga, leva isto como uma recompensa, e isto também.

A mulher cega sentiu as cinco moedas de ouro que Maguda pressionava em sua mão. Também sentiu o pequeno frasco de vidro.

— Muito obrigada, ama. O ouro é respeitado por todos, não importa de que mão saia. Mas o que há neste frasco?

Maguda sussurrou confidencialmente:

— Solicito teus serviços. Preciso de ti para vigiar os prisioneiros. Eles precisam aprender o significado do medo. Usa a poção moderadamente.

Gizal inclinou a cabeça inquisitivamente.

— Até mesmo no garoto que vosso irmão derrubou?

Os olhos de Maguda se arregalaram.

— Sobretudo nele!

Gizal assentiu astutamente.

— Temeis o garoto, ama?

As unhas de Maguda afundaram no braço da velha cega enquanto ela sibilava:

— Não temo vivalma! Cala-te! Como rainha dos Razans, tenho que ser cautelosa. Os presságios me preveniram contra o garoto. Mas nem ele pode resistir às minhas poções. Agora vai!

As masmorras eram um pouco menores que as cavernas laterais e se aprofundavam nos túneis inferiores da montanha, cada uma com uma porta com grades de ferro ajustada à entrada. Karay e Dominic ajudaram Ban quando os guardas os empurraram para dentro e trancaram a porta. Eles se deitaram no chão até que o som das pegadas dos captores desaparecesse. Dominic ajudou Ban a ficar de pé, observando com ansiedade o amigo massageando a nuca.

— Ban, está tudo bem?

Sorrindo com tristeza, Ban continuou esfregando atrás do pescoço e falou:

— Oh, eu acho que vou sobreviver, amigão. Mas aquele malfeitor tem uma mão muito pesada.

Karay estava de pé segurando as grades e espreitando o caminho pelo qual foram trazidos.

— Vocês viram o pobre urso velho? Eu o vi de relance ao marcharmos até aqui. Eles o trancaram numa daquelas celas lá atrás, a terceira, eu acho.

Solidário, Dominic pôs a mão no ombro da garota.

— Também lamento pelo urso, mas não seria mais sábio resolvermos nossa situação primeiro? Dificilmente estamos em posição de ajudar a nós mesmos nesse momento.

Karay sentou-se no chão e suspirou:

— Você está certo, Dom. Então, o que vamos fazer agora?

Ban encontrou um cantinho escuro para si e se agachou sobre sua capa.

— Nesse momento, só quero dormir um pouco. Foi uma marcha fria e difícil lá na montanha.

Em poucos minutos, os outros dois juntaram-se a ele, ambos embrulhados firmemente em suas capas e aconchegados para se manterem aquecidos na caverna subterrânea e úmida.

Ban imediatamente fechou os olhos e se concentrou em fazer contato com Nid. Por mais que tentasse, porém, não havia vestígio dos pensamentos do labrador negro flutuando em alguma parte de sua mente. O garoto escondeu seu desapontamento tranquilizando-se e dizendo para si mesmo que o cão o alcançaria no momento certo. Em seguida, entrou num sono sem sonhos.

Arnela observou o labrador negro perambulando em sua caverna, mancando e com aparência cansada. Cercada por suas cabras, a mulher estivera cochilando junto à fogueira. Primeiro, achou que se tratasse de um sonho, até que um dos cabritinhos baliu ao ver o cão. Então Arnela acordou completamente e começou a afastar as cabras.

— Nid? É você? O que aconteceu?

O cão respondeu mentalmente, mesmo sabendo que ela não poderia ouvi-lo.

"Gostaria de poder lhe contar, querida senhora, mas, primeiro, a senhora tem que examinar minha pata. Veja!"

Choramingando baixinho, Nid mostrou a Arnela a pata ferida. Ela a examinou delicadamente.

— Você a cortou em alguma pedra afiada, pobrezinho, e um pedaço da pele está pendurado na pata. Deixe-me ajeitá-lo.

Nid empurrou uma grande cabra para o lado.

"É minha pata que ela está tratando, não a sua. Além do mais, você tem pequenos cascos e aposto que eles nunca se cortam na rocha. Ouça, amiga, se eu lhe transmitir uma mensagem, você poderia comunicá-la para Arnela?"

As mandíbulas da cabra trabalhavam com fúria sobre um bocado de grama seca. Ela baliu mentalmente para o cão:

"*Mééééééééééé!*"

Nid fungou com desdém.

"Se isso é o melhor que você pode fazer, não se incomode. Ah, comporte-se e mantenha a boca fechada quando come, animal nojento!"

Arnela limpou a areia da ferida com água quente, falando em voz reconfortante para Nid enquanto trabalhava.

— Não se preocupe, garoto. Não vou machucar você. Paradinho aí. Isso, agora está limpo. Vou pôr um pouco de bálsamo aí. É muito bom para curar feridas. Eu mesma faço com ervas e cinzas brancas do pinheiro que queimei. Sente-se melhor e mais calmo, não é?

A pastora não esperava uma resposta, embora Nid tenha retrucado pensativamente:

"Está muito melhor, gentil e esperta senhora!"

Arnela segurou uma jovem cabra com pelo longo e sedoso no momento em que ela tentava pular nela.

— Quietinho, Narciso, preciso de um tufo de seu pelo.

Com uma pequena tesoura, ela cortou uma porção do local em que o pelo da cabra estava mais comprido. Narciso baliu lastimosamente. A pastora deu um tapinha para que voltasse para seu lugar.

— Vamos, bebezão. Isso não machucou nem um pouco, pare de se lamentar!

Nid a observava separando o pelo e pensou:

"O que será que você vai fazer com isso, minha amiga?"

Arnela continuou falando enquanto cuidava dele.

— O pelo de um jovem bode é melhor que qualquer atadura. Vou enrolá-lo em sua pata e ele vai proteger muito bem a ferida. Quando a pata estiver melhor, ele vai cair!

Nid olhou com confiança para a pastora.

"Está muito bom, obrigado, senhora. Confiarei no que disse sobre ele cair com o tempo. Quer dizer, seria meio ridículo um cão negro com uma pata de pelos de cabra brancos, não é? Muito esquisito, diria eu."

Arnela ofereceu-lhe uma tigela de sopa e leite de cabra fresco. Nid os aceitou agradecido. Ela esperou até que terminasse; em seguida, pôs as patas dianteiras do cão em seu colo.

— Bem, onde estão as crianças?

Nid apenas podia olhar para ela de modo suplicante.

Ela continuou:

— Eles já encontraram Adamo?

Uma súbita onda cerebral atingiu o cão. Ele balançou a cabeça devagar. Arnela surpreendeu-se.

— Você balançou a cabeça! Isso significa que você pode me entender, Nid?!

E o cachorro assentiu solenemente.

Os olhos de Arnela arregalaram-se em sinal de admiração:

— Você pode! Você pode me entender! Ora, que cão esperto!

Nid lambeu a mão dela, pensando consigo mesmo:

"Eu poderia ouvir seus elogios durante toda a noite, minha amiga, mas não temos tempo. Vamos, faça outra pergunta!"

Arnela olhou nos olhos de Nid e perguntou:

— Então, o que aconteceu a nossos amigos? Ora, desculpe, vou dizer de outra maneira. Você se perdeu deles? Eles ainda estão procurando por Adamo?

Nid balançou a cabeça enfaticamente.
Arnela parecia apreensiva.
— Eles estão feridos em algum lugar? Ouvi a avalanche.
Nid balançou a cabeça, esperando pelas próximas palavras.
— Eles foram capturados pelos Razans?
O cão assentiu vigorosamente várias vezes.
— Eles são prisioneiros. Você sabe onde eles estão?
Nid manteve a cabeça parada por um instante; em seguida, assentiu duas vezes.
Arnela enxotou uma cabra curiosa antes de falar.
— Nid, você pode me levar até eles?
Novamente ele fez que sim com a cabeça.

Arnela ergueu-se, vestiu a pesada capa e pegou a corda e o machado de gelo. Depois, de um local secreto em meio à forragem das cabras, retirou uma pistola que roubara do clã dos bandidos. Estava carregada e travada. Enfiando-a no cinto, deu um tapinha na cabeça do cão.
— Vamos, Nid!
A mulher deteve-se na entrada da caverna e falou com as cabras como se elas fossem crianças.
— Não há necessidade de saírem por aí pelas montanhas. Tem comida aqui dentro, está agradável e seco, e tem água suficiente até a porta. Não vou demorar. Pantyro, você é o responsável agora, seja firme com elas, mas não as ameace. Clóvis, é melhor manter um olho em Pantyro. Comportem-se bem e não me decepcionem!
Nid lançou um olhar para as cabras quando ele e Arnela saíram da caverna. Elas o fitaram silenciosamente enquanto ele as deixava, pensando:
"Eu odiaria estar em seu lugar se as coisas não estiverem limpas e arrumadas quando sua dona voltar!"
Um cabritinho baliu para o cão:
— *Méééééé!*
Nid encarou-o friamente.
"Não discuta com quem é mais velho e melhor que você, jovenzinho!"

Com o labrador negro à frente, Arnela começou a longa caminhada montanha acima.

Agora que iniciara a missão de resgate, Nid concentrava seus pensamentos em Ban, transmitindo mensagens de esperança e conforto.

"Ban, pode me ouvir, amigão? É o velho Nid. Estou com Arnela, vamos ajudar vocês onde quer que estejam. Fale comigo, Ban, diga-me que está tudo bem!"

À medida que prosseguiam, o fiel cão começava a ficar apreensivo e preocupado. Ban não respondia.

24

UMA BATIDA DESPERTOU KARAY. ELA ESTAVA DEITADA MUITO quieta, observando a entrada com grades através dos olhos semicerrados. Era Gizal, a velha cega. Atrás dela, um homem carregava um balde e um caldeirão com uma concha que se projetava para o lado de fora. Ele os colocou onde Gizal indicou com o cajado, próximo às grades. A velha mantinha um dedo sobre os lábios, prevenindo o homem de que ele devia ficar quieto.

Depois de um instante, ambos se afastaram em silêncio. O vapor emanava do caldeirão e o aroma não era desagradável.

Quando Karay levantou, acordou Ban e Dominic. Dominic deu um enorme bocejo.

— Você não pode ficar quieta, Karay? Eu estava no meio de um belo sono aqui.

Ban cheirou o ar.

— Parece cheiro de comida. Quem trouxe?

A garota estendeu a mão através das grades e retirou a concha cheia.

— É um tipo de mingau. A velha mulher cega e um guarda deixaram aqui não faz nem um minuto. Humm, estou faminta!

Ban levantou-se de um pulo.

— Não toque nisso, Karay! Pode haver algo errado com a comida!

Karay, no entanto, estava faminta e provou um pouco na ponta do dedo.

— É um mingau: aveia com leite e mel. Está muito gostoso. Se eles querem nos envenenar, já poderiam ter feito isso. Somos prisioneiros, não é? Até os prisioneiros têm que ser alimentados. E há água fresca no balde também!

Ban hesitou; em seguida, consultou o retratista.

— O que você acha, Dom? É seguro?

Dominic sorriu malignamente.

— Bem, vamos deixar Karay comer um pouco. Se ela não gritar nem desmaiar, deve estar tudo bem.

Sua observação não pareceu desconcertar a garota. Soprando o mingau para que esfriasse, ela comeu com gosto, enrugando o nariz para os dois observadores.

— Está delicioso. Vou comer toda a panela se vocês dois estiverem com medo do mingau. Humm, está uma delícia!

Dominic correu para o lado dela.

— Sua pequena comilona, deixe um pouco para mim!

Esquecendo as dúvidas anteriores, Ban juntou-se a eles.

— Calma aí, amigos, eu também estou faminto!

A comida estava boa, quente e doce. Os três devoraram três conchas cada. Lambendo a concha, Karay lavou-a no balde e os amigos beberam um pouco de água para matar a sede.

Todos os três sentiam-se muito melhor com comida e bebida no estômago. Sentaram-se encostados nas paredes de rocha, olhando para o brilho dos lampiões do lado de fora.

Ban empurrou as mãos para dentro da capa, a fim de mantê-las aquecidas.

— O que acha que estão planejando fazer conosco?

Karay forçou um sorriso e falou:

— Mandar mais mingau quando estivermos com fome, eu acho.

Ban não sabia por que subitamente começou a rir:

— Hahaha, diga-lhes para trazer três panelas da próxima vez, uma para cada um!

Dominic sorriu tolamente:

— Sim! E também gostaríamos de uma mesa com alguns guardanapos como aqueles na casa grande do conde. Hahaha, muitos guardanapos, hoho... Oh, hahahaaaa! — E os três seguravam os lados da panela e riam com grande barulho, sem saber ou se preocupar com a causa de tal alegria. Depois de um tempo, as gargalhadas diminuíram para risadas divertidas. Em seguida, ficaram em silêncio, de olhos semicerrados. Ban bocejou e esticou-se no chão, enquanto Karay e Dominic inclinavam-se loucamente um em direção ao outro, sentados com as costas voltadas para a rocha. Num período muito curto de tempo, estavam dormindo profundamente. Em seguida, o efeito da poção de Maguda começou a tomar conta de suas mentes.

Karay sentiu que estava novamente presa à roda da carroça de Cutpurse, incapaz de mover os pulsos. O palhaço-ladrão gordo estava agachado à sua frente, rindo maliciosamente. Ela estava impotente em sua presença. A seu lado, ele tinha o caldeirão de mingau fumegante. Cutpurse o inclinara levemente para que ela visse o interior: não era mingau. Eram aranhas! A única coisa na vida da qual Karay tinha um terror irracional — aranhas! Grandes, pequenas, peludas, lisas, algumas vermelhas, outras douradas, mas a maioria de um preto violáceo iridescente. Subindo e serpeando uma sobre a outra, a massa de aracnídeos esforçava-se para sair do balde. Karay foi dominada por um horror paralisante, enquanto a boca formava um grito angustiado que ficou preso em sua garganta. Cutpurse mergulhou a concha no balde e as aranhas começaram a rastejar para dentro dela. Ele ergueu a concha vazia e algumas das aranhas penduradas nas laterais caíram no chão.

Rindo com prazer, o bandido obeso piscava de modo ameaçador para Karay e a importunava maldosamente, dizendo:

— Olhe, moça bonita, aranhas! Muitas aranhas, e todas para você!

Dominic não podia nem mesmo tolerar pensar em cobras. Répteis nojentos e escorregadios, frios e viscosos, com a língua fendida que rastejava e presas das quais pingava veneno. Uma vez, ele vira um coelho que fora mordido por uma víbora. O animal jazia tremendo, com os olhos vidrados, mas ainda vivo quando a cobra se enrolou em suas pernas e o focinho duro deslizou pelo pescoço da vítima enquanto as escamas rastejavam sobre seu corpo ainda quente. Dominic ergueu os olhos e, de seu ângulo de visão distorcido, viu Maguda Razan.

Ela estava de pé do lado de fora das grades da cela, olhando com ódio para ele. Lentamente as mãos em forma de garra se esticaram para a abertura da capa volumosa que a envolvia e ela resmungou:

— Sou tão repugnante que você não faria um retrato de meu rosto?

Em seguida, abriu um pouco a capa e cobras começaram a deslizar sinuosamente para o chão. Muitas cobras! Uma com um corpo cinzento e sujo e marcas amarelas listradas na parte de baixo enrolou-se nas grades. Uma naja com marcas circulares ergueu-se e sibilou cruelmente. Pítons, víboras e cobras-corais enrolavam-se e desenrolavam-se em torno dos pés de Maguda, oscilando, sibilando, expondo as presas e constantemente se somando a outras que caíam da capa. Dominic olhava num terror fascinado para a confusão de corpos serpentiformes, que começaram a se mover em sua direção. Ele não podia fechar os olhos para bloquear aquela visão terrível. Sentou inclinando-se contra a rocha, consciente de cada par de pequenos olhos concentrado nele, petrificado demais para se mover ou dizer algo.

As cobras estavam vindo em sua direção!

A respiração de Ban subitamente ficou presa em sua garganta. Toda a tripulação do *Holandês Voador*, os vivos e os mortos, arrastava-se até as grades e o fitava através delas. Os rostos pálidos e inchados de todos os que se afogaram, misturados aos rostos ferozes, peludos e marcados por cicatrizes de todos os que ele conhecera e detestara por sua ambição e crueldade. Eles olhavam de soslaio e arreganhavam os dentes astutamente para o antigo garoto da tripulação. Subitamente foram afastados para o lado e ele se viu frente a frente com o capitão Vanderdecken, líder de todos eles.

Seu rosto era branco como papel, os lábios finos estavam azuis do frio e exibiam os dentes grandes, amarelados e deformados. O cabelo descolorido pelo sal, incrustado de gelo, erguia-se da cabeça como uma auréola profana. Sob as pálpebras negras e inchadas, os olhos selvagens brilhavam de modo insano, penetrando até o coração do garoto.

O holandês cutucou Ban com um dedo com a unha preta e ferido pelo frio.

— Então é aqui que você está se escondendo, desgraçado! Eu sempre encontro você, não importa onde se esconda! Em breve, terei você novamente a bordo e passaremos a eternidade juntos, garoto. A eternidade!

Uma liteira parou diante da cela, carregada por seis bandidos corpulentos do bando dos Razans que, de pé, a apoiavam estoicamente em seus ombros. Maguda estava sentada na liteira, observando os rostos dos três prisioneiros narcotizados. Ela gostava do que via. Os olhos de cada um estavam totalmente abertos, mas inconscientes em relação a quem estava do lado de fora dos pesadelos induzidos pela poção. Eles olhavam diretamente para a frente, vendo tudo o que estava bloqueado por seus medos e ódios pessoais.

Gizal veio mancando, batendo com a ponta do cajado nas paredes da rocha. Parou perto da liteira.

— Vosso trabalho é magia, oh, mãe dos feitiços e encantamentos?

Maguda assentiu:

— Sim, e eles são como borboletas presas com alfinetes, que não veem outra coisa a não ser o que não podem suportar. Acho que algumas semanas assim farão com que eles se submetam à minha vontade. Eles cantarão, dançarão, desenharão e implorarão para me agradar. É sempre assim!

Gizal reclinou-se.

— Sois verdadeiramente a maior dos Razans!

Maguda bateu com o pé na liteira.

— Levai-me de volta para o trono, depois saí e dizei aos outros o que vistes hoje. Que isso sirva de aviso a todos que se opuserem a mim!

O grupo afastou-se com Gizal arrastando-se atrás deles.

* * *

Arnela murmurou para si mesma enquanto observava o que parecia ser uma parede transparente de neve erguendo-se acima de sua cabeça:

— A avalanche deve ter feito isso. Não me recordo dessa parede. Mas não se preocupe, Nid, sei que estamos no caminho certo. Aquele penhasco alto, próximo ao cume, é minha referência. O covil dos Razans é lá. Teremos que andar com muito cuidado, pois pode haver armadilhas ocultas na neve. Avalanches podem fazer isso, sabe?

Mas o labrador negro não estava escutando. Ele estava estendido com as patas dianteiras cobrindo os olhos. Um lamento queixoso partiu de seu corpo, que tremia, e subitamente se transformou num uivo desolado.

A pastora gigante ajoelhou-se ao lado do cão, sacudindo-o delicadamente.

— Nid, o que foi, garoto? O que é que está acontecendo?

Suas palavras caíram em ouvidos surdos. Ban, de algum modo, transmitira a angústia da mente torturada para o cão. O horror e o medo do pesadelo do garoto eram tão poderosos que Nid se tornou prisioneiro deles. Vanderdecken e a tripulação medonha estendiam as mãos por trás das grades de ferro. Ele era prisioneiro numa caverna e não podia resistir ao capitão e seus homens, mortos e vivos, do *Holandês Voador*!

Arnela passou as mãos fortes por baixo de Nid e ergueu-o; em seguida, acariciou-o como se fosse um bebê, acalmando-o, para que os uivos não os denunciassem ao inimigo:

— Calminha, garoto. Este não é você, Nid. Qual é o problema? O que o está incomodando? Apenas filhotinhos choram e uivam desse jeito. Você já é um cão grande e inteligente.

Na visão febril, Nid viu Vanderdecken tentando agarrá-lo. Instintivamente, arreganhou os dentes e mordeu a mão do capitão fantasma.

Arnela estava acariciando o focinho do animal quando percebeu a súbita mudança de animal encolhido para fera selvagem. A pastora tirou a mão bem a tempo. Os dentes de Nid rasgaram a manga da túnica de pelo de carneiro. O susto e a raiva dominaram a mulher. Ela lançou o cachorro com força no chão.

— Ora! Cão malvado e ingrato!

Nid sentiu o impacto ao bater na neve que os pés de Arnela haviam endurecido. Por um breve momento o encanto foi quebrado, e, nesse instante, ele ouviu a voz do anjo soar como o estrondo do trovão:

"És tu quem deves mostrar o caminho
Quando as visões malignas surgirem.
Outros podem não ver o que vês,
Guia-te apenas por teus próprios olhos!"

Nid gritou para o anjo, em meio a pensamentos confusos: "Não compreendo, diga-me o que devo fazer. Por favor!"
E novamente a voz do ser divino anunciou:

"Confia apenas no que teus olhos podem ver,
Quando as coisas não forem o que parecem.
Liberta-te para o mundo real,
Fuja dos sonhos falsos do mestre!"

Os olhos do labrador negro se arregalaram. Ele compreendeu tudo num lampejo. De algum modo, um malfeitor se apossara da mente de Ban. Seu poder era tão grande que Ban não conseguia evitar transmiti-lo a ele. Nid percebeu que teria que bloquear o pesadelo, concentrando-se em pensar sobre outras coisas. Mas, primeiro, tinha que se desculpar com a amiga, Arnela. Ele tocou o pé dela com o focinho, até que ela o ergueu um pouco e, em seguida, ele o empurrou até que a mulher estivesse com o pé sobre sua cabeça. O rabo de Nid parecia um leque na neve, balançando para a frente e para trás.

Arnela fungou e, em seguida, um sorriso relutante atravessou o rosto vincado.

— Ora, ora! Estamos nos desculpando, não é?

Nid retirou a cabeça e assentiu timidamente. Ela o levantou até que as patas dianteiras estivessem apoiadas em sua cintura. Segurando a cabeça do cão com as duas mãos, encarou os olhos escuros e gentis do animal.

— Não sei o que está acontecendo em seu cérebro canino, amigão, mas tenho certeza de que você teve uma boa razão para fazer o que fez.

Nid assentiu solenemente, batendo com a pata na amiga e ganindo baixinho.

Arnela coçou suas orelhas carinhosamente.

— Então, não vou dizer mais nada sobre isso, Nid. Você é um bom cão! Talvez esteja pensando em Ban ou nos outros jovens amigos. Provavelmente você estava irritado e preocupado com eles.

Nid lambeu sua mão e novamente balançou a cabeça em sinal afirmativo, enquanto ela colocava suas patas de volta na neve.

— Muito bem então, não vamos libertá-los ficando por aqui a noite toda. Vamos, irei primeiro para experimentar a neve com o machado de gelo e ter certeza de que é sólida o bastante para atravessarmos. Fique perto de mim, garoto, caminhe em minha trilha.

Seguindo Arnela até as regiões mais altas da montanha, Nid mantinha a mente ocupada enviando mensagens ao dono.

Pensou em coisas alegres, inconsequentes, que esperava pudessem arrancar Ban do sonho apavorante.

"Ei, ei, amigão, sou eu, seu velho companheiro, Nid. Lembra-se do piquenique que fizemos na floresta há uns anos? Haha, é uma boa história, devorávamos a comida quando subitamente você percebeu que estávamos sentados num formigueiro. Hohoho! Nunca soube que você era um dançarino tão bom, pulando e saltando e batendo no bumbum. Que visão! Vamos, admita, Ban, você não pôde se sentar durante uma semana depois disso. Não ligue para esses velhos sonhos ruins, amigão. Acorde, abra os olhos! Fale com Karay e Dominic, pense em outras coisas, qualquer coisa! Hahaha, como quando nós perseguimos aquela senhora esnobe a cavalo pela feira. Hoho, o traseiro gordo e grande do cavalo balançando por toda parte e ela segurando o chapéu. Que chapéu horroroso! Uma daquelas criações com uma cotovia morta empalhada e um monte de cerejas de cera nele. Você não ia querer ser visto morto nele numa noite escura, não é? Vamos, Ban, tente lembrar-se dos bons tempos, das coisas engraçadas."

E nem quando arrastava o peito na neve fofa, misturada a rochas xistosas soltas e pedras salientes, ou quando evitava o gelo, o fiel cão deixou de tentar quebrar o feitiço que tomava conta da mente de Ban.

LIGRAN RAZAN E O IRMÃO MAIS VELHO, RAWTH, ABRIRAM A GRANDE porta com grades da cela e entraram. Eles fitaram os três jovens, todos presos em seus próprios transes apavorantes, incapazes de falar, mover-se ou comunicar-se uns com os outros.

Ligran gargalhou ao vê-los.

— Sonhos doces, hein? Eu não gostaria de tirar um cochilo como o que vocês estão tirando nem por dez bolsas de ouro! — E chutou, de leve, o pé de Dominic.

Rawth preveniu-o:

— Cuidado ou você vai quebrar o feitiço!

Ligran zombou do irmão:

— Nossa velha irmã malvada é a única que pode fazer isso. Olhe! — Ajoelhando-se, esbugalhou um dos olhos de Dominic. O retratista ainda olhava diretamente para a frente em transe.

Ligran deu de ombros:

— Viu? Ele nem sabe que estamos aqui — e deixou a pálpebra cair.

Rawth agarrou um dos braços de Ban.

— Pare de brincar e vamos levá-lo para Maguda.

Ligran ajudou o irmão a erguer o menino narcotizado; eles o carregaram para fora da cela e trancaram-na novamente.

Dobrando os braços de Ban sobre os ombros, os bandidos o arrastaram pelo corredor com os pés mal tocando o solo.

O urso resmungou baixinho quando passaram em frente à cela. Ligran parou por um instante, chutou as grades e rosnou para o pobre animal.

— Você quer que eu saia para pegar meu chicote? Vou lhe dar um motivo para se lamentar!

A criatura caiu em silêncio com os olhos tristes e escuros sombrios e úmidos.

Os irmãos pararam numa caverna com uma porta de madeira. Ela estava destrancada e Rawth a chutou duas vezes. A voz que veio de seu interior era a da irmã.

— Trazei-o.

A caverna servia como arsenal do clã de bandidos. Maguda Razan estava sentada na liteira, apoiada em quatro pequenos barris de pólvora. Havia outros barris empilhados, além de um conjunto de mosquetes de pederneira e rifles, lanças, arpões e muitas outras armas de aspecto curioso encostadas nas paredes.

Maguda apontou para um pedaço de corda que estava próximo.

— Amarrai as mãos dele para trás e colocai-o sentado no chão.

Rawth executou a ordem, colocando Ban sentado com as costas apoiadas contra dois barris de pólvora. Ele e Ligran aguardavam novas instruções.

Maguda tamborilava as longas unhas, dispensando-os com um gesto da mão.

— Podeis sair agora. Voltai com os carregadores da liteira em uma hora. Esperai! Ligran, dá um pouco disto ao garoto.

Ligran pegou a taça da irmã. Inclinou a cabeça de Ban para trás e pingou um pouco da poção entre os lábios do garoto. Ban engoliu e tossiu.

Maguda ergueu a mão.

— Basta! Isso vai acordá-lo.

Rawth tentou parecer prestativo.

— Você quer que nós fiquemos por aqui, caso ele tente algo...

Ele se encolheu diante do olhar desdenhoso de Maguda.

— E para que preciso de tolos? Saí, os dois!

Eles saíram, fechando a porta atrás de si. Maguda olhou com atenção para Ban. Sua cabeça balançava de um lado para o outro e seus lábios moviam-se levemente. Devagar os olhos abriram e ele olhou freneticamente ao redor, com um tom de pânico na voz:

— Onde estão meus dois amigos? O que você fez com eles?

Maguda apertou os olhos até que parecessem simples fendas.

— Teus amigos ainda vivem e estão trancados em segurança... — e parou para que ele prestasse atenção. — ... Por enquanto.

Ban tentou parecer razoável, sabendo que estava na presença de uma adversária cruel e vingativa:

— Não queremos lhe fazer mal... por que está nos mantendo aqui como prisioneiros? Por favor, liberte meus amigos, pelo menos. Deixe-os ir!

A velha senhora balançou a cabeça com silenciosa jovialidade.

— Meu bravo jovenzinho mentiroso, estás aqui para resgatar meu neto, mas infelizmente o Adamo que as pessoas conheciam se foi. Para mim, ele está morto para sempre.

Ban sentou muito ereto.

— Ele está morto?

Maguda apontou para si mesma.

— Não por minhas mãos, mas por sua escolha teimosa. Não falarei mais dele. Queres que te liberte e a teus amigos. Posso fazê-lo, mas com uma condição que somente tu podes satisfazer, garoto.

Ban inclinou-se para a frente avidamente, com a esperança crescendo dentro de si.

— Diga-me, o que quer que eu faça?

Maguda deteve-se por alguns instantes enquanto as unhas batiam na liteira.

— Sei que és um garoto estranho, meus presságios já me disseram. Viste muitas coisas durante um longo tempo, muito mais longo do que tua aparência indica às pessoas comuns. Mas eu sou Maguda Razan e não uma pessoa comum. A questão é: se eu olhar fundo em teus olhos, o que vou contemplar? Dize-me.

Ban respondeu do modo mais sincero que podia, mas sem revelar muita coisa.

— Senhora, tenho pouco controle sobre o que as outras pessoas veem em meus olhos. Talvez elas vejam neles exatamente o que querem ver.

Maguda zombou.

— Cartomantes e charlatões dizem essas coisas para os camponeses tolos. Tuas palavras não me enganam. Quero ver o que teus olhos realmente guardam. Destino, futuro, conhecimento... o que quer que seja, eu tenho que saber. Mas cuidado! Se não gostar do que vejo, será pior para ti, garoto!

Ban sabia que era uma chance que ele precisava arriscar. Tudo o que podia fazer era aceitar a solicitação de Maguda. Ele temia por si, mas mais ainda por seus dois amigos, e parecia dolorosamente óbvio que Maguda não era de fazer ameaças vãs. Lançou um olhar rápido à velha malvada enquanto ela aguardava sentada sua decisão. O instinto lhe dizia que ela estava apreensiva. Normalmente, estaria em sua grande caverna, cercada por guardas. Por que preferira vê-lo sozinha? Será que ela temia o que veria em seus olhos? Será que ela não queria que outros vissem sua fraqueza? Será que Maguda Razan era realmente tão poderosa e invencível?

Ban decidiu arriscar e descobrir.

— Espero que o que veja em meus olhos lhe agrade, senhora. Estou pronto para a senhora olhar dentro deles.

Maguda o encarou, fechou seus olhos com força e começou a sussurrar encantamentos numa estranha língua antiga. Suas mãos acariciavam um crânio que estava a seu lado, na liteira.

Ban sentou-se, resignando-se ao destino, enquanto aguardava que ela terminasse o estranho ritual. Sem que percebesse, imagens começaram a invadir sua mente. Ele sabia que só podia ser Nid — a comunicação com o cão era tão forte que se sobrepunha a tudo. Ban não podia expulsar as imagens de sua mente.

Os olhos de Maguda Razan subitamente se arregalaram, encarando-o, penetrando em sua mente. Ela sibilava enquanto as mãos se erguiam como duas garras com longas unhas acima de sua cabeça:

— Agora veremos. Olha fundo em meus olhos, garoto, curva-te a meus poderes!

Ban encontrou seu olhar hipnótico e surpreendeu-se por descobrir que não sentia nada. Era apenas como olhar para uma velha bruxa desagradável.

Ele sorriu com as lembranças que Nid lhe enviava. Maguda Razan piscou e, em seguida, suas mãos baixaram um pouco.

— Que tolice é essa? Vejo-te dançando numa floresta distante, golpeando-te e pulando feito uma criança louca. Não! Espere! Vejo a feira de Veron agora... uma mulher tola num cavalo empinado, sendo perseguida por um cão! Estás zombando de mim, garoto? Pensas que podes rir de Maguda Razan?

Ban tinha dificuldade em ficar sério, mas entoava monotonamente, como se estivesse hipnotizado:

— Olhe mais fundo e verá.

Ele concentrou os pensamentos no *Holandês Voador*. No olho de um furacão barulhento que varria a costa da Terra do Fogo, em meio às ondas geladas e à mastreação esfarrapada, o rosto do capitão Vanderdecken apareceu. Os cabelos lisos e incrustados de sal emolduravam a face amaldiçoada, os lábios pálidos revelavam dentes manchados, grandes e irregulares, e os olhos brilhavam de modo insano. Rindo enlouquecidamente, ele atravessou o convés do navio maldito, lançando maldições e ameaças por toda parte.

Ban viu a atitude de Maguda mudar com a visão — ela gostava e sentia prazer em observar a cena horrenda. Sua língua, que parecia a de uma cobra, lambia os lábios secos enquanto ela gargalhava:

— Ele é realmente cria do fogo do inferno!

Ban odiava invocar as visões, mas para que conquistasse sua liberdade e a dos amigos não havia alternativa. Suas têmporas latejavam de dor, lancetando sua mente como uma lâmina. Sem dar rédeas aos pensamentos, despejou toda a experiência horrível nas órbitas cruéis e fixas de Maguda. Motim, assassinato, brigas e disputas — tudo o que ocorrera em alto-mar a bordo do *Holandês Voador* naquela viagem indescritível!

Maguda Razan se sacudia de prazer — era como uma criança caprichosa, gracejando, sorrindo, com o rosto tatuado e vincado contorcendo-se, enquanto recebia novas visões. Crueldade, maldade, conflitos e sofrimento eram sua razão de viver — ela se alegrava com a vilania inexprimível. Agora Ban perdera o controle dos pensamentos, era como se sua mente estivesse a ponto de explodir. A caverna parecia oscilar e balançar a seu redor como se o caleidoscópio louco da malfadada viagem de muito tempo atrás vomitasse de modo descontrolado.

O riso de Maguda ecoou uma vez e mais outra, aumentando em intensidade.

Então...

Trovões e raios explodiram através do redemoinho de som, silenciando tudo! Em meio à luz verde do fogo de santelmo, exatamente como acontecera há tantos anos, o anjo celestial desceu. Maguda Razan estava rígida. Ela soltou um grito sobrenatural e caiu dura sobre a liteira. A visão de um ser que irradiava tanta pureza e beleza paralisou o coração de alguém que representava escuridão e maldade!

A cabeça de Ban caiu para a frente e apoiou-se nos joelhos dobrados. Ele se sentia exaurido, mas limpo pela tranquilidade e calma que o envolviam. Ouviu sons de passos do lado de fora, no corredor, e viu a porta se abrir subitamente. Ligran e Rawth e uma multidão de seguidores correram para dentro, seguidos por Gizal, a velha cega.

Incapaz de se controlar, Ligran caminhou até a liteira e cutucou a figura cadavérica esticada sobre ela. Imediatamente retrocedeu e falou com uma voz estridente, sem conseguir acreditar:

— Ela está morta... Maguda está morta?

Rawth sacou a espada e apontou-a para Ban, gritando:

— Você a matou!

E balançou a lâmina na direção do garoto, mas Gizal bateu a ponta do cajado no caminho até a liteira. Ela passou as mãos pelo corpo de Maguda, colocando os dedos sobre o nariz e a boca para verificar a respiração. Tirando um longo grampo do cabelo, Gizal tocou a pupila do olho de Maguda... mas não percebeu nenhum movimento. E assentiu:

— Ela está morta.

Os homens na caverna soltaram, ao mesmo tempo, um suspiro de choque. A mulher cega abriu caminho até Ban, batendo com o cajado nos homens atônitos, e falou:

— Abri passagem, movei-vos!

Ban estava sentado quieto e com os olhos fechados, tentando ocultar a repugnância que sentia por ser tocado pela velha com aparência de bruxa. Empurrando as mandíbulas, ela cheirou sua boca aberta. Ele recuou quando ela puxou seu cabelo, examinando-o, e as unhas o arranhavam enquanto examinava ao redor de suas orelhas. Então Gizal apoiou-se em seu ombro, inclinando-o para a frente. Ban tentou prender a respiração quando as roupas com cheiro de mofo envolveram seu rosto para que ela examinasse as cordas que amarravam suas mãos nas costas.

Satisfeita, a mulher se ergueu.

— Não há marcas ou sangue em Maguda; entretanto, ela jaz morta. O garoto não poderia tê-la assassinado por nenhum meio mortal, pois está bem-amarrado e não poderia desfazer ou amarrar novamente as cordas.

Ligran bateu no pequeno barril com o punho.

— Mas como...?

Gizal pediu que fizesse silêncio com a mão erguida.

— Ouve. O garoto poderia tirar a vida de Maguda de dois modos apenas: com a boca ou com os olhos. Ou ele cuspiu veneno nela ou proferiu algum feitiço poderoso, embora eu não acredite nisso. Rawth, lembra-te de quando ele e os amigos foram trazidos pela primeira vez diante de tua irmã? Ela te fez derrubá-lo, dizendo que não queria que ele olhasse para ela, não foi?

Rawth coçou a barba.

— Isso! Foi como você está dizendo!

Gizal pôs uma das mãos sobre o braço de Rawth.

— Cobre os olhos dele. Podes amordaçá-lo também, por segurança. Leva-o de volta à cela.

Antes que Ban pudesse protestar, a boca e os olhos foram amarrados com tiras sujas de pano; em seguida, os seguidores levaram-no para fora, deixando Gizal a sós com os dois irmãos Razans.

Ligran, o irmão com o temperamento mais explosivo, caminhou pela caverna, balançando a cabeça com raiva.

— O garoto é um perigo para todos nós, Gizal. Você deveria deixar Rawth matá-lo. Ouça, irei e farei o trabalho eu mesmo!

O cajado da cega bloqueou o caminho de Ligran, enquanto ela baixava o tom da voz para adverti-lo:

— Não deixes a raiva dominar teu pensamento, Ligran. Se o garoto realmente matou Maguda com os olhos, ele deve ser até mais poderoso do que ela era. Tua irmã governava através do medo. Sem alguém como ela, nosso povo em pouco tempo sairia daqui e cada um seguiria seu caminho, não estou certa, Rawth?

O mais velho dos Razans assentiu:

— É verdade, velha, mas se o garoto é tão poderoso quanto você pensa, como podemos tê-lo a nosso serviço?

Ligran começou a se animar com uma ideia e sorriu com maldade.

— Por meio dos dois jovens amigos... eles são próximos como irmãos e irmã. O garoto não ia querer machucá-los, ia?

O cajado de Gizal tocou o ombro de Ligran.

— Agora estás mostrando bom-senso. Deixa-me pensar um pouco. Primeiro, teremos uma grande cerimônia para impressionar nosso povo. Maguda deve ser colocada numa sepultura adequada antes que o novo líder seja conhecido pelos Razans. Isso ocorrerá depois que o espírito de Maguda aparecer para nós três e nomear o garoto como seu sucessor.

Por um instante, Rawth ficou confuso:

— E ela vai aparecer?

Ligran deu uma risada.

— Ela já apareceu, irmão, você a ouviu.

Rawth entendeu a situação e riu.

— Oh, sim, eu a ouvi. Pena que nem todos os Razans puderam ouvi-la, não é?

Gizal apertou o braço de Rawth de modo tranquilizador.

— Não temas, eles irão! Na hora certa. Há muitos lugares ocultos e a grande caverna tem muito eco. Deixa isso com a velha Gizal!

Depois de elaborar seu plano, os três saíram da caverna do arsenal, deixando para trás o cadáver rígido da até então todo-poderosa Maguda Razan. O que Gizal, Ligran e Rawth não perceberam foi que a lição que a antiga líder aprendera e que lhe custara a vida era a garantia de que o **Bem** triunfa sobre o **Mal**, sempre!

26

JÁ ERA O FIM DO DIA SEGUINTE. ARNELA E NID AGACHARAM-SE atrás de uma mistura de rochas brilhantes com gelo. O chão diante deles era composto de terra solidificada, rochas xistosas e neve que formavam uma pequena escarpa encostada no cume da montanha branca primitiva.

Arnela apontou, sussurrando para o cão:

— Está vendo ali, Nid? Aquela é a única entrada para as cavernas dos Razans. Bem no interior da fenda, sempre reto.

O labrador negro concentrou seu olhar no buraco obscurecido na face sólida da rocha enquanto ouvia a pastora.

— Aquelas marcas vermelhas na entrada, a distância, parecem velhas manchas de sangue. Mas, na verdade, são desenhos antigos de habitantes das cavernas caçando porcos selvagens. Eu os vi uma vez, há muito tempo, quando segui alguns dos bandidos dos Razans até aqui. Aposto que há muitas cavernas e passagens em seu interior. Quando entrarmos, vamos pensar nisso. A primeira tarefa é entrar. Tenho certeza de que há guardas na entrada. Vamos nos esconder aqui e observar até termos uma chance. Está bem?

Nid encolheu-se, assentindo para mostrar que entendera.

Depois que Ban foi amarrado rudemente na cela, permaneceu deitado, ouvindo os seguidores que trancavam a porta com grades e desciam pela passagem. Então se pôs a trabalhar. Ainda amarrado, com os olhos vendados, o menino rolou até bater na parede rochosa e áspera. Apoiando-se nela, balançou até que a corda apertada que o amarrava encontrasse um pequeno sulco. Em seguida, começou a cortar a corda, esfregando-a para a frente e para trás na saliência da rocha. Era um trabalho lento e doloroso e suas mãos estavam frias, inchadas e dormentes por causa da corda apertada.

"Ban, você está aí, amigão? Sou eu, Nid! Estou com Arnela, observando a entrada principal. Assim que conseguirmos nos esgueirar para dentro, tentaremos resgatá-los. Como estão Karay e Dominic? Estão com você?"

Ban parecia aliviado ao responder:

"Bom e velho Nid, sabia que você viria. E você trouxe ajuda também! Ótimo! Ouça, amigão, estou um pouco amarrado no momento, por isso vou falar rápido. Estou trancado numa cela em alguma parte abaixo da grande caverna principal. Acho que nossos amigos devem estar aqui, se os Razans me trouxeram para a mesma cela onde estava. Sei que parece estranho, mas estou amarrado, amordaçado e vendado. Estou tentando me soltar. Assim que tiver certeza sobre onde estou, farei contato. Por isso, você e Arnela têm que ser muito cuidadosos: vocês não poderão nos ajudar se forem capturados. Os Razans não são tolos — eles conhecem muito bem o interior desta montanha. Falarei com você mais tarde. Cuide-se agora, ouviu?"

A resposta de Nid atravessou a mente de Ban:

"Ouvi, amigão. Tomara que possamos chegar até vocês o quanto antes!"

Ban estivera cortando sem parar, ao mesmo tempo que transmitia seus pensamentos ao cão. Finalmente, ele deu um puxão e a corda desgastada partiu em dois pedaços. Usando os dois polegares, Ban puxou a mordaça para cima do nariz e levantou a venda até que pudesse ver alguma coisa. Em seguida, com os dentes, o garoto rasgou os pedaços de corda que estavam bem-amarrados em torno dos dois pulsos. As mãos dormentes continuaram inúteis por vários minutos. Ele segurou as lágrimas, respirando fundo enquanto o sangue fluía dolorosamente de volta para os dedos. Finalmente, alcançando a parte de trás da cabeça, desamarrou a mordaça e a venda.

Dominic e Karay estavam lá, sentados, apoiados e inclinados em cantos opostos, com os olhos arregalados. Ban viu os membros que se debatiam e os rostos pálidos. Ele sabia que eles estavam presos no mundo dos pesadelos. Narcotizados! Ban decidiu usar os métodos de Nid para chegar até eles, combinados com um detalhe que ele acrescentou. O mingau e a água ainda estavam do lado de fora das grades da cela. Ele encheu a concha com água, jogou-a direto no rosto de Dominic e começou a dar tapinhas nas bochechas do garoto, gritando em seu ouvido:

— Vamos, preguiçoso, acorde e levante-se! De pé!

Segurando o amigo pelos braços, Ban o pôs de pé e deu um chute violento em sua perna.

O retratista recuou abruptamente e suas mãos arranharam o rosto de Ban, enquanto ele choramingava:

— Ahhhhhhhhhh! Tire essas cobras de mim, eu odeio co... Ban?

Abraçando o amigo, Ban murmurou em tom confortador:

— Calma, calma, Dom. Foi tudo um pesadelo. As cobras se foram. Pense em coisas boas e alegres. Elas não vão mais incomodar você.

Dominic piscou as lágrimas dos olhos e esfregou a perna.

— Uma delas me mordeu, Ban: uma naja verde, bem aqui em meu joelho. Acho que vou morrer... porque pinica e dói. Oooohhhh!

Ban enxugou as lágrimas dos olhos de Dominic.

— Não foi uma cobra, Dom, fui eu. Eu dei um belo chute em você para despertá-lo. Lamento por isso, amigão. Melhor fazermos Karay voltar para o mundo dos vivos. Vamos, me dê uma mão!

Dominic jogou água no rosto da garota. Ban deu tapinhas em suas bochechas e um puxão forte em seu cabelo, gritando:

— De pé, senhorita! Vamos ver você dançar e cantar, amiga!

Karay gritou. Ela arranhou e bateu nas mãos de Ban enquanto eles puxavam seu cabelo:

— Ahhhhhhhhhh! Vão embora, coisas imundas e rastejantes! Ugh, aranhas! Uuuuggghhh!

O rosto de Ban estava bem próximo ao dela. Os olhos da garota estavam arregalados e suplicantes. Ela soluçava para ele:

— Mate as aranhas, Ban. Não deixe elas me pegarem. Mate-as!

Passou-se uma hora ou mais até Karay e Dominic voltarem totalmente a si, embora ambos reclamassem de uma dor de cabeça tremenda e um pouco de tontura. Ban explicou-lhes o que acontecera. Ele falou sobre a morte de Maguda Razan, mas teve que mentir sobre o que ela vira em seus olhos — e atribuiu sua morte ao fato de que era muito velha e deveria ter um coração fraco.

Karay mal ouvia naquele momento. Ela olhava ansiosamente para a concha no balde de água.

— Ooh, minha boca está tão seca... Eu daria qualquer coisa por um gole de água!

Dominic concordou com ela. Mas Ban deu de ombros.

— Se tocarem naquela água, em uma hora vocês estarão lutando contra cobras e aranhas novamente. Estou avisando!

Karay massageou as têmporas, de mau humor.

— Bem, o que devemos fazer agora? Ficar sentados aqui?

Ban assentiu.

— Não podemos fazer muita coisa. Mas não se preocupem, porque tenho a sensação de que Nid pode vir nos resgatar em breve.

Dominic olhou com curiosidade para Ban.

— É um pensamento ou só uma sensação, amigo? Diga-me.

Os olhos anuviados e misteriosos de Ban encontraram os do retratista; ele sorriu de um jeito estranho e falou:

— Um pouco dos dois, eu acho.

Dois guardas dos Razans que estavam parados na entrada do túnel caminharam para o lado de fora para aproveitar a luz do fim de tarde. Apoiando seus rifles de pederneira contra a parede de rocha, pararam, ociosos, aquecendo-se no calor. Não estavam lá há muito tempo quando uma figura alta e coberta surgiu, puxando um cão negro numa guia de corda improvisada. Os guardas cobriram os olhos contra o sol que baixava, mas não puderam ver o rosto do recém-chegado, que estava oculto pelo capuz da capa. O cão cravou as patas no chão, tentando resistir a ser puxado. Mas a figura grande e de aparência forte o arrastava com facilidade e acenava amigavelmente para os dois guardas.

Um cutucou o outro.

— Veja, é o cão negro que Maguda ordenou que todos procurassem.

O outro guarda olhou para o animal amargamente e falou:

— Hum, não vai adiantar muito agora que Maguda morreu. Eles vão colocá-la na sepultura agora. Talvez possam enterrá-lo com ela, não é?

Enquanto a figura se aproximava, porém, o guarda a desafiou:

— Parado! Quem vem lá e o que quer aqui?

A figura grande falou com confiança:

— Não há o que temer, amigos, sou um Razan também. Pensei que Maguda poderia gostar de um presentinho. Encontrei o animal vagando pelos declives.

A figura continuou a avançar. O primeiro guarda deu a notícia:

— Você chegou um pouco atrasado, irmão. Maguda Razan morreu ontem à noite.

O recém-chegado apontou para o interior do túnel.

— Maguda Razan? Morta? Não pode ser. Olhem ela ali!

Os dois guardas viraram-se para olhar dentro do túnel. Arnela — pois era ela — soltou Nid. Agarrando os dois homens por trás com suas mãos poderosas, ela bateu suas cabeças contra a face da rocha e eles caíram feito toras de madeira.

Nid recuou ao ver os dois guardas inconscientes.

"Au! Estou feliz por estarmos do mesmo lado!"

Arnela amarrou os dois homens com as costas voltadas uma contra a outra com a longa corda de escalar e amordaçou-os com firmeza com suas próprias bandanas. Segurando um pé de cada um dos homens, ela os arrastou com facilidade e colocou-os em seu antigo esconderijo. Carregando nos ombros suas armas de fogo, apontou para o túnel.

— Vá primeiro, Nid. Talvez você possa farejar nossos amigos.

O labrador negro trotou para dentro, acostumando-se às paredes iluminadas pela luz cintilante das tochas. E transmitiu uma mensagem para Ban:

"Estamos do lado de dentro, Ban. Arnela acaba de derrubar os guardas da entrada. Onde está você, amigão? Pode me dar alguma dica?"

O garoto respondeu em pensamento:

"Nid, lamento, mas não tenho ideia sobre este lugar. Não posso orientá-lo, amigão. Mas, se você ouvir um urso se lamentando e gemendo, saberá que estamos em alguma parte das proximidades. Eles trancaram o pobre animal numa cela a cerca de três portas depois de nós. Procure por ele."

O cão parou, pensou sobre a sugestão de Ban e, em seguida, veio com uma solução.

"O urso pode se calar — ele não sabe que estamos chegando. Diga a Karay para começar a cantar e continuar cantando. A voz dela tem um tom mais alto e vou poder ouvi-la com mais facilidade."

Ban virou-se para a garota com o pedido.

— Cante alguma coisa, Karay, uma longa e bela canção com notas altas.

Ela continuou sentada e respondeu de mau humor:

— Quem você pensa que é para me dar ordens, hein? Minha boca está muito seca. Além disso, ainda estou com uma dor de cabeça muito forte e não quero cantar. Hum, você pode cantar, se quiser!

Dominic fitou Ban e perguntou:

— Por que você quer que ela cante tão de repente? Há alguma razão especial para isso?

Ban deu uma explicação estranha para o retratista:

— Eu posso sentir que Nid está em algum lugar destas cavernas, procurando por nós. Aposto que ele trouxe ajuda também. Se ele ouvir a voz de Karay, isso deve ajudá-lo a chegar até nós.

Karay levantou-se de um pulo e correu para as grades.

— E por que não disse logo, Ban? Por quanto tempo devo cantar?

Ban deu de ombros.

—Pelo tempo necessário, eu acho. De todo modo, isso vai nos poupar de ter que ouvir nosso amigo, o Senhor Urso. Os gemidos e lamentos do pobre me deixam triste.

Karay começou a cantar.

"Não ame um soldado, minha bela dama,
Pois você terá que seguir a brigada,
Atravessar riachos frios e lamacentos,
E países distantes.

Rub a dum dum dum, rub a dum dum dum,
Esse som será o resumo de sua vida inteira,
A flauta e o tambor do regimento
Tirarão de você sua pátria.

E para onde você marchará
Quando ele a deixar para lutar?
Você sentará e se lamentará,
Rezando para ele voltar.

Rub a dum dum dum, rub a dum dum dum,
Você odiará a batida do tambor
Quando os pés sangrarem, rachados e dormentes,
O som vai mantê-la marchando.

Vá, escolha um cozinheiro, clérigo ou noivo,
Ou tecelão que trabalha no tear,
Porque ele não a levará para a ruína,
Como o bravo e incauto soldado.

Rub a dum dum dum, rub a dum dum dum,
Porque mesmo as mulas, tão caladas,
Cedo ouvem um violão desafinar
Em seu estábulo!"

Karay parou de cantar. E ergueu um dedo pedindo silêncio.

— Por que você parou de cantar? — indagou Ban.

Dominic aproximou-se das grades.

— Ouço alguma coisa, parece um tipo de cantoria. É como se um monte de gente estivesse vindo para cá.

Ban juntou-se aos amigos na grade enquanto a cantoria se tornava mais alta. Os dois irmãos, Rawth e Ligran, atravessaram o cruzamento no fim do corredor. Ao encostar o rosto de lado contra a grade, Ban apenas pode vê-los com o canto dos olhos. Eles eram seguidos por um bando de homens e mulheres dos Razans. Gizal liderava a assustadora cantoria em meio às batidas de quatro gongos:

"Maguda... Maguda!
O submundo clama por vós.
Maguda... Maguda!
Espalha o medo e a morte.
Razan, Razan, Razaaaaaan!"

A cantoria se repetia monotonamente enquanto o clã marchava em fileiras de três pessoas. No fundo da procissão, doze bandidos robustos carregavam um longo suporte com o corpo de Maguda sentado no trono acima dele.

Karay observou em temor silencioso enquanto o desfile macabro passava.

— Eles devem estar levando Maguda para a sepultura. É o melhor lugar para a velha malvada; é isso que digo!

Uma mensagem de Nid chegou até Ban.

"Olá, amigão, estamos numa caverna grande e comprida, um lugar horrível, cheio de fumaça colorida e um monte de estátuas estranhas enormes. Mas aqui não há ninguém em parte alguma!"

Ban interrompeu os pensamentos do cão.

"Bom! Vocês chegaram bem na hora. Os Razans estão participando da cerimônia do funeral no andar abaixo do nosso. Se vocês chegarem até nós, poderemos nos libertar durante o tempo em que os Razans participam da cerimônia nas cavernas inferiores. Corram, amigão!"

O urso, que estivera gemendo e lamentando-se continuamente, começou a uivar e a bater as correntes do pescoço.

O pensamento de Nid voou até Ban:

"Alguém está soprando um chifre aí embaixo? Que barulheira é essa que estou ouvindo?"

Ban respondeu com uma velocidade frenética:

"É o urso; ele começou a fazer barulho do lado direito. A cela dele está a três portas da nossa. Se você puder encontrá-lo, estamos a apenas alguns metros de distância, amigão!"

Ban percebeu nitidamente a determinação na resposta do cão.

"Aguente aí, companheiro... Estamos chegando!"

Nid puxou a manga de Arnela. Sem dizer uma palavra, ela o seguiu correndo — em torno do estrado vazio do trono, através das nuvens insalubres de fumaça multicolorida e dentro de um túnel descendente. Ela parou por um instante, franzindo o cenho.

— Será que esses bandidos estão fazendo um sacrifício humano? Que gritos horríveis são esses, Nid?

O labrador negro puxou a manga da pastora tão forte que a rasgou. Ela assentiu furiosamente:

— Está bem, está bem! Vá na frente, garoto, estou bem atrás de você!

Juntos eles correram pelo túnel estreito descendente, fazendo uma curva fechada à esquerda no corredor da prisão. A voz de Ban soou alegre quando ele ouviu seus passos. "Nid, Nid! Eu sabia que você nos encontraria!"

Arnela chegou à entrada da cela, ofegando ao lado do cão.

— Ahá, aí estão vocês!

Karay soluçou.

— Oh, vocês conseguiram, finalmente estão aqui!

Sempre uma alma prática, Arnela pediu silêncio.

— Haverá tempo para isso mais tarde. Vamos tirar vocês daí!

Dominic sacudiu as grades freneticamente.

— Eles tiraram tudo de nós, menos as roupas. Não temos nada para abrir o cadeado. E prometemos soltar o urso, se saíssemos. Ouça o pobre animal uivando!

Arnela afastou-os das grades.

— Para trás, jovens, deixem isso comigo!

Pegando um dos mosquetes do ombro, ela bateu no velho cadeado com grande força — uma, duas vezes! Os ferrolhos do mecanismo antigo quebraram com o impacto e o grande cadeado se abriu.

O urso ficou em silêncio; ainda preso à parede, ele estava encostado às grades de sua cela. Karay correu até ele. Antes que alguém pudesse gritar para adverti-la, ela pôs a mão entre as grades e acariciou seu imenso rosto.

— Pobrezinho, vamos tirá-lo daí. — E o grande animal encostou a cabeça com pesar na mão da garota.

Arnela bufou admirada:

— Muito bem, veja só, um urso adestrado. Fique longe da tranca, garota! E você também, urso!

Novamente ela pegou o mosquete e bateu-o no lado do cadeado antiquado. Uma, duas vezes... *bang!* O rifle disparou acidentalmente, embora a tranca estivesse aberta.

Dominic correu para o fim do corredor, gritando:

— Rápido! Esse tiro nos denunciou. Eles virão atrás de nós num minuto!

Ban reconheceu a porta de madeira na parede oposta. Era a caverna do arsenal onde Maguda conversara com ele.

— Arnela, veja, esta caverna está cheia de barris de pólvora!

A pastora gigante balançou a cabeça.

— Nem pense em explodir a pólvora aí, Ban. A montanha desceria sobre todos nós. Ouça, pegue o machado de gelo e solte esses grampos que prendem as correntes do urso à parede. Tive uma ideia.

A porta de madeira do arsenal estava presa à rocha por grossas dobradiças de couro que, por sua vez, estavam presas a dobradiças de madeira que formavam os umbrais da porta. Arnela pegou uma pequena faca com a lâmina em forma de gancho e tão afiada que cortou o couro como se fosse manteiga. A mulher segurou a porta enquanto esta caía para o lado de fora.

Levando-a até a passagem, desceu até encontrar um local onde o túnel construído de modo precário se estreitava. Nesse ponto, Arnela prendeu a porta. Ela escutou por um instante, antes de apressar os amigos:

— Você estava certo, Dominic. Posso ouvi-los chegando. Melhor sairmos rápido. Já soltou os grampos, Ban?

O garoto já retirara um deles. Ele empurrou a extremidade do machado de gelo através da abertura do outro e o levantou. Ele saltou para fora, e o urso foi libertado. Karay pegou a pata do grande animal e o levou para fora. Ele a seguia mansamente.

Ban não pôde deixar de rir:

— Bem, certamente você arrumou um amigo, Karay. Vamos sair deste lugar, companheiros!

Eles seguiram pela passagem ascendente, saindo na caverna principal. Arnela deu a cada um uma pistola que trouxera do arsenal.

— Elas podem ser úteis. Muito cuidado agora porque estão carregadas e travadas. Posso ouvi-los batendo à porta. Ouçam!

O som dos Razans batendo à porta que estava atravessada na passagem abaixo ecoou nitidamente.

Percorrendo a caverna, os amigos abriram caminho para a saída do túnel, com Nid correndo à sua frente. Ele esperava na entrada quando Ban o alcançou. O cão enviou-lhe um pensamento:

"Olhe, outra porta. Não a tinha visto. Diga a Arnela para fechá-la atrás de nós e prendê-la bem — isso pode nos dar um pouco de tempo."

Ban imediatamente transmitiu a ideia do cão à grande pastora. Ela olhou em dúvida para a porta. Era certamente uma porta reforçada que abria para o lado de dentro, e ficava nivelada contra a parede. A madeira fora pintada e panos cinzentos foram pendurados e habilmente disfarçavam o objeto para que ele se parecesse com a rocha que a ladeava. Um inimigo teria dificuldade em encontrar a entrada da caverna, se estivesse fechada.

Os pensamentos de Nid se tornaram urgentes:

"Ela vai ficar parada lá, pensando, durante todo o dia, Ban? Eu posso ouvir os Razans, eles já liberaram o túnel da porta do arsenal. Há muitos deles e são rápidos. Melhor fazermos alguma coisa imediatamente, amigão!"

Arnela pegou novamente a faca.

— Muito bem, é isso que vamos fazer.

Ela cortou as dobradiças de couro — havia quatro delas. O couro era muito grosso e bem lubrificado, mas não resistiu à lâmina afiada da mulher gigante. Saltando para a frente, ela segurou a grande porta, suportando seu peso nas costas. Arnela bufou:

— Ajudem-me a levar isso para fora!

Os dois garotos seguraram, um de cada lado, a madeira grossa. Ban surpreendeu-se ao ver o urso juntar-se a Arnela para dividir o peso.

Agora os Razans que os perseguiam podiam ser ouvidos próximo à caverna principal. Ligran Razan estava gritando.

— Vão para a entrada! Não deixem ninguém sair deste lugar vivo!

Com um *bam!*, a porta caiu no chão. Arnela fitou o declive da encosta da montanha. Estava coberto de gelo e neve, salpicado de rocha xistosa e grama pisada.

— Bem, amigos, ou nos matamos ou fugimos daqui. Pulem a bordo, uma descida de trenó é nossa única esperança!

Nid espreitou a fortaleza dos Razans — os bandidos se lançavam através da caverna principal como uma imensa matilha de lobos.

Uma flecha passou por ele. Ban segurou a coleira do amigo.

"Para a porta, Nid, rápido!"

Karay já estava sentada na porta coberta com os panos cinzentos e abraçava o urso encolhido a seu lado. Arnela, Ban e Dominic, agachados, empurraram a porta pesada. Ela avançou devagar enquanto eles curvavam as costas, gemendo com o esforço. Lentamente, a porta começou a se mover ao aproximar-se do declive. Arnela empurrou Ban e Dominic e com um salto também aterrissou na porta.

Em seguida, partiram, justamente quando Ligran saía da caverna com uma multidão de seguidores. Um dos homens pegou um mosquete. Ligran o arrancou dele com brutalidade.

— Idiota! Quer nos matar? Use as flechas!

A grande porta ainda se movia lentamente quando Dominic sentiu o açoite de uma flecha próximo ao pescoço.

— Arqueiros! Abaixem-se! Os quatro se colaram no chão e o urso se deitou atrás de Karay para protegê-la. Ele urrou com raiva quando uma flecha perfurou o pelo grosso de seu ombro. As flechas choviam, batendo na porta de madeira.

Assim que Arnela sentiu que o trenó feito com a porta começou a ganhar velocidade, uma flecha prendeu sua capa na madeira. Ela se sentou e pegou o rifle, cerrando os dentes e dizendo:

— Muito bem, vamos acabar com isso. Peguem suas pistolas. Atirem quando eu der o sinal e vamos torcer para sermos mais rápidos que o que vem por aí!

Arrastando-se para se postar diante do contingente dos Razans montanha acima, Ban, Karay e Dominic sacaram as pistolas.

Arnela gritou:

— Não precisam mirar. Apenas atirem. Agora!

Quatro disparos soaram simultaneamente. O barulho era ensurdecedor, provocando ecos que ressoaram por quilômetros na atmosfera límpida e alta das montanhas. Era como o fim do mundo. Os tiros foram precedidos por um imenso estrondo que sacudiu as encostas. Ouviu-se um barulho como um grande *craaaaaaaaaccc!* e um pedaço inteiro do cume da montanha desapareceu abruptamente. Ligran Razan e os seguidores do lado de fora da caverna sumiram sob uma pesada nuvem branca, assim como a entrada da fortaleza dos Razans — e todos que estavam dentro dela foram enterrados por muitos milhares de toneladas de gelo, pedras e neve.

O vento açoitava e partículas de neve aguilhoavam o rosto de Ban enquanto ele permanecia deitado e agarrado ao fiel cão. O imenso trenó estava deslizando montanha abaixo mais rápido que qualquer flecha atirada de um arco. Os pensamentos de Ban e Nid misturaram-se num grito potente que não podia sair de suas bocas: *"Iiiiiiihhhhhhháááááááá!"*

As unhas de Dominic pareciam prestes a quebrar, pois ele se agarrava à porta como se fosse uma sanguessuga. O urso tinha as duas patas dianteiras estendidas sobre Karay e as garras presas à madeira enquanto se segurava com a garota. Ban tinha a coleira de Nid entre os dentes e o cão estava deitado com ele, ambos presos debaixo das costas de Arnela. Eles atingiram um pequeno monte, avançando sobre ele como um raio; em seguida, coberto de neve, o gigantesco trenó ergueu-se sobre um pequeno afloramento coberto de gelo e deixou o solo, cruzando o ar como se fosse um pássaro. O único som que se ouvia era o vento. Todos eles, de olhos bem fechados, sabiam que não estavam mais em terra firme. Flocos de neve girando e o vento guinchando em seus ouvidos os envolveram pelo que pareceu uma eternidade.

Em seguida, ouviu-se uma pancada nauseante que expulsou o ar de seus pulmões. Depois, um *bang!* Eles ainda avançavam, embora agora tocassem a terra firme. Uma batida! Sempre descendo, foram lançados para a frente. Um som incrível! Uma *pancada!* Um *swoosh* alto! E um barulho de rangido, seguido por um último *bang!*... ensurdecedor. Em seguida, havia apenas a escuridão e o silêncio que os encobria.

27

JÁ ERA NOITE. BAN PERCEBEU quando seus olhos se abriram e ele viu diante de si um céu pontilhado de estrelas e uma meia-lua forjada de prata pura. Mas suas pernas não podiam se mover. O pânico tomou conta dele. Sentou-se rígido e bateu a parte de trás da cabeça numa árvore. Depois, o menino viu mais estrelas. Quando elas se dispersaram, ele se sentou novamente, com cuidado, e descobriu que um monte de neve congelada havia coberto suas pernas, dos dedos dos pés até a altura das coxas. Devagar e com dificuldade, ele obrigou as mãos dormentes a cavarem até que estivesse livre. O corpo inteiro doía e o cabelo estava duro e congelado. Imediatamente outro pensamento assustador atravessou sua mente: Nid, onde estava Nid?

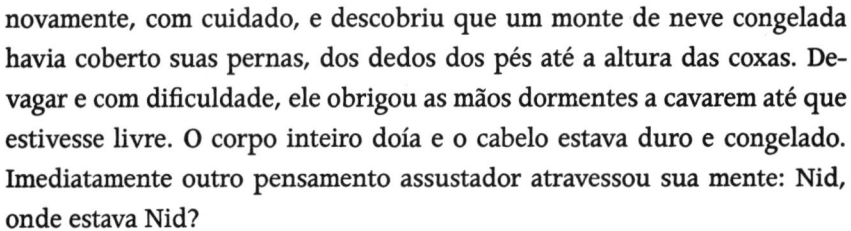

No mesmo instante, Ban ouviu a resposta.

"Acho que me juntei aos anjos, amigão. Tente não se lamentar demais."

Ban liberou as pernas com um puxão.

"Nid, onde está você?"

"Bem acima de sua cabeça, seu grande monte de gelo. Olhe para cima!"

Dobrado sobre um galho de abeto pouco acima da cabeça de seu dono, estava o fiel cão, balançando a cauda com cuidado:

"Vou descer; prepare-se para me pegar. Um, dois..."

O labrador negro aterrissou nos braços estendidos de Ban, derrubando os dois na neve. Por um momento, continuaram deitados, exaustos.

— *Méééééé!*

Um balido soou, seguido pela voz de Arnela.

— Ájax, o Menor, pare de morder minhas mangas; elas já rasgaram o suficiente. Quietinho!

Ban e Nid esforçaram-se para se manter eretos enquanto a pastora gigante se aproximava pisando a neve densa com um cabrito enfiado debaixo do braço. Ela acenou para Ban e Nid.

— Boa-noite! Vocês viram os outros dois e o velho urso?

Ban balançou a cabeça negativamente.

— Até agora, não. Nem mesmo tentamos descobrir se ainda estamos inteiros, não é, Nid?

O cão balançou a cabeça dizendo que não. Arnela riu.

— Você tem o cão mais esperto do mundo, Ban, ele vale todas as minhas cabras juntas. Bem, aqui estamos, vivos, e não foi graças à minha tolice. Olhe só para esta montanha, ela nunca mais será a mesma! Foi uma grande sorte a avalanche cair principalmente para a esquerda e nós sermos lançados para a direita. Eu devo ter ficado louca, fazendo vocês voarem pela montanha e dizendo para atirarem de todas as pistolas daquele jeito. Foi loucura pura!

Ban correu para a grande amiga e a abraçou.

— Você salvou nossas vidas, Arnela. Situações como aquela em que nos encontrávamos exigem medidas desesperadas. Tenho medo de pensar o que os Razans poderiam fazer com a gente se nos capturassem novamente.

Arnela despenteou o cabelo de Ban, tirando o gelo que havia nele. O cabritinho, Ájax, o Menor, balia lastimosamente, enquanto a pastora falava com ele como se fosse uma criança mimada.

— Hum, não pense que vou ficar carregando você por aí, nem mimando você durante toda a noite. Vamos, para casa, jovem travesso; diga à sua mãe que não vou demorar.

Em seguida, virou-se para Ban e Nid e falou:

— Vocês dois vão com ele, a caverna está bem abaixo dessa cordilheira. Tive que cavar o caminho até lá. O riacho e a poça se foram, desapareceram, mas minhas cabras sobreviveram do lado de dentro. Nada está como antes desde que o cume da montanha desceu. Vou procurar pelos outros; não se preocupem. Bem, vão, vocês dois! Façam alguma coisa útil, acendam uma fogueira, ponham um pouco de água para ferver, deem uma olhada por aí e achem algo para comer... isso se as cabras não devoraram tudo. Oh, esse Pantyro, vou ter uma palavrinha com ele assim que voltar!

Ban tremia no frio, relutante em abandonar Arnela.

— Você tem certeza de que vai ficar bem?

Ela o ergueu até que estivessem cara a cara e perguntou:

— Por que não estaria? Ninguém conhece esta montanha como eu. Vocês só iam me atrapalhar. Vou encontrá-los. Vão agora!

Sem a poça e a pequena e bela cachoeira, a caverna era apenas um buraco negro na neve. Nid entrou, afastando as cabras, enquanto transmitia um pensamento para Ban:

"Arnela já acendeu os lampiões, graças a Deus. Ufa, esse lugar está cheirando a cabras! Que bagunça!"

Ban pegou galhos secos de pinheiro, musgo e carvão e os empilhou na fenda que servia de lareira. Ele ouvia as reclamações do cão:

"Calma aí, amigão, é meu rabo, não é uma cobra da meia-noite! Humpf! Vocês, cabras, viveram aqui dentro como, como... animais!"

Ban acendeu a fogueira com um lampião e, em seguida, piscou para Nid.

"Pelo menos os animais são mais civilizados que os Razans. Mande algumas das cabras maiores embora, Nid. Teremos mais espaço por aqui e o ar fresco lhes fará bem!"

Por trás das placas de ardósia que serviam de despensa, Ban encontrou queijo de cabra, uns poucos ovos e alguns bolos de cevada duros. Ele cozinhou seis ovos no caldeirão de água. Depois de espalhar o queijo por cima dos bolos de cevada, sentou-se para tostá-los. Nid sentou a seu lado, aproveitando o calor da fogueira. Depois de tudo o que passaram, a mente de Ban, assim como seu corpo, estava dormente e exausta. Eles comeram um pouco e ficaram sentados juntos, com as pálpebras fechadas e a cabeça balançando, sem poderem resistir à tentação de dormir.

Então, uma voz despertou-os imediatamente.

— Ei, o que é isso? Não tem jantar para mim?

Dominic cambaleou para dentro da caverna, apoiando-se em Nid. E acabou caindo por ali.

— Nunca imaginei que veria uma bela fogueira de novo até que reconheci a caverna. Vi a luz fraca e caminhei direto para cá.

Ban coçou os olhos e piscou.

— Bem-vindo ao lar, Dom. Onde você foi parar? Arnela está lá fora procurando por vocês. Você viu Karay ou o urso em suas andanças?

A água gelada gotejava do cabelo de Dominic e escorria por suas bochechas.

— Acho que não vi, Ban. A primeira coisa que percebi quando dei por mim é que estava de cabeça para baixo num monte de neve. A água pingando em meu nariz me acordou, mas levei muito tempo para me soltar. Depois disso, vaguei entre algumas pequenas árvores. Então, quando me dei conta de onde estava, percebi que era algum lugar do contraforte da montanha. As árvores pareciam tão pequenas porque a neve e o gelo da avalanche cobriram o vale. E eu, na verdade, estava caminhando entre as copas, e não entre árvores pequenas! Dá para acreditar? Ainda bem que você acendeu a fogueira ou eu teria andado por aí até cair e morrer congelado!

Ban observou Dominic partindo vorazmente o pão e o queijo assado.

— Graças a Deus que *você está* vivo, Dom!

O retratista indicou com a cabeça o alto da montanha.

— Isso é mais do que se pode dizer dos bandidos Razans. Ninguém lá em cima pode ter sobrevivido à avalanche. Mas, se alguém sobreviveu, deve estar na pior. Imagine, serem enterrados vivos naquelas cavernas: mortos-vivos!

Ban fitou a fogueira de carvão ardente.

— Não se esqueça de que os túneis levam para a parte de baixo, os escombros podem ter se precipitado ali e preenchido as cavernas rapidamente. Eles devem ter morrido num piscar de olhos. Os Razans se foram para sempre. Aposto minha vida nisso.

Dominic cobriu os olhos com o braço, enquanto murmurava:

— E Adamo também, se ele estava lá.

Ban teve que concordar com o amigo.

— Sim, nossa missão fracassou, mesmo tendo libertado o conde da maldição dos Razans. Mas eu me lembro de Maguda dizendo que Adamo já estava morto. Ela falou isso de um modo estranho, não me lembro das palavras exatas. Talvez amanhã, quando não estiver tão cansado, eu as recorde.

Os dois garotos e o cão dormiram diante da fogueira. A mente de Ban estava livre de tudo. Era como estar inconsciente, pois havia uma escuridão benigna. A maioria das cabras se deitou em torno deles, querendo ficar perto do calor. Estava quieto e tranquilo dentro da caverna. Do lado de fora, a noite estava silenciosa, em meio à devastação causada pela avalanche.

Uma hora antes do amanhecer, Arnela voltou. As cabras começaram a balir quando a figura gigante da dona mergulhou na entrada da caverna. Nid deu um salto e correu para saudá-la. Seu latido acordou Ban e Dominic e os dois garotos ansiosos começaram a fazer perguntas para a mulher:

— Onde está Karay? Você a encontrou?

— Ela não está ferida... ou morta?

As cabras começaram a balir furiosamente. Elas correram para o fundo da caverna e continuaram a fazer barulho.

Arnela levantou os dois braços e gritou:

— Quietos! Todos vocês!

Todos se calaram: o cão, os garotos e as cabras. Arnela continuou num tom de voz normal.

— Não, Karay não está morta nem ferida. Eu não a encontrei... foi ele. O urso andou com dificuldade nas patas traseiras segurando a garota. Ele a colocou gentilmente no chão entre os dois garotos. Balindo aterrorizadas, as cabras fugiram da caverna.

Arnela aqueceu as mãos no fogo.

— Encontrei o urso vagando por aí carregando a garota. Ele não me deixou chegar perto dela; por isso, fiz com que ele me seguisse e aqui estamos. É tudo o que posso dizer a vocês.

Ban falou em voz alta o pensamento de Nid.

— Além de dizer que estamos todos vivos e juntos novamente!

A luz da manhã infiltrou-se na caverna iluminando uma cena curiosa. As cabras estavam reunidas na entrada, temendo que o urso as devorasse. Karay, ilesa, sentou-se bebendo um chá de ervas e olhando carinhosamente para o urso que dormia. O vapor subia de seu pelo enquanto ele estava deitado a seu lado. A garota acariciou-o delicadamente.

— Ele ficou comigo, me carregou e me protegeu. Mas por quê?

Dominic coçou a cabeça.

— Quem pode saber? Talvez porque você tenha demonstrado simpatia. Foi você que não o abandonou naquela cela, Karay. Você insistiu, desde que pôs os olhos nele, que o salvaria. Ele parece uma boa criatura. Posso fazer carinho nele?

Karay sorriu.

— Vá em frente, ele não vai mordê-lo.

Dominic deu um tapinha cauteloso na cabeça do animal. O urso parecia bastante tranquilo. Tomando coragem, Dominic coçou atrás da coleira do urso, como fazia com Nid. O urso afastou-o enquanto sentava totalmente ereto, tocando a coleira de metal que circundava o pescoço.

Karay disse em tom confortador, colocando o rosto contra a imensa pata do urso.

— Calma, meu pobre amigo, ele machucou você? Bem, tenho certeza de que Dominic não queria fazer isso; você queria, Dom?

A criatura virou os olhos úmidos, grandes e tristes na direção de Dominic, que, por um instante, os encarou. Em seguida, bufou:

— Ban, Arnela, peguem os lampiões e os aproximem de seu rosto. Há alguma coisa estranha com esse animal!

Karay abraçou o urso para protegê-lo.

— Não o machuquem ou assustem. Nunca mais falarei com nenhum de vocês se fizerem isso!

Ban tranquilizou-a:

— Prometo que não o machucaremos. Deixe Dominic olhar para ele. O urso está seguro conosco, amiga.

Reunindo coragem, Dominic sentou o mais próximo que pôde do urso. Arnela e Ban seguravam os lampiões perto dele enquanto Karay, atrás do urso, falava com ansiedade:

— O que é, Dominic? O que você está vendo? Oh, por favor, diga-me!

O retratista de Sabada piscou ao olhar fundo nos olhos do urso. E piscou novamente, sem poder conter as lágrimas que corriam por sua face ao mesmo tempo que soluçava:

— É um homem! É um homem preso na pele de urso!

O urso moveu a cabeça dizendo que sim, tanto quanto a coleira com pontas lhe permitia, e soltou um suspiro longo e angustiado.

Nid invadiu os pensamentos de Ban.

"Ora, não fiquem sentados e boquiabertos. Tirem o pobre coitado daí!"

Arnela pegou a faca afiada com a lâmina em forma de gancho.

— Vou libertá-lo dessa pele imunda!

Karay ergueu a mão sinalizando para a pastora.

— Não, amiga, eu vou! Dê-me a lâmina. Veja se você encontra um pano macio ou musgo e encharque-o em água morna. Oh, será que você tem alguma coisa que corte essa coleira?

Karay aproximou-se e pegou a cabeça do urso com as duas mãos.

— Fique quieto e confie em mim. Não vou machucá-lo.

O urso pressionou o focinho contra sua testa.

— Mmmmmmmm. — E baixou a cabeça até que estivesse apoiada em seu colo.

Arnela procurou e encontrou uma lima antiga.

— Eu já lixei muitos cascos deformados com isto.

Com extremo cuidado, Karay envolveu o interior da coleira com musgo úmido e quente. Ban podia ouvi-la ranger os dentes, enquanto murmurava com raiva e fúria maldisfarçadas:

— Esta coleira tem pontas dos dois lados. Escória imunda, esses Razans! Como puderam fazer isto a um ser humano? Fico feliz por estarem todos mortos. Feliz!

Arnela enfiou a mão sob a coleira e lixou o rebite de cobre incrustado de verde que a prendia. Não demorou muito para que a robusta pastora conseguisse parti-la. Com um único puxão de ambas as mãos, ela esticou a coleira de ferro e a jogou para longe dela.

— Continue, Karay, vamos ver como nosso urso é!

Os dedos ágeis da garota sentiram a carreira de pontos que unia a cabeça ao corpo, e a limpou com um pano encharcado de água morna. Sangue seco e pelo emaranhado dividiram-se o suficiente para que ela visse o que estava fazendo. Ponto a ponto, o fio resistente partiu, até que ela desse a volta ao pescoço com a faca de Arnela. Protegendo a cabeça do urso e colocando a mão por baixo da pele na altura da nuca, ela cortou rente para cima, na direção do alto do crânio. Durante todo o tempo, o paciente ficou muito calmo e não emitiu um único som. Arnela teve que ajudá-la a erguer a pele solta da cabeça do urso — o osso ainda permanecia dentro do focinho. Era um homem de verdade!

Ele se sentou em silêncio, as lágrimas transbordando dos olhos castanhos e fundos. O cabelo, longo, engordurado e negro como a asa do corvo, estava grudado na cabeça. Ele tinha o nariz quebrado e a pele parecia cera pálida. Uma barba crescia desde o alto das bochechas, quase cobrindo os lábios. Em volta do pescoço, viam-se os arranhões e cicatrizes deixados pelas pontas da coleira. Os dentes estavam amarelados e manchados, mas tinham bom formato. Era difícil dizer, mas ele parecia ter cerca de vinte anos de idade. Os olhos em nenhum momento deixaram de fitar o rosto de Karay.

Nid balançou a cabeça em sinal de assombro.

"Bem, agora já vi de tudo!"

Ban concordou com o pensamento e virou-se para Dominic.

— Você está pensando o mesmo que eu, amigão? Olhe para este rosto!

Dominic estudara muitos rostos antes e agora seus olhos percorriam aqueles traços.

— É um belo rosto, Ban, um rosto de traços fortes. Pelo tamanho, eu diria que o homem por baixo da pele de urso é muito grande. Já vi muitos rostos como este em obras de arte de grandes igrejas e catedrais, rostos de santos que sofreram muito.

Karay mal percebeu quando Arnela tirou a faca de sua mão. A pastora abriu a pele na altura dos pulsos, liberando as mãos do jovem.

A menina sussurrou para ele:

— Quem é você? Você pode dizer, meu amigo?

Ele tocou a garganta e fez um som baixinho:

— Damuuuuh!

Dominic e Ban gritaram juntos:

— Adamo!

Um sorriso como o sol nascente iluminou o rosto de Arnela.

— O garotinho de anos atrás. Eu sabia! Eu sempre soube, Adamo, tinha que ser você!

Adamo olhou para a mulher gigante, e quase sorriu. Um gemido de reconhecimento atravessou seus lábios. Em seguida, Karay assumiu o controle:

— Por que vocês não vão ver se a estrada que percorre a floresta está aberta? Adamo não pode voltar para o tio em Veron desse jeito. Vou ajudá-lo a se limpar. Arnela, você poderia amolar sua lâmina e deixá-la comigo?

A mulher entendeu. Ela amolou a faca vigorosamente numa tira de couro, dando as ordens:

— Ban, você encontrará um pouco de pomada de ervas que fiz naquela caixa pequena na prateleira. Ela é tão boa quanto qualquer sabão. Dom, aqueça mais água. Tome aqui uma velha fivela de cabelo, Karay, ela servirá de pente. Vamos, Nid, vamos sair e explorar a trilha. Garotos, vocês podem nos seguir!

Eles inspecionaram a paisagem, sob a claridade do sol matinal, desde a visão elevada de um monte de neve alto criado pelo enorme deslizamento. As montanhas distantes pareciam frescas e verdes com o nevoeiro lilás de urzes que as coloria. A água corrente cintilava ao longo dos cursos recém-desviados. Abaixo, nos vales, cotovias levantavam voo, trinando ao ar livre.

Ban ouviu os pensamentos de Nid.

"Que dia! Isso faz a vida valer a pena. Estou feliz que o anjo nos tenha salvado do *Holandês Voador*. Nosso amigo, o velho conde, e muita gente nestas regiões vão ficar felizes agora que encontramos Adamo e exterminamos a praga dos Razans!"

Ban concordou mentalmente.

"Sim, Nid, a missão está completa agora. Fico triste porque teremos que seguir adiante, mas não suportaríamos ser vistos daqui a alguns anos, com todos envelhecendo e nós permanecendo com a mesma idade."

Dominic olhou para os olhos azuis e anuviados do amigo.

— Qual é o problema, Ban? Você pareceu triste de repente.

Ban não teve chance de responder. Nid derrubou-o na neve. Espreguiçando-se sobre o peito do garoto, o labrador negro lambeu seu rosto com energia enquanto o repreendia mentalmente.

"Haha, oh, triste e atordoado dono, o esperto Nid acaba com a tristeza. Rapidamente abrirei um sorriso nesse seu rosto!"

Arnela e Dominic gargalharam ao ver Ban tentando lutar com Nid e defendendo-se dele.

"Urgh! Saia já, seu cachorro grande e desleixado! Olhe! Já estou sorrindo! Estou feliz! Deixe-me levantar, por favor!"

Arnela tirou o cão de cima do amigo.

— Mas que confusão é essa?

Ban fez um esforço para se erguer, tirando a poeira de cima dele.

— Foi Dominic quem começou, senhora. Nid só estava tentando me animar. Volte, Nid, volte! Veja, estou feliz de novo!

A mulher gigante enfiou Nid debaixo do braço como se ele fosse uma cabra e voltou para dentro da caverna.

— Venham, vocês dois. Vamos ver como Adamo está agora.

Karay estava sentada do lado de fora da caverna, aproveitando a manhã de sol com Adamo. Ela acenou enquanto eles caminhavam pela neve.

— Espiem só que belo rapaz!

As bochechas do jovem enrubesceram ligeiramente. Ele deu um sorriso tímido. Karay limpara, barbeara e cortara o cabelo de Adamo.

Arnela bufou:

— Tem certeza de que não é o velho urso magrelo que resgatamos dos Razans? Ele tem uma pele de pêssego, e olhe para esses cílios. Qualquer mocinha daria um saco de ouro para ter cílios como esses. Karay, acho melhor você esconder Adamo das senhoras de Veron quando ele voltar!

A garota tomou as mãos grandes e poderosas de Adamo nas suas.

— Lutarei com todas, se olharem para ele! Mas ele ainda não está pronto para aparições públicas. Ainda não temos roupas para ele! Ele é grande, quase mais alto que você, Arnela, e tem ombros largos. Por baixo da capa que peguei para ele, Adamo ainda usa a pele de urso. Então ele ainda é metade homem, metade urso, não é, amigo?

Ban apenas vira Adamo curvado e rolando em seu papel de urso. Ficou surpreso quando o jovem ficou ereto. Karay estava certa: Adamo era muito grande. Parando solenemente por um momento, com os olhos castanhos suaves, o rapaz olhava de um para o outro. Em seguida, deu um enorme sorriso e abriu os braços. A capa caiu, revelando a roupa de pele de urso dos pés até o pescoço. Ele dançou de modo engraçado para a frente e para trás, chutando as almofadas largas e flexíveis que envolviam seus pés e rodando os braços cobertos de pelos. Os latidos contentes de Nid misturaram-se ao riso incontido dos observadores. Adamo fez uma reverência esquisita e disse uma única palavra, embora sentisse dificuldade em fazê-la sair:

— Li... vrrr... vre!

O CONDE VINCENTE BREGON DE VERON ESTAVA SENTADO EM SEU mirante no centro do belo jardim murado. Embora já fosse o meio da tarde, ainda estava vestido com o camisolão e o roupão. Parecia envelhecido e emaciado. Um pequeno besouro de jardim rolava lentamente sobre o pé calçado com uma sandália, e uma gralha-do-campo empertigava-se corajosamente sobre o peitoril da janela aberta. O velho os ignorava, enquanto fitava tristemente as flores desbotadas na beira da trilha de cascalhos.

Seu pensamento estava distante. A gralha-do-campo viu o besouro e estava prestes a descer sobre o inseto e apanhá-lo quando foi perturbada por passos. O pássaro voou, dando ao besouro uma desconhecida extensão de sua curta vida.

Matilde, a igualmente velha, mas enérgica cozinheira, irrompeu no mirante, fungando com raiva e colocando uma bandeja com comida e bebida sobre uma mesa enfeitada próxima ao patrão.

— Ainda sentado aí feito um espantalho, não é?

Esfregando a manga do roupão nos olhos, o conde respondeu cansado:

— Vá embora e deixe-me em paz, mulher.

Matilde, entretanto, não pretendia ir embora. E insistiu:

— O senhor pode ouvir a feira lá fora? Eu posso. Por que o senhor não veste uma roupa decente e vai até lá? Vai lhe fazer bem. O verão já está quase acabando e o senhor fica aí sentado de manhã até a noite, dia após dia, feito uma estátua velha e rachada.

Ele suspirou, olhando para o besouro que, com muito custo, rastejava do dedão para o chão.

— Descanse sua língua, Matilde. Como vivo minha vida é problema meu. Volte para sua cozinha.

Matilde teimosamente bateu na bandeja e continuou a tagarelar:

— O senhor vai se tornar um velho esqueleto. Coma alguma coisa! Como o senhor nem tocou no belo café da manhã que lhe servi hoje, trouxe caldo de galinha com cevada e alho-poró. Veja, pão fresco, requeijão e um copo de leite com um pouco de conhaque. Prove de tudo, é só o que lhe peço. Coma um pouquinho.

O conde virou o rosto vincado para longe de seu olhar severo.

— Leve embora, não tenho fome. Por favor, dê isso para um dos servos. Não tenho apetite para comida ou bebida.

A fiel Matilde ajoelhou-se a seu lado, e falou com voz branda:

— O que foi, Vincente, o que o aflige?

Novamente ele esfregou a manga nos olhos.

— Sou um velho tolo. Pior: sou um velho tolo irresponsável. Num impulso ridículo enviei três jovens e um cão para a morte!

Matilde ergueu-se bruscamente e sua atitude endureceu:

— Ora, isso de novo, é? Bem, deixe-me dizer uma coisa, senhor: não foi culpa sua, eles é que se ofereceram para ir. Humpf! Eram ciganos e vagabundos; não admira que nunca voltem. Se o senhor quer saber, provavelmente se uniram aos Razans. São farinha do mesmo saco, todos eles!

Os olhos do conde reluziram por um instante, e a voz ficou aguda quando ele apontou um dedo na direção da casa grande.

— Vá embora, velha de boca suja. Vá!

Ela saiu ofendida, murmurando alto:

— Bem, eu fiz o que podia para os Bregons. Em breve, teremos nas mãos um conde morto de fome. E o que vai ser de Veron então, hein?

Os Razans vão marchar direto para cá e dominarão todo o lugar. Guarde minhas palavras!

O conde falou não tanto para respondê-la, mas simplesmente ruminando para si mesmo.

— Por que Deus escolhe os tolos para mandar? Eu me iludia, achando que Adamo ainda estaria vivo depois de todos esses anos. E agora as vidas da garota bonita, dos dois bons garotos e do cão estão perdidas, e tudo isso por causa dos desejos de um velho estúpido. Oh, Senhor, perdoe-me pelo que fiz!

Garath, o ferreiro e chefe das cavalariças do conde, subiu com dificuldade os três degraus até o mirante. Passando o braço forte por baixo do cotovelo do velho, gentilmente o tranquilizou e o ajudou a ficar de pé.

— É hora de entrar, senhor. Devo pedir a alguém que traga sua comida também? A sopa ainda está quente, pode ser que o senhor a queira depois.

Balançando a cabeça, o conde deixou-se levar.

— Faça o que quiser com a comida. Leve-me para meu quarto, Garath, estou cansado.

Era o último dia da feira e algumas pessoas estavam saindo cedo por causa da longa jornada para casa que teriam que enfrentar. Sentado numa carroça de duas rodas puxada por um boi desajeitado, um fazendeiro, junto com a mulher e a filha adolescente, atravessava o portão dos muros de Veron. A carroça estava parada no portão. Não podia prosseguir por causa de uma discussão entre dois guardas de aparência jovem, recém-nomeados, e outras cinco pessoas. O fazendeiro esperava pacientemente, segurando as rédeas do boi, enquanto a discussão do lado de fora do portão prosseguia.

Ouviu-se a voz de Karay:

— Cinco centavos! Isso é roubo à luz do dia! Eram apenas dois centavos cada um e um centavo para o cão da última vez que estivemos aqui! Vá e chame o conde, ele ficará satisfeito em nos deixar entrar de graça!

O mais alto dos guardas, que era pouco mais que um fazendeiro desertor, riu do que a garota dizia:

— Hoho, amigos pessoais do conde, não é? Ouça, garota, nós podemos ser novos neste serviço, mas não somos ruins da cabeça. O valor das entradas aumentou. Como você acha que o sargento ia nos pagar, hein?

Arnela respondeu com uma voz muito irritada:

— Meça suas palavras, garoto, ou você vai sentir o calor de minha mão. Onde está o sargento? Vá buscá-lo, certamente ele saberá o que fazer.

O mais baixo dos guardas era ainda mais jovem que o companheiro e mais educado e sério.

— Senhora, o sargento está fazendo a refeição na cozinha da casa grande. Vocês terão que esperar até que ele volte; nenhum de nós está autorizado a deixar o posto. Se a senhora nos pagar a entrada, tenho certeza de que ele ficará feliz em devolver a diferença para a senhora mais tarde. Lamento, mas deixar vocês entrarem de graça não vale o sacrifício; a senhora compreende?

A voz de Karay o interrompeu:

— Então quanto você quer?

O guarda mais alto entrou novamente na discussão:

— Bem, cinco centavos de cada uma das senhoras e cinco centavos de cada um dos garotos, e, bem, pela outra pessoa. Vejamos, são vinte centavos ao todo, por favor.

O riso desdenhoso de Karay se fez ouvir.

— Onde você aprendeu a contar?

O guarda continuou, fingindo que não ouvira:

— Cobraremos três centavos pelo cão e, bem, deixe-me ver, um centavo de cada uma das cabras quando terminarmos de contá-las!

Arnela avançou na direção do guarda, pois já perdera a paciência.

— Chega dessa tolice! Deixem-nos entrar! Temos negócios com o conde. Afastem-se!

Os guardas cruzaram as lanças bloqueando-lhe a passagem. A mulher gigante apontou um dedo de advertência para o guarda alto.

— Você quer que eu pegue essas lanças e as enrole em seus pescoços e dê uma boa sova em vocês, não é?

A mulher do fazendeiro caminhou até o portão e entrou na discussão. Tirando moedas da bolsa, ofereceu-as aos guardas.

— Deixem essas pessoas atravessarem e fiquem com esses cinco francos! — Voltando-se para Karay com um sorriso, perguntou: — Lembra-se de mim, Veronique?

A esperta garota lembrou-se de tudo num instante. Reconheceu a mulher como a vendedora de panquecas cuja fortuna ela tinha lido em sua mão quando eles estiveram em Veron pela primeira vez.

— Oh, madame Gilbert, que prazer vê-la de novo. Obrigada por pagar o pedágio. Estou bem, com alguns amigos, no momento. Não tenho muito dinheiro até que eu leia a mão de alguém, sabe?

A mulher do fazendeiro assentiu, sagaz.

— Claro, minha querida Veronique. — E piscou para Karay. — Depois do que você fez por mim naquele dia, isso é o mínimo que posso fazer por você. Não sou mais madame Gilbert. Casei-me com o fazendeiro e agora sou madame Frane, e estou feliz por sê-lo. Agi de acordo com o bom conselho que me deu. Aqueles na carroça são meu marido e minha filha Jeanette. Vendi o negócio das panquecas com um belo lucro. Minha vida está tão feliz agora, graças a você! Bem, tenho que ir. Temos uma longa jornada de volta para a fazenda. Adeus, querida Veronique, se é que você realmente se chama Veronique, não é?!

Karay sussurrou no ouvido da boa mulher, enquanto beijava sua bochecha:

— Apenas quando me interessa. Deus a abençoe, madame Frane.

Garath levou o conde até o quarto. Depois, sentando-se na cozinha, observou Matilde dobrar as bordas de uma grande torta de ameixa. Ele comia da bandeja de comida que o conde deixara intocada.

— Humm, esta torta de ameixa está com uma cara boa. Talvez ele coma uma fatia no jantar, não é?

Matilde fez alguns riscos no centro da massa.

— Espero que sim, Garath. Estou muito preocupada com o homem. Ele está definhando porque não come bem. E ainda cria problemas em sua mente.

Uma batida tímida à porta da cozinha interrompeu as desanimadas reflexões de Matilde. Ela ergueu a voz com raiva:

— Sim? Quem é?

O mais baixo dos dois guardas enfiou a cabeça na porta, tirando respeitosamente o chapéu e revelando um punhado de cabelos desgrenhados.

— Senhora, encontrei o sargento na praça e ele disse para trazer essas pessoas até o conde.

Matilde limpou as mãos cheias de farinha no avental.

— Pessoas? Que pessoas?

Um cabritinho abriu caminho passando pelo guarda e entrou na cozinha.

— *Méééééééééé!*

Matilde pegou o rolo de massa, gritando:

— Iaaah! Tire esse animal de minha cozinha! Garath, ajude!

O guarda foi empurrado quando, abrindo totalmente a porta, um rebanho de cabras entrou balindo no cômodo, seguido por Nid e o restante do grupo.

Matilde imediatamente gritou para Ban, Dominic e Karay, brandindo o rolo de massa:

— Vocês três! Eu devia saber! Ciganos, assassinos, saiam já da minha cozinh...ahhhh!

Ela deu um tapa na bochecha. A torta estragou quando o rolo de massa caiu nela. Matilde inclinou-se, segurando a borda da mesa ao olhar para o homem vestido com a pele de urso.

Garath também o viu e sua voz tremeu quando falou:

— Monsieur Edouard... o senhor está vivo?

Matilde recuperou-se rapidamente.

— Tolo! Não é Edouard! É o filho dele, Adamo... mas... mas... ele é adulto agora!

Adamo abriu caminho em meio às cabras até a cozinheira, que fora sua ama-seca na infância.

— Oh, Tilde! — E a segurou com os dois braços, erguendo-a até a altura do tampo da mesa.

Matilde segurou Adamo e começou a beijá-lo.

— Veja, Garath, ele me reconhece. Tilde! Era esse o nome que ele me chamava quando era pequeno. Adamo! Você voltou para mim! Meu Adamo!

A torta, ainda crua, de ameixa tinha caído no chão. Pantyro, Clóvis e Ájax, o Menor, começaram a comê-la, e Arnela observava com tristeza:

— Eu bem que gostaria de uma fatia de torta se ela estivesse assada. Faz anos que não como uma boa torta de ameixa caseira.

Levou algum tempo para a ordem ser restaurada na cozinha. Arnela levou as cabras para o jardim, e elas imediatamente começaram a comer flores, grama, folhas e tudo o que parecesse comida. Matilde pôs os cinco viajantes sentados à mesa e começou a lhes dar comida como num passe de mágica. Sempre que passava por Adamo, ela o abraçava carinhosamente.

— Aqui, meu anjo, pegue um pouco de bolo de amêndoas e um prato de meu creme de baunilha. O ensopado de carne está no forno e não vai demorar para aquecer, assim como os nabos e as cenouras assados. Garath, traga mais cerveja e leite também. Oh, eu tenho que pegar um pouco do flã de passas para aquecer. Comam, todos! Vamos, comam! Comam!

O crepúsculo avermelhado da precoce noite de outono inundou as janelas da cozinha enquanto Garath acendia os lampiões. De vez em quando ele se virava para olhar Adamo e balançava a cabeça, dizendo:

— O senhor não pode falar com o conde nesse estado.

Matilde mudou o avental manchado de suco por um limpo e falou:

— Acho que não. Ele mataria o pobre homem de susto! Garath, diga a Hector para arranjar água quente e encher aquela banheira grande que você guarda nos estábulos, e derramar água de lavanda nela também. Entrarei no antigo quarto de monsieur Edouard, pois todas as roupas dele ainda estão lá. Ele era quase tão grande quando Adamo e elas devem servir. Depois, você pode tirar essa horrível pele de urso e queimá-la.

Nid, que estava embaixo da mesa e mastigava um enorme pedaço de porco, ergueu os olhos e pensou:

"Talvez Adamo queira queimá-la, hein, Ban?"

O garoto captou o pensamento do cão e perguntou a Adamo:

— Você gostaria de queimar a pele do urso, meu amigo?

Um raro sorriso iluminou o rosto do grandalhão ao apontar para si mesmo:

— Eu... queimo... Ban... meu amigo!

O estranho garoto de olhos azuis retribuiu o sorriso.

— Aposto que sim!

Depois que Garath o deitou na cama, o cansaço físico e mental sobreveio ao velho conde. Ele entrou num sono profundo, ignorando as atividades que ocorriam no andar de baixo. As poucas horas em que permaneceu deitado pareciam tão longas quanto uma noite inteira de descanso. Por isso, surpreendeu-se ao acordar e ver as cortinas sendo abertas para revelar os raios do glorioso sol escarlate que inundaram o quarto. O velho senhor estava confuso agora. Será que estava dormindo ou era um sonho? Cobrindo os olhos, piscou na direção do homem belo e alto parado próximo à cama, observando-o calmamente. Uma estranha e limitada conversa ocorreu, pois o visitante falou uma única palavra:

— Papá?

Vincente Bregon balançou a cabeça.

— Não, não. Nosso pai morreu há muitos anos, Edouard, há muito tempo. Edouard, é você?

Então o estranho garoto, Ban, que tinha olhos que pareciam ter avistado mares e oceanos, aproximou-se e sentou-se na cama.

— Não, senhor, não é Edouard. É seu filho, Adamo. Nós o trouxemos de volta para o senhor, como lhe prometemos.

Sem saber ao certo se ainda estava desperto ou não, o velho senhor assentiu.

— Claro, Adamo nunca conheceu o pai. Papá, era assim que ele costumava me chamar. Ah, mas isso foi antes de os Razans o roubarem.

Antes que alguém pudesse impedir, Nid saltou para a cama e lambeu o rosto do velho nobre. O conde Vincente Bregon de Veron sentou-se muito ereto e totalmente acordado.

Passaram-se alguns segundos enquanto ele olhava o rosto do sobrinho há muito perdido, até que o reconheceu. Segurando as mãos do homem alto, pressionou seu rosto contra elas e falou:

— Adamo, filho querido de meu irmão, é você? Adamo! Adamo!

29

TRÊS FEIRAS SE PASSARAM. A NÉVOA PRECOCE DEU LUGAR A UMA refrescante manhã dourada de outono. Ban pegou as tenazes de ferro, enquanto segurava uma ferradura contra o casco dianteiro de uma tranquila égua branca. A fumaça subia do metal forjado numa nuvem azul-acinzentada.

De seu lugar sobre o fardo de feno, Nid estremeceu, transmitindo a Ban um pensamento:

"Ooch! Isso não machucou o pobre e velho pônei? Estava quase em chamas!"

Ban respondeu mentalmente à pergunta do cão:

"Claro que não! Cavalos gostam de receber ferraduras novas. Garath vai me mostrar como pregar a ferradura no casco agora. Quietinha, garota, não vai demorar muito."

Nid enviou um pensamento apavorado:

"Quer dizer que você vai pregar pregos na pata da pobre égua? Vou sair daqui antes que você e Garath decidam me dar um jogo de ferraduras novo!"

Saltando para fora do fardo, o labrador negro disparou para o pátio do estábulo calçado com pedras. Por pouco Nid não foi atropelado por dois cavalos que pateavam, com Karay e Adamo no lombo. A garota gritou desnecessariamente:

— Cuidado, Nid, ou você vai acabar sendo atropelado!

Como não podia falar, Nid latiu sua desaprovação àquelas palavras: "Melhor ser atropelado que ter ferraduras de ferro pregadas nas patas, senhorita. Já viu o que aqueles dois estão fazendo à égua no estábulo? Aposto que Arnela não faz isso com as cabras!"

E saiu apressado, latindo para encontrar a amiga pastora.

Karay riu.

— Vamos ver o que Matilde está preparando para o almoço. Algo gostoso, espero, pois estou faminta!

Adamo ajudou-a a descer do cavalo. Puxando seu cabelo de brincadeira, ele observou em sua fala lenta e hesitante:

— Você está sempre com fome, Karay!

Ela olhou para ele com carinho.

— Hum, olha quem fala. Já percebeu quanto você pode comer?

Uma inocência cômica brilhou nos olhos castanhos de Adamo.

— Eu sou maior que você, Adamo precisa de mais comida!

Arnela estava sentada no mirante com um cabritinho de um mês nos joelhos. Dominic estava encostado no peitoril da janela, desenhando-os. Ele ganhara pincéis, tintas, telas e uma moldura — um presente do conde. Nid chegou caminhando devagar. Sentando-se próximo à pastora gigante, pôs a pata sobre seu joelho e olhou fielmente para ela e o cabritinho.

O retratista riu em admiração:

— Fique como está, Nid, que quadro perfeito! Muito bem, garoto, bom cão!

O labrador negro manteve a pose, transmitindo pensamentos que nunca chegariam a Arnela ou Dominic.

"Por que você acha que me sentei aqui? Alguém com metade de um olho poderia ver que a pintura estava desequilibrada. Veja como exibo um perfil nobre sob a luz perfeita. Se alguém me deixasse pintar, eu rapidamente produziria algumas obras de arte com minha cauda. São as profundezas ocultas do talento, sabe, muito comuns entre nós, labradores!"

O cabritinho baliu.

— *Mééééééééééééé!*

id lançou-lhe um olhar.

— Hum, quem perguntou a você?

Naquele dia, o almoço não seria uma refeição ligeira na cozinha. Matilde não permitiu que eles entrassem em seus domínios e mantinha a todos afastados, gritando:

— Vão e limpem-se, todos vocês, ponham roupas limpas também. Vão!

Adamo protestou:

— Somos pessoas famintas. Alimente-nos, Tilde!

Nem mesmo sua súplica comoveu a velha cozinheira.

— O patrão quer que vocês se reúnam na sala de jantar e enfatizou isso em particular. O almoço será servido em uma hora. Saiam!

Nid transmitiu um pensamento a Ban enquanto subiam.

"Talvez o conde queira falar algo para nós em particular."

Ban parou na escada.

"Era o que eu estava pensando também. Ando com uma sensação desagradável nos últimos dias. Estamos há muito tempo em Veron. Tempo demais, talvez."

Nid lambeu a mão do garoto.

"É muito esperar que o anjo tenha se esquecido de nós, não é?"

Ban suspirou.

"Aposto que anjos nunca se esquecem de nada, amigão."

E deu de ombros, tentando se animar.

"Provavelmente estamos preocupados sem razão. Venha, vamos nos vestir!"

E subiu o restante dos degraus, rindo alto com a resposta do cão.

"Meu caro, o que vou vestir para o almoço?!"

Ao entrar na sala de jantar, cada centímetro de Vincente Bregon lembrava que ele era o conde de Veron — o velho vestia roupas da mais fina seda e linho, o cabelo e a barba estavam cortados rentes e o passo era vigoroso e firme. Aos olhos dos convidados, ele parecia muito mais novo. Sete lugares estavam postos para a refeição. Nid já estava debaixo da mesa, avançando sobre uma fatia grossa de porco assado que crepitava. Ban,

Dominic, Arnela, Karay e Adamo sentaram-se rindo e tagarelando uns com os outros, cada um vestindo as roupas novas fornecidas pela generosidade do anfitrião.

O conde sentou-se. Batendo no tampo da mesa com severidade fingida, elevou a voz:

— O quê? Meus convidados estão sentados aqui olhando para uma mesa vazia?! Onde está aquela cozinheira preguiçosa? Cochilando diante do fogão, aposto. Um homem não pode mais ter uma refeição decente na própria casa?

Matilde entrou, na frente de duas jovens empregadas que puxavam um carrinho cheio de comida. O temperamento insolente não estava totalmente perdido para seu público. Ela balançou um dedo no rosto do conde, repreendendo-o:

— O almoço estava pronto há um quarto de hora, esperando o senhor descer lentamente os degraus em sua beca. Cochilando diante do fogão, não é? A única vez que farei isso será quando puser o senhor no fogão, botando um pouco de vida nesses seus ossos velhos, seu velhote extravagante!

Ban e os amigos riam vendo os dois trocarem insultos bem-humorados.

— Calada, queimadora de pão velha e suja!

— Isso, vá e tire um cochilo, seu velho babão resmunguento!

O conde levantou-se.

— Não permitirei isso em minha casa, madame!

Matilde piscou para Karay e Adamo, enquanto retrucava:

— Então, sente-se!

O conde riu e deu um tapinha na cadeira vazia perto dele.

— Não, não, Matilde, é você quem deve sentar aqui, perto de mim. Deixe as empregadas servirem o almoço hoje.

Matilde protestou:

— Cozinheiras não sentam à mesa com o patrão. Quem já ouviu falar de uma coisa dessas?

Mas o conde não queria saber de discussão:

— Madame, estou ordenando que sente e coma conosco. Quando o almoço estiver terminado, tenho coisas a dizer que interessam a todos!

A refeição estava deliciosa. Uma sopa de cogumelos fumegante foi seguida por salada e uma colação com queijos, presunto, pão integral, ovos e uma carpa grelhada. Depois da sobremesa de pudim quente de pão com frutas vermelhas e creme, beberam sidra, suco de frutas e copos de vinho local misturado com água fresca da nascente.

Ban assentia com a cabeça e sorria com as brincadeiras e conversas dos amigos. Entretanto, ele ouvia poucas coisas ao trocar pensamentos apreensivos com Nid.

A pata do cão tocou o pé do dono debaixo da mesa. Nid manifestava sua opinião:

"Não sei por quê, Ban, mas estou começando a ficar um pouco incomodado com alguma coisa. Não sei o que é."

O garoto estendeu a mão para baixo e fez um carinho na orelha sedosa do labrador. Ele tinha se esquecido da mensagem que o anjo dissera em sonhos quando encontrou Karay pela primeira vez. Aquela noite na floresta parecia muito distante agora.

Tentando não parecer perplexo, enviou uma resposta para o cão.

"Espero que o anjo nos deixe saber se algo está errado. Estranho, mas não me lembro de nenhum aviso do anjo sobre prosseguirmos, e você?"

Nid botou a cabeça para fora da mesa e pensou:

"Não, também não me lembro — e é isso que está me incomodando."

Ao redor da mesa, tudo ficara subitamente silencioso. Dominic cutucou Ban e sussurrou para ele:

— Sente-se direito, amigo. Você parece sonolento aí. O conde tem algo para nos dizer.

Subitamente, Ban pareceu atento.

— O quê? Oh, claro, desculpe!

O conde tirou do dedo o grande anel de ouro que trazia o timbre da família. Era grande demais para ele e deslizou com facilidade. Ele o colocou no dedo mínimo da mão direita de Adamo, onde coube com conforto.

— Este anel era de seu pai. Ele era o legítimo senhor de Veron. O anel traz o brasão dos Bregons: um leão, que simboliza a força, uma pomba, que representa a paz, e um nó, indicando a união ou a intimidade familiar.

Adamo Bregon, filho de Edouard, meu irmão, agora você deve ser conhecido como conde de Veron, por sua primogenitura!

Os outros à mesa aplaudiram calorosamente. Até Nid saiu debaixo da mesa com a cauda balançando animadamente. Enxugando lágrimas de alegria no canto do avental, Matilde virou-se para o novo conde e falou:

— Bem, o senhor não quer dizer alguma coisa para todos nós, um belo discurso, talvez?

Adamo ergueu-se. Ele parecia tão alto e forte e, ao mesmo tempo, tão tranquilo e feliz. O rosto largo abriu-se num sorriso, que tocou o coração de todos os presentes. Em seguida, fez uma mesura e beijou a mão de Karay, falando com hesitação:

— Você gostaria de ser minha condessa, Karay... por favor?

A resposta da garota foi inaudível — ela apenas assentiu uma vez.

O velho conde segurou a mão de ambos entre as suas.

— Eu andei observando vocês. Era isso que estava esperando. Quanto a meus outros amigos, Ban, Dominic e o fiel Nid, me perguntei o que poderia fazer para recompensá-los por trazer Adamo de volta para mim. Vocês não são servos e, portanto, seria grosseiro e pouco educado oferecer-lhes dinheiro. Mas sei que não têm pais para cuidarem de vocês. Assim, cheguei a uma decisão. Daqui a poucos dias, partiremos em viagem. Nosso destino será Toulouse. Ali, na catedral, consultarei o bispo e então falarei com os juízes acerca de meus desejos, de modo que todos saibam que pretendo dar a vocês dois meu nome e adotá-los como filhos. Juntos, viverão aqui como parte de nossa família. E quanto a você, minha querida Matilde, você se tornará dama de companhia de nossa família. Sem cozinha e tarefas domésticas.

Nid e Ban não ouviram o restante do discurso de Vincente Bregon. Como um raio à meia-noite, a mensagem do anjo invadiu suas mentes, confundindo todo o restante:

"Um homem sem filhos
Vai nomear-te seu herdeiro.
Nesse momento terás de partir!

Volta tua face para o mar,
Encontrarás outro,
Um pai sem filhos,
Antes de viajares.
Tu deves ajudá-lo a ajudar as crianças,
Como seu parente faria."

Ban ouviu a voz de Matilde interrompendo o velho conde, enquanto tentava compreender o significado daquela ordem:

— Nada disso, senhor. Não vou ficar sentada sem nada para fazer pelo resto de meus dias. Cozinheira eu sou, cozinheira continuarei. Nenhuma jovenzinha tola vai cuidar de minhas cozinhas. Ban, você está bem, garoto? Está mais branco que papel.

O garoto se ergueu, desequilibrando-se ligeiramente e com a mente atordoada. Ele elaborava uma resposta adequada:

— Vou ficar bem daqui a um minuto, obrigado. Acho que bebi demais de seu delicioso vinho, Matilde, mesmo estando misturado com água. Por favor, não se incomodem, vou dar uma caminhada ao ar livre e em breve estarei bem. Nid virá comigo.

Dominic, o Retratista de Sabada, fitou os olhos azuis e anuviados do amigo. Eles pareciam distantes e tristes.

— Ban, quer que eu vá com você?

O garoto sabia que o amigo podia ver a verdade do que estava para acontecer. Ban correu os olhos carinhosamente do velho conde para Matilde, depois para Adamo e Karay e, finalmente, de volta a Dominic. Então piscou algumas vezes e falou:

— Não, amigo, você fica aqui. Só preciso do Nid comigo.

E o menino e o cão deixaram o aposento.

QUATRO DIAS DEPOIS, À NOItinha, Ban e Nid sentaram-se nas dunas, olhando para o mar no golfo da Gasconha. Eles já haviam chorado o suficiente. Viajaram rápido, dia e noite, parando apenas para descansar durante uma hora aqui e ali quando o cansaço os dominava. O garoto e o cão estavam fazendo um enorme esforço, sem querer permanecer entre os amigos queridos que, um dia, envelheceriam, enquanto eles permaneceriam jovens para sempre.

Nid farejou a mão do dono.

"Bem, amigão, voltamos nossos rostos para o mar e aqui estamos. Ooh, estou faminto, Ban, tão faminto!"

Ban anuiu distraidamente, respondendo:

"Fico imaginando onde está esse tal sujeito que temos que encontrar. Lembre-se da segunda parte da ordem do anjo:

'Volta tua face para o mar,
Encontrarás outro,
Um pai sem filhos,
Antes de viajares.
Tu deves ajudá-lo a ajudar as crianças,
Como seu parente faria.'"

As orelhas de Nid se moviam enquanto ele balançava a cabeça de um lado para o outro.

"Parece tolice para mim. Outro pai sem filhos, mas nós temos que ajudá-lo a ajudar as crianças. Hum, e quem é esse parente que ajudaria o pai sem filhos a ajudar as crianças, hein? Nem um cão consegue entender uma coisa assim: sem pé nem cabeça!"

Ban não respondeu imediatamente. Girando o olhar do mar para o topo do monte onde estavam sentados e para as árvores atrás deles, falou:

"Nid, você sabe onde estamos?"

O labrador negro ainda estava tentando resolver o enigma do anjo.

"Não. Deveria? Espere, não me diga, hum, mar, montanhas, pequenos grupos de árvores... Claro! Este é o lugar onde descemos do escaler do *La Petite Marie*! Bem, isso já é alguma coisa, completamos o círculo!"

Ban estava de pé, cobrindo os olhos enquanto voltava a olhar o mar. Nid ergueu os olhos.

"O que foi agora?"

O garoto já estava descendo o topo da duna de areia.

"Estou vendo um pequeno barco vindo para este lado. Provavelmente é um pescador. Vamos, amigão, talvez tenha um pouco de comida sobrando com ele!"

Nid correu atrás do dono.

"Comida! Você acabou de dizer a palavra mágica!"

Eles pararam nas águas rasas e o pequeno barco de pesca atracou próximo. Um homem apareceu na proa e lançou uma corda na direção de Ban, gritando uma única palavra:

— Famintos?

Ban também foi breve em sua resposta:

— Muito!

O homem pulou para o lado. E riu:

— Como foi que adivinhei, hein? Ajudem-me a levá-lo para a praia acima da linha da maré!

Nid agarrou a ponta da corda com os dentes e Ban e o homem puseram-na sobre os ombros e começaram puxar. Com esforço considerável, eles arrastaram o barco para a areia molhada e sulcada, em meio a algas e detritos, e, em seguida, para a areia seca acima da linha da maré. O homem estava vestido humildemente, descalço e tinha uma capa rasgada amarrada ao pescoço para protegê-lo das longas horas encarando a brisa marinha. Ele cumprimentou Ban firmemente e deu um tapinha em Nid.

— Obrigado, amigos. Estão vendo aquelas árvores ali? Será que vocês poderiam juntar um pouco de madeira para uma fogueira? Tenho belas cavalas frescas a bordo e um pouco de pão e leite. Vamos preparar uma refeição!

Ban sorriu.

— O senhor pegou os peixes, e nós pegaremos a lenha!

Ele partiu com pressa e Nid tentava alcançá-lo, pensando alegremente:

"Não há nada como pão e peixe quando estamos famintos, amigão!"

O pescador também tinha uma frigideira. Ele estripou e tirou a cabeça das cavalas, colocando-as na frigideira com algumas ervas e uma cebola picada. Enquanto tirava a capa, apontou com o polegar para as águas da baía.

— A maré alta é a melhor hora para pescar naquelas águas, mas você tem que terminar antes que a maré mude. Ela pode se recolher bastante rápido e deixar você encalhado por lá.

Ao soltar a capa, Ban viu a gola branca e a batina gasta e esfarrapada. O homem era um padre!

Nid se ajeitou na areia quente, pensando:

"Haha, um padre! Então é ele o pai sem filhos. É ele, Ban!"

O padre deu a Ban pão suficiente para ele e para o cão.

— Mas o que vocês estavam fazendo nesse trecho abandonado da praia?

Ban atirou metade do pão para Nid.

— Somos apenas viajantes, padre, abrindo caminho até a costa da Espanha. Não fica muito longe. O senhor mora por aqui?

O padre experimentou as seis cavalas que ele acabara de colocar na frigideira e virou-as com a lâmina da faca.

— Moro nos arredores de Arcachon. Tenho uma pequena paróquia. Muito pequena e pobre... Eu realizo os serviços em casa porque a igreja desmoronou há muitos anos. Terreno arenoso, material barato, a mesma história de sempre.

Ban notou a grande quantidade de peixes listrados de negro e prateado no barco.

— O senhor está na profissão errada, padre. O senhor é um bom pescador para apanhar uma carga como aquela.

O padre assentiu melancolicamente.

— Meus fiéis e eu vivemos em comunidade, ajudando uns aos outros. Chopard, nosso pescador, quebrou o braço na semana passada; por isso, me ofereci para o trabalho até que seu braço melhore. As pessoas por aqui são simples, mas boas. Eu as chamo de meus filhos e, como você sabe, filhos têm que ser alimentados.

O peixe já estava pronto. Eles sentaram em silêncio, satisfazendo sua fome.

Nid foi o primeiro a acabar e transmitiu um pensamento para Ban.

"Olhe para o rosto do padre — com quem ele se parece?"

Ban examinou o rosto do homem. Nid estava certo, havia algo bastante familiar em seus olhos, na mandíbula forte, no formato do nariz e nos bigodes castanho-claros. Quase sem pensar, Ban começou a dizer:

— Estive no mar uma vez. E tive um amigo que veio do mesmo local em que o senhor mora, Arcachon.

O padre lambeu os dedos, jogando uma espinha de peixe na fogueira.

— De Arcachon, você disse? Como ele se chamava? Eu poderia conhecer a família. Alguns de nossos fiéis fugiram para o mar.

Ban falou o nome do falecido capitão bucaneiro.

— Raphael Thuron.

No momento em que os olhos do padre se arregalaram de surpresa, Nid invadiu a mente de Ban com pedidos urgentes.

"Devagar, amigo, cuidado. Preste atenção no que diz e minta se for necessário!"

O homem segurou o braço de Ban com uma mão pesada como a do capitão.

— Raphael Thuron é meu irmão... será que esse homem era mais ou menos oito anos mais velho que eu?

Ban evitou o olhar do novo amigo.

— Sim, mais ou menos isso, padre. Ele parecia muito com o senhor, pelo que me lembro. Seu irmão fugiu para o mar?

O bom padre fitou a fogueira.

— Sim, nossos pais eram fazendeiros pobres. Eles queriam que Raphael se tornasse padre um dia, mas ele era muito rebelde. Sempre se metia em encrencas. — O padre sorriu. — E me metia em suas confusões. Raphael era um vagabundo, mas era um bom irmão. Por favor, diga-me o que você sabe. Como ele está? Raphael disse que, se um dia saísse daqui, ele faria fortuna em algum país distante. Fico imaginando se conseguiu.

Enquanto refletia sobre a resposta, Ban transmitiu uma mensagem a Nid.

"Ele é um bom homem, seria errado mentir para ele. Se estamos aqui para ajudar a ele e às crianças, é melhor contar a verdade."

Nid respondeu:

"Muito bem, amigão, mas não fale do anjo."

Ban soltou gentilmente o braço do aperto do padre.

— Eu tenho boas e más notícias, Mattieu.

O padre fitou os misteriosos olhos azuis de Ban.

— Como você sabe meu nome?

O garoto encarou-o também.

— Seu irmão me falou do senhor quando eu o conheci. Ele foi um dos homens mais admiráveis que já encontrei. — E os olhos de Ban traíram o que ainda não dissera.

Virando-se, o padre Mattieu Thuron observou a maré vazante.

— Algo me diz que você vai me falar que Raphael está morto!

Não havia meios de amenizar o golpe. Ban respirou fundo.

— É meu triste dever, padre. O capitão Raphael Thuron está morto.

Seguiu-se um silêncio, no qual os lábios do padre moviam-se lentamente enquanto ele rezava pela alma do irmão. Ban e Nid sentaram-se em silêncio, observando. Enxugando os olhos com o punho gasto da batina, o padre Mattieu virou-se para Ban e disse uma única palavra:

— Capitão?

Ban jogou um galho na fogueira.

— Sim, um capitão. O senhor ficaria surpreso se eu lhe dissesse que ele era um bucaneiro?

Ban pensou por um instante que o padre ia recomeçar a chorar, mas ele riu e balançou a cabeça.

— Não me surpreenderia nem um pouco, meu amigo! Raphael sempre foi um rebelde. Aposto que ele era um excelente bucaneiro.

Ban animou-se, lembrando os dias a bordo do *La Petite Marie*.

— O capitão Thuron era o terror do Caribe, mas permita-me dizer que nós... Meu nome é Ban, e este é Nid, meu cão... Tivemos a honra de servir com seu irmão.

Iluminada pela lua cheia, a noite caiu enquanto Ban estava sentado próximo à fogueira na praia com Nid e o padre Mattieu. Ele contou toda a história, desde a taberna em Cartagena até o golfo da Gasconha. Os olhos do padre brilhavam com animação, imaginando grandes aventuras em ilhas com palmeiras, piratas espanhóis, corsários e uma perseguição no oceano sem fim.

Quando terminou a história, Ban tomou um grande gole do cantil de água e recebeu a aprovação de Nid:

"Muito bem contado, amigão, que bela história! Fico feliz por você não mencionar o anjo ou Veron e os Razans. Foi muito convincente o modo como contou que nos escondemos e catamos comida no litoral durante quase todo o verão. Eu não poderia ter feito melhor!"

O padre Mattieu apertou calorosamente as mãos do garoto.

— Obrigado, Ban, tenho certeza de que você gostava muito de Raphael. Sentirei pesar e rezarei por ele. Graças a Deus ele não foi capturado e executado como um criminoso comum. Morreu como um verdadeiro capitão, afundando junto com o amado barco. Mas que homem ele era, hein? Os lugares que viu, as aventuras que viveu; quase desejo ter navegado com ele. Raphael viveu mais do que dez homens juntos! Mas tenho que cuidar de minha pequena paróquia e atender meus pobres filhos... — Enquanto o bom padre divagava, Ban percebeu uma estranha mudança na visão da baía.

Subitamente Nid se ergueu alerta.

"Ban, ouça, o anjo!"

O garoto ouviu o ser divino falar uma linha do poema:

"Deves ajudá-lo a ajudar as crianças. Observa!"

A maré baixou completamente, deixando visível uma longa faixa da praia e das águas rasas. Uma nuvem que flutuava solitária no límpido céu noturno encobriu a lua. Entretanto, havia um buraco no centro da nuvem que permitia à luz brilhar sob a forma de um pálido raio prateado. Ele descia dos céus até a superfície do mar e se projetava num pequeno círculo de água.

Novamente o anjo falou:

"Deves ajudá-lo a ajudar as crianças. Observa!"

Nid estava puxando o cabo de proa do barco de pesca. Ban pôs-se de pé, gritando para o padre:

— Venha rápido, padre, precisamos de sua ajuda com o barco!

O padre ergueu-se e puxou a corda com Nid e Ban.

— O que é isso, Ban, por que você precisa do barco?

O garoto inclinou o ombro ao puxar a embarcação.

— Guarde seu fôlego, padre! Apenas entre na água e confie em mim. Não temos tempo para conversar!

Foi um longo reboque sobre a praia molhada até a beira da água. Ofegando e soprando, os dois esticaram a corda, arrastando atrás de si o barco de pesca. Ban mantinha os olhos fixos à esfera de luz, enxugando o suor que descia rapidamente e borrava sua visão. Mesmo quando alcançaram a água, a quilha do barco ainda arranhava a areia e somente se liberou quando caminharam com água na altura dos joelhos. Ban trouxe Nid a bordo no momento em que o padre se juntou a eles com a batina encharcada, misturando-se às cavalas escorregadias.

— Para onde agora, Ban?

O garoto apontou para a tênue coluna de luz da lua.

— Bem em frente. O senhor está vendo aquela porção de luz sobre a água? É lá!

Antes de chegarem ao local, Nid avistou um pequeno pedaço de madeira que emergira na superfície. Latindo furiosamente, enviou um pensamento a Ban.

"É o pequeno mastro do escaler do *Mariel*!"

Ban deitou-se na proa, remando com força com as duas mãos até alcançar o mastro.

— Padre, venha até aqui. Segure isto e não solte!

O padre Mattieu obedeceu prontamente, segurando a madeira como se sua vida dependesse disso. Ban pegou o cabo de proa e amarrou-o na cintura; em seguida, mergulhou nas águas escuras, respirando com dificuldade com o choque enquanto a cabeça batia na quilha do escaler. Agora ele estava sentado no fundo do mar e tateava delicadamente. Essa porção pontuda era a proa. Arrastando-se ao longo do barco, encontrou a popa. A perna bateu contra o banco da ré. Ele tateou procurando o embrulho de lona e afastou-o. Ali estava a grande bolsa de lona — a fortuna em ouro do capitão Raphael Thuron!

Bolhas começaram a jorrar dos lábios de Ban quando ele tentou desesperadamente prender a respiração. Soltando a corda da cintura, ele a amarrou num laço apressado. A cabeça do garoto batia impiedosamente, e ele fazia força para erguer a bolsa com o ouro. Ela se moveu o suficiente para ele passar o nó por baixo dela e puxar com força. Ban subiu para a superfície, cuspindo e expelindo água do mar. O padre soltou o mastro e ajudou o garoto a subir no barco desajeitadamente.

Nid dançou ao redor do dono.

"Você conseguiu! Você conseguiu! Você conseguiu, não é, amigão?"

Ban caiu na gargalhada, gritando:

— Eu consegui! Peguei o ouro!

Ban e o padre ergueram a bolsa de lona até que estivesse suspensa dentro da água. O menino amarrou a corda firmemente em torno do mastro do barco de pesca. O peso do ouro fez o pequeno barco inclinar descontroladamente quando eles o retiraram das águas mais rasas. Nid observou os dois pularem para o lado, mergulhando até a altura do peito. O padre Mattieu gritava; eles seguravam uma das pontas do saco.

— Está subindo, Ban, muito bem. Um... dois... trêêêês!

Ouviu-se um tilintar abafado de moedas molhadas quando o saco foi colocado entre as cavalas do padre.

* * *

Era preciso colocar mais lenha na fogueira. Ban bebeu água fresca para retirar da boca o gosto do sal. Nid afastou uma fagulha com a pata, rindo mentalmente.

"Hoho, olhe para o padre. Acho que ele nunca viu mais de duas moedas de ouro juntas na vida. Haha, e aposto que elas não lhe pertenciam!"

A luz da fogueira iluminava as moedas reluzentes; elas escorriam pelos dedos do padre. Os olhos dele estavam arregalados como os de uma coruja.

— Veja todo este ouro, Ban, temos uma enorme fortuna aqui! Você percebe que estamos ricos, meu amigo? Estamos ricos!

Ban balançou a cabeça negativamente.

— Não, amigo, *o senhor* está rico. Este ouro foi o último presente de seu irmão para o senhor. O que fará com ele?

O padre Mattieu deu de ombros com alegria, devolvendo as mãos cheias de moedas de ouro para a bolsa de lona.

— Uma igreja. Construirei uma bela igreja, com bancos, sinos, campanário e altar. E a chamarei de Igreja de São Raphael!

Ban sorriu.

— Tenho certeza de que o Senhor não se importará.

O padre estava recostado e abria os braços.

— E uma fazenda também, com porcos, galinhas, ovelhas, pastagens e lavouras. Ao redor da fazenda teremos casinhas para os paroquianos, para meus filhos. A igreja ficará no centro da fazenda... Mas, veja só, eu aqui planejando fazer isso e aquilo. Eu devo dividir essa fortuna em ouro com você, Ban. Ela ainda estaria no fundo do mar se não fosse por você!

O garoto recusou categoricamente.

— Não, padre. Nid e eu não precisamos de ouro. Eu não tocaria numa única moeda. Disse a seu irmão que não o faria e tenho que manter minha promessa a ele.

Nid transmitiu uma súplica pesarosa ao dono.

"Não poderíamos ficar com umas poucas moedas — o suficiente para comprar comida por uma ou duas semanas?"

A resposta de Ban encerrou a discussão.

"O anjo nunca nos disse para ficarmos com elas. A resposta é não, amigo. O padre Mattieu fará melhor uso delas do que nós jamais faríamos."

O padre segurou a mão de Ban.

— Se você não quer um pouco do ouro, então em que posso ajudá-lo? Você gostaria de morar comigo na nova paróquia? Ou alguma outra coisa?

Ban segurou a mão do amigo carinhosamente.

— Há razões para eu não ficar nos lugares por muito tempo. Além disso, sou um procurado, um bucaneiro, e, por isso, planejo fugir para a Espanha. Mas se Nid e eu tivéssemos um barco...

O padre Mattieu limpou a frigideira na areia e colocou-a no barco de pesca com os outros pertences, além de um pouco de pão, ervas e cebolas, e entregou o cabo de proa para Nid, que o segurou entre os dentes.

— Levem este barco. Há comida, água e peixes. Vão, vocês dois, junto com a minha bênção!

Com a pequena vela quadrada aberta, Ban conduziu o barco de pesca para o mar quando a maré encheu novamente, uma hora antes do amanhecer. Ele e Nid voltaram-se para ver o padre Mattieu Thuron de pé com água na altura do peito e os braços abertos ao gritar para eles:

— Que o bom Senhor os proteja pelo que vocês fizeram para mim e para meus filhos. Vão agora, meus amigos, e que os anjos guiem vocês dois!

Ban enviou a Nid um pensamento rápido.

"Bem, pelo menos um deles vai!"

O garoto puxou o timão, conduzindo a pequena embarcação na direção da costa espanhola. Vindo do leste, os tons rosados da alvorada invadiram o golfo de Biscaia. Olhando para trás, Ban e Nid viram, caminhando em direção à praia, o padre Mattieu, que retornava à paróquia portando a boa fortuna. O estranho garoto do mar e o cão fiel se voltaram na direção de um novo dia e de novos perigos do desconhecido.

Ban captou os pensamentos de Nid.

"Para onde vamos, amigão, somente os céus podem saber."

O garoto encostou o rosto no pelo macio do labrador negro.

"E não me importo com isso, desde que estejamos juntos, Nid."

* * *

Em pouco tempo, o barco de pesca era apenas um pontinho na superfície das águas vastas e misteriosas do mundo.

CONTA-SE QUE, NA CASA GRANDE DE ADAMO BREGON, CONDE DE Veron, pode-se ver um quadro pendurado na parede da sala de jantar. Essa bela e fascinante obra de arte é muito admirada por todos que a veem. Na tela cercada pela moldura dourada, um garoto está de pé com um cão labrador negro sentado a seu lado. O cão parece manso e inteligente, e seus olhos negros e suaves, amigáveis. Um animal que qualquer um se orgulharia de ter. O garoto veste trajes simples, à maneira dos que vivem no mar. Descalço, com calções de brim gastos e esfarrapados e uma camisa de morim rasgada. Uma brisa sopra os cabelos louros e desgrenhados. Mas são os olhos azuis e anuviados que chamam a atenção do observador. Não importa onde nos encontremos no aposento, os estranhos olhos fitam diretamente o observador. O garoto se apoia em algumas rochas, com os mares frios e imensos erguendo-se atrás dele. Raios cortam o céu em meio à tormenta. Num canto, navegando as águas furiosas, vê-se uma representação obscura de um navio navegando sem tripulação, com a mastreação iluminada pelas assustadoras luzes verdes do fogo de santelmo. Muitos visitantes perguntam por que o quadro não representa uma paisagem rural com as montanhas ao fundo; afinal, Veron está a muitas léguas do mar. O artista simplesmente dirá que viu a imagem nos olhos do garoto que um dia foi tão próximo dele quanto um irmão. Se olhássemos em seus olhos também, imediatamente acreditaríamos nele. No canto direito inferior do quadro, o artista assinou seu nome.

Dominic de la Sabada Bregon

Impresso no Brasil pelo
Sistema Cameron da Divisão Gráfica da
DISTRIBUIDORA RECORD DE SERVIÇOS DE IMPRENSA S.A.
Rua Argentina 171 – Rio de Janeiro, RJ – 20921-380 – Tel.: 2585-2000